INA TAUS

BETTER WITH SOMEONE ELSE

Mitbewohner küsst man nicht

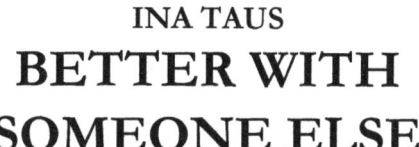

BETTER WITH SOMEONE

else

MITBEWOHNER KÜSST MAN NICHT

Bibliografische Information der Deutschen Nationalbibliothek: Die Deutsche Nationalbibliothek verzeichnet diese Publikation in der Deutschen Nationalbibliografie; detaillierte bibliografische Daten sind im Internet über dnb.dnb.de abrufbar.

Die automatisierte Analyse des Werkes, um daraus Informationen insbesondere über Muster, Trends und Korrelationen gemäß §44b UrhG („Text und Data Mining") zu gewinnen, ist untersagt.

Impressum:
©2023 Ina Taus
3. Auflage, Mai 2025

Korrektorat: Liam Erpenbach | www.liamerpenbach.de/lekorat)
Cover-Illustration: Saskia Weichelt | Sasu Art
Coverschrift/Titelei: Vivien Summer
restliche Covergestaltung: Kristina Tausek
Buchsatz: Kristina Tausek (mit Bildern von Saskia Weichelt | Sasu Art)

Verlag: BoD · Books on Demand GmbH, Überseering 33, 22297 Hamburg, bod@bod.de
Druck: Libri Plureos GmbH, Friedensallee 273, 22763 Hamburg
ISBN: 978-3-8192-4822-1

Für meine Mama,
die immer noch denkt,
ich wäre arbeitslos.

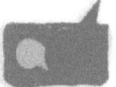

Für die Trigger- und Contentwarnung bitte
auf Seite 320 blättern.

Kapitel 1

»Wo ist meine Tasche?« Auf dem Gepäckband fuhr zum wiederholten Mal eine Reisetasche vorbei, die definitiv nicht mir gehörte. Möglicherweise besaß sie eine gewisse Ähnlichkeit mit meiner, sie war es jedoch nicht. Ich hatte nachgesehen. Dreimal. Und langsam musste ich mich den Tatsachen stellen: Die Fluggesellschaft hatte eines meiner Gepäckstücke verloren.

Das, oder es war jemand mit der Tasche abgehauen. Sehr viel Freude würde derjenige damit nicht haben, da sich nur Socken, Boxershorts, ausgewaschene Schlafshirts und Bettwäsche darin befanden. Ich klopfte auf den Koffer, der neben mir stand. »Wenigstens bist du da.«

Eine Frau, die ein paar Meter von mir entfernt stand, beobachtete mich mit hochgezogenen Augenbrauen. Noch nie jemanden gesehen, der Selbstgespräche führt, während er auf seine Unterhosen-Reisetasche wartet?

Ich zog das Smartphone aus der Hosentasche, suchte den WhatsApp-Familien-Chat und nahm eine Sprachnachricht auf. »Eine meiner Taschen ist weg. Könnt ihr das glauben?«

Es dauerte gar nicht lange, da ploppte eine Nachricht auf. Sie war von meinem jüngsten Bruder.

Niklas:
Zumindest hast du es bis nach London geschafft. Hätte ich dir gar nicht zugetraut, ohne dass Mats deine Hand hält.

Mats war mein Zwillingsbruder. Und möglicherweise hatte ich mich mein ganzes Leben lang ein wenig zu sehr auf ihn verlassen. Aber das war nicht der einzige Grund, warum ich beschlossen hatte, nach London zu gehen. Allerdings wollte ich mir jetzt nicht den Kopf darüber zerbrechen. Ich hatte andere Sorgen.

Ich seufzte und nahm dann eine weitere Sprachnachricht auf. »Danke für dein Vertrauen, Nini. Wirklich. Es ist schön, zu wissen, dass du immer zu hundert Prozent hinter mir stehst.« Der Sarkasmus in meiner Stimme war unüberhörbar.

Kurz darauf sah ich die Worte Niklas schreibt … auf dem Display.

> **Niklas:**
> Immer doch. Melde dich, falls dich ein Taxi-Fahrer entführt.

Klar, so machten das immerhin alle Leute, die gekidnappt wurden. Einfach kurz anrufen und Bescheid geben. Ich schüttelte den Kopf über den kleinen Scheißer, schulterte den Rucksack und mit dem übrig gebliebenen Koffer ging ich auf die Suche nach jemandem, der mir meine Reisetasche wiederbeschaffen konnte.

Suchend sah ich mich um und schlug den Weg Richtung Ausgang ein. Es dauerte nicht lange, bis ich ein Schild mit der Aufschrift *Lost Property* sah. *Lost* klang gut, und als ich kurz meine Gehirnzellen anstrengte, fiel mir auch ein, dass das andere Wort *Eigentum* bedeutete. Ich konnte also gar nicht so falsch sein. Von wegen, ich fand mich nur dank Mats zurecht. Schon viel besser gelaunt ging ich auf den Schalter zu, hinter dem eine unmotiviert aussehende Flughafenmitarbeiterin stand. Ich erklärte ihr mein Problem und kurz darauf nahm sie meine Daten auf. Das erste Mal nannte ich jemandem die neue Adresse, die ich natürlich nicht auswendig kannte, sondern von der WhatsApp-Nachricht meiner Vermieterin Camila ablesen musste. Die Flughafen-Lady kaute gelangweilt auf einem Kaugummi herum. Offensichtlich fand sie meinen Umzug nach London nicht ganz so aufregend wie ich.

»Das macht dann fünf Pfund, bitte«, sagte sie im Anschluss.

Ich starrte sie verwirrt an. »Wie bitte?«

Sie dachte wohl, dass ich sie nicht verstanden hatte, denn sie wiederholte laut und deutlich: »Fünf Pfund, bitte.«

»Danke, das habe ich schon beim ersten Mal verstanden.« Ich schnaubte. »Aber um das mal klarzustellen: Die Fluggesellschaft hat meine Reisetasche verloren und Sie wollen jetzt fünf Pfund von mir, weil …?«

Sie war von mir genervt. Das sah ich ihr an. »Für die Zustellung Ihres Gepäcks.«

»Aha.« Ich nickte. »Lustigerweise habe ich nur Euros in meinem Geldbeutel.« Ich war noch nicht dazu gekommen, Geld zu wechseln.

»Wir akzeptieren auch Kartenzahlung.« Mit einem Knall landete das Kartenlesegerät auf dem Tresen.

Ich lächelte sie an. »Wie schön. Ein Hoch auf bargeldloses Bezahlen.« Nachdem ich die Geldbörse aus der Hosentasche gefummelt hatte, suchte ich unter den abwartenden Blicken von Miss Lost-Property nach meiner Karte.

»Ha, da ist sie ja«, sagte ich und legte sie auf das Gerät.

Leider passierte nichts. Kein erlösender Piepton, der die Zahlung quittierte. Die Flughafenmitarbeiterin sah mich mit schräg gelegtem Kopf an. »Die Karte geht nicht.«

»Ist mir auch aufgefallen. Danke.« Nach ein paar Sekunden, in denen wir uns mit Blicken gemessen hatten, fragte ich: »Und jetzt?«

»Geben Sie mir einfach die fünf Euro.« Sie beugte sich unter den Tresen, kramte in ihrer Handtasche und zog einen Fünf-Pfund-Schein aus der Geldbörse. Queen Elizabeth lächelte mir darauf entgegen. Würde wohl noch ein bisschen dauern, bis King Charles auf die Scheine gedruckt wird.

Ich gab ihr meinen Fünfer. »Danke.« Ich fragte nicht nach, wie hoch der Wechselkurs war, denn ich war froh, dass wir die Angelegenheit zu unser beider Zufriedenheit klären konnten.

»Gern geschehen.«

Wir klärten das ganze bürokratische Zeug und ich wandte mich ab. Ich wollte mich auf die Suche nach dem Ausgang machen, hielt aber inne.

Meine Karte funktionierte nicht. Und ich hatte nur Euros in meinem Geldbeutel. Wie sollte ich vom Flughafen in die WG kommen?

Ein paar Meter von mir entfernt stand eine Reihe Plastikstühle, die ich ansteuerte. Ich stellte das Gepäck ab, ließ den Rucksack von den Schultern gleiten und setzte mich. Danach griff ich nach meinem Smartphone und öffnete erneut den Familienchat, um eine Sprachnachricht aufzunehmen.

»Meine Karte geht nicht. Und ich hab noch kein Geld gewechselt. Was mache ich jetzt?«

Dieses Mal antwortete mein ältester Bruder Felix als Erstes.

Felix:
Levi, ich hab Unterricht und kann deine Sprachnachrichten nicht abhören. Tipp wie ein normaler Mensch!

Felix war Lehrer. Genauso wie meine Mutter. Das war so ein Familien-Ding, das sich bereits über Generationen zog. Und diesen typischen Lehrer-Tonfall hatte er perfekt drauf. Sogar per WhatsApp. Der Arsch. Eigentlich sollte ich gleich noch eine Sprachnachricht hinterherschicken.

Weil ich aber dringend Hilfe brauchte, tippte ich meine Worte von eben nochmals als Text.

Felix schickte nur den Smiley zurück, der sich an den Kopf fasst, allerdings klinkten sich nun auch andere Familienmitglieder ins Gespräch ein. Es folgten ein Lach-Smiley von Niklas und eine Nachricht von Oma.

Oma:
Soll ich dir Geld schicken? Du hast mir doch deine neue Adresse gegeben. Ich laufe gleich zur Post und versende einen Brief.

Ich seufzte. Laut.

Levi
Danke, Oma, lieb von dir, aber es wäre besser, wenn du zur Bank gehst und mit meinem Kundenbetreuer klärst, warum die Karte im Ausland nicht funktioniert.

Oma:
Ich rufe bei deinem Papa an. Der arbeitet ja in der Nähe der Bank.

Papa:
Ich lese hier mit. Kann mich nach dem Meeting darum kümmern.

Oma:
Wieso nimmst du meine Anrufe nicht an, Kai?

Papa:
Weil ich in einem Meeting bin!!!

Mama:
Willst du nicht wieder nach Hause kommen? Dann hat sich das Geldproblem gelöst. Ich buch dir einen Flug.

Levi
Nein, danke. Ich bleibe hier.

Mama:
Sicher?

Ich ignorierte ihre Nachfrage. Außerdem ploppte schon die nächste Nachricht auf.

11

Opa:
Anja! Felix! Solltet ihr nicht lieber eure
Schüler*innen unterrichten?

Wow. Er hatte sogar gegendert. Vielleicht auch nicht verwunderlich, denn Opa war Direktor an der Schule, in der Mama und Felix unterrichteten. Zwar nur noch für ein paar Tage, dann würde er nämlich offiziell in Rente gehen, aber wie es aussah, wurde er auch an seinen letzten Tagen im Dienst nicht lockerer. Felix schickte daraufhin einen Smiley, der die Augen verdrehte, und Mama hatte vor Schreck bestimmt ihr Smartphone fallen lassen. Ein Familienchat war zwar immer amüsant, mein Problem jedoch nicht gelöst. Zum Glück meldete sich endlich mein Zwillingsbruder.

Mats:
Hab dir eben online eine Fahrkarte gekauft und gemailt. Gilt nur für heute. Du musst dich auf die Suche nach der Piccadilly Line machen. Mögliche Stationen in deiner Nähe: Heathrow Terminal 5, Heathrow Terminal 2&3, Heathrow Terminal 4 oder Hatton Cross. Aktiviere Google Maps! Nicht fürs Auto, sondern für Fußgänger.

Haha!
Einen dummen Kommentar sparte ich mir, denn ich war ihm verdammt dankbar.

Levi
Du rettest mir den Arsch, weißt du das?

Mats ging nicht darauf ein, sondern schickte weitere Infos.

Mats:
Fahr bis Green Park. Weil du ja deine Reisetasche verloren hast und du nicht mehr so viel schleppen musst, könntest du dir ja etwas Kultur gönnen. Buckingham Palace ist dort ganz in der Nähe. Ich hab deine genaue Adresse nicht im Kopf, aber wenn du danach die Victoria Line bis Vauxhall nimmst, kannst du dich hoffentlich sogar schon zu Fuß bis zur WG durchschlagen.

Mats war eindeutig der organisiertere Zwilling von uns beiden. Und gerade liebte ich ihn sehr dafür.

Mats:
Dank mir später.

Niklas:
Du hättest nicht ohne Mats umziehen sollen.

Levi
Aber der hat nun mal eine Freundin und keine Lust auf ein Auslandsabenteuer. Danke, Mats, auf dich ist immer Verlass. Du bist mein Lieblingsbruder.

Felix:
Das zählt nicht. Ihr seid quasi eine Person.

Levi
Darum ist mir die Wahl auch so leichtgefallen.

Niklas schickte ein Mittelfinger-Emoji und mir wurde ganz warm ums Herz. Meine Familie war echt die beste. Jeder für sich, aber auch alle zusammen.

Levi
Ich melde mich dann später mit Fotos von meinem Zimmer.

Daraufhin kamen viele Herz- und Daumen-hoch-Emojis. Ich stand auf und schnappte mir mein Gepäck. Gerade fühlte ich mich schon etwas weniger allein. Nicht so wie im Flugzeug, als mir kurzzeitig Zweifel wegen meiner Entscheidung gekommen waren.

Kapitel 2

Zwei Stunden später und ohne Abstecher zum Buckingham Palace stand ich vor der Adresse, die mir meine Vermieterin genannt hatte. Und ich war mir nicht sicher, wie mir mein neues Zuhause gefiel. Das Gebäude bestand aus rotem Backstein und wirkte ... alt. Jap, alt war eindeutig das richtige Wort. Abgewohnt und trostlos würden auch ganz gut passen.

Immer wenn ich an London gedacht hatte, hatte ich mir eine Großstadt vorgestellt, in der die Gegensätze dominierten. Alte, aber prunkvolle Paläste neben neu gebauten und modernen Glaskomplexen. Das Wohnhaus, in dem ich in Zukunft leben würde, war deshalb sehr enttäuschend.

Das unangenehme Gefühl in meinem Magen verstärkte sich. Es zog echt ungut in meinem Bauch. Dieses verdammte Haus sah nämlich eher nach Shameless aus. Leider nicht die aufpolierte amerikanische Version, sondern das englische ein bisschen abgefucktere Original. Ich drehte mich suchend im Kreis, denn ich hatte noch keinen Eingang gefunden. Im Moment war ich nicht mal sicher, ob ich einen finden wollte.

Nach ein paar Minuten des Starrens schloss ich meine Augen und atmete tief durch.

Einatmen.

Ausatmen.

Du wolltest unbedingt ins Ausland. Weit weg von Deutschland.

Dann öffnete ich die Augen und ging los. Es konnte doch nur besser werden. Da war ich mir sicher. Ich umrundete das Haus und fand endlich eine Eingangstür – die natürlich geschlossen war.

Laute Bässe begrüßten mich und bahnten sich einen Weg in meine Gehörgänge. Ich nickte im Takt des eingängigen Beats, der eher in einen Club als in eine Wohngegend passte, und suchte die Klingelschilder ab. Zum Glück standen darauf keine Namen, sondern nur Nummern. Laut der Mail meiner Vermieterin durfte ich bald ein WG-Zimmer in Apartment 10 mein Eigen nennen.

Da ich mein ganzes Leben bei meinen Eltern gewohnt hatte, musste ich fast kotzen, weil mich diese Selbstständigkeit, die man bisher nicht von mir verlangt hatte, überforderte.

Scheiße.

Gleich würde ein neuer Lebensabschnitt beginnen, in dem ich für mich selbst verantwortlich war. Es gab keine Eltern, keinen Zwillingsbruder und auch keine anderen Brüder, die hier waren, um meine Hand zu halten.

Das war ungewohnt. Jedoch dringend notwendig.

Mit angehaltenem Atem drückte ich auf die Klingel und wartete gespannt, wer sich gleich melden würde. Ich stand da, mein Koffer neben mir, den Rucksack auf den Schultern, und verharrte angespannt. Niemand meldete sich durch die Gegensprechanlage, stellte ich ungefähr eine Minute später fest. Deshalb drückte ich ein weiteres Mal auf die Klingel. Ich wurde unruhig und hämmerte regelrecht auf den kleinen Knopf ein, der gar nichts dafür konnte.

Als mein Smartphone eine neue WhatsApp-Mitteilung ankündigte, war ich einerseits froh über die Ablenkung, andererseits fürchtete ich mich schon vor einer Ich-lass-dich-nicht-rein-Nachricht der Vermieterin.

Die WhatsApp war aber nicht von Camila, sondern von Tim, meinem ... Freund?

Ich wusste bis heute nicht, was Tim für mich war.

Ein Freund?

Mein Freund?

Irgendwas dazwischen?

Fakt war, dass ich genau wegen dieser Fragen Deutschland verlassen hatte. Weil ich mich nicht mit den Gefühlen für ihn auseinandersetzen wollte. Generell würde ich den Umstand, dass ich mich zu Männern hingezogen fühlte, auch liebend gern weiterhin ignorieren. Ich war zweiundzwanzig Jahre alt und hatte mich bisher als hetero bezeichnet. Mir war immer klar gewesen, dass das nicht wirklich stimmte, mich aber trotzdem an den Gedanken geklammert. Herzklopfen und schwitzige Hände wegen eines Abiturienten mit großem Hang zur Unordnung passten da nicht. So einfach war das.

Ich sah vom Smartphone auf – genau in die braunen Augen eines Kerls, der es ziemlich eilig zu haben schien.

Wo kam der plötzlich her?

Eigentlich gab es nur eine logische Erklärung: Aus dem Wohnhaus, in das ich hineinwollte, denn aus dem Augenwinkel sah ich die sich schließende Eingangstür. Leider schaffte ich es nicht, mich zu bewegen. Mein Kopf war damit beschäftigt, jede Regung des hübschen Kerls vor mir zu beobachten. Erst recht, als er sich im Vorbeigehen eine Haarsträhne aus der Stirn strich. Ich öffnete den Mund, um etwas zu sagen, doch genau in dem Moment piepte mein Smartphone erneut. Und es klang sehr vorwurfsvoll. Deshalb warf ich einen kurzen Blick auf das Display.

Tim:
Ich sehe, dass du online bist. Wieso ignorierst du mich seit Tagen?

Möglicherweise weil ich mega Stress damit hatte, das Land zu verlassen, um vor der Tatsache davonzulaufen, dass ich auf Tim im Speziellen und Männer im Allgemeinen stand. Oder warum sonst hatte ich Blickkontakt zu dem Kerl aufgebaut, der da eben an mir vorbeigegangen war?

Ich drehte mich um, sah ihm hinterher. Und auch er schaute über seine Schulter hinweg zu mir. War es ein erwartungsvoller Blick? Oder eher ein neugieriger? Genervt? Irgendwie wurde ich nicht schlau aus diesem kurzen Augenkontakt. Und ich wollte es auch nicht werden.

Nicht darüber nachdenken.

Einfach ignorieren. Wie immer!

Kurz schüttelte ich den Kopf, um die störenden Gedanken loszuwerden, und dann war der Moment auch schon vorbei. Zum Glück wandte der Kerl den Blick ab und ging weiter. *Gut gemacht, Levi!*

Ich widmete mich wieder meinem Smartphone und ohne Tim zu antworten, verließ ich den in den letzten Wochen sehr einseitig gewordenen WhatsApp-Chat. Stattdessen suchte ich im Telefonbuch den Namen meines Zwillings und drückte auf *Anrufen.*

Er meldete sich bereits nach dem zweiten Klingeln. »Du bist in die falsche Tube gestiegen, oder?«, begrüßte mich Mats.

»Ähm, nein? Wieso denken eigentlich alle, dass ich allein komplett lebensunfähig bin?«

»Intuition?« Ich hörte Mats' Grinsen in seiner Stimme.

»Haha. Sehr witzig.«

»Sorry. Du bist also in deiner WG angekommen, chillst auf dem neuen Bett und überlegst, wie du deine Mitbewohner in den Wahnsinn treiben könntest?«

Ich schnaubte. »Nein, ehrlich gesagt stehe ich noch vor dem Wohnhaus.«

»Wieso?« Mats klang skeptisch. »Traust du dich nicht rein?«

»So ähnlich.«

»Bitte sag mir nicht, du bist einem Betrüger auf den Leim gegangen und stehst nun vor einem Abbruchhaus.«

Was dachten denn immer alle von mir?

Ich war durchaus in der Lage, mir ein WG-Zimmer zu organisieren, ohne über den Tisch gezogen zu werden. Hoffte ich.

»Nein, die laute Musik spricht gegen deine Theorie.«

»Levi«, sagte er mit leicht genervtem Tonfall. »Du hast doch kein Zimmer über irgendeinem Club gemietet?«

»Natürlich nicht. Da hat jemand gute Laune und feiert an einem Wochentag zu irgendwelchen Electronic Beats ab.«

»Genau deine Musikrichtung.«

Ich grinste. »Ich hab mich nicht darüber beschwert.«

»Du rufst aber auch nicht grundlos an«, sagte Mats.

Verdammt, er kannte mich echt zu gut.

»Ich wollte mich nur für die großartige Wegbeschreibung bei dir bedanken. Ohne dich hätte ich es nicht bis zur Wohnung geschafft.« Mats gegenüber konnte ich das zugeben.

»Es würde mich mehr beruhigen, wenn du mich in zehn Minuten noch mal anrufst und mir eine Roomtour gibst.«

»Na ja«, murmelte ich. »Das wird im Moment nicht möglich sein.«

»Wieso?«, fragte er nach. Er klang argwöhnisch.

Ich holte tief Luft. »WeilmirniemanddieTüröffnet.« Natürlich hatte ich extra schnell gesprochen, damit Mats mich nicht verstand. Leider tat er es trotzdem, da er mein Zwillingsbruder war und quasi meine Gedanken lesen konnte.

»Levi.« Er klang enttäuscht. »Wieso sagst du das denn nicht gleich?«

»Weil ich einmal etwas allein schaffen wollte.« Ich griff nach meinem Koffer und marschierte auf eine Bank zu, die ungefähr fünfzehn Meter von mir entfernt stand.

»Du warst nicht mal in Mamas Bauch allein. Du wirst mich also immer an deiner Seite haben. Auch, wenn du gerade beschließt, dass es das Beste für dich ist, die Uni zu schmeißen und Deutschland zu verlassen.«

»Hab ich dir eigentlich für deine Unterstützung gedankt?«

Ich erreichte die Bank und ließ mich darauf sinken. Den Rucksack stellte ich neben mich und meine Beine legte ich auf dem Koffer ab.

»Nicht mit Worten«, antwortete Mats. »Aber als Opa dich mit hochrotem Kopf angebrüllt hat, Oma und Mama sich weinend in den Armen lagen, und ich ihnen erklärt habe, dass dieser Schritt wichtig für dich ist, hast du mir so dankbare Blicke zugeworfen, dass alles andere überflüssig war.«

Dieser Morgen, von dem Mats sprach, war wirklich nicht gut verlaufen. Wir hatten uns zum wöchentlichen Familienbrunch getroffen, was so viel bedeutete wie: Alle Müllers kamen in Omas und Opas Esszimmer zusammen. Also Mama, Papa und meine Brüder samt ihren Anhängseln. Eine riesengroße Partnerveranstaltung, bei der ich der einzige Single war. Und wenn Tim nicht immer öfter darauf gedrängt hätte, unsere Beziehung öffentlich zu machen und ihn zum Familienbrunch mitzunehmen, wäre bestimmt alles anders gekommen. Keine Exmatrikulation wegen unnötiger Panik. Kein Durchforsten der europäischen Wohnungsbörse. Und vermutlich hätte ich mich nicht für ein WG-Zimmer im Londoner Stadtteil Camberwell beworben. Wobei ich Tim keine Schuld daran gab. Er hatte nichts falsch gemacht. Na ja, außer sich in den absolut falschen Kerl zu verlieben.

Einem Kerl, der sich jahrelang selbst belogen hatte, weil er es einfach nicht schaffte, sich zu akzeptieren. Und das ohne wirklichen Grund. Ehrlich gesagt wäre ein Outing vermutlich leichter gewesen, als meine Familie über meine Umzugspläne in Kenntnis zu setzen. Mama und Oma hatten ihre Lachsbrötchen mit Tränen getränkt und Opa irgendwas von einem Visum und Aufenthaltsbeschränkungen gebrüllt.

Ich war mir ziemlich sicher, dass sie ein Outing besser aufgenommen hätten. Ein einfaches Ich bin …

Ja, was eigentlich? *Bisexuell?*

Immerhin hatte ich schon was mit Mädchen gehabt.

Männer machten mich momentan allerdings mehr an.

Also vielleicht doch schwul?

Tims Berührungen und Küsse hatten sich gut angefühlt. Sehr gut sogar.

Gott, wieso dachte ich jetzt schon wieder darüber nach? Ich hatte mit Mats eigentlich über etwas ganz anderes gesprochen. Nur was? Panisch durchforstete ich mein Gehirn. Ach ja. Meine Dankbarkeit, weil er mich wegen meiner Umzugspläne ab der ersten Sekunde an unterstützt hatte. Und das, obwohl sie auch für ihn eine Überraschung gewesen waren.

»Der aufregendste Familienbrunch seit Langem«, sagte ich.

»Oh ja«, stimmte Mats sofort zu. »Aber um wieder auf deine aktuelle Situation zurückzukommen: Wieso öffnet dir niemand die Tür?«

»Eine wirklich gute Frage, die ich dir leider nicht beantworten kann.«

»Du solltest deine Vermieterin anrufen. Sie hat dir bestimmt ihre Kontaktdaten gegeben, oder?«

»Ja, hat sie. Mache ich dann gleich im Anschluss an unser Gespräch. Ich wollte mich nur mal kurz bei dir ausheulen.«

»Immer doch.«

In diesem Moment war ich noch dankbarer als sonst, ihn zu haben.

»Wo bist du überhaupt?«, fragte ich ihn.

»An der Uni. Hab mir ein Buch aus der Bibliothek geholt. Jetzt sitze ich auf den Stufen vor dem Gebäude und beobachte gestresste Studenten.« Etwas, das Mats nicht kannte. Komischerweise war er immer tiefenentspannt. Manchmal wünschte ich mir, ich wäre in dieser Hinsicht ein bisschen mehr wie er.

»Klingt nach einer netten Beschäftigung«, sagte ich.

»Noch schöner würde ich es finden, wenn du auch hier wärst.«

Klar doch. »Versuchst du gerade, mir ein schlechtes Gewissen zu machen?«

»Funktioniert es denn?«

»Nicht wirklich.«

Mats lachte laut auf. »Scheiße.« Dann schwieg er kurz. »Irgendwie ist es schon eigenartig zu wissen, dass du jetzt in einem anderen Land bist.«

»Finde ich auch. Du kannst gern nachkommen«, bot ich nicht ganz selbstlos an.

»Das wird Lena nicht gefallen.«

»Dann nimm sie mit«, schlug ich vor.

»Hast du nicht gesagt, du willst zu dir selbst finden?«, wandte Mats ein. »Und das am besten allein?«

So hatte ich meinen Umzug zumindest dem Rest der Familie präsentiert. Nicht ganz gelogen, aber auch nicht die volle Wahrheit.

»Vor allem wollte ich weg von Tim.« Mats war der Einzige, der von Tim und mir wusste. Mich ihm anzuvertrauen, war wie mit dem eigenen Spiegelbild zu sprechen. Und wenn ich mich länger als fünf

Minuten mit ihm in einem Raum befand, platzten im Normalfall sämtliche Neuigkeiten regelrecht aus mir heraus.

»Ha!« Ich musste das Smartphone etwas von meinem Ohr weghalten, da er so geschrien hatte. »Ich wusste es!«

»Was wusstest du?«, wollte ich von ihm wissen.

»Dass du wegen deiner Gefühle für ihn abgehauen bist. Und weil du dich nicht mit ihnen auseinandersetzen wolltest.«

»Ich bin nicht *abgehauen*, sondern auf der Suche. Nach mir selbst.«

Mats seufzte laut. »Nenn es, wie du willst. Fakt ist, dass du vor deinen Gefühlen für einen Mann davonläufst.«

»Hey«, beschwerte ich mich. »Damit klarzukommen, ist gar nicht so einfach.«

»Ja, vor allem, wenn man sich den Tatsachen erst mit zweiundzwanzig stellt«, murmelte er. Leider nicht leise genug. »Ich hoffe, du weißt, dass es für mich keinen Unterschied macht, dass du auf Kerle stehst. Das hab ich dir schon tausendmal gesagt. Du bist und bleibst mein Bruder.«

Das wusste ich. Es tat dennoch gut, es zu hören. »Danke, Mats.« Laut seufzte ich auf. »Ich weiß auch, wir haben die Sache schon einige Male durchgekaut, aber ich mache mir keine Sorgen wegen unserer Familie. Ich hab einfach eine … Fehlzündung in meinem Gehirn, denn *ich* hab ein Problem mit mir.«

»Levi.« Mats klang traurig. »Ich wünschte, ich könnte dir helfen.«

Mir konnte niemand helfen. »Ich muss es selbst schaffen.«

»Alter, wie soll das gehen? Du dachtest mit fünfzehn, du müsstest hetero sein, weil ich ebenfalls hetero bin und wir Zwillinge sind.«

Das war zugegebenermaßen sehr dumm gewesen. »Ich hatte die Sache damals nicht wirklich durchdacht.«

»Boah, Levi. Wenn du mal eine Sekunde ehrlich zu dir bist, dann musst du doch zugeben, dass du die Sache«, er betonte das Wort extra fies, »auch jetzt noch nicht durchdacht hast. Du drückst dich davor, dir ernsthaft Gedanken über deine Sexualität zu machen, und ich verstehe einfach nicht, warum.«

»Ich auch nicht«, flüsterte ich und mein Blick fiel auf eine etwas ältere Dame, die gerade mit ihrem Einkaufstrolley an mir vorbeiging.

Ich nickte ihr freundlich zu, was sie zu einem kleinen Lächeln animierte.

»Okay, offensichtlich ist es meine Schuld«, sagte Mats.

»Hä?« Meine Gedanken waren immer noch bei der britischen Lady, die elegant wie eine der Royals weiter die Straße entlangging.

»Ich bin schuld, dass du dich für heterosexuell gehalten hast«, meinte Mats. »Und ich glaube, in deinem Kopf hat das alles durchaus Sinn ergeben. Du hast dir vermutlich gedacht: Er sieht aus wie ich. Und wenn er auf Frauen steht, dann wird das bei mir auch so sein. Immerhin besitzen wir die gleichen Gene.«

Er brachte den Kern meiner Gedanken auf den Punkt. Leider …

»Ich hab dir nie die Schuld gegeben.«

»Beim Rest stimmst du mir zu?«

»So ziemlich«, bestätigte ich. »Man wird geboren und ist quasi automatisch hetero.«

»Na ja, jetzt machst du es dir schon einfach.« Ich konnte Mats' skeptischen Gesichtsausdruck richtig vor mir sehen. Er ließ mich nur selten mit etwas davonkommen und war meistens strenger mit mir als unsere Eltern. »Was war zum Beispiel damals, als Niklas sich geoutet hat? Hast du da nicht gedacht: Hey, ich finde Männer auch attraktiver als Frauen.«

Ich legte den Kopf in den Nacken und sah in den Himmel, an dem dunkle Wolken aufgezogen waren. Ich hoffte, dass es nicht zu regnen beginnen würde. »Nein, ich hab mir gedacht, wenn mein kleiner Bruder schwul ist, dann bin ich es bestimmt nicht. Du weißt schon, statistisch gesehen sind in einer Familie nicht zwei Brüder schwul.«

»Und dass du vielleicht bi sein könntest, hast du nicht bedacht?«, wollte Mats wissen.

»Natürlich kam mir der Gedanke. Allerdings mache ich immer eine ganz spezielle Sache, wenn ich darüber nachdenke«, gab ich zu.

»Was denn?«

»Ich zwinge mich, damit aufzuhören.«

»Warum?« Komischerweise stellte Mats diese Frage sehr häufig.

»Na, weil es ja mit Frauen auch funktioniert«, sagte ich. Gut sogar.

Okay, vielleicht nicht mehr sooo gut wie vor ein paar Jahren, aber es lief immer noch … passabel? Ich durchlebte bestimmt eine Phase. Fühlte mich aktuell nur ein bisschen mehr zu Kerlen hingezogen. Das würde wieder vergehen.

»Und mit Männern geht es besser?« Was stimmte mit Mats nicht? Warum konnte der Kerl Gedanken lesen?

Ich starrte resigniert in den wolkenverhangenen Himmel. »Offensichtlich nicht, denn sonst würde ich jetzt nicht auf einer Parkbank mitten in London sitzen.«

»Touché.« Daraufhin schwiegen Mats und ich uns einvernehmlich an und hingen beide unseren Gedanken nach. Vielleicht hatte er auch gemerkt, dass ich im Moment nicht mehr über dieses Thema sprechen wollte, und gab mir den nötigen Freiraum, um mich zu sammeln.

»Ich glaube, ich brauche wirklich einfach mal Zeit für mich«, seufzte ich. »Es ist wichtig, herauszufinden, wer ich bin, wenn ich nicht dein Zwillingsbruder bin. Oder der Sohn meiner Eltern. Weißt du, was ich meine?« Mir sollte niemand im Nacken sitzen. Weder meine Familie noch Tim.

»Sogar sehr gut. Du bist auf der Suche nach dem richtigen Levi. Tust du mir aber einen Gefallen?«

»Was denn?«

»Wenn du das nächste Mal über deine Sexualität nachdenkst, hör nicht mittendrin damit auf. Lass es stattdessen zu.«

Ich setzte mich wieder etwas gerader hin. »Ich probier's.«

»Na gut, dann werde ich nicht länger den zehn Minuten älteren Zwilling raushängen lassen und auflegen, damit du endlich deine Vermieterin anrufen kannst.«

Stimmt, da war ja was. »Mats?«

»Ja?«

»Danke fürs Zuhören.«

»Immer doch«, sagte er, bevor wir das Gespräch beendeten.

Ich hätte ihm gern gesagt, dass ich ihn jetzt schon vermisste und am liebsten neben ihm auf den Stufen vor der Bibliothek sitzen würde. Allerdings hatte ich die Worte nicht über die Lippen gebracht, da sie wie ein Eingeständnis geklungen hätten. Und ich wollte, dass das hier funktionierte. Nicht nur, weil ich das erste Mal in meinem Leben auf mich allein gestellt war. Auch weil ich dieses eklige Gefühl loswerden wollte, irgendwelche Erwartungen erfüllen zu müssen, die es vermutlich nicht einmal gab, aber die in meinem Kopf definitiv existierten.

Kapitel 3

Gleich nach dem Auflegen wählte ich Camilas Nummer. Vorbildlich waren die Kontaktdaten meiner Vermieterin in meinem Telefonbuch eingespeichert und wir hatten auch schon zuvor einige Textnachrichten geschrieben. Camila war verdammt nett, das könnte jedoch auch an der typisch britischen Höflichkeit liegen.

Zu meiner Verwunderung ging sie sofort ran, allerdings konnte ich sie nicht hören, dafür die laute Musik im Hintergrund umso besser. Hatte sie bereits etwas gesagt?

»Hallo? Camila?«, rief ich ins Telefon.

Ich erntete unverständliches Gemurmel und konnte mich weiterhin an den lauten Bässen erfreuen. Aber ich wertete es als gutes Zeichen, dass sie das Gespräch nicht sofort abbrach. Und ich hatte plötzlich die Hoffnung, dass Camila in der Wohnung war und die Klingel nur wegen der lauten Musik, die immer noch aus dem Wohnhaus kam, nicht gehört hatte.

Die Hintergrundgeräusche, die durchs Telefon drangen, wurden leiser und endlich hörte ich ein verwundertes »Levi Müller?« durch die Leitung. Sie sprach meinen Namen nicht typisch deutsch, sondern in perfektem Englisch aus, und so wurde ich zu *Livay Miller*. Offensichtlich hatte ich keinen besonders geeigneten Auswanderernamen.

»Ja, hier ist Levi«, bestätigte ich und betonte dabei meinen Namen extra so, wie man es im Normalfall bei Kindern tat, um ihnen neue Wörter beizubringen.

»Hey, freut mich, von dir zu hören«, sagte sie. »Warum rufst du an?«

»Weil ich vor deiner Wohnung stehe und hoffe, dass du mir die Tür aufmachen kannst.«

»Du bist heute angekommen?«

»Ja.«

»Wolltest du nicht erst nächste Woche kommen?«

»Nein«, sagte ich und wurde langsam etwas nervös.

»Ich habe vergessen, dass du heute ankommst.«

In dem Versuch, einen Scherz zu machen, fragte ich:»Und jetzt willst du die Wohnung aufräumen, bevor du den Türsummer betätigst?«

Sie lachte fröhlich.»Würde ich, wenn ich zu Hause wäre. Aber ich bin superspontan mit ein paar Bekannten zu diesem Konzert nach Blackpool gefahren und nicht in der Stadt.«

»Du ... Wie bitte?« Und was war mit mir?

»Ach, das ist keine große Sache. Wir leben ja zu viert in dem Appartement und irgendjemand wird dich in Kürze reinlassen. Versprochen.«

»Sicher?«, fragte ich und beobachtete noch einmal den Himmel. Es sah so aus, als würde es jede Sekunde zu regnen anfangen.

»Klar doch. Ich rufe gleich Jannis an. Und wenn Jannis sich nicht meldet, versuche ich es bei Ruby. Und falls sie keine Zeit hat, dann wird Henry dich reinlassen.«

Das klang nach einem Plan.»Okay, ich sitze auf der Parkbank gegenüber vom Haus und hoffe, dass es nicht zu regnen beginnt.«

»Hast du keinen Schirm dabei?«, fragte sie.

»Nein.«

»Du lebst jetzt in London. Du wirst einen Regenschirm brauchen.«

Ich schnaubte.»Danke für die Info. Ich kann mir ja in der Zwischenzeit einen besorgen.« Später, wenn Papa die Sache mit der Karte für mich geregelt hatte.

»Super. Ich freue mich, dass du gut angekommen bist. Wir sehen uns, wenn ich wieder da bin.«

»Bis in ein paar Tagen«, verabschiedete ich mich von Camila und hoffte darauf, dass sich alle meine Probleme bald in Luft auflösen würden.

Etwa drei Stunden später bekam ich endlich meinen Vater ans Telefon.

»Kai Müller«, meldete er sich total professionell.

»Hast du meine Nummer gelöscht, als ich das Land verlassen habe?«, fragte ich ihn. Gleichzeitig kam mir der Gedanke, dass ich in den letzten Stunden eigentlich nichts anderes getan hatte, als zu telefonieren. Zuerst mit Mats. Dann mit Camila, im Anschluss ein Videotelefonat mit Oma, die nebenbei einen Gugelhupf gebacken und sich darüber beschwert hatte, dass Opa bestimmt nichts mehr mit sich anzufangen wusste, wenn er in wenigen Tagen in Rente gehen würde.

»Spinner«, lautete Papas Antwort. »Ich fahre mit dem Auto und konzentriere mich auf den Straßenverkehr.«

»Sehr lobenswert. Du hast doch nicht das Handy am Ohr?«

»Freisprechanlage«, sagte er. »Also, was willst du? Ich werde dich nicht abholen müssen, oder?« Wieso dachten immer alle, dass ich etwas von ihnen wollte, wenn ich mich meldete?

»Nur, falls du Lust auf eine Spritztour nach London hast.«

»Ehrlich gesagt freue ich mich auf zu Hause. Deine Mutter hat Lasagne gekocht und wenn ich zu spät komme, isst Mats mir alles weg.« Mats war nun der Einzige meiner Brüder, der noch richtig daheim wohnte. Felix hatte seit einigen Jahren eine eigene Wohnung und Niklas war sowieso immer bei Alexej. Er würde in den nächsten Tagen oder Monaten bestimmt offiziell bei ihm einziehen. Er schleppte ja schon ständig Zeug aus seinem Zimmer zu seinem Freund. Lange konnte es also nicht mehr dauern.

»Boah, ich hab auch Hunger«, jammerte ich. Mein Magen hatte vor einer Stunde angefangen, laut zu grummeln. Ich würde im Moment alles für etwas Essbares geben. »Was mich auch gleich zum Thema bringt.«

»Du brauchst also doch was.«

»Ja, eine funktionierende Karte.«

»Ach so, das habe ich bereits mit Heinz geregelt. Du hattest ein Taschengeldkonto, das mussten wir umstellen.« Zum Glück hatte außer mir niemand diesen Satz aus Papas Mund gehört, denn mir war die Tatsache sehr peinlich, dass ich mit zweiundzwanzig Jahren noch Besitzer eines Taschengeldkontos gewesen war. »Wie konntest du das bisher nicht merken?«, fragte Papa.

»Na ja, mit der Karte konnte ich ja innerhalb von Deutschland auch so bezahlen und für Onlineshopping habe ich mir immer Mamas Kreditkarte geliehen.«

»Gut gelöst.« Papa lachte laut auf. »Hast du dir eigentlich schon überlegt, wie du auf Dauer deinen Lebensunterhalt in London verdienen willst? Bei deinem aktuellen Job wirst du nicht gut genug bezahlt und deine Ersparnisse werden nicht ewig reichen.« Papa hatte mir eine Stelle in einer Werbeagentur eines alten Freundes besorgt. Eigentlich hatten die niemanden gesucht, ohne Visum konnte man jedoch seit dem Brexit nicht so einfach nach London ziehen. Einen Studienplatz hatte ich so schnell auch keinen bekommen, also war nur ein Arbeitsvisum infrage gekommen. Leider handelte es sich bei meinem künftigen Job um eine Halbtagsstelle.

»Ich hänge mich im neuen Job einfach total rein, damit die meine Stundenzahl erhöhen. Oder ich suche mir einen zweiten Job.« Vielleicht als Uber-Fahrer, der Touristen aus der Europäischen Union mit Euros bezahlen ließ? Wäre eine Marktlücke, aber dazu bräuchte ich erst mal ein Auto. Und die Erlaubnis, mir überhaupt einen zweiten Job suchen zu dürfen. Soweit ich wusste, war meine Aufenthaltsgenehmigung nämlich an meinen Job gebunden. Da ich dringend aus Deutschland weggewollt hatte, hatte ich einfach beim erstbesten Angebot zugegriffen. Auch, wenn ich jetzt von meinen Ersparnissen leben musste.

Papa sah das wohl genauso. »Und welchen?«

»Stripper?«, schlug ich vor.

Die wurden in bar bezahlt.

»Hast du dich selbst mal tanzen sehen?« Er lachte dröhnend. Nein, hatte ich nicht. Wenn meine Tanz-Skills auch nur entfernte

Ähnlichkeit mit denen von Mats hatten, dann wusste ich, warum Papa diese Frage gestellt hatte.

»Okay, ich verstehe den Einwand. Vielleicht Escort?«

»Wenn du das wirklich ernst meinst, dann würde ich dir raten, dass du deine Mangas gegen die Tageszeitung tauschst, denn ich glaube nicht, dass sich Leute, die sich einen Escortservice leisten können, mit dir über Naruto unterhalten wollen.«

Beleidigt schob ich die Unterlippe vor. »Ich mag den Zeichenstil. Und er ist ein Ninja. Ninjas sind cool.«

Ich war mir nicht sicher, bildete mir aber ein, ein geflüstertes »Gott, steh mir bei!« zu hören.

»Ich muss mich nicht für meine Liebe zu Mangas entschuldigen, denn ich mag Kunst. Jeglicher Art. Und Mangas sind Kunst …«

Mama war Kunstlehrerin. Und Künstlerin. Als ich jünger gewesen war, hatte ich ganze Nachmittage in ihrem Atelier verbracht und dabei zugehört, wie sie über Künstler und ihre Werke philosophiert hatte. Papa und meine Brüder interessierten sich nicht für Malerei. Und ich mochte die Tatsache, dass Mama und ich eine Gemeinsamkeit hatten, die nur uns gehörte.

»Natürlich musst du das nicht. Mal ernsthaft, Levi. Escort? Gibts keine Alternativen, die besser zu dir passen?«

Ich zuckte mit den Schultern. »Ich spinne ja sowieso nur rum. Du weißt ja, dass meine Aufenthaltsgenehmigung an meinen Job gebunden ist.«

»Ich mache mir eigentlich keine Sorgen um dich. Du bist wie eine Katze. Du fällst vom Baum und landest immer wieder auf den Füßen.« Manchmal fragte ich mich, warum Papa mich so sehen konnte, wenn ich es nicht einmal selbst schaffte. Für alle war ich dieser chaotische Mensch, der wie eine Biene von Blume zu Blume flog und sich nicht darum scherte, was hinter ihm passierte. Aber es war verdammt gut, zu wissen, dass Papa an mich glaubte. Wenn alle anderen es schon nicht taten …

»Danke«, flüsterte ich.

»Wegen deiner Karte?« *Nein, nicht deshalb. Danke für deinen unerschütterlichen Glauben an mich.*

Laut sagte ich das natürlich nicht. »Genau deswegen.«

»Alles gut, Levi. Du weißt, ich würde auch nach London kommen, wenn du mich brauchst. Trotz Lasagne.«

Ich lachte leise. »Danke. Ich habe hier alles im Griff.« Zumindest fast.

»Ich freue mich schon auf Fotos von deinem Zimmer«, sagte er noch und dann verabschiedeten wir uns.

Kaum hatte ich mein Smartphone neben mich auf die Parkbank gelegt, die ich in den letzten Stunden sehr lieb gewonnen hatte, tauchte ein junger Mann vor mir auf. Sein blondes Haar war verstrubbelt, sein Hemd zerknittert und er hielt sich an seinem Coffee-to-go-Becher fest, als wäre er eine Rettungsleine.

»Levi Müller?« Auch bei ihm klang es mehr nach *Livay Miller*.

Ich nickte. »Levi.« Wieder betonte ich meinen Namen extra deutsch, denn ich hatte nicht vor, mir ein englisches Pseudonym zuzulegen. Er kämmte mit den Fingern durch sein Haar. »Levi«, wiederholte er und runzelte dabei konzentriert die Stirn. »Merke ich mir.« Er streckte mir die Hand entgegen. »Mein Name ist Henry und ich bin dein Mitbewohner.« Ich wäre am liebsten aufgesprungen und hätte mich in seine Arme geworfen, aber Henry wirkte auf den ersten Blick wie ein sehr geradliniger Mensch, der mit spontanen Zuneigungsbekundungen nichts anfangen konnte. Also hielt ich mich zurück, stand gesittet auf und schüttelte seine Hand. »Schön, dich kennenzulernen.«

»Tut mir leid, dass du den ganzen Nachmittag auf dieser Bank verbringen musstest«, sagte er. »Ich konnte nicht früher von der Arbeit weg.«

»Kein Ding. Zum Glück hat es ja nicht geregnet.« Wie aufs Stichwort landete ein großer Regentropfen mitten auf meiner Nasenspitze. Schnell wischte ich ihn weg. »Zumindest bis jetzt.«

»Wir sollten reingehen«, schlug Henry vor und ich nickte euphorisch.

»Unbedingt.« Ich suchte meine Sachen zusammen und dann gingen wir gemeinsam auf mein zukünftiges Zuhause zu. Bei der Tür angekommen, zog Henry einen Schlüssel aus der Hosentasche und

schloss auf. Er hielt mir die Tür auf und ließ mich vorausgehen.
»Erster Stock«, sagte er zu mir. »Soll ich dir mit dem Koffer helfen?«

Wir konnten uns sogar in normaler Lautstärke unterhalten, da nun keine Club-Musik mehr durch das Gebäude schallte. Und ich war minimal aufgeregt. Klar, die erste Hürde war geschafft. Ich hatte einen Mitbewohner kennengelernt. Und Henry wirkte sehr nett. Im Normalfall schloss ich relativ schnell neue Bekanntschaften, und wenn er nicht abblockte, dann könnten wir bestimmt gute Freunde werden. Trotzdem war ich nervös, denn ich kannte die Wohnung nur von Bildern.

Ein WG-Zimmer zu mieten, ohne es jemals live gesehen zu haben, war ein bisschen so, wie sich mit einem Tinder-Match zu verabreden. Man wusste nie, was man im Endeffekt bekam.

Das, was das Foto versprach, oder eine durch zahlreiche Filter aufgehübschte Version.

»Nein, danke«, lehnte ich Henrys Angebot ab.

Mein Gepäck und ich hatten es bis hierher geschafft, wir würden auch noch die letzten paar Meter ohne Hilfe meistern.

Kapitel 4

»Herzlich willkommen.« Henry machte eine einladende Geste und ich ging ihm voraus in die Wohnung. Schon nachdem ich den Eingangsbereich betreten hatte, verspürte ich große Erleichterung. Mit den vielen Jacken, die sogar teilweise übereinander an Garderobenhaken hingen, und den am Boden verteilten Schuhen wirkte es total chaotisch. Und ich liebte es. Ich war immerhin das personifizierte Chaos. Außerdem kam ich aus einem Sechs-Personen-Haushalt, in dem immer etwas herumlag, aber – und das war nicht nur meiner Mutter, sondern auch mir wichtig gewesen – es war sauber. Man konnte also sagen, dass ich mich sofort zu Hause fühlte.

Henry trat sich seine schwarzen Schuhe von den Füßen und schob sie mit den Zehen zu einem Haufen Sneakers. »Entschuldige, dass hier so viel herumliegt. Im Normalfall räumen wir ungefähr einmal in der Woche unser ganzes Zeug wieder zurück in die Garderobenschränke.« Er zeigte auf zwei große weiße Schränke mit Schiebetüren.

»Das ist total in Ordnung.« Ich rollte den Koffer zur Seite und ließ meinen Rucksack von den Schultern gleiten. Danach zog auch ich mir die Sneakers aus. Mit meinen lila-schwarz gestreiften Socken stand ich da und sah Henry abwartend an.

Er fuhr sich etwas überfordert mit der Hand durchs Haar. »Ähm … Normalerweise führt Camila immer die Neuen rum«, sagte Henry. »Ich bin also nicht besonders versiert in diesem Job.«

»Die Neuen? Wie viele Neue gab es denn, seit du hier wohnst?«

Ertappt sah Henry mich an und schien zu verstehen, wie seine Worte geklungen hatten. »Oh, das kam vermutlich falsch rüber.

Einige sind nach der Ausbildung wieder zurück nach Hause gezogen oder wohnen jetzt mit ihren Partnern zusammen. Nur ich bin noch da.« Er lachte. »Das hier ist zwar Camilas Wohnung, aber ich gehöre inzwischen beinah schon zum Inventar.«

Nachdenklich sah ich ihn an. »Wie alt bist du eigentlich?«

»Fünfundzwanzig«, antwortete er prompt. Henry sah definitiv jünger aus. Eher wie zwanzig.

»Und Camila?«

»Auch fünfundzwanzig, glaube ich.«

Verwirrt sah ich ihn an. »Glaubst du?« Hatte er nicht eben gesagt, dass sie schon lange zusammenwohnten?

»Ja?« Henry fummelte erneut an seinen Haaren herum. Offensichtlich tat er das immer, wenn ihm etwas unangenehm war. »Ähm … Ich zeige dir mal alles.«

»Danke.«

Henry ging nach rechts und ich folgte ihm durch eine offene Tür. »Das ist unsere Küche.« Er stellte seinen Coffee-to-go-Becher auf der Küchenzeile ab.

»Wow. Richtig groß«. Das dominanteste Merkmal war wohl die Kücheninsel samt riesigem Kochfeld. Alle Geräte und Möbel wirkten relativ neu und hochwertig. Und ich war vom ersten Moment an verliebt. »Kocht ihr hier oft zusammen?«

Ich liebte das Kochen. Und Essen. Schon von klein an hatte ich dank Oma jede Menge Rezepte aus Kinderkochbüchern nachgekocht. Da meine Eltern sehr jung gewesen waren, als sie meine Brüder und mich bekamen, hatten wir bis ein paar Jahre nach meiner Geburt bei Oma und Opa gewohnt. Weil Mama damals noch zur Schule gegangen war. Bei Mats und mir hatte sie es immerhin schon an die Uni geschafft. Ich fragte mich oft, wie sie Mann, Familie und Studium unter einen Hut gebracht hatte, während mich bereits die Gefühle für einen Kerl überforderten. Oder das Leben generell.

»Wir sind eher die Sandwich- und Lieferservice-Menschen«, sagte Henry.

Schockiert sah ich ihn an.

»Bitte sag mir, dass du da eben einen Scherz gemacht hast. Wie kann man in einer so großartigen Küche keine Lust aufs Kochen bekommen?«

»Indem man ein miserabler Koch ist«, antwortete Henry trocken.

»Die ganzen Arbeitsflächen«, schwärmte ich weiter. »Dort könnte man super Weihnachtsplätzchen backen.« Allerdings stand der Sommer erst vor der Tür und die Zeit für Vanillekipferl und Co war definitiv noch nicht gekommen. Es gab jedoch ein paar Sommerdesserts, die ich hier zubereiten könnte.

»Na ja, bis dahin sind es leider noch einige Monate«, sagte Henry, als hätte er eben einen ähnlichen Gedankengang wie ich gehabt. »Bist du zufällig Koch? Oder warum bringt dich eine Küche so zum Schwärmen?«

Ich schüttelte den Kopf. »Nein, ich mach das nur hobbymäßig. Am liebsten gemeinsam mit meiner Oma und meiner Mutter. Die probieren genauso gern neue Gerichte aus wie ich.« Dass wir uns oft Rezepte schickten, die wir zusammen kochen wollten, und deshalb unsere eigene WhatsApp-Kochgruppe hatten, erzählte ich jetzt besser nicht, sonst hielt er mich bestimmt für ein Mama- oder Omakind.

Was ich war. Das musste man nur niemandem auf die Nase binden. Wobei ich, wenn man es ganz genau nahm, ein Familienmensch war. Ich war gern mit meinen Eltern und Großeltern zusammen, aber noch lieber mit meinen Brüdern. Richtige Freunde hatte ich kaum, dafür unzählige Bekannte. Ich war generell ein Mensch, der viel Zeit mit anderen Leuten verbrachte und ungern allein war.

»Vielleicht findet sich in der WG ja ein verkannter Hobbykoch oder eine Hobbyköchin«, meinte Henry.

»Wer außer Camila und dir wohnt noch hier?«, fragte ich und ging zum Küchenblock. Ich konnte mich leider nicht mehr an die Namen der anderen erinnern, die Camila am Telefon aufgezählt hatte.

»Jannis und Ruby.« Henry ging nicht weiter auf die anderen ein, sondern zeigte in Richtung des Esstischs. »Wir haben auch eine Sitzecke. Nur sitzen wir eigentlich nie dort.«

Dabei sah es so gemütlich aus. Der Tisch war quadratisch und fügte sich perfekt in die kleine Nische ein. Drei Bänke mit bunten Sitzkissen standen entlang der Halbwände aufgereiht. Außerdem gab es zwei Stühle auf der wandfreien Seite. Man könnte dort gemütliche WG-Abende mit Brettspielen, Chips und Wein verbringen.

»Haltet ihr euch eher im Wohnzimmer auf?«, fragte ich.

Henry runzelte die Stirn. »Hat dir Camila keine Fotos von der WG geschickt?«

Ich schüttelte den Kopf. »Nur von meinem Zimmer.«

»Aha«, machte Henry und erklärte dann: »Wir haben kein Wohnzimmer.«

»Ihr habt kein … wieso?«

»Mehr freie Zimmer, weniger Miete.«

Und ich hatte mich schon gewundert, denn die fünfhundertzwanzig Pfund waren mir für Londoner Verhältnisse extrem günstig vorgekommen. »Haben sie euch nicht die Haustür eingerannt wegen des Zimmers? Ich war ein wenig verwundert, dass ich so schnell eine Zusage bekommen habe.«

Henry sah mich nachdenklich an. »Du kommst ursprünglich nicht aus Großbritannien, oder?«

»Nein. Hört man das so krass?«

»Klar, aber darum geht es nicht. Bestimmt hat Camila gefallen, dass du aus einem anderen Land kommst, und hofft, dass sie dich besuchen kann, wenn du irgendwann wieder in deine Heimat ziehst.«

»Ganz schön berechnend.«

Henry schüttelte den Kopf. »So würde ich das nicht sehen. Camila ist einfach gern unterwegs und reist eigentlich ständig. Sie ist so gut wie nie da, das wirst du bald merken.«

»Hat sie denn keinen Job?«, fragte ich ihn.

»Doch, doch. Sie arbeitet irgendwas online.« Unvermittelt drehte Henry sich um und ich bekam nicht mehr die Chance, näher nachzufragen. »Ich zeige dir den Rest der WG.«

Ich folgte ihm wieder zurück zum Eingangsbereich. Links neben der Eingangstür gab es eine weitere Tür. »Toilette«, sagte er und bog dann in einen weiteren Flur ab. »Hier auf der rechten Seite ist Camilas Zimmer. Gegenüber liegt meines. Das Badezimmer hier rechts teilen sich Camila und Ruby, das linke Jannis und ich.

Ich nickte schnell und Henry fuhr mit der Führung fort. »Die Zimmer von Jannis und Ruby liegen sich auch gegenüber.« Dann ging er auf die Tür am Ende des Flurs zu und öffnete sie. »Und hier wirst du in Zukunft wohnen.«

Er machte einen Schritt zur Seite, damit ich eintreten konnte. Bereits im Türrahmen erstarrte ich. »War das mal eine Abstellkammer?«

»Abstellkammern haben selten Fenster. Denke ich.«

»Wie groß soll dieses Zimmer sein?«

»Im Grundriss steht neun Quadratmeter.«

Ich ging in mein zukünftiges Zuhause und drehte mich einmal im Kreis. Wenn ich jetzt die Hände ausstrecken würde, könnte ich die Wände auf beiden Seiten des Raumes berühren.

Kopfschüttelnd sah ich mich um. Das Zimmer sah deutlich anders als auf den Fotos aus, die Camila geschickt hatte. Es lag eine alte Matratze auf dem Boden, daneben stand eine Holzkiste, die wohl als Nachttischchen dienen sollte. Ansonsten gab es nur noch eine Kleiderstange und das wars.

»In der Anzeige stand voll möbliert.« Fassungslos starrte ich auf die *Einrichtung*.

»War es auch, bevor Pete Camila abgezockt hat und mit den Möbeln verschwunden ist.«

Tja, ich hatte gerade kein Mitleid mit ihr. Ob dieser Pete in seiner neuen Bleibe womöglich Platz für mich hatte?

»Nett«, sagte ich.

Aufmunternd klopfte mir Henry auf die Schulter. »Auf Pinterest findest du bestimmt viel Tiny-Living-Inspiration.«

»Hoffentlich«, murmelte ich auf Deutsch und drehte mich zu ihm um. Schweigend standen wir uns gegenüber. Henry entging meine Enttäuschung nicht, denn er trat nervös von einem Bein auf das andere und knetete unruhig seine Hände.

Zum Glück rettete ihn die Frau, die eben aus dem Zimmer neben meinem kam, aus der unangenehmen Situation. Sie hatte Kopfhörer auf und bewegte den Kopf zum Takt der Musik. Beinah wäre sie in Henry hineingelaufen, stoppte aber im letzten Moment.

»Whoa, Henry. Wieso stehst du hier im Flur herum?« Sie zog sich die Kopfhörer von den Ohren und sah zu ihm auf, da er deutlich größer als sie war. Die beiden nebeneinanderstehen zu sehen, war ein Bild der Kontraste. Während Henry eher schlaksig war, hatte sie Kurven und war relativ klein. Er hatte blondes glattes Haar, sie dunkles gewelltes. Henry trug eine graue Stoffhose und ein weißes Hemd, sie hingegen war in eine Jogginghose und in einen Wohlfühlpulli gehüllt.

»Ich zeige Levi die Wohnung«, erklärte er.

»Levi?«, wiederholte sie meinen Namen und man hörte deutlich die Verwirrung aus ihrer Stimme.

»Unser neuer Mitbewohner«, sagte er und ihr Blick fiel das erste Mal auf mich.

Ich stand im Türrahmen meines neuen Zimmers und fühlte mich etwas unbehaglich, weil sie mich mit zusammengezogenen Augenbrauen musterte. Doch innerhalb kurzer Zeit erschien ein freundliches Lächeln auf ihrem Gesicht und sie kam mit ausgestreckter Hand auf mich zu. »Schön, dich kennenzulernen, Levi.« Sie bemühte sich hörbar, meinen Namen richtig auszusprechen, und ich freute mich wirklich darüber. »Ich bin Ruby und wir wohnen offensichtlich ab jetzt Wand an Wand.«

»Dann können wir uns ja nachts Klopfzeichen geben«, scherzte ich. Lachend schüttelten wir uns die Hände.

»Sorry, ich arbeite nachts«, erklärte Ruby. »Wenn du tagsüber irgendwelche Morsezeichen probieren willst, sag Bescheid.«

Henry lachte. »Als würdest du die hören. Du hörst die meiste Zeit viel zu laut Musik.«

Sie streckte ihm die Zunge raus. »Wenn Levi nett fragt, kann ich sie mal leiser drehen. Oder Kopfhörer verwenden.« Fragend sah sie mich an. »Willst du lieber in Ruhe dein Zimmer beziehen oder vielleicht 'ne Coke?« Vermutlich war ich der einzige Mensch im Universum, der Cola nicht leiden konnte, aber ich würde das Zeug runterwürgen, wenn mich das zu einem guten Mitbewohner machte.

»Gern.« Gemeinsam gingen wir wieder zurück in die Küche, die eindeutig mein Wohlfühlort werden würde. Nachdem ich mein Zimmer gesehen hatte, war ich mir da sehr sicher.

Ruby ging zum Kühlschrank und reichte mir eine Cola-Dose, ihre eigene öffnete sie und ich tat es ihr nach. Henry nahm sich eine große Wasserflasche und goss sich ein Glas der sprudelnden Flüssigkeit ein. Im Anschluss standen wir uns ein wenig unschlüssig gegenüber. Keiner sprach ein Wort, wir starrten uns einfach nur an. Und dann fiel mir etwas auf.

»Sagt mal, gibt es mehrere Eingänge in das Gebäude?«, fragte ich und sah von Henry zu Ruby.

Henry schüttelte den Kopf. »Nein, wieso?«

»Na ja, Ruby, du bist eben aus deinem Zimmer gekommen, und da ich den ganzen Nachmittag auf einer Parkbank verbracht habe und dich nicht ins Gebäude habe gehen sehen, musst du doch eigentlich zu Hause gewesen sein.«

»War ich. Wieso hast du nicht geklingelt?«, fragte sie mich ernsthaft.

»Hab ich. Mehrmals.«

»Wann denn?«

Ich zuckte mit den Schultern. »Keine Ahnung. Um zwei Uhr herum?«

»Da muss ich Musik gehört haben.« Ein schiefes Lächeln zierte ihr Gesicht.

Tja, wenn sie diejenige gewesen war, die das Gebäude nachmittags zum Vibrieren gebracht hatte, dann konnte ich nachvollziehen, warum sie die Klingel nicht gehört hatte.

»Und Camilas Nachrichten?«, fragte Henry. »Hast du die auch nicht gesehen?« Er klang nicht böse oder aufgebracht, nur neugierig.

»Mein Smartphone muss im Flugmodus sein.« Entschuldigend sah sie mich an. »Tut mir leid.«

Ich sah zum Fenster, gegen das Regentropfen prasselten. Es war in den letzten Minuten auch merklich dunkler geworden und das, obwohl der Himmel den ganzen Nachmittag über bedeckt gewesen war.

»Zum Glück hat das Wetter mitgespielt.«

Ruby wirkte schuldbewusst. »Deinen ersten Tag hast du dir bestimmt anders vorgestellt, oder?«

»Eigentlich war es gar nicht so schlimm«, sagte ich und war erstaunt, dass ich die Worte so meinte. Auf dieser Parkbank zu sitzen und die Gegend auf mich wirken zu lassen, zwischendurch meine Familie mit Anrufen zu bombardieren, war irgendwie entschleunigend gewesen. Und unvermutet schön.

Ich fühlte mich angekommen.

Was zwar keinen Sinn ergab, da ich noch nicht einmal mein Zimmer bezogen hatte, aber dank der Fahrt mit der Tube, dem Fußmarsch hierher und dem Nachmittag im Freien waren London und ich ein Stück weit zusammengewachsen. Und ich war mir sicher, dass mir das auch mit meinen Mitbewohnern und Mitbewohnerinnen gelingen würde.

Kapitel 5

Die Eingangstür wurde genau in dem Moment aufgestoßen, als ich von der Toilette kam. Schnell machte ich die Tür hinter mir zu, damit sie nicht mit der anderen zusammenkrachte. Eine Person, tropfend und in eine übergroße schwarze Regenjacke gehüllt, schloss die Eingangstür mit einem präzisen Tritt. Krachend fiel sie zu. Vermutlich war er der letzte Mitbewohner.

Jannis.

Mit einer Hand schob er die Kapuze seiner Jacke zurück, in der anderen hielt er zahlreiche weiße Tüten, deren Inhalt sehr verführerisch roch. Er hatte mich noch nicht bemerkt und zuckte zusammen, als ich mich mit einem Räuspern bemerkbar machte. Er drehte sich zu mir um und seine Augen weiteten sich leicht, aber er war nicht der Einzige, der erstaunt war.

»Hallo?« Seine Stimme klang fragend.

Bestimmt wunderte er sich, warum der Kerl, mit dem er heute Nachmittag vor der Eingangstür für eine Sekunde Augenkontakt gehalten hatte, plötzlich in seinem Vorraum herumlungerte.

»Hey«, sagte ich und ärgerte mich über meine eigene Stimme. Ich klang, als hätte ich mit einem Reibeisen über meine Stimmbänder gerieben. Ein Räuspern später sprach ich weiter. »Mein Name ist Levi und ich bin dein neuer Mitbewohner.« Noch steifer konnte man sich nicht vorstellen. »Ich war eben auf dem Klo.« Gott, das machte die Sache natürlich auch nicht besser. *Ich war eben auf dem Klo?* Was stimmte bitte nicht mit mir? Warum hatte ich das gesagt?

Etwas irritiert sah er mich an und zuckte im Anschluss mit den Schultern. »Jannis.«

Er ging auf mich zu und drückte mir die Essenstüten in die Hand. »Kannst du das in die Küche tragen, während ich mich aus der nassen Kleidung schäle?«

Eigentlich wollte ich ihm lieber dabei zusehen, wie er sich auszog, aber das wäre nicht nur schräg, sondern auch auf mehrere Arten falsch. Andererseits hatte Mats mich ja gebeten, mir Gedanken an Männer nicht immer zu verbieten. Ich sollte sie zulassen.

Wobei ich von seinem Ratschlag nicht überzeugt war. Die Sache mit Tim war schon verwirrend genug, da brauchte ich nicht einen weiteren Kerl, der alles noch komplizierter machte.

»Gern«, antwortete ich etwas verspätet. Und warum sah ich Jannis jetzt in die warmen braunen Augen, anstatt vor ihm davonzulaufen?

»Es ist genug für alle da«, stellte er mit einem Nicken in Richtung der Tüten fest, dann brach er den Blickkontakt ab und öffnete den Reißverschluss seiner tropfenden Regenjacke.

Ich lief an ihm vorbei und widerstand dem Drang, mich nach ihm umzudrehen. Ich sollte mich auf mein Ziel konzentrieren.

Küche.

Jetzt.

Dort standen Ruby und Henry unschlüssig herum und wirkten, als würden sie gern in ihre Zimmer verschwinden. Man konnte nicht behaupten, dass wir eine flüssige Konversation geführt hatten, bevor ich zur Toilette gegangen war. Ehrlich gesagt war sie nicht über den üblichen Small Talk hinausgegangen. Aber da ich sie mit einem »Ich komme gleich wieder« zum Warten gezwungen hatte, waren sie zum Glück nicht vor mir und meinem halbwegs erträglichen Schulenglisch in ihre Zimmer geflüchtet.

»Jannis hat Essen mitgebracht.« Ich fand, dass es ein guter Zeitpunkt war, um einen Blick über meine Schulter zu ihm zurückzuwerfen, doch er war verschwunden. An seine Anwesenheit erinnerte nur noch eine kleine Pfütze im Vorzimmer.

»Haben wir mitbekommen«, sagte Ruby und nahm mir die Tüten ab. Sie stellte sie auf der Küchenzeile ab und beförderte eine Aluverpackung nach der nächsten auf die Arbeitsfläche.

»Wo sind die Teller?«, fragte ich in die Runde.

Henry ging um die Kochinsel herum und öffnete einen Küchenschrank. »Hier.« Er holte vier Stück heraus. »Und da«, er zog eine Schublade auf, »findest du das Besteck.«

»Gut zu wissen.«

»Hat bei euch jeder ein eigenes Fach im Kühlschrank?«, fragte ich ihn, weil ich nicht einfach stumm dabei zusehen wollte, wie die beiden in der Küche hantierten. »Oder macht ihr oft solche WG-Abende, bei denen ihr gemeinsam bestellt?«

»Eigentlich«, hörte ich Jannis' Stimme hinter mir, »ist das eher die Ausnahme. Aber im Restaurant wurde eine Bestellung nicht abgeholt, deshalb habe ich sie mitgebracht. Weil ich weiß, dass hier niemand gern lange am Herd steht.«

»Und jeder hat ein eigenes Fach im Kühlschrank«, beantwortete Henry auch den anderen Teil meiner Frage.

Ich nickte und konnte dem Drang nicht widerstehen, Jannis anzusehen, nachdem er sich neben mich gestellt hatte. Er hatte etwas Hypnotisches an sich. Und zu meiner Verteidigung musste festgehalten werden, dass er wirklich gut aussehend war. Sein dichtes braunes Haar war an den Seiten kürzer, während ihm der Rest lässig gestylt in die Stirn fiel. Dank der Kapuze hatte seine Frisur den Regenguss unbeschadet überstanden und er musste sich wohl in seinem Zimmer umgezogen haben, denn die Straßenkleidung war einer grauen Jogginghose und einem eng anliegenden schwarzen T-Shirt gewichen.

Boah. Mats' Vorschlag musste irgendwelche Synapsen in meinem Hirn durcheinandergebracht haben, oder warum achtete ich darauf, was er anhatte? Das sollte mich nicht interessieren.

Um mich von Jannis abzulenken, half ich Ruby beim Öffnen der Alubehälter.

»Ich liebe die Leute, die diese Bestellung nicht abgeholt haben«, sagte sie.

Verdammt, ich auch, denn Jannis hatte griechisches Essen mitgebracht. Jedes Mal, wenn meine Familie mich entscheiden ließ, wo wir auswärts essen würden, wählte ich den Griechen um die Ecke.

Wohl wissend, dass sich der Rest der Family etwas anderes gewünscht hätte.

»Du arbeitest also in einem griechischen Restaurant?«, fragte ich Jannis und konnte mich an den zahlreichen Vor- und Hauptspeisen einfach nicht sattsehen. Tarama, Zaziki, gefüllte Weinblätter, gebackene Auberginen, Schafskäse, gegrillte Paprika, Knoblauchbrot, Pita, Gyros, Souflaki, Tomatenreis und griechischer Salat ließen mir nicht nur den Sabber im Mund zusammenlaufen, sondern auch meinen Magen laut knurren.

Amüsiert sah Jannis mich an. »Gezwungenermaßen. Meine Eltern führen ein Restaurant und solange ich studiere, muss ich dort mithelfen, um einen Teil zu meinem Studentendasein beizutragen.« Er klang nicht unbedingt so, als würde es ihn stören, aber auch nicht so, als würde er es lieben.

»Oh, ich kenne das. Mein Vater hat eine Werbeagentur und meine Brüder und ich mussten je einen Sommer lang dort arbeiten. Für Felix, meinen ältesten Bruder, war das gar nichts. Mats, mein Zwillingsbruder, ging richtig darin auf. Er sieht sich selbst schon als Juniorchef. Ich fands ebenfalls extrem cool, weil man einen Haufen Ideen auf alle Leute abfeuern kann und die dann kreativen Content daraus machen.« Ich plapperte. Das bemerkte ich selbst, aufhören konnte ich trotzdem nicht. »Niklas, mein kleiner Bruder, muss dieses Jahr kein Praktikum dort machen. Der darf mit seinem Freund nach Italien reisen.« Bravo, Levi, innerhalb von zwanzig Sekunden alle Geschwister in einem Gespräch untergebracht. Das schaffte nicht jeder.

»Du hast drei Brüder?«, fragte Jannis.

Vermutlich war er Einzelkind und konnte sich nicht vorstellen, wie es war, sich mit jemandem ums Bad zu prügeln. Immerhin gab es ja in der WG zwei Badezimmer.

»Jep. Hast du auch Geschwister?«

Er schmunzelte. »Drei Schwestern. Helena, Olympia und Athina.« Das waren mal eindrucksvolle Namen. Klang nach griechischen Prinzessinnen.

»Dann kennst du dich ja mit dem Großfamilienleben aus.«

»Besser, als mir lieb ist.« In dieser Sekunde wurden mir zwei Sachen bewusst. Erstens hatte ich den Blick kein einziges Mal von Jannis genommen und zweitens alles um mich herum ausgeblendet. Das Essen. Die anderen Mitbewohner. Das war übel. Richtig übel. »Henry«, sagte ich und wandte mich wieder meinem Wohnungsguide zu. »Hast du auch -« Ich brach mitten im Satz ab und sah ihn fassungslos an. »Willst du dich gerade mit deinem Teller davonstehlen?« Er hatte sich seine Wasserflasche unter den Arm geklemmt. Ihm dicht auf den Fersen war Ruby. »Und du auch?«, fragte ich, nachdem sie ertappt innegehalten hatte. »Heute ist mein erster Tag in der WG.« Klang ich nur in meinen Ohren so jämmerlich, oder hörte sich meine vorwurfsvolle Stimme auf Englisch noch bedürftiger an? »Ich dachte, wir könnten uns ein bisschen unterhalten.«

Unverhofft kam mir Jannis zu Hilfe. »Wäre doch ein netter Einstand für Levi, findet ihr nicht auch?« Genauso wie die beiden anderen bemühte er sich, die deutsche Version meines Namens auszusprechen. Es gelang ihm sogar ziemlich gut.

»Warum eigentlich nicht?«, sagte Henry, machte eine halbe Drehung und ging auf die Sitzecke zu.

Jannis trug in der Zwischenzeit einige der Aluverpackungen zum Esstisch. Offensichtlich wollte er es sich dort gemütlich machen. Ich folgte ihm mit unseren Tellern und dem Besteck. Ruby stand unschlüssig vor uns, gab sich dann aber einen Ruck und rutschte neben Henry auf die heimelig aussehende Sitzbank. Jannis und ich brachten die letzten Behälter voller Köstlichkeiten zum Esstisch und setzten uns dann ebenfalls.

»Danke«, sagte ich und sah meine Mitbewohner an. »Also«, nahm ich danach unser Gespräch wieder auf und bediente mich zeitgleich an den ganzen Vorspeisen. »Henry? Hast du Geschwister?«

»Einzelkind«, nuschelte er und stopfte sich bereits den nächsten Bissen in den Mund, also wandte ich mich Ruby zu.

»Und du?«

»Ja. Gibt nur keinen Kontakt im Moment.« Ihr Frag-nicht-weiter-Blick war sehr eindeutig.

Stattdessen schob ich mir ein Stück gegrillte Paprika in den Mund. »So gut«, meinte ich zu Jannis. »Du musst mich unbedingt mal in euer Restaurant mitnehmen.«

»Total gern.« Wieder dieses Lächeln, das die Macht hatte, Herzen zu brechen.

»Habt ihr auch Lust?«, fragte ich die anderen, bekam jedoch kein direktes Ja, sondern nur zustimmendes Gemurmel. Ich war nicht wirklich enttäuscht, dass die Konversation mit Ruby und Henry so schleppend verlief, nur ein wenig verwundert. Denn im Normalfall passierte mir so etwas eher selten. Aber zum Glück verwickelte mich Jannis in ein Gespräch über unsere Familien und ich hörte auf, mir Gedanken über meine anderen Mitbewohner zu machen. Er schien ja Interesse daran zu haben, mich näher kennenzulernen.

Ruby schob ihren Teller zur Seite. »Ich muss mich jetzt für die Arbeit fertig machen«, sagte sie und erhob sich.

»Was genau arbeitest du denn?«

Sie grinste. »Ich lege in einem Club auf, und langsam wird es Zeit, dass ich dort auftauche. Und das lieber frisch geduscht und nicht unbedingt in einem Schlabberpulli.«

»Aber er steht dir«, sagte ich grinsend. Außerdem hatte sie wohl den coolsten Job überhaupt. Was gab es Besseres, als in einem Club aufzulegen? Da ich jegliche Art von Partys liebte, lautete die Antwort in meinem Fall wohl: Gast sein.

Das Kompliment zauberte ihr ein Lächeln aufs Gesicht. »Danke.«

Sie winkte uns zu und als sie nach ihrem Teller greifen wollte, hielt Henry sie auf. »Ich mache das schon.«

»Bester Mitbewohner aller Zeiten«, sagte sie zu ihm, was Jannis und mich zu einem beleidigten »Hey« animierte. Da wir gleichzeitig gesprochen hatten, sahen wir uns an und schmunzelten amüsiert.

Ruby achtete gar nicht mehr auf uns und verließ die Küche, während

Henry die Teller stapelte. »Kann ich eure auch mitnehmen?«, fragte er.

Ich war pappsatt und die meisten Verpackungen leer, aber ich war nicht sicher, ob ich wirklich fertig war. »Lass mal«, antwortete ich. »Vielleicht geht in ein paar Minuten noch eine kleine Portion.« Henrys Blick schweifte zu Jannis.

»Ich seh das wie Levi«, sagte der.

»Okay.« Henry stand auf und ging zur Küchenzeile. Jannis und ich beobachteten ihn dabei, wie er die Spülmaschine einräumte, sich eine weitere Wasserflasche aus dem Kühlschrank holte und uns entschuldigend ansah. »Ich muss morgen wieder früh raus. Sei mir nicht böse, Levi, ich werde mich jetzt in mein Zimmer zurückziehen.« Henry war so unfassbar höflich, dass es beinah wehtat.

Hoffentlich würde er mit der Zeit ein wenig lockerer werden.

»Ich muss sowieso noch auspacken«, sagte ich zu ihm. Nicht nur, damit er kein schlechtes Gewissen hatte, sondern auch, weil ich somit eine Ausrede hatte, um später ebenfalls in mein Zimmer zu flüchten. Wobei das dumm war, denn Jannis hatte sich als wirklich guter Gesprächspartner herausgestellt. Und ich mochte ihn, vor allem, wie liebevoll er über seine Familie sprach.

»Okay, dann wünsche ich euch einen schönen Abend.«

»Danke«, sagten Jannis und ich zeitgleich.

»Und eine gute Nacht«, fügte ich hinzu und schaute ein bisschen unschlüssig zu Jannis. Würde er jetzt ebenfalls abhauen?

Er war sich wohl auch nicht sicher, was er tun sollte, deshalb saßen wir uns stumm gegenüber und schauten uns unsicher an.

»Willst du auch schon in dein Zimmer?«, fragte Jannis vorsichtig. »Dein Tag war bestimmt anstrengend.«

»Das sagst du nur, damit du die gebackenen Auberginen allein essen kannst. Ich habe gesehen, wie sehnsüchtig du sie anstarrst.«

Jannis prustete los, zückte aber zeitgleich seine Gabel und spießte ein Stück auf. Nicht mit mir. Ich war mit drei Brüdern aufgewachsen und ich wusste die letzte Aubergine zu verteidigen. Mit der Geschwindigkeit, die sonst nur Flash zustande brachte, hatte ich die Gabel in der Hand und verteidigte das Gemüse gegen Jannis' gierige Griffel.

»Levi«, knurrte er. »Das ist mein Stück. Ich hab es mitgebracht.«
»Und ich hatte einen ziemlich nervenaufreibenden ersten Tag in London. Wusstest du, dass man hier ausschließlich mit Pfund bezahlt?«

Einige Sekunden starrte er mich verwirrt an, dann lachte er laut auf.

Ich nutzte seine Unachtsamkeit und schnappte mir die Aubergine. »Hmmm. Lecker.«

»Finde ich auch.« Jannis' Stimme klang nun ein bisschen rauer. »Man braucht übrigens in ganz Großbritannien Pfund. Falls du das nicht wusstest.«

»Danke für die Info.« Ich hoffte, mein Sarkasmus funktionierte auch in englischer Sprache. Zur Sicherheit verdrehte ich meine Augen. »Ich werde mich morgen um Bargeld kümmern.«

Jannis lächelte immer noch, was ihn attraktiver machte. Also, mehr als sowieso schon. Und warum zur Hölle fiel mir das auf?

»Wieso bist du eigentlich hierhergezogen?«, fragte er und legte seine Gabel zur Seite. »Studium? Spannender Job?«

Ich blies die Backen auf und stieß dann hörbar die angehaltene Luft aus. »Mein Studium habe ich geschmissen. Medientechnik war zwar cool, aber es ist mir erstaunlich leichtgefallen, die Exmatrikulation zu unterzeichnen. Im Anschluss habe ich das WG-Zimmer gesucht und bin hierhergeflogen.« So einfach war es natürlich nicht gewesen, denn ohne Job bekam man in Großbritannien nicht einfach ein Visum. Vermutlich wäre ich als Tourist eingereist, hätte mir Papa nicht mit den ganzen Formalitäten geholfen, die es mir nun erlaubten, legal in London zu leben und zu arbeiten. Auch wenn er dabei laut geflucht hatte, weil es in jedem anderen Land Europas leichter war, Fuß zu fassen als hier. Langsam verstand ich, warum der EU-Austritt des Vereinigten Königreichs in den Medien so große Wellen geschlagen hatte. Denn es hatte alles komplizierter gemacht.

»Wow, das nenne ich mal einen krassen Cut.« Jannis legte den Kopf auf einer abgestützten Hand ab und gab mir damit das Gefühl, sich wirklich für meine Geschichte zu interessieren. Vielleicht auch ein bisschen für mich.»Du hast also deine Sachen gepackt und alles hinter dir gelassen?«

Ich nickte.»Kann man so sagen. Jetzt bin ich auf mich allein gestellt, arbeite halbtags in einer Werbeagentur und muss mir vielleicht einen zweiten Job suchen.« Am besten einen, bei dem ich bar bezahlt wurde. Leider fielen mir spontan nur illegale Tätigkeiten ein. Drogendealer zum Beispiel.

Gedankenverloren spießte Jannis ein Stück Gyros auf.»Falls du magst, kann ich meine Eltern fragen, ob sie Arbeit für dich haben. Es ist manchmal schwierig, alle Schichten zu besetzen, aber wenn du spontan bist, könntest du dir einen Großteil der Miete bei ihnen erarbeiten.«

Das klang großartig.»Wow … Jannis. Das ist … mir fehlen die Worte.« In diesem Moment war ich einfach froh, dass er mir so ein nettes Angebot machte. Auch wenn ich nicht wusste, ob ich es überhaupt annehmen konnte.

»Ich weiß nicht, ob sie Ja sagen, also freu dich nicht zu früh.« Er aß sein Gyros und sah mich abwartend an.

»Na, bei einer Empfehlung von dir kann doch nichts schiefgehen, oder?«

Er schüttelte den Kopf.»Sag das nicht. Meine Eltern haben mich aus der Küche verbannt, weil ich nur Chaos anrichte. So was da«, er zeigte auf die Reste unseres Abendessens,»könnte ich nie selbst machen. Darum haben sie mich in den Service strafversetzt. Ouzo ausschenken liegt mir definitiv mehr als diverse Küchenarbeiten.«

»Henry hat schon angedeutet, dass ihr alle nicht gern kocht. Und das in so einer Küche.« Das tat wirklich weh.»Ich denke, ich werde mich hier dann kulinarisch austoben.«

Jannis tippte sich mit der Gabel gespielt nachdenklich gegen die Lippe.»Das heißt, wenn ich in Zukunft um Reste schnorre, dann bei dir?«

»Na ja, nachdem du mich heute vor dem Verhungern gerettet hast, muss ich mich bei dir revanchieren.«

»Du musst?«, fragte Jannis und zog die Augenbrauen hoch.

»Nein.« Warum verspürte ich den Drang, verschämt die Tischplatte anzublinzeln?»Ich will«, sagte ich leise, beinah flüsternd, und wandte mich wieder den Resten zu. Wenn ich mich damit vollstopfte, hörte ich auf, zu reden, und ich würde nicht so flirty zweideutiges Zeug labern. Vielleicht klang es aber nur in meinem Kopf so schlimm, da ich immer noch aufgewühlt wegen Mats' Vorschlag war. Wie stellte er sich das vor?

Es war so viel einfacher, Gedanken wegzuschieben und sich nicht damit zu befassen. Dann hatte man nämlich auch keine Probleme. Schweigend saßen wir nebeneinander, während wir die Reste aßen. Die eingekehrte Stille war jedoch nicht unangenehm. Es passierte nicht oft, dass man eine Person traf, bei der man die Stille nicht mit leeren Worten füllen wollte. Bis jetzt hatte das nur mit Mats funktioniert, was nicht zählte. Denn er war ja quasi ein Teil von mir.

Nachdem wir alle Reste gegessen hatten, lehnte sich Jannis zurück und hielt sich den Bauch.»Ich brauche ein Verdauungsschläfchen. Oder eher drei.«

»Ich sollte mich schlecht fühlen, weil ich so viel Essen in mich hineingestopft habe, aber es war zu gut.« Ich stand auf und sammelte unsere Teller ein. Da ich Henry zuvor beim Abräumen beobachtet hatte, wusste ich nun bereits, wo sich der Geschirrspüler befand.

»Das hört Helena bestimmt gern. Sie hat heute gekocht«, sagte Jannis, stapelte die leeren Alubehälter und brachte sie zum Mülleimer.

»Richte ihr aus, dass ich irgendwann um ihre Hand anhalten werde. Wobei … Lieber nicht«, korrigierte ich mich.»Ich glaube, ich bin nicht der Typ Mensch zum Heiraten.«

»Nicht?«

Ich räumte die Teller und das Besteck in die Geschirrspülmaschine, während ich über Jannis' Frage nachdachte.»Nein, ich denke nicht. Ich denke, ich bin nicht für eine Beziehung gemacht.« Noch nicht. Wenn man bedachte, dass Tim und ich kurz davor gewesen waren, fest zusammenzukommen, und ich vor lauter Panik das Land verlassen hatte, sah es nicht gerade gut für mich aus. Ich hatte all meine Bekanntschaften immer locker gehalten. Und wenn es zu eng geworden war, sofort die Notbremse gezogen. Bei Tim sogar ziemlich heftig. Aber ich war ja nach London gekommen, um es in Zukunft besser zu machen. Hoffentlich …

»Wir sind ja auch zu jung für so ein Thema.« Er grinste bei seinen Worten. »Mein Motto ist, sich frühestens mit dreißig über eine feste Beziehung Gedanken zu machen und bis dahin das Leben zu genießen.«

Ganz so wie Jannis sah ich die Sache nicht. »Lustigerweise habe ich lange Zeit nie über Beziehungen nachgedacht. Bis nach und nach jeder meiner Brüder vergeben war. Da macht man sich dann plötzlich über so dummes Zeug Gedanken.« Ich klopfte Jannis auf die Schulter. »Egal. Was ich sagen will: Dir wird es bestimmt nicht schwerfallen, jemanden zu finden.« Ich wollte nicht schon wieder daran denken, wie attraktiv er war, aber er sah einfach zu gut aus. Und da ich nicht immer einen Punkt über seinem Kopf anstarren wollte, um sein gutes Aussehen auszublenden, blieb mir zwangsläufig nichts anderes übrig, als in dieses perfekte Gesicht zu sehen. Oder den Blick über seinen Körper schweifen zu lassen. Da stimmte alles. Er war nicht zu groß, nicht zu klein. Er hatte ein traumhaftes Lächeln, ein schelmisches Grinsen und dann auch noch diese Grübchen … Ich hatte es immer vermieden, über die Anziehungskraft, die Männer auf mich ausübten, nachzudenken. Aber rein optisch war Jannis wohl absolut mein Typ.

Tja, Mats! Wenn du wüsstest, wie gut ich Gedanken an Männer zulassen kann.

»Du siehst echt verdammt gut aus.« Wieso hatte ich das jetzt gesagt?

Fuck!

Es stimmte also wirklich. Wenn man an gewisse Dinge dachte, ploppten automatisch Sätze aus dem Mund, die man lieber für sich behalten hätte.

»Danke?« Jannis klang ein wenig verwirrt und wandte sich von mir ab. Offensichtlich war ich ein Profi darin, meine Mitbewohner zu vergraulen.

Henry hatte ebenfalls nicht schnell genug verschwinden können. Wer wusste schon, was ich zu dem alles gesagt hatte.

Ohne das Gespräch fortzusetzen, putzten wir schweigend die Küche, bis wir uns irgendwann ein wenig ratlos gegenüberstanden. »Wollen wir dann in unsere Zimmer?«, fragte Jannis.

Nein. »Klar. Wird Zeit, dass ich mich ein wenig häuslich einrichte.« Auf meiner Matratze. Ohne Socken und Unterhosen. Und das Bettzeug war doch auch in dieser Reisetasche gewesen, oder? Wobei … wofür Bettwäsche? Ich hatte ja nicht mal ein Kissen und erst recht keine Decke. Zumindest hätte ich mich dann mit dem Überzug zudecken können. Und den Kissenüberzug in den Händen halten, während ich mich in meinem kahlen Zimmer hin und her wälzte.

»Hast du alles, was du brauchst?«

Ich war kurz davor, mit Ja zu antworten, aber natürlich klug genug, es nicht zu tun. »Ehrlich gesagt ist auf dem Flug hierher eine meiner Reisetaschen verloren gegangen.«

»Oh, das ist mies«, sagte Jannis.

»Na ja, es hätte mich schlimmer treffen können. In der Tasche waren vermutlich nur Socken, Unterhosen und meine Bettwäsche.«

Jannis verzog mitfühlend das Gesicht. »Das ist übel. Ich suche dir ein paar Sachen zusammen.«

Gemeinsam verließen wir die Küche. Ich schnappte mir den übrig gebliebenen Koffer und den Rucksack und folgte Jannis den Flur entlang. Er bog in sein Zimmer ab und schloss die Tür hinter sich. Nicht einen einzigen Blick hatte ich erhaschen können.

Einige Sekunden lang starrte ich auf die geschlossene Tür, dann zuckte ich mit den Schultern. Offensichtlich mochte er seine Privatsphäre, und das war nichts, was man ihm vorhalten konnte.

Ich ging in meine Abstellkammer. Für mehr als ein Bett und einen Schrank würde hier drin wohl kein Platz sein. Vielleicht könnte ich ein Bild aufhängen. Und eine Topfpflanze auf die Fensterbank stellen. Ein Vorhang könnte auch nicht schaden, damit man mich nicht aus dem gegenüberliegenden Gebäude beobachtete. Mehr Möglichkeiten bot der Raum nicht. Ich rollte den Koffer in die Ecke mit der Kleiderstange und warf den Rucksack auf die nackte Matratze. Dann drehte ich mich ratlos einmal im Kreis. Ein Wohlfühlzimmer sah anders aus, aber ich würde das Beste aus dem Raum herausholen.

Ein Klopfen ließ mich aufblicken. Jannis stand mit einem Wäschekorb unter den Arm geklemmt im Türrahmen. »Ich hab was für dich zusammengesucht. Darf ich reinkommen?«

»Klar doch.«

Es brauchte nur einen großen Schritt und er stand mitten in meinem Zimmer und ich nahm ihm den Korb ab. »Danke.«

»Du findest darin ein Laken, frisch verpackte Boxershorts, zwei Paar Socken, leider nicht neu, und ein Kissen samt Überzug. Eine zweite Decke besitze ich nicht.«

Ich war kurz davor, ihn spontan zu umarmen. Allerdings kannten wir uns dafür nicht lange genug. »Das ist mehr, als ich erwartet habe. Danke.«

Jannis schenkte mir ein letztes Lächeln und trat dann den Rückzug an. »Ich wünsche dir eine gute Nacht, Levi.« Bei der Tür angekommen, drehte er sich zu mir um. »Und vergiss nicht: Der erste Traum im neuen Zuhause wird wahr.«

Er schloss die Tür und ich fragte mich, ob er wohl recht behalten würde.

Kapitel 6

Ich hatte nichts geträumt. Gar nichts. Was vielleicht auch daran gelegen haben könnte, dass ich die halbe Nacht damit beschäftigt gewesen war, mich mit meinen drei Hoodies zuzudecken. Allerdings war meine Fantasie lebhaft mit mir durchgegangen und hatte mir nicht nur einmal ein Szenario vorgegaukelt, in dem ich einfach zu Jannis ins Zimmer gegangen war und mich unter seine Decke gekuschelt hatte.

Der Blick auf mein Smartphone sagte mir, dass es erst sieben Uhr morgens war. Der perfekte Zeitpunkt, um Mats zu wecken.

Levi:
Ich hoffe, du bist zufrieden mit dir. Dein blöder Vorschlag funktioniert ein bisschen zu gut.

Ich wollte das Handy bereits weglegen, doch Mats war online.

Mats:
Das sollte dir etwas sagen, meinst du nicht?

Levi:
Was denn?

Mats:
Das musst du schon selbst herausfinden.

Na großartig. Was war das denn für ein dummer Vorschlag? Ich warf mein Handy auf die Matratze und setzte mich auf. Es war eigentlich viel zu früh, um aufzustehen. Mein Halbtagsjob begann erst am nächsten Monatsersten. Aber es war auch nicht unbedingt gemütlich auf der durchgelegenen Matratze. Mit den zahlreichen bunten Kissen und der heimeligen Atmosphäre war die Sitzecke in der Küche so viel verlockender.

Ich raffte mich auf und schlurfte nur mit meiner Pyjamahose bekleidet durch den Flur. Nachdem Jannis gestern Abend weg gewesen war, hatte ich festgestellt, dass sich meine löchrigen und ausgeleierten Schlafshirts in der verloren gegangenen Reisetasche befunden hatten. Kein großer Verlust, aber ich hatte auch nicht allzu viele Alltagsshirts, die ich zweckentfremden konnte. Oder wollte. Also hatte ich es gelassen, mir krampfhaft ein Oberteil zu suchen, und mich stattdessen in meine Pulli-Decke gekuschelt.

Als ich den Vorraum durchquerte, wurde die Haustür aufgestoßen. Ruby kam herein und wirkte ziemlich abgekämpft.

»Guten Morgen«, begrüßte ich sie freundlich.

Ihr Blick blieb an meinem Oberkörper hängen. Das passierte mir öfter, wenn ich kein Shirt trug. Also, nicht mit Ruby im Speziellen. Und es lag leider nicht daran, dass ich einen Waschbrettbauch hatte. Der fehlte nämlich, aber ich hatte einige Tattoos unter meiner Kleidung versteckt. Man sah kaum etwas, wenn ich angezogen war, doch auf meinem Körper war eine Menge los. Ein Sammelsurium an Farben, Formen und Figuren. Aufeinandergestapelte Würfel, Sterne, Blumen, Liedtexte. Und ich war nicht der Einzige in meiner Familie, der auf tätowierte Haut abfuhr. Papas Beine waren voller Tinte, Niklas hatte den Oberkörper und sogar seine Arme tätowiert. Selbst Mats' und Felix' Körper waren sehr farbenfroh und das, obwohl die beiden neben Mama wohl die vernünftigsten Personen in unserer Familie waren.

»Nett«, sagte sie und deutete auf meinen nackten Oberkörper. »Ob der Morgen gut ist, weiß ich noch nicht.« Sie gähnte und schlüpfte aus ihren Sneakers. »Bett. Jetzt.« Sie ging an mir vorbei und in Richtung ihres Zimmers.

Fast zeitgleich mit ihrem Abgang hatte Henry seinen Auftritt. Er kam aus der Küche. Wie gestern trug er ein Hemd und eine Stoffhose, in der Hand hielt er einen Thermobecher. »Kannst du mal halten?«, fragte er, ließ seinen Blick beiläufig über meinen Oberkörper gleiten und streckte mir den Becher entgegen, den ich ein bisschen verwirrt an mich nahm. Er angelte sich eine dunkelblaue Regenjacke von einem der Garderobenhaken und zog sie an. Danach schnappte er sich einen Regenschirm und riss mir den Kaffee beinah aus der Hand, der mich durch seinen köstlichen Duft in einen sabbernden Koffeinjunkie verwandelt hatte. »Danke.«

»Wann kommst du wieder nach Hause, Schatz?«, fragte ich.

Es sollte nur ein Scherz sein, aber ich erntete einen sehr irritierten Blick von Henry. »Wird spät. Ich treffe mich nach der Arbeit noch mit jemandem.« Er drehte sich um und murmelte irgendetwas Unverständliches.

Kopfschüttelnd sah ich ihm hinterher, bis die Haustür mit einem lauten Knall ins Schloss fiel. »Na, hier sind ja morgens alle gut drauf«, sagte ich zu mir selbst. Heute Nacht hatte ich über den unbeholfenen Umgang, den meine Mitbewohner miteinander pflegten, nachgedacht. Jeder für sich war nett, sie wirkten allerdings so, als würden sie sich nicht besonders gut kennen. Ein wenig waren sie wie Fremde, die in einer Jugendherberge zufällig im selben Zimmer gelandet waren und wussten, dass sie bald wieder getrennte Wege gehen würden. Höflich, aber auch verdammt distanziert. Wenn ich richtig lag, lebten sie mehr nebeneinanderher als miteinander. Was für jemanden wie mich – der dringend Anschluss suchte – ein absolutes Horrorszenario war.

Das hier war nun mein Zuhause. Und das war bisher immer der Ort gewesen, an dem man einmal am Tag irgendwo zusammenkam, am besten am Küchentisch mit leckerem Essen, sich miteinander austauschte und somit eine Wohlfühlatmosphäre schuf. Vielleicht funktionierte das auch nur mit der Familie und ich hatte eine absolut falsche Vorstellung vom WG-Leben.

Ich streckte mich und ging dann weiter in die Küche. Dort nahm ich mir ein Glas aus dem Hängeschrank, füllte es mit Wasser und trank einen Schluck. Ich hatte ja nicht einmal irgendwelche Vorräte, an denen ich mich bedienen konnte. So sah mein Leben nun also aus. Keine Familie. Keine Freunde. Und kein Frühstück. Ich musste dringend einkaufen gehen.

»Du siehst aus, als hättest du schlecht geschlafen.«

Erschrocken zuckte ich zusammen und beinah wäre mir das Glas Wasser aus der Hand gefallen.

»Oh mein Gott, Jannis.« Ich drehte mich in Richtung der Sitzecke. »Erschreck mich doch -« Ich beendete den Satz nicht, weil ich damit beschäftigt war, ihn dümmlich anzustarren. Dort saß er. Er wirkte anders als gestern, was vermutlich an dem auffälligen und verdammt kurzen Seidenkimono lag, den er trug und der mehr zeigte als verhüllte. Zum Beispiel seine langen, schlanken Beine, die fast so haarlos waren wie der Rest seines Körpers. Was ich dank der klaffenden Lücke, die eine gute Aussicht auf Jannis' Brust gab, ausgezeichnet erkennen konnte. Das alles brachte mich weniger aus der Fassung als die Tatsache, dass er seine Nägel gerade pastellrosa lackierte.

Pastellrosa!

Ich lenkte meinen Blick von seinen Händen weg, blieb für einige Sekunden noch einmal an der nackten Brust hängen und schaffte es dann endlich, ihm in die Augen zu sehen.

Mit schräg gelegtem Kopf sah er mich an. Wartete offensichtlich auf meine Reaktion. Was schwierig war, weil meine Gedanken wie Vögel hin und her flatterten.

Gut, tief in mir drin hatte ich bereits gestern gewusst, dass Jannis auf Kerle stand. Die Blicke zwischen uns hatten eine eindeutige Sprache gesprochen, obwohl ich gern so tat, als würde ich sie nicht bemerken. Aber Nagellack? Pastellrosa? Ernsthaft?

Mir war theoretisch klar, dass auch Männer ein Anrecht auf Make-up und feminine Kleidung hatten. Mein Kopf wusste das. Ehrlich! Nur passte der Jogginghosen-Jannis von gestern für mich nicht mit dem Nagellack-Jannis von heute zusammen.

»Okay«, sagte er und seufzte laut. »Also führen wir jetzt *das* Gespräch.«

»Das Gespräch?«

Ich war verwirrt. Sehr verwirrt.

Und leider wirkte Jannis wegen meiner Sprachlosigkeit traurig. Beinah so, als hätte er von mir eine andere Reaktion erwartet. Nur welche?

Er schraubte das Nagellackfläschchen zu und lehnte sich zurück. Überging meine Frage. Dann sah er mich abwartend an. »Magst du dich zu mir setzen?«

Unsicher ging ich auf die Sitzecke zu, mein Wasserglas hielt ich dabei fest in den Händen. Ich nahm ihm gegenüber Platz und stellte das Glas ab, da ich tierische Angst hatte, es würde sonst jede Sekunde zerspringen.

»Ich denke, wir sollten kurz miteinander reden.«

»Und worüber? Dass du gern Kimonos trägst und dir die Nägel lackierst?« Ich klang patzig, obwohl ich es nicht wollte.

Er schnaubte und schüttelte den Kopf. »Stell dir vor, manchmal trage ich sogar Röcke oder Kleider.«

Ich versuchte, mir Jannis in einem Kleid vorzustellen. »Wieso solltest du das tun?«

»Weil ich es *kann*.«

»Ich *kann* auch von einer Brücke springen und tu es trotzdem nicht«, sagte ich.

»O mein Gott.« Jannis massierte sich die Nasenwurzel. Die Enttäuschung über meine Worte war ihm richtiggehend anzusehen. »Gerade bereue ich, dass ich mich gestern Abend mit dir unterhalten habe.«

»Wieso? War doch nett, oder?«, sagte ich in der Hoffnung, dieses unangenehme Gefühl, das sich innerhalb von Sekunden zwischen uns aufgebaut hatte, wieder zu vertreiben.

»Das war es. Im Normalfall verhalten sich die Leute allerdings am nächsten Tag nicht wie komplette Arschlöcher.«

Jetzt übertrieb er. »Sorry, dass ich verwirrt bin, weil sich ein Mann die Nägel lackiert. Ich kenne das eben nicht und bin vielleicht etwas überfordert …« Ich beendete den Satz nicht. Ziemlich sicher hätte er mit »… weil ich dich gestern noch gut fand« geendet, was mich nicht nur zu einem Arschloch, sondern zu einem Oberarschloch machte. Jannis wegen ein bisschen rosa Nagellack nicht mehr zu mögen, war eindeutig nicht in Ordnung.

»Ich war gestern auch überfordert«, sagte er. »Von deiner plötzlichen Anwesenheit.« Wie war das jetzt gemeint? »Und gerade ebenfalls.« Er hatte den Blick auf meine Brust gerichtet.

Wenn ich es richtig deutete, starrte er auf die Spielkarten. Herzkönig, Herzdame und vier Buben. Ich musste wohl niemandem, der mich näher kannte, erklären, dass sie für meine Familie standen.

Ich konnte es Jannis nicht verübeln, denn ich wollte ihn nicht richtig ansehen. Schaute stattdessen auf den rosa Nagellack. Würde ich auch so ein Drama machen, wenn der Nagellack schwarz wäre? Er immer noch in seiner Jogginghose hier sitzen würde? Oder mit Boxershorts?

Nein! Würde ich nicht.

Gott, was stimmte nicht mit mir?

»Du magst also Nagellack. Und Kleider«, sagte ich, um die Situation zusammenzufassen. Verdammt, ich wollte dieses verunglückte Gespräch retten, aber ich hatte es wegen meiner eigenen Dummheit schon zu sehr eskalieren lassen.

»Ja, ich bin ein Mann, der gern Schmuck, schöne Kleidung und unter anderem auch Nagellack mag. Außerdem liebe ich diesen Seidenkimono.« Der stand ihm ja auch ausgesprochen gut.

Leider machte ich mit meiner nächsten Aussage alles noch schlimmer. »Aber du bist schon ein Mann?« Konnte man sich eigentlich dümmer als ich anstellen? »Ich meine, du fühlst dich als Mann?« War das jetzt richtig formuliert? Bestimmt nicht.

Jannis warf mir einen Blick zu, der mir ganz genau zeigte, was er im Moment von mir hielt. Nämlich gar nichts.

Ich würde die Eskalation dieses Gesprächs gern auf die Sprachbarriere schieben und darauf, dass mir teilweise das nötige Vokabular fehlte. Die Wahrheit war jedoch, dass ich bisher ziemlich ignorant durchs Leben gegangen war. Verdammt, ich hatte es mit meinen zweiundzwanzig Jahren nicht einmal geschafft, herauszufinden, ob ich mehr auf Kerle als auf Frauen stand. Ich hatte mein ganzes Leben lang einen riesengroßen Bogen um alles gemacht, was mich in die Regenbogenschublade stecken könnte. Nagellack und Seidenkimonos eingeschlossen. Obwohl ich bestimmt mögen würde, wie sich der Stoff auf meiner Haut anfühlte. Ich erlaubte mir nur nicht, es herauszufinden.

»Okay, um das mal kurz zusammenzufassen. Du siehst mich heute Morgen in diesem Outfit hier sitzen, während ich meine Nägel lackiere. Und du schließt daraus, dass ich lieber eine Frau wäre?«

Leider, ja! »Ähm ... sieht wohl so aus.«

»Du weißt schon, welches Jahr wir haben, oder?«

»Ja?« Sicher klang ich nicht.

»Okay, da bin ich ja froh. Denn nur, weil du dich in deiner Männlichkeit unsicher fühlst, werde ich ganz sicher nicht damit aufhören, Nagellack zu tragen.«

»Ich bin nicht uns-«

Ein wütender Blick brachte mich zum Schweigen. Zum Glück, denn ich hätte Jannis eiskalt ins Gesicht gelogen. Denn ich war unsicher. Und verwirrt. Entschuldigend hob ich meine Hände. »Tut mir leid, Jannis. Ich stelle mich gerade ziemlich dämlich an. Und ich wollte dir nichts unterstellen, ich verstehe es einfach nur nicht. Und ich will dich nicht verurteilen. Mein Bruder ist schwul und hatte noch nie das Bedürfnis, ein Kleid anzuziehen.« Dachte ich zumindest. Sicher war ich mir jetzt nicht.

Jannis seufzte laut. »Gott, du hörst nicht mal bei deiner Entschuldigung auf, dich dämlich zu verhalten.«

»Was habe ich denn jetzt schon wieder gesagt?« Langsam verzweifelte ich wegen des Gesprächs.

»Nur weil ich Dinge mag, die man als typisch weiblich sieht, bin ich weder trans noch schwul.«

»Bist du nicht?« Ich hatte das Gefühl, als würden meine Worte im Raum nachhallen. »Also, nicht schwul?«, fügte ich hinzu. Ich wusste nur nicht, ob es die Sache besser machte.

»Nein, Levi. Bin ich nicht.«

Fuck.

Offensichtlich hatte ich absolut kein Schwulenradar, wenn ich so ins Fettnäpfchen getreten war. Und war nicht allein dieser Gedanke auch schon wieder homophob?

Ich ließ den Kopf in den Nacken fallen und hätte aus Verzweiflung am liebsten laut geschrien. Verdammt, ich wollte kein ignoranter Mensch sein. Und schon gar nicht jemand, der andere verurteilte. Nur war es eben neu für mich, dass es Personen gab, die sich jenseits von typisch weiblichen oder männlichen Rollenklischees bewegten.

»Wenn du mich gern in eine Schublade stecken möchtest: Ich denke, bi könnte passen. Aber ich frage mich, warum wir über meine Sexualität sprechen.« Er zeigte auf sich selbst. »Das hier sagt rein gar nichts darüber aus, mit wem ich was im Bett mache.«

Klar, ich hörte, was er sagte. Allerdings kam nur ein kleiner Teil wirklich bei mir an. »Du bist bisexuell?« Er war also nicht hetero? Das sollte mich nicht so freuen. Tat es aber.

»Genau. Und anscheinend hast du dieses Wort bereits gehört. Es besteht also noch Hoffnung.« Mensch, wieso musste Jannis auch so gemein sein?

Ich könnte das Gespräch vermutlich zu meinen Gunsten herumreißen, wenn ich Jannis erzählen würde, dass ich keine Ahnung mehr hatte, wer ich eigentlich war, weil ich viel zu lange den Hetero-Kerl gespielt hatte.

Ich wusste ja nicht mal, ob ich bi oder schwul war, weil ich mich jahrelang geweigert hatte, darüber nachzudenken. Ich könnte ihm sagen, dass ich ganz am Anfang stand und nun in London war, um mein Leben zu ändern. Es in den Griff zu bekommen. Nur bekam ich in wichtigen Situationen selten den Mund auf. Und es hätte die Sache auch nicht besser gemacht.

Ein bisschen beneidete ich Jannis. Vielleicht nicht um den Nagellack an sich, jedoch definitiv um den Umstand, dass er wusste, wer er war. Es musste schön sein, morgens wach zu werden, zu seinem Nagellackfläschchen zu greifen und sich zu denken: Ich bin angekommen. Und mit mir selbst im Reinen.

»Sorry, dass ich mich so dämlich anstelle«, sagte ich zu ihm.

Jannis' Blick lag auf irgendeinem Punkt an meinem Oberkörper.

»Ich bin mir ziemlich sicher, dass dich unser heutiges Gespräch zum Nachdenken anregt. Und du dir Gedanken machen wirst.«

Ich zuckte mit den Schultern. »Glaub mir, das werde ich.« Ich brauchte Zeit, um das Chaos in meinem Kopf zu sortieren. Eine Google-Suche könnte auch nicht schaden. Allein. Und nicht mit Jannis neben mir, bei dem ich es schon an Tag zwei unseres Zusammenlebens verkackt hatte. »Ich hoffe, du bist mir nicht böse, aber ich muss jetzt erst mal los«, sagte ich. Die Aussage war ziemlich lächerlich, da ich halb nackt vor ihm saß. »Einkaufen und das mit meinem Zimmer ein wenig auf die Reihe bekommen.«

Jannis sah mich nicht an, sondern öffnete den Nagellack erneut. »Ist gut.«

Er klang nicht so, als wäre wirklich alles gut. Und das tat mir einerseits leid, andererseits konnte ich es nicht ändern. Ich war völlig überfordert. »Es tut mir leid«, wisperte ich, war mir aber nicht sicher, wofür ich mich entschuldigte. Dafür, dass ich das tat, was ich immer machte? Davonlaufen?

Mit einem unguten Gefühl im Bauch stand ich auf und ließ den niedergeschlagen aussehenden Jannis zurück.

Kapitel 7

Jannis ging mir aus dem Weg. Das wurde mir spätestens an Tag drei nach unserem Gespräch klar. Und ich konnte es ihm nicht einmal verübeln. Denn ich war wie der sprichwörtliche Elefant im Porzellanladen gewesen.

Ich schleppte meine Deko-Einkäufe in mein Zimmer. Dort sah es bereits sehr viel gemütlicher aus. Die Matratze lag immer noch auf dem Boden, aber ich hatte mir ein Bett bestellt. Es war weiß, hatte eine große Schublade und sollte morgen geliefert werden. Eine Kommode war beim Onlineshopping ebenfalls in den Warenkorb gewandert. Außerdem hatte ich mir Bettwäsche, Decken und sehr viele Kissen besorgt. Sogar ein paar Pflanzen hatte ich gekauft. Unechte, musste ich zugeben. Ich war eben nicht mit so einem grünen Daumen wie mein Bruder Niklas gesegnet.

Und gemeinsam mit Ruby hatte ich gestern sogar schon ein paar Regale montiert. Seit heute war ich nicht nur Besitzer einer Vorhangstange, sondern auch von Vorhängen. Für ein paar Tage London konnten sich meine Fortschritte in Sachen WG-Zimmer echt sehen lassen.

Beim Mitbewohnerthema sah das anders aus. Jannis machte sich rar. Henry arbeitete den ganzen Tag. Ruby schlief bis nachmittags. Und Camila war immer noch nicht aufgetaucht. Doch sie versuchte immerhin, mit ein paar Chats an meinem Leben teilzunehmen. Mehrmals hatte sie angekündigt, wieder nach Hause zu kommen, was sich ein paar Stunden später erneut geändert hatte. Ihr kam offenbar ständig etwas dazwischen.

Ich ließ mich aufs Bett sinken und lauschte den Geräuschen in der Wohnung. Ich hörte leise Musik. Definitiv nicht Rubys Art von Musik, wenn ich mich nicht täuschte. Bestimmt Jannis'. Das aktuelle Lied klang punkig. Weibliche Sängerin. Ich war zwar eher der Typ für Electronic, aber ich musste zugeben, dass dieser Song etwas hatte, das mich ansprach.

Ich schielte zu dem Wäschekorb, in dem ich alle Dinge, die er mir in meiner ersten Nacht geliehen hatte, aufbewahrte. Bisher wollte ich ihm die Sachen nicht zurückgeben, weil ich Angst hatte, dass Jannis es als Ablehnung meinerseits werten könnte. Ein Zeichen, dass ich nicht nur seinen Nagellack doof fand, sondern auch sein ganzes Zeug. Und ihn gleich mit.

So war es allerdings nicht.

Verdammt, ich sollte mit jemandem darüber reden.

Mats vielleicht?

Er war zwar total offen und tolerant, aber auch einer dieser typischen Holzfällerhemd-Träger. Felix konnte man in die gleiche Schublade wie Henry stecken. Hemden, Pullunder und Bügelfalte.

Gut. Ich übertrieb gerade.

Und außerdem war ich schon wieder an diesem Punkt angelangt, an dem ich nicht mehr sein wollte. Dort, wo ich alle Leute in verschiedene Kategorien steckte. Männlich. Weiblich. Schwul. Hetero. Frauenkleidung. Männerkleidung.

Genervt von mir selbst zog ich mein Smartphone aus der Hosentasche und wählte die Nummer meines kleinen Bruders. Es dauerte nicht lange, da ging er auch schon dran. Nicht nur er tauchte auf dem Bildschirm auf. Mila saß auf seinem Schoß und klatschte in die Hände.

»Leli«, quietschte sie und strahlte übers ganze Gesicht.

Ehrlich gesagt hatte ich Kinder nie besonders gemocht, aber Mila war schon echt süß. Mit ihr Zeit zu verbringen, machte mich irgendwie glücklich. Egal, ob wir gemeinsam Kekse backten oder im Sommer draußen hinter dem Haus Sandkuchen – bei ihr fühlte ich mich immer frei. Sie erwartete nichts von mir. Gut, außer das eine Mal, als sie mich ernsthaft zwingen wollte, den Sandkuchen tatsächlich zu essen, weil sie auch probiert hatte. Glücklicherweise hatten wir das Problem damals ohne Alexejs Wissen regeln können. Vermutlich hätte er mich getötet, wenn er mitbekommen hätte, dass ich sein Baby Sand essen lasse.

»Sonnenschein«, sagte ich zu ihr. »Warum trägst du einen Badeanzug? Hat Nini dein Planschbecken eingelassen?«

Sie schüttelte den Kopf. »Kein Planschi. See.«

Niklas kitzelte die Kleine. »Aber nur, wenn wir die Schwimmflügel noch finden.«

»Ihr geht an den See?« Beleidigt schob ich die Unterlippe vor und Mila lachte. »Da wäre ich gern dabei.«

Dafür erntete ich von Niklas einen skeptischen Blick, der alles bedeuten konnte. Da er jedoch eine Sekunde später Mila von seinem Schoß hob, war ich mir sicher, dass er mir gleich eine Standpauke halten würde.

Mein kleiner Bruder.

Mir!

»Gehst du mal kurz zu deinem Papa und hilfst ihm, die Schwimmflügel zu suchen?«

»Schwimmscheiben!«

Niklas lächelte Mila an. »Dann die.«

Kurz darauf verschwand sie auch schon aus meinem Sichtfeld.

»Alsooo?«, fragte Niklas. »Warum rufst du an?«

»Warum nicht?«

»Du rufst nie einfach so an. Eigentlich willst du immer etwas.« Er runzelte nachdenklich die Stirn.

»Dann gewöhn dich dran. Ich wohne jetzt nämlich in einem anderen Land, da werde ich öfters anrufen, um deine Fresse zu sehen.«

»Awww. Du vermisst mich.«

Ich verdrehte die Augen. »Ganz bestimmt nicht. Eigentlich rufe ich nur an, weil ich dich was fragen wollte.«

»Ich wusste es!«

»Kurz dachtest du, dass ich vor Sehnsucht nach meinem kleinen Bruder sterbe.«

Er lachte laut. »Für ein paar Sekunden hatte ich tatsächlich die Hoffnung, dass du endlich dein Herz gefunden hast.«

»Autsch.« Ich griff mir an die Brust und tat so, als würden mich seine Worte treffen. Taten sie auch. Ein klitzekleines bisschen. Allerdings nicht allzu sehr, denn er hatte recht. Ich war niemand, der damit hausieren ging, wenn er jemanden richtig gern mochte. So wie meine Eltern. Meine Großeltern. Oder meine Geschwister. Ich liebte sie alle, aber sagen würde ich ihnen das nie. Sogar die Anhängsel meiner Brüder konnte ich echt gut leiden. Alle. Und Tim …
In den war ich doch verliebt, oder? Das war bestimmt Liebe, wenn der Körper bei Berührungen kribbelte. Was auch sonst?

Niklas glaubte vielleicht nicht daran, dass der Muskel in meiner Brust durchaus zu Gefühlen fähig war, ich wusste jedoch, dass er manchmal ein bisschen rumpelte. Bei Berührungen von Tim schneller klopfte. Leider war ich immer noch der feige Arsch, der mit diesem Umstand nicht klarkam. Und einfach das Weite suchte.

Schlagartig wurde Niklas ernst. Bitte nicht! Ich mochte den chaotischen Niklas. Den leicht arschigen. Der ernsthafte Niki erinnerte mich leider daran, dass ich mein Leben nicht im Griff hatte.

»Levi? Darf ich dich was fragen?« Er klang vorsichtig.

Ich runzelte die Stirn. »Klar.«

»Na ja, eigentlich ist es gar keine richtige Frage.«

»Eiern wir jetzt noch länger herum oder sagst du mir, was los ist?«

Niklas kämmte sich eine Haarsträhne aus dem Gesicht. »Tim war heute hier. Und er wollte nicht zu mir.«

Ich zuckte zusammen. »Wie bitte?«

»Du hast mich schon verstanden.«

»Was wollte er? Hat er was zu dir gesagt?«

Sofort schüttelte er den Kopf. »Nein, er meinte, ich solle vergessen, dass er überhaupt da war.«

Das war so typisch Tim.

Vermutlich hatte er damit gerechnet, mich zu Hause anzutreffen. Stattdessen hatte er sich mit seinem Ex-Fake-Boyfriend rumschlagen müssen.

»Mich auf seinen Besuch anzusprechen, ist das Gegenteil davon.«

»Weißt du, ich könnte dir jetzt den Gefallen tun und es wirklich vergessen, aber ich weiß, dass du eigentlich Redebedarf hast. Und ich glaube außerdem, dass es ein paar Dinge aus der Vergangenheit gibt, die für mich jetzt mehr Sinn ergeben.«

»Ach? Was denn zum Beispiel?«

»Kannst du dich an den Tag erinnern, als du zu mir ins Zimmer gekommen bist und mich auf meine Fake-Beziehung zu Tim angesprochen hast?«

»Ja?« Hatte ich mich damals bereits verraten? »Und das kommt dir komisch vor?«

»Du hast versucht, mir Tim auszureden. Das hättest du bei keinem anderen gemacht. Warum also bei ihm?«

Weil ich seinen Videopeek-Account schon Wochen, wenn nicht sogar Monate, zuvor gefunden hatte. Und mir jedes seiner Videos reingezogen hatte. Vielleicht hatte ich damals eine Obsession für ihn entwickelt. Online zu schwärmen, war sicher gewesen. Das erste Mal, dass ich einen Kerl gut gefunden und diese Schwärmerei im kleinen Rahmen auch zugelassen hatte.

Heimlich. Ich hatte mir nicht erlaubt, großartig darüber nachzudenken, warum ich ihn so gut fand. Na ja, bis er in Niklas' Videos aufgetaucht war und sie diese lächerliche Fake-Beziehung eingegangen waren. Danach war es irgendwie aus dem Ruder gelaufen. Tim war plötzlich keine x-beliebige Person aus dem Netz gewesen, sondern ein realer Mensch, der mit meinem Bruder abhing. Selbst damals hatte ich nicht damit gerechnet, dass sich aus dieser Internet-Schwärmerei mal etwas entwickeln könnte. Ihn durch Niklas kennenzulernen und zu sehen, dass er mir nicht nur in seinen Videos gefiel, war eine riesige Nummer gewesen. Und die Sache hatte sich verselbstständigt, obwohl ich – möglicherweise – gar nicht bereit für *mehr* gewesen war. Verdammt, ich war es jetzt noch nicht.

Und in diesem Augenblick verstand ich endlich, warum. Weil ich mich zwar auf Tim eingelassen hatte, allerdings nicht über die Konsequenzen nachgedacht hatte. Eine *richtige* Beziehung war mir nie in den Sinn gekommen. Das wäre die Wahrheit gewesen. Und wenn ich vielleicht ein besserer Mensch wäre, dann würde ich das meinem Bruder genau so sagen. Doch das tat ich nicht. Und darum antwortete ich auf die Frage, warum ich ihm Tim ausreden wollte, mit:

»Weil ich damals schon gesehen habe, dass Alexej und du zusammengehört.« Das war zumindest nicht gelogen.

»Und auf dieser einen Party, als du dich mir gegenüber so beschissen verhalten hast? Da warst du eigentlich sauer, weil ich Tim mitgebracht hatte. Du ihn aber für dich wolltest.«

Laut knirschte ich mit den Zähnen. »Nein.«

Ich war nicht sauer gewesen – ich hatte nur vor Eifersucht gekocht, weil sich die beiden umarmt hatten, obwohl ich gewusst hatte, dass Niklas eigentlich auf Alexej abfuhr. Und ich nicht wollte, dass er Tim verletzte. Er war an diesem Tag so traurig gewesen. Wie ein getretener Hund.

Mir entging die Ironie nicht, dass Tim nun wahrscheinlich meinetwegen traurig war. Weil ich ihn ghostete.

»Komm schon, Niklas. Was erwartest du? Ein Outing?«

»Nein, dazu würde ich dich nie drängen.«

»Tust du aber gerade.«

»Ich will nur mit dir über die Vergangenheit reden und verstehen, warum heute ein geknickter Tim bei uns vor der Haustür stand und nicht wusste, dass du umgezogen bist.«

»Fuck, Niklas! Weil wir was miteinander hatten, okay? Bist du jetzt zufrieden?«

»Ähm … nein?«

»Was willst du noch von mir hören?«

Traurig schüttelte er den Kopf. »Gar nichts, Levi. Ich wünsche mir, dass du glücklich bist.«

»Wieso hörst du mich dann am Telefon aus?«, blaffte ich ihn an.

»Weißt du was, leck m-« Er stoppte mitten im Satz. »Ja, Mila?« Er wandte den Blick ab. »Papa ist bestimmt in der Garage auf der Suche nach deinen Schwimmscheiben.«

Es dauerte kurz, dann sah er wieder direkt in den Handybildschirm. »Wo waren wir stehen geblieben?«

»An dem Punkt, wo du mir sagen wolltest, dass ich dich am Arsch lecken soll.« Ich grinste ihn schief an.

»Na, zum Glück hat Mila mich gestoppt.« Niklas seufzte laut auf. »Tut mir leid, ich hatte nicht vor, dich auszuhören. Und ich wollte dich nicht runterziehen. Es ist nur so: Ich habe mich schon die ganze Zeit über gefragt, warum du so dringend wegwolltest, und jetzt hab ich eine leise Ahnung.«

Ich biss mir auf die Unterlippe und sah über das Handydisplay hinweg zu meiner Zimmertür. Anschauen mochte ich Niklas nicht.

»Tut mir leid, dass ich meinen Mund nie aufbekomme.«

»Du weißt, dass du immer mit mir reden kannst.«

»Danke, aber ... ich mag nicht darüber sprechen.«

»Weiß Mats ...?« Niklas beendete den Satz nicht.

Ich nickte.

»Das freut mich.«

Nun schaute ich Niklas doch wieder an. »Ehrlich?«

»Ja, wirklich. Und noch was.«

»Was denn?«

»Ich weiß, ich rege mich immer darüber auf, dass du dich nur meldest, wenn du etwas brauchst. Trotzdem bin ich froh, dass du es tust.«

Das überforderte mich ein bisschen. »Warum?«

»Weil es mir zeigt, dass du weißt, dass wir dir gern zuhören. Und immer für dich da sind.«

»Wir?« Ich zog eine Grimasse, da mir dieses Gespräch zu intim wurde. »Seit wann sprichst du in der ersten Person Plural von dir?«

Er ließ den Kopf in den Nacken fallen und stöhnte laut auf. »Du weißt schon. Unsere Eltern. Großeltern. Mats. Felix. Es gilt für uns alle. Und wir lieben dich genau so, wie du bist.«

Das fiel mir verdammt schwer, zu glauben. »Danke. Ich ...«

Nun lachte Niklas. »Erstick nicht dran. Und du musst es nicht sagen. Wir wissen, dass du es tust.«

»Danke!« Ehrlich gesagt wusste ich nicht, wann mein kleiner Bruder erwachsen geworden war. Und es ärgerte mich, dass ich es nicht geschafft hatte.

»Klar doch! Jetzt mal 'ne andere Frage: Du willst ja nicht wirklich darüber reden, was zwischen Tim und dir vorgefallen ist. Aber sollte ich ihm jedoch zufällig über den Weg laufen, darf ich schon nachfragen, was sein Abgang heute zu bedeuten hatte, oder?«

»Mach nur. Solange du mich nicht dazu zwingst, mit dir darüber zu reden.«

Niklas grinste. »Du *musst* mir dein Herz nicht ausschütten. Aber du *darfst* natürlich jederzeit.«

»Niklas, können wir jetzt zum eigentlichen Grund meines Anrufs zurückkommen?«

Ein breites Grinsen trat auf sein Gesicht. »Ach ja, du wolltest ja was.« Sicher war ich mir nicht, ich hatte aber die Vermutung, dass es ihm sehr gefiel, sich wie mein älterer, ein bisschen gönnerhafter Bruder zu verhalten.

»Mach nicht, dass ich diesen Anruf bereue.«

»Tust du das noch nicht?«, fragte er mit ehrlichem Erstaunen in der Stimme.

»Komischerweise nicht.« Ich fühlte mich sogar erleichtert.

»Strange.«

»Finde ich auch.« Kurz zögerte ich. »Also, du bist ja einer dieser Menschen, die sich schnell mit anderen anfreunden«, sagte ich.

»Hä?« Niklas zog eine Grimasse. »Du doch auch.«

»Ich schließe Bekanntschaften. In den meisten Fällen bleibt es dann dabei. Es wird keine Freundschaft daraus.« Ich ließ es nicht zu. »Vielleicht, weil ich einer dieser Menschen bin, die ziemlich oft ins Fettnäpfchen treten.«

»Oh nein!« Niklas sah aus, als wollte er losheulen. »Du hast deine neuen Mitbewohner beleidigt!« Warum wusste er das?

»Nicht alle. Nur einen.«

»Boah, Levi. Du wohnst nicht mal eine Woche in London. Wie hast du das hinbekommen?«

»Unabsichtlich. Ich war irritiert, weil einer meiner Mitbewohner sich gern die Nägel lackiert und Seidenkimonos trägt. Außerdem mag er Kleider.«

Niklas runzelte die Stirn.

»Und?«

»Wie, und? Er hat bemerkt, dass ich das irgendwie befremdlich finde.«

»Mensch, Levi! Es geht dich gar nichts an, was der Kerl trägt. Und wenn du ein Problem damit hast, sagt das so viel mehr über dich aus als über ihn.« So weit war ich auch schon gewesen. Danke!

»Super, Niklas. Wir wissen ja schon, dass ich dazu neige, mich dämlich zu verhalten und oft Scheiße baue. Aber das hilft mir gerade nicht.«

»Lass mich raten, du gehst ihm seitdem aus dem Weg.«

»Ähm … ja?« Er mir ja auch.

»Und du meinst, ihm die kalte Schulter zu zeigen, löst dein Problem?«

»Tu ich nicht. Ich weiß nur nicht, was ich zu ihm sagen soll.«

»Weißt du, ich kenne deinen Mitbewohner nicht, aber versuch es mit einer Entschuldigung. Ich nehme an, er fühlt sich nicht gut, weil du ihn verurteilt hast.«

»Ich hab ihn nicht verurteilt!«

»Dann sag ihm das.«

»In Ordnung«, brummte ich.

Niklas wirkte ein bisschen so, als würde er mir gern den Kopf tätscheln. »Lass dir keine hundert Jahre Zeit mit deiner Entschuldigung. Ich muss jetzt los. Und Levi?«

»Ja?«

»Ich denke, du solltest dich bei Tim melden.«

Genervt ließ ich mich auf meine Matratze sinken und legte mir einen Arm übers Gesicht. »Werde ich.« Später. Jetzt musste ich erst dieses Gespräch verdauen.

Kapitel 8

»So.« Ruby hielt den Akkuschrauber wie eine Waffe. »Was sagst du jetzt?«

Nichts. Denn ich war von ihren Heimwerkerfähigkeiten so begeistert, dass mir die Worte fehlten. Staunend sah ich zu der Halterung, an der wir später die Vorhangstange befestigen würden. Nur dank ihrer Hilfe war die Aufhängung nun an der Wand montiert. Unvermittelt umarmte ich sie.

»Wow«, murmelte sie und klopfte mir mit der freien Hand auf den Rücken. »Das kam jetzt unerwartet.«

»Tut mir leid. Ich hab nicht mit deinen Handwerker-Skills gerechnet und war ... überwältigt.« Ich ließ sie wieder los. »Sorry für den Überfall.«

»Schon okay. War irgendwie nett.« Sie sah mich mit schräg gelegtem Kopf an. »Gestern warst du nicht so überschwänglich, als ich dir beim Montieren deiner Regale geholfen habe.«

»Da war ich auch noch ein Arschloch.«

Ruby schnaubte laut. »Und heute nicht mehr?«

»Sag du es mir.«

»Ich sehe keinen Unterschied zu gestern.« Immerhin hatten wir ja da auch Zeit miteinander verbracht, in der Hoffnung, dass meine Besenkammer durch ein wenig Deko heimeliger wirken würde. »Ist in der Zwischenzeit irgendetwas passiert?«, fragte sie.

»Sagen wir mal so: Ich hatte ein augenöffnendes Gespräch mit meinem Bruder und dabei kam heraus, dass ich mich immer nur dann melde, wenn ich etwas brauche.«

Nun runzelte sie die Stirn. »Ich sehe, worauf das hinausläuft. Du hast ein schlechtes Gewissen, weil ich dir zwei Tage hintereinander geholfen habe, du aber sonst nicht mit mir geredet hast.« Okaaay. Langsam wurde es immer offensichtlicher, dass ich egoistisch war. Selbst für mich.

»Genau das.«

»Okay, nur fürs Protokoll.« Ruby brachte Abstand zwischen uns. »Ich bin jetzt nicht so die große Umarmerin.«

»Nicht?«

»Nein, außer vielleicht beim Sex. Willst du mit mir schlafen?«

Ich konnte nicht anders, als meinen Blick über Rubys Körper wandern zu lassen. Sie trug Shorts und ein enges Tanktop, das ihre Brüste sehr gut zur Geltung brachte. Obwohl sie klein war, wirkten ihre Beine im Vergleich extrem lang. Außerdem mochte ich ihr Haar. Es fiel ihr in leichten Wellen bis zu den Schultern und wippte bei jeder Bewegung auf und ab. Sie war wirklich eine schöne Frau. Aber auch meine Mitbewohnerin. Und irgendwie fühlte ich mich im Moment nicht sooo sehr zu Frauen hingezogen, obwohl ich durchaus anerkennen konnte, was Ruby rein optisch zu bieten hatte. Nicht zu vergessen, ihren coolen Job und ihre Handwerkerfähigkeiten.

Ich war nicht nach London gekommen, um mich sofort auf jemand Neues einzulassen. Das wäre Tim gegenüber nicht fair, immerhin hatte ich ihn auf die hinterhältigste Art überhaupt abserviert. Kurz horchte ich in mich hinein. Ließ den Gedanken an ihn zu. Vermisste ich Tim? Irgendwie schon. Er war mir sehr ans Herz gewachsen, und sich nachts in sein Zimmer zu schleichen, war verdammt aufregend gewesen. Allerdings würde ich das in nächster Zeit wohl nicht mehr machen, und genau deshalb sollte ich mich wirklich bald bei ihm melden. Und mich entschuldigen. Er war der Leidtragende meiner Unfähigkeit, mich selbst zu akzeptieren.

»Sex halte ich für keine gute Idee«, sagte ich. »Wir wohnen hier gemeinsam und ich neige dazu, mich wie ein Arschloch zu verhalten. Wobei ich daran arbeite, aber wir sollten es nicht riskieren.«

Entgeistert starrte sie mich an. »Das war eine rhetorische Frage, auf die du mit *Nein* hättest antworten sollen.«

Etwas verkrampft lächelte ich sie an. »Sorry?«

Sie behielt ihre Miene noch einige Sekunden bei, bevor sie lauthals loslachte. »Du solltest deinen Gesichtsausdruck sehen. Kein Grund, um dich unwohl zu fühlen.« Sie legte den Akkuschrauber auf die Fensterbank und griff nach der Vorhangstange. »Wo sind die Vorhänge?«

Was für ein Themenwechsel. Ich ging zu der Tüte und nahm den ersten Schlaufenvorhang heraus. Gemeinsam schoben wir ihn auf die Stange.

»Ich bin also nicht dein Typ? Oder warum lehnst du Sex mit mir kategorisch ab?«, fragte ich, als ich mich bückte und den zweiten Vorhang aufhob.

»Es liegt nicht an dir. Nur am Mitbewohner-Status. Und weil ich dazu neige, mich *nach* dem Sex wie ein Arschloch zu verhalten.« Sie grinste. »Aber ich mag deinen Arsch. Die Jeans bringen ihn gut zur Geltung.«

»Weißt du, vielleicht sind wir Seelenverwandte.« Ich richtete mich wieder auf und zwinkerte ihr zu.

»So lautet auch die Caption auf meinem Tinder-Profil.« Nachdem ich den Vorhang auf die Schiene geschoben hatte, nahm ich Ruby das Teil ab. Jetzt, wo sie beide Arme frei hatte, fuchtelte sie in der Luft herum. Sie tat, als würde sie Worte in die Luft malen. »Möglicherweise seelenverwandt – es ist einen Versuch wert.«

»Und das zieht?«

Ernst nickte sie. »Total. Die Fuckboys fahren voll darauf ab. Sie haben dann das Gefühl, sie hätten das Mädel rumbekommen, das eigentlich auf der Suche nach der großen Liebe ist.«

»Was für Arschlöcher.«

»Vielleicht bin auch ich die Böse in der Geschichte, weil ich gar nicht auf der Suche nach der großen Liebe und meinem Seelenverwandten bin. Ich bin Mitte zwanzig und hab keine Lust darauf, mich jetzt schon fest zu binden.«

»Danke!« Zustimmend nickte ich. »Genau das! Meine Brüder zum Beispiel sind plötzlich alle vergeben und es sieht verdammt nach einem *Und-sie-lebten-glücklich-bis-an-ihr-Lebensende* aus. Aber ich bekomme Panik bei dem Gedanken daran.« So! Ich hatte es gesagt. Laut!

»O mein Gott. Ja! Einfach ja! Ich bin absolut deiner Meinung. Und dann kann man sich von Beziehungsmenschen auch noch verurteilen lassen, weil man trotzdem gern Sex hat. Ich meine, hallo? Wieso nicht?«

»Hätte ich dich nicht schon umarmt, würde ich es jetzt machen.« Ruby ging auf die Leiter zu und flüchtete somit außer Reichweite.

»Lass das mal nicht zur Gewohnheit werden.«

»Ich denke, ich werde mich stattdessen mit einem Essen bei dir bedanken.«

»Ehrlich? Verarsch mich nicht, ich hasse es, zu kochen. Wenn du mir so etwas anbietest, musst du es auch durchziehen!«

»Hey, wenn's ums Essen geht, würde ich dich niemals belügen.« Ich reichte Ruby die Vorhangstange und sie platzierte sie auf der zuvor montierten Halterung. »Sieht gut aus.«

»Finde ich auch«, sagte sie und kletterte von der Leiter.

»Was hältst du davon, wenn ich für die ganze WG koche? Ich hab irgendwie das Gefühl, dass ihr zwar alle gemeinsam in einer Wohnung lebt, aber nicht an den Leben der anderen teilnehmt.«

»Sagen wir mal so.« Ruby setzte sich auf meine Matratze. »Wir führen eben sehr unterschiedliche Leben. Camila ist so gut wie nie da, Henry hat einen ganz anderen Tag-Nacht-Rhythmus als ich, und Jannis … Keine Ahnung, warum ich mit ihm bisher nicht mehr unternommen habe. Vielleicht, weil er ständig im Restaurant seiner Eltern aushilft.«

Kurz betrachtete ich meine neuen Vorhänge – sie passten perfekt ins Zimmer – , danach setzte ich mich ebenfalls auf die Matratze. Allerdings rutschte ich bis ganz nach hinten und lehnte mich gegen die Wand.

Ruby warf mir über ihre Schulter hinweg einen Blick zu und traute sich dann weiter auf mein Bett. Sie richtete sich so ein, dass sie mich ansehen konnte, und zog ihre Beine dicht an ihren Körper heran. »Ehrlich gesagt habe ich ein bisschen Schiss, dass es an mir liegt. Also, dass sich die anderen vielleicht supergut miteinander verstehen, gemeinsame WG-Abende machen, und ich es verpasse, weil ich die meiste Zeit nachts arbeite.«

»Hey.« Vorsichtig legte ich meine Hand auf ihr Knie und tätschelte es. Sehr unbeholfen, musste ich leider zugeben. »Den Eindruck habe ich nicht. Außerdem können wir gern Zeit miteinander verbringen, denn ich werde immer nur vormittags im Büro sein. Da schläfst du ja sowieso, wenn ich das richtig mitbekommen habe. Ich hab eine Halbtagsstelle, also können wir dann immer chillen.«

»Klingt gut. Außerhalb der Leute im Club habe ich nicht wirklich Anschluss gefunden.«

Ich musste grinsen. »Hey, es geht schlimmer. Schau dir mich an. Ich kenne noch niemanden.«

»Du bist erst ein paar Tage in London. Das zählt also nicht. Außerdem bist du gar nicht so übel, sonst würde ich nicht mit dir in deinem Zimmer abhängen. Du wirst bestimmt bald einen großen Freundeskreis haben.«

Ich fand tatsächlich immer schnell neue Bekannte und hatte mir mein ganzes Leben lang nicht wirklich Gedanken über das Alleinsein machen müssen. Außer in den letzten Tagen. Da war es bis auf Rubys gelegentliche Gesellschaft sehr einsam gewesen. Ich war erst dabei, zu lernen, mich mit mir allein zu beschäftigen, denn zu Hause war eigentlich immer jemand da gewesen, mit dem man quatschen konnte. Genauso wie an der Uni.

»Hoffentlich. Ich fang einfach mal an, die Leute in der WG besser kennenzulernen, und arbeite mich dann langsam weiter vor. Arbeitskollegen. Clubfreunde. Bus- oder U-Bahn-Freunde.«

Ruby verdrehte die Augen. »Mach das.«

»Und jetzt? Musst du heute wieder in den Club?«

Sie schüttelte den Kopf.

»Lust auf Netflix?« Ich streckte mich etwas, um meinen Laptop besser zu mir ziehen zu können.

»Gute Idee.« Ruby setzte sich neben mich und wir diskutierten noch eine Weile, welche Serie wir miteinander schauen sollten. Schlussendlich entschieden wir uns für Diary of a Gigolo, da wir den Namen so toll fanden.

Ein paar Stunden später war Ruby wieder in ihrem Zimmer. Und ich ganz alleine.

Und mir war langweilig.

Ich lag auf dem Bett und scrollte durch Videopeek. Schaute mir gelangweilt die neusten Videos an, bis unerwartet eins von Tim auftauchte. Es war eine Empfehlung seiner liebsten queeren Serien und ich hing förmlich an seinen Lippen. Ich reagierte auf Tims Gesicht wie ein pawlowscher Hund auf die Glocke.

Es war plötzlich wie früher. Nur wusste ich nun auch, wie er roch. Wie seine Küsse schmeckten. Mein Herz klopfte ein bisschen schneller, gleichzeitig fühlte ich mich miserabel. Mein Hals schnürte sich zu und ich bereute, dass ich einfach abgehauen war.

Denn Tim war wirklich ein großartiger Mensch. Verdammt, ich hatte gern Zeit mit ihm verbracht. Er war jedoch so anhänglich, dass ich in seiner Nähe keine Luft mehr bekam. Er wollte eine richtige Beziehung. Liebe. Intimität. Sex. Und ich konnte ihm das nicht in dieser Form geben.

Ganz ehrlich, ich hatte es sogar versucht. Wir waren nach und nach in eines dieser beziehungsähnlichen Konstrukte gerutscht, für die es keinen Namen gab. Nicht wirklich zusammen, aber auch nicht *nicht* zusammen. Vor Tim hatte ich ständig wechselnde Partnerinnen gehabt. Lange Zeit hatte ich nicht verstanden, warum. Wenn ich jetzt so darüber nachdachte – Mats wäre stolz auf mich – dann lag es wohl daran, dass Frauen mir generell nicht das geben konnten, nach dem ich mich sehnte.

Tim hatte es gekonnt. Wirklich. Und er hatte mir durchaus etwas bedeutet. Da war nur diese innerliche Sperre in mir gewesen. Vielleicht, da mir von Beginn an klar gewesen war, dass ich es schlussendlich verbocken würde. Seufzend schloss ich Videopeek. Stattdessen öffnete ich WhatsApp, scrollte zum Chat mit Tim und starrte eine ganze Weile auf seine letzte Nachricht.

Tim:
Ich sehe, dass du online bist. Wieso ignorierst du mich seit Tagen?

Was antwortete man darauf? Sorry, war mit Umziehen beschäftigt? Bestimmt nicht. Besser irgendwas Unverfängliches.

Levi:
Tut mir leid, dass ich mich so lange nicht gemeldet habe.

Das war gut. Richtig gut!

Und dann wartete ich. Tim war online. Das konnte ich sehen. Aber die zwei wichtigen Worte Tim schreibt ... erschienen nicht auf dem Display.

Und ich konnte ihm nicht einmal böse sein, denn ich hatte ihn ja zuerst hängen lassen.

Ich legte mich zurück und warf mein Smartphone achtlos neben mich auf die Matratze und starrte an die Decke. Was hatte ich auch erwartet? Dass er alles stehen und liegen ließ und mir sofort zurückschrieb?

Mein Smartphone zeigte eine neue Nachricht von Tim an. Okay, offensichtlich ließ er mich nicht so lange warten wie ich ihn.

Tim:
Ich nehme an, dein Umzug in ein anderes Land war ziemlich anstrengend. Da vergisst man schon einmal die ein oder andere Sache.

Levi:
Scheiße.

Mist. Warum hatte ich das jetzt geantwortet?
War ich dumm?

Etwas chaotisch. Verwirrt. Manchmal unkonzentriert. Aber doch nicht so dämlich.

> **Tim:**
> Ja, Levi, die Sache als Scheiße zu bezeichnen, ist schon ein guter Anfang. Du bist einfach umgezogen, ohne dich zu verabschieden. Das gibt dem Begriff ghosten eine völlig neue Dimension.

Was hatte ich auch erwartet? Dass er mich damit durchkommen ließ? Dass Niklas ihm nicht erzählt hatte, dass ich nach London ausgewandert war?

Das waren Wunschträume. Nicht mehr und nicht weniger.

Was konnte ich jedoch schreiben, um die Sache besser zu machen?

> **Levi:**
> Ich ghoste dich nicht!

Zumindest mal ein Anfang!

> **Tim:**
> Nein, du ghostet nur deine Heimatstadt.

Autsch! Aber nicht von der Hand zu weisen. So lieb und süß Tim war, mit dem Mist, den ich abgezogen hatte, würde er mich nicht davonkommen lassen. Und er hatte jedes Recht dazu.

> **Levi:**
> Es war Zeit für einen Tapetenwechsel.

Als würde das erklären, warum ich einfach so verschwunden war und Tim sitzen lassen hatte.

Mein Verhalten wäre eigentlich nur noch zu übertreffen, wenn ich etwas von Zigaretten holen gefaselt hätte, bevor ich mich aus Tims Leben verpisst hatte.

> **Tim:**
> Wieso hast du dich nicht von mir verabschiedet?

Da es der einfache Weg gewesen war. Leichter, als ihm in die Augen sehen und gestehen zu müssen, dass ich seine Zeit verschwendet hatte. Weil ich für ihn nie der Traummann sein würde, den er in mir sah.

> **Levi:**
> Weil ich es vermutlich nicht durchgezogen hätte, wenn ich dich eingeweiht hätte.

In dieser Hinsicht konnte ich ehrlich sein. Ihm persönlich zu sagen, dass ich gehen würde – undenkbar. Vermutlich wäre ich einge-knickt. So wie immer, wenn Tim mich mit seinen bambibraunen Augen anschaute. Ich meine, er war etwas Besonderes für mich. Ich war mir ziemlich sicher, dass man den ersten Mann, auf den man sich einließ, nie vergessen würde.

> **Tim:**
> Also hast du mich vor vollendete Tatsachen gestellt?
> Levi, ich weiß nicht, ob es dir aufgefallen ist, aber wir ha-ben im letzten halben Jahr beinahe jeden Tag miteinan-der verbracht und dann ziehst du so einen Mist ab???
> Und vermutlich denkst du dir, wenn du jetzt irgendwas Nettes schreibst, verzeihe ich dir, dass du mich auf die erbärmlichste Art überhaupt sitzen gelassen hast. Weißt du was? FICK DICH!

Das hatte ich definitiv verdient. Was antwortete man darauf?

Ja, ich weiß? Ich bin eben ein Arschloch?

Tim:
Das hätte ich nicht schreiben sollen, aber ich bin so verflucht wütend auf dich.

Tim war zu gut für diese Welt. Jetzt entschuldigte er sich auch noch bei mir, obwohl ich hier der Schuldige war.

Levi:
Es tut mir leid.

Sogar sehr. Aber ich hatte eine Entscheidung getroffen und jetzt würde ich wohl oder übel damit leben müssen. Auch wenn ich es bereute, einfach verschwunden zu sein. Ich hätte das Gespräch mit Tim suchen sollen. Ihm sagen, dass ich nicht bereit war, sein fester Freund zu sein. Mich an ihn zu binden.

Doch dafür war es jetzt zu spät.

Mit einem lauten Seufzer legte ich mein Smartphone zur Seite und zog die Decke über meinen Körper. Die Wahrheit war, dass ich mein Leben ziemlich gegen die Wand gefahren hatte. Nicht, weil ich ein Arschloch war, sondern da ich ein *feiges Arschloch* war.

Kapitel 9

Am nächsten Tag war es dann so weit. Ich kochte für meine Mitbewohner. Inoffiziell, denn offiziell wusste nur Ruby davon. Sie hatte mir verraten, dass sie gern Süßspeisen aß, deshalb hatte ich mir ein besonderes Gericht einfallen lassen. Bratäpfel mit Vanillesoße. Klar, der Sommer fing erst an und diese Speise war typisch für die Weihnachtszeit, sie schmeckte aber einfach zu gut, um noch Monate damit zu warten.

In der Küche kannte ich mich schon gut aus und ich fühlte mich verdammt wohl in diesem Raum. Er strahlte mehr Heimeligkeit auf mich aus als mein Zimmer. Und bei meiner Familie hatte sich auch das ganze Leben in der Küche abgespielt. Nicht, weil Mama und Oma immer am Herd standen. Es war eben der Ort, wo man fast zu jeder Tageszeit jemanden antraf. Wo Oma in ihrem Haus Kreuzworträtsel löste oder Mama entweder auf ihrem Skizzenblock herumkritzelte oder Arbeiten korrigierte.

Ich ging zum Ofen und stellte ihn auf hundertachtzig Grad. Danach kümmerte ich mich wieder um die Äpfel. Den Deckel hatte ich abgeschnitten und nun war es an der Zeit, das Kerngehäuse auszustechen.

Ich arbeitete still vor mich hin, als Henry auftauchte. »Du kochst?«, fragte er in einem Tonfall, der angeekelt klang.

»Ja? Ich esse auch. Meistens dreimal täglich«, antwortete ich mit einem Grinsen. »Du nicht?«

»Doch, schon. Aber hier kocht nie jemand.«

»Dann wird es ja Zeit, dass sich das ändert. Du kannst mitessen.«

Henry wagte sich etwas vor. »Was wird es denn?«

»Bratäpfel mit Vanillesoße.«

»Na, ich weiß nicht.«

»Das habe ich mir bei Fish'n'Chips auch immer gedacht, es vorgestern aber trotzdem probiert.«

»Und? Lecker, oder?«

»Schon, aber das wird mein Bratapfel auch.« Ich schnitt eine Zitrone auseinander und presste den Saft in eine Schüssel. Danach öffnete ich mehrere Schubladen, bis ich einen Pinsel gefunden hatte. Ich tunkte ihn in den Zitronensaft und bestrich die Innenseite der Äpfel damit. »Weißt du was?« Ich sah nicht zu Henry auf, sondern kümmerte mich weiter um das Essen. »Du probierst es und wenn es dir nicht schmeckt, darfst du dir nachher eine Pizza bestellen.«

»Puh.«

Ich sah auf. »Jetzt sag bloß nicht, du magst keine Pizza.«

»Ich liebe Pizza.« Henry rieb sich über seinen Bauch. »Ich weiß nur nicht, ob ich abends so viel essen sollte …« Henry war groß und extrem schlank. Er könnte fünf Pizzen verdrücken und würde weiterhin wie Slender Man aussehen.

»Vielleicht schmecken die Bratäpfel ja wirklich kacke, dann teile ich mir eine mit dir.«

Henry lächelte. Bisher war er immer sehr ernst gewesen, aber dieses Lächeln stellte etwas mit ihm an … Es machte seine ganze Mimik weicher. Und er wirkte jünger. Losgelöster. »Deal.« Er deutete mit dem Daumen über seine Schulter. »Kann ich duschen, bis das Essen fertig ist?«

Ich schnaubte belustigt. »Klar. In dreißig Minuten kannst du wieder hier sein. Und bring Ruby mit.«

Jannis war noch nicht zu Hause, aber ich hoffte, dass er ebenfalls bald auftauchen würde.

»Dann bis gleich.« Henry verließ die Küche und ließ mich weiter werkeln.

Ich schob die Bratäpfel in den Ofen, als die Haustür mit einem lauten Rums ins Schloss fiel.

»Jannis? Bist du das?«, rief ich.

Er gab keine Antwort. Tja, dann musste ich wohl auf ihn zugehen. Ich wusch mir die Hände in der Spüle und trocknete sie mit einem Geschirrtuch ab. Als ich mich umdrehte, stand jemand vor mir.

Nicht Jannis.

Camila, nahm ich mal an.

Sie streckte ihre Arme aus. Die viel zu weite Seidenbluse mit Blumenprint, die sie offen über einem schwarzen Shirt und einer Leggins trug, flatterte, während sie auf mich zukam. Im Gegensatz zu Ruby war sie wohl eine große Umarmerin. »Schön, dass wir uns endlich kennenlernen.«

Sie nahm etwas Abstand. »Du bist noch hübscher als auf dem Foto in deiner Bewerbung.«

»War mein Aussehen ausschlaggebend für die Zusage des Zimmers?« Ich dachte an Henrys Worte. Dass Camila Leute in der WG wohnen ließ, die von weiter weg kamen, weil sie gern unterwegs war.

»Natürlich nicht«, rief sie beinahe schon schockiert klingend aus. »Ich fand es verdammt mutig, dass du in ein anderes Land ziehen willst. Du hast mich ein bisschen an mich selbst erinnert.«

Mutig? Wohl eher feige. »Ähm … danke?«

»Ich freu mich auf jeden Fall, dass du jetzt hier bist. Und sorry dafür, dass ich dich nicht willkommen heißen konnte. Zuerst war ich dort und dann da – irgendwann bin ich mit einem Pärchen in ihrem Wohnmobil zu einem anderen Festival weitergezogen. Du weißt ja, wie das ist.«

Wusste ich nicht. »Ja, klar.«

»Du hast erzählt, dass du auch gern auf Partys gehst?«

Früher, ja. In letzter Zeit eher selten. »Definitiv.«

»Die Londoner Clubszene hat eine Menge zu bieten.«

Ich schmunzelte. »Darauf hoffe ich.« Danach ging ich zum Herd, wo der vorbereitete Topf auf mich wartete.

Zu den Bratäpfeln gehörte natürlich Vanillesoße.

»Du kochst?«

Wieso klangen alle in diesem Haushalt immer so erstaunt, wenn es um die Zubereitung von Speisen ging? Das brachte mich zum Grinsen. »Ja. Und sogar für uns alle.«

»Ehrlich?« Sie machte große Augen, ging um die Kücheninsel herum und setzte sich auf einen der Barhocker, die dort standen. Jannis tauchte nun ebenfalls in der Küche auf. Ich hatte ihn gar nicht nach Hause kommen gehört. »Du kochst für uns?«, fragte er. Ich traute mich gar nicht, ihn anzusehen, gab dem Drang dann jedoch nach. Sein Gesichtsausdruck war neutral. Nicht genervt oder angepisst. War das ein gutes oder ein schlechtes Zeichen?

Ich strich mir mit dem Handrücken eine Haarsträhne aus dem Gesicht und schielte zu ihm. Er trug hautenge Leggins und darüber ein lockeres Shirt, das weit ausgeschnitten war und ziemlich tiefe Einblicke auf seinen Oberkörper bot. Festivalshirts nannte man die Sorte von T-Shirt da, wo ich herkam. Und Jannis konnte sich definitiv darin sehen lassen. Sein Körper war schlank, wirkte aber trotzdem sportlich. Und obwohl ich Leggins in meinem Kopf immer als typisch weibliches Kleidungsstück eingestuft hatte, musste ich zugeben, dass sie Jannis verdammt gut stand. Sehr gut sogar.

Leise räusperte ich mich. »Ja. Ruby war so nett, mir ein bisschen beim Einrichten meines Zimmers zu helfen. Ich wollte mich bei ihr bedanken und dachte mir, es wäre schön, wenn wir gemeinsam essen. So als Wohngemeinschaft. Um uns besser kennenzulernen. Und so.«

»Ich mag Levi jetzt schon.« Camila sah Jannis fragend an. »Ist er nicht toll?«

»So gut kenne ich ihn nicht.« Die Antwort war sehr diplomatisch. Und zeigte mir ganz genau, dass er mir die Wortkotze von vor ein paar Tagen immer noch vorhielt.

»Er kocht für uns! Wie könnte man ihn nicht lieben?«

»Ich kann auch ein bisschen kochen«, sagte Jannis. »Nicht auf Restaurantniveau.« Mir gegenüber hatte er ja schon erwähnt, dass seine Eltern ihn aus der Küche verbannt hatten. »Aber durchaus passabel.«

Camila stützte sich auf dem Tresen ab. »Und warum tust du es dann nie?«

Darüber dachte er einige Sekunden nach. »Keine Ahnung.«

»Na ja, vielleicht bringt euch das Kochen ja näher zusammen.« Camila hüpfte vom Hocker und klopfte mir im Vorbeigehen auf die Schulter. »Bin gleich wieder da. Muss mir nur die Hände waschen.«

Und dann waren Jannis und ich alleine. Ich rührte stumm in meinem Topf herum, aber natürlich beobachtete ich ihn aus dem Augenwinkel. Jetzt wäre ein verdammt guter Moment, um mich zu entschuldigen. Jannis wirkte so, als würde er darauf warten, dass ich etwas sagte. Er trat unruhig von einem Bein auf das andere. Gerade als er einen Schritt nach vorn in Richtung der Küchenzeile machte, kam Camila zurück.

»Jannis! Wir decken den Tisch. Henry und Ruby kommen auch gleich in die Küche.«

Und dann war er vorbei. Der perfekte Moment, um mich bei Jannis zu entschuldigen. Ich hoffte, dass ich später noch einmal die Chance bekommen würde.

Kapitel 10

»Fuck, war das gut«, sagte Ruby und lehnte sich zurück. Sie rieb sich sogar den Bauch.

»War schon okay«, murmelte Jannis, was ihm einen Rempler von Henry einbrachte.

»Okay? Was stimmt nicht mit dir? Das war wie Weihnachten auf einem Teller.«

Er verdrehte die Augen. »Wir haben Sommer.«

»Das nächste Mal mache ich gern was mit Kokos«, sagte ich und versuchte, Blickkontakt zu ihm aufzunehmen. »Das ist dann vielleicht sommerlicher.« Leider schaute er demonstrativ in die andere Richtung.

Camila stützte ihre Arme auf dem Tisch ab und setzte sich etwas aufrechter hin. »Das heißt, es wird ein nächstes Mal geben? Wir werden öfter in den Genuss deiner Kochkünste kommen?«

»Mach ihm doch gleich einen Heiratsantrag«, flüsterte Jannis, woraufhin Henry ihn wieder anrempelte.

Ich tat so, als hätte ich seine Worte nicht gehört. »Gern. Ich finde das nämlich echt schön. Hier mit euch zu sitzen. Zu essen. Sich zu unterhalten.« Klar, die Stimmung könnte noch etwas besser sein, aber das war leider meine Schuld. Immerhin hatte ich dafür gesorgt, dass es zwischen Jannis und mir komisch war.

Henry nickte zustimmend. »Ich fände das auch schön, wenn wir öfters gemeinsam kochen.«

»Dabei verschwindest du sonst immer so schnell in deinem Zimmer«, sagte Jannis.

Camila schüttelte den Kopf über sein Verhalten. »Sag mal, was ist denn heute mit dir los? Bist du überarbeitet? Brauchst du eine Partynacht, um mal den ganzen Frust loszuwerden?«

Ruby schob ihren Teller in die Tischmitte. »Partynacht! Gutes Stichwort. Ich muss bald zur Arbeit – wollt ihr mitkommen?« Im Sitzen machte sie ein paar Tanzmoves. »Kein Anstehen. Ich lass euch auf die Gästeliste schreiben.«

Jannis und Camila kommunizierten stumm über den Tisch hinweg miteinander. Henry und ich wechselten einen kurzen Blick und zuckten zeitgleich mit den Schultern, was von meiner Seite aus als ein »*Warum nicht?*« zu deuten war.

»Also, ich hätte schon Lust darauf, deinen Club kennenzulernen«, sagte ich an Ruby gewandt.

»Ich komme auch mit.« Henry stand auf und stapelte die benutzten Teller.

»Ernsthaft?«, fragte Ruby und quietschte beinah. »Du warst noch nie mit mir im Club.« Aufgeregt wippte sie auf und ab.

»Dann ist doch heute der perfekte Tag«, sagte Henry.

»Genau«, beteiligte sich nun auch Camila wieder am Gespräch. Offensichtlich war sie damit fertig, Jannis mit Blicken zu töten. »Ich werde euch ebenfalls begleiten. Immerhin habe ich mir noch nie eine Party entgehen lassen.«

Das wäre eigentlich der Moment, in dem Jannis wieder einen dummen Kommentar machen sollte. Tat er aber nicht. Er zuckte nur mit den Schultern. »Okay, ich komme auch mit.«

»Ehrlich?« Ruby vibrierte fast vor Begeisterung. »Das ist so aufregend.« Sie klatschte sogar in die Hände. »Ich fühle mich wie am *Bring-dein-Kind-mit-zur-Arbeit*-Tag.«

Verwirrt sah ich sie an. »Den gibt es nicht wirklich, oder? Das hast du gerade erfunden!«

Mit ihren Zeigefingern trommelte Ruby auf den Tisch. »Dann eben den internationalen *Bring-deine-Freunde-mit-zur-Arbeit*-Tag.«

»Den gibt es auch nicht.« Und falls doch, wäre das 'ne ziemlich coole Sache. Nie wieder einen ersten Arbeitstag allein durchstehen.

Henry ging mit den Tellern in der Hand zur Küchenzeile. »Vielleicht in höheren Kreisen. Schauspieler bringen ihre Freunde sicher mit ans Set. Oder Prince William. Der hat auch oft die ganze Familie im Schlepptau. Bei der normal arbeitenden Bevölkerung wird so ein Tag nicht möglich sein.«

Nun schob Ruby schmollend die Unterlippe vor. »Zerstör hier nicht den besten Tag meines Lebens.«

»Genau«, stimmte Camila zu. »Der *Bring-deine-Freunde-mit-zur-Arbeit*-Tag darf nicht in den Schmutz gezogen werden.«

Nun musste Jannis schmunzeln. »Also, von mir aus können wir im Restaurant meiner Eltern auch gern so einen Tag machen.«

Das Geschirr klapperte laut, während es Henry in die Spülmaschine räumte. »Mein Chef wird nicht begeistert sein, wenn ich euch alle mit zur Arbeit bringe.«

»Was machst du überhaupt?«, fragte ich.

»Ich bin Personal Assistant.« Was auf Deutsch so viel bedeutete wie Chefsekretär. Falls ich meinen Englischkenntnissen in diesem Fall trauen konnte.

»Cool«, sagte ich. »Klingt anspruchsvoll.«

»Eher langweilig.« Camila gähnte übertrieben laut.

»Ich glaube nicht, dass mein zukünftiger Job viel interessanter klingt«, sagte ich. »Ich werde bestimmt nur jede Menge Kaffee kochen und kaum selbst irgendwelche spannenden Projekte machen dürfen. Aber es ist auch egal. Hauptsache, ich kann mir das WG-Zimmer auf Dauer leisten.«

Ruby stieß mich mit dem Ellbogen an. »Für deine kleine Schuhschachtel wird es schon reichen.«

»Gefällt dir dein Zimmer nicht?«, fragte Camila.

»Nein, nein.« Abwehrend streckte ich die Hände in die Luft. »Es passt gut. Wirklich.« Vor allem für den Preis, für den ich es gemietet hatte. »Es war zwar zu Beginn etwas … leer, ich bin aber dabei, es wohnlicher zu machen.«

»Ach?« Jannis klang gleichzeitig argwöhnisch und interessiert.

»Ja. Außerdem war mir Ruby eine große Hilfe. Sie kann verdammt gut mit dem Bohrer umgehen.« War dieser Satz anzüglich gewesen? Oder klang das nur in meinem Kopf so versaut?

»Das war einfach gutes Teamwork«, sagte sie, war allerdings ein bisschen rot um die Nase herum.»Hätten heute nicht deine restlichen Möbel kommen sollen?«

Ich nickte.»Es gab wohl eine Verzögerung bei der Auslieferung. Wird vermutlich erst in ein paar Tagen geliefert.«

Henry kam zum Tisch zurückgeschlendert.»Du legst ein Tempo vor.«

Ich zuckte unbeholfen mit den Schultern.»Na ja, sonst hatte ich ja nicht viel zu tun.« Außer Jannis aus dem Weg zu gehen, eine zaghafte Freundschaft zu Ruby aufzubauen und zu hoffen, dass Henry ein paar Worte mit mir wechselte. Irgendetwas sagte mir, dass ich in dieser Wohngemeinschaft das fehlende Glied gewesen war. Der Kerl, der alle zusammenhielt. Möglicherweise bildete ich mir auch einfach schon wieder viel zu viel auf meine Anwesenheit ein. Ich neigte ein bisschen zur Selbstüberschätzung. Normalerweise holte mich dann Mats ganz schnell von so einem Höhenflug herunter. Der war aber leider nicht da, allerdings konnte ich mir Jannis verdammt gut in der Rolle desjenigen vorstellen, der mir ein wenig Bodenhaftung gab.

»Gut.« Camila klatschte in die Hände.»Dann räumen wir hier auf und machen uns danach auf den Weg zum Club.«

Sofort erhob ich mich und griff nach der Auflaufform mit den Äpfeln.»Ich mache das schon.«

Camila nahm den Topf mit der Vanillesoße und drückte ihn Jannis in die Hände.»Er hilft dir. Und bedankt sich außerdem für das leckere Essen.«

Völlig überfordert schaute Jannis zwischen Camila und mir hin und her.»Tu ich das?«

»Tust du! Ich werde mir dann ein passendes Outfit für den Club suchen.«

Ruby folgte ihr.»Ich auch. Immerhin muss ich etwas früher los.«

Henry schloss sich den beiden an.»Und du lässt uns wirklich auf die Gästeliste setzen?«, fragte er, während sie die Wohnküche verließen.

»Natürlich«, hörte ich sie sagen.

Jannis und ich standen immer noch wie absolute Volldeppen mit dem Geschirr in der Hand da. Wir hielten einige Sekunden Blickkontakt, der einen erwartungsvollen Schauer über meinen Rücken laufen ließ.

Ich stellte die Auflaufform mit den übrig gebliebenen Äpfeln direkt in den Kühlschrank. Die Vanillesoße würde ich in ein kleineres Gefäß umfüllen. Ich drehte mich zu Jannis um und nahm ihm den Topf ab.

»Hör mal«, sagte ich zu ihm. »Ich will nicht, dass es komisch zwischen uns ist.«

Verdammt, es gab so viel, was ich ihm sagen wollte, allerdings fand ich nun nicht die richtigen Worte, obwohl ich viel darüber nachgedacht hatte, was ich sagen könnte.

Er stieß einen lauten Atemzug aus. Es klang nicht genervt, nur resigniert. »Dann mach es nicht komisch.«

»Das will ich doch gar nicht«, sagte ich.

»Du gehst mir aus dem Weg.«

Sofort schüttelte ich den Kopf, obwohl es irgendwie der Wahrheit entsprach. »Ich wollte dir ein bisschen Freiraum geben. Dich nicht nerven.«

»Stattdessen hast du mich ignoriert.«

»Nicht absichtlich.«

»Ruby bist du nicht aus dem Weg gegangen.«

»Mit der hatte ich auch nicht so ein unangenehmes Gespräch.«

Jannis' Augen wurden größer. »Es ist dir also unangenehm, dass ich nicht der Norm«, er zeigte Anführungszeichen in der Luft, »entspreche?«

»Komm schon, Jannis! Du willst mich die ganze Zeit absichtlich falsch verstehen, oder?«

»Fuck!« Er kämmte sich mit den Fingern durchs Haar. »Keine Ahnung. Vielleicht.«

»Durch dich fühle ich mich wie ein riesengroßes Arschloch und trau mich kaum, überhaupt etwas zu dir zu sagen, weil ich langsam das Gefühl habe, dass du mich grundsätzlich falsch verstehen willst.«

»Nein, wirklich nicht.«

»Und was jetzt?«

Einen Moment lang sah Jannis mich aus seinen großen braunen Augen an. Suchte vielleicht irgendetwas in meinem Blick, fand es jedoch nicht. »Lass uns später noch mal reden. Ich muss erst darüber nachdenken, ob ich mich nicht wirklich etwas bockig anstelle.« Gepaart mit meinem Unvermögen, die richtigen Worte zu finden, waren wir ja ein tolles Duo.

»Bis später«, flüsterte ich und schaute Jannis hinterher, während er mit hängenden Schultern die Küche verließ.

Kapitel 11

Es war laut. Es war voll. Außerdem heiß. Und ich schwitzte. Aber ich liebte jede Sekunde dieses Clubaufenthalts. Camila hatte mich auf die Tanzfläche gezogen. Leider war ich ein miserabler Tänzer, ich wusste das, zum Glück schien es meine Vermieterin nicht wirklich zu stören.

Immer wieder tanzte Camila mich an und ließ ihre Hände über meinen Körper wandern. Zu Beginn hatte ich mir nichts dabei gedacht, langsam ging mir die Sache dann doch zu weit. Immerhin wohnten wir zusammen. Ich traf nicht immer die klügsten Entscheidungen, an eine würde ich mich immer halten: Finger weg von meinen Mitbewohnerinnen.

Und natürlich auch den Mitbewohnern.

Ich sah zu der erhöhten DJ-Plattform und begegnete sofort Rubys Blick. Na ja, zumindest nahm ich an, dass sie mich anstarrte. Genau konnte ich das nicht sagen, denn es war verdammt dunkel. Also, wenn mich nicht gerade irgendein Discolicht blendete.

»Hey, Camila?«, schrie ich gegen die laute Musik an.

Sie kam näher, ihr Atem streifte meine Haut. »Ja?«

Was sollte ich jetzt sagen? Ich brauche etwas Abstand? Das käme bestimmt wieder total arschig rüber. »Wollen wir mal zur Bar gehen?«

Sofort schüttelte sie den Kopf. »Ich bin in Tanzlaune.«

»Und ich brauche was zu trinken.«

Sie zog eine Augenbraue hoch. »Du bist kein Tänzer, ha?«

»Nein, nicht wirklich.« Oder erst, wenn ich genug Getränke intus hatte. »Du bleibst hier?«

»Klar.« Sie drehte sich einmal im Kreis, visierte eine Gruppe Mädels an und tanzte auf sie zu.

Ich war niemand, der sich sonderlich schwer damit tat, mit neuen Leuten ins Gespräch zu kommen, aber wenn es stimmte, was ich heute beim Abendessen über meine Mitbewohnerin erfahren hatte, dann schloss sie gerade weitere Freundschaften fürs Leben. Beneidenswert.

Ich sah Camila kurz hinterher, bevor ich mich auf den Weg zur Bar machte. Es dauerte nicht lange und ich sah Jannis' Haarschopf. Dann ließ ich meinen Blick über sein etwas gewöhnungsbedürftiges Outfit wandern.

Kein Kleid. Dafür eine schwarze Skinny Jeans, die extrem viele Löcher hatte. Dazu trug er ein wild gemustertes Kurzarmhemd, das seeehr weit aufgeknöpft war. Sein ganzes Outfit und auch die Art, wie er sein Haar gestylt hatte, erinnerte mich ein bisschen an den 2017er Harry Styles.

Definitiv heiß. Nur nicht das, was ich anziehen würde. Vermutlich, weil ich der langweilige Jeans-Träger war, der dazu nur ein schwarzes oder weißes T-Shirt kombinierte. Wenn ich mal richtig experimentierfreudig war, griff ich zu Grau. So wie heute.

Jannis lehnte mit dem Rücken an der Bar und sah mich näher kommen. »Wo ist Henry?«, fragte ich, nachdem ich ihn erreicht hatte.

Er deutete mit dem Kopf nach rechts.

Etwas verwirrt schaute ich in die Richtung und riss eine Sekunde später die Augen auf. Henry stand ebenfalls mit dem Rücken an die Bar gelehnt da. Allerdings hatte er seine Beine etwas gespreizt, und dazwischen stand ein Kerl, der Henry die Zunge tief in den Mund steckte. Sehr tief, soweit ich das beurteilen konnte.

»Wow«, sagte ich und konnte den Blick nicht von meinem Mitbewohner und dem Fremden abwenden. Keinen von beiden schien es zu stören, dass wir nur eine Handbreit von ihnen entfernt standen und somit Karten in der ersten Reihe für die Rummach-Show hatten.

Ich schaffte es nicht, den Blick abzuwenden. Aus mehreren Gründen.

Der erste war wohl meine Faszination dafür, dass es für keinen der beiden ein Problem zu sein schien, dass sie in der Öffentlichkeit rumknutschten. Doch da waren auch andere Gefühle in mir. Neid, zum Beispiel.

Weil ich das sein könnte. Mit Tim oder mit irgendjemand anderem – wenn ich nicht so verklemmt und feige wäre. Und dann gab es da noch eine Sache. Ein Kribbeln, das meine Wirbelsäule hinabwanderte und mich die Hand auf meine Hose legen ließ. Ich war erregt.

Und wie!

Es machte mich an, zu sehen, wie sich Männer küssten. Gut, das war jetzt keine große Überraschung, allerdings versuchte ich, all die Gefühle zuzulassen, anstatt sie wie sonst wegzuschieben.

»Starr nicht so!«, zischte Jannis und riss mich damit aus meinen Überlegungen.

Ich schüttelte den Kopf und drehte mich dann so, dass ich die beiden nicht mehr wie ein gruseliger Stalker anglotzte. »Sorry, ich wollte nicht …«

Jannis' Augenbrauen wanderten hoch. »Noch nie zwei Jungs beim Knutschen gesehen?«

Kurz dachte ich darüber nach. Klar hatte ich schon mit Tim geknutscht. Leider konnte ich mich dabei schlecht selbst beobachten. Ich war mir nicht einmal sicher, ob ich Niklas schon mal gesehen hatte, wie er mit Alexej rummachte. Also, es war offensichtlich, dass sie das taten. Sie berührten sich ständig. Sie gaben sich auch mal Küsschen. Auf die Wange. Oder die Lippen. Aber sie hatten nie vor mir miteinander rumgeknutscht.

»Ich glaube ehrlich gesagt nicht.« Entschuldigend zuckte ich mit den Schultern. »Außer vielleicht mal im Fernsehen.« Und mit Fernsehen meinte ich Pornos. Viele Pornos. Mit Männern. Frauen. Frauen und Männern. Zu zweit. Zu dritt. Zu viert.

Verdammt, nicht daran denken. Das half bei der angespannten Lage in meiner Hose nicht.

»Und? Schiebst du jetzt Panik?«, fragte Jannis.

»Hä? Wieso sollte ich das?«

»Na ja, hast du doch auch irgendwie, als es darum ging, dass Männer Nagellack tragen dürfen. Genauso wie Kleider.«

Ich seufzte, nahm aber an, dass Jannis das über den lauten Geräuschpegel im Club hinweg nicht einmal hören würde. »Können wir uns vielleicht wegen dieses verunglückten Gesprächs unterhalten?«

Jannis hob den Kopf etwas an, sah mir lange in die Augen und nickte schlussendlich. »Machen wir. Aber zuerst brauche ich einen Drink. Ich weiß nämlich nicht, ob ich das nüchtern ertrage.«

»Ich lade dich ein«, bot ich sofort an, obwohl ich es mir eigentlich gar nicht leisten konnte, groß rumzuprotzen. Allerdings wollte ich unbedingt mein dummes Gelaber wiedergutmachen.

Jannis zögerte, drehte sich jedoch langsam zur Bar um. »Warum eigentlich nicht?«, sagte er mehr zu sich selbst als zur mir.

Erleichtert nahm ich einen tiefen Atemzug. Ich hatte nicht einmal bemerkt, dass ich für einige Sekunden die Luft angehalten hatte. »Was trinkst du?«, fragte ich ihn.

»Pimms!«

»Pimms?« Ich hatte keine Ahnung, wovon er sprach. »Was ist das?«

»Ein Ginlikör mit Limonade und Früchten. Schmeckt lecker.«

Und klang verdammt nach einem Getränk, das Frauen tranken.

Fuck!

Da lag doch schon mein Fehler. Ich musste aufhören, solche Sachen zu denken. Es gab keine Frauengetränke. Und auch keine Männergetränke. Es gab nur Getränke für alle.

Der alte Levi hätte sich jetzt ein Bier bestellt. Weil es männlicher war. Aber der neue Levi – London-Levi – wollte auch Pimms.

»Klingt lecker. Trinke ich ebenfalls.«

Jannis' Augen weiteten sich. Ob beeindruckt oder abfällig konnte ich nicht sagen, allerdings wandte er sich von mir ab und gab der Barkeeperin mit einem Handzeichen zu verstehen, dass wir etwas bestellen wollten. Sie kam kurz darauf zu uns und Jannis bestellte für uns. Es dauerte nicht lange, da standen schon die Getränke vor uns auf dem Tresen.

Ich zog ein paar Banknoten aus meinem Portemonnaie heraus. Die Pfundscheine fühlten sich für mich immer noch wie Spielgeld an. »Passt so, danke.« Ich griff nach den Getränken und drückte eines davon Jannis in die Hand.

»Cheers«, sagte er und wir stießen unsere Gläser aneinander. Ich nippte vorsichtig am Pimms. »Schmeckt lecker«, stellte ich nach dem ersten Schluck fest.

»Ich mag es auch. Es wundert mich nur, dass du dir kein Bier bestellt hast.«

Seufzend setzte ich das Glas auf dem Tresen ab. »Hör mal, Jannis. An diesem Morgen ... da hast du die schlechteste Version von mir kennengelernt. Ich habe Sachen gesagt, die nicht okay waren. Und hin und wieder denke ich auch Dinge, die absolut grenzwertig sind. Aber ich kann dir etwas versprechen: Ich hab es nicht getan, weil ich dich verletzen wollte.« Nervös kämmte ich mir mit den Fingern durchs Haar. »Sondern weil ich es bisher nicht zugelassen habe, über den Tellerrand zu schauen. Ich war so sehr damit beschäftigt, mich in die Form zu pressen, in die ich unbedingt passen wollte, dass da einfach kein Platz mehr für anderes war. Allerdings will ich so nicht mehr sein. Ich möchte nicht hochnäsig, blind, taub oder intolerant durch die Welt laufen. Und es tut mir leid, dass mein engstirniges Gehirn mir da manchmal einen Strich durch die Rechnung macht. Ich werde alles tun, damit so etwas nicht mehr vorkommt und du keine Wortkotze mehr von mir ertragen musst.« Vorsichtig streckte ich meine Hand aus, zögerte, legte sie dann aber vorsichtig auf Jannis' Unterarm, den er lässig auf der Bar aufgestützt hatte. »Du bist toll. Und du hast alles Recht der Welt, Kleider anzuziehen. Oder Röcke. Von mir aus auch ein rosa Tutu und dazu grünen Nagellack. Also lass dich nicht von so dämlichen Kerlen wie mir verunsichern, weil sie es nicht besser wissen.« Nun war ich mit meiner Rede beinah fertig. Es fehlte nur noch eines: »Es tut mir leid, wenn ich dir ein schlechtes Gefühl gegeben habe.«

Mein Redeschwall war zu Ende und ich starrte Jannis erwartungsvoll an. Er hatte wohl nicht damit gerechnet, dass ich ihn so zulabern würde.

»Werde ich nicht. Also, mir irgendwas verbieten lassen. Ich bin ich und ich werde mich für niemanden auf der Welt verändern. Oder mich verbiegen. Aber ich muss zugeben, dass ich nach unserem Gespräch doch ein wenig … neben der Spur war.«

»Wieso?«, fragte ich. Er hatte eben gemeint, dass er sich niemals verbiegen würde. Sein Ding durchzog.

»Weil die Wohnung mein Safe Place ist. Henry, Camila und Ruby haben mich von Anfang an genauso akzeptiert, wie ich bin. Und dann kamst du und mochtest mich auch. Zumindest in Hoodie und in Jogginghosen.«

Darin hatte er wirklich verdammt heiß ausgesehen. Keine Ahnung, was das mit mir und Jogginghosen war, aber ich fand sie einfach nur hot. Vor allem bei grauer Baumwolle setzte mein Gehirn aus.

»Ich mag dich auch jetzt. Es kommt nicht darauf an, was du trägst, sondern wer du bist. Und den Jannis, der keine fiesen Kommentare murmelt, den mag ich sehr. Und ich würde gern mehr Zeit mit ihm verbringen.«

»Ehrlich?« Mit großen Augen sah er mich an und erinnerte mich in diesem Moment so sehr an Tim, dass ich mich von ihm abwenden musste.

Nein, nein, nein!

Das war nicht gut. Gar nicht gut. Denn wenn Jannis mich so anschaute, dann wollte ich, dass sich etwas zwischen uns entwickelte. So wie mit Tim.

Aber den gleichen Fehler zweimal zu machen, stand nicht auf meinem Plan. Zuerst musste ich mein Leben in den Griff bekommen. Selbst begreifen, was ich wollte. Und leider musste ich einsehen, dass der Vorschlag meines Bruders sehr hilfreich war. Ich musste mich mit meinen Gedanken auseinandersetzen, anstatt sie mir zu verbieten oder wegzuschieben. Dann wäre ich weniger verwirrt.

»Klar.« Ich zog meine Hand zurück. »Immerhin sind wir Mitbewohner. Und ich würde mich freuen, wenn wir Freunde werden könnten.«

»Freunde?«, wiederholte Jannis meine Worte, leicht fragend.

»Ja.« Ich lächelte ihn an, doch es fühlte sich nicht richtig an. »Was sonst?«

Jannis nickte. »Klar. Was auch sonst?« Danach griff er nach seinem Getränk und exte es.

Kapitel 12

Ich wusste nicht, wie es passiert war, aber eine Stunde später stand ich nicht nur neben einem knutschenden Henry, sondern auch an Jannis' Lippen hing jemand.

Leider nicht ich.

Also, nicht, dass ich das gewollt hätte. Natürlich nicht.

Es war eine Studentin. Sie sah verdammt gut aus. Groß. Blond. Ein bisschen wie ein Victoria's-Secret-Model. Es erstaunte mich, dass *das* Jannis' Typ Frau war. Er hätte ja auch mit ihrer Freundin rumknutschen können, die schwarze Haare hatte, aber genauso hübsch war.

Fuck! Und da waren sie wieder. Die Schubladen. Es fiel mir echt schwer, Leute nicht zu kategorisieren. Sportler, Nerds, Supermodels. Ich machte das schon seit … immer. Oder zumindest, solange ich denken konnte.

Ich wandte mich der Freundin des Victoria's-Secret-Models zu. Sie hieß Poppy und zog mit ihren Fingern Kreise auf der Theke. »Ist dir langweilig?«

Sie richtete sich auf. »Ein wenig. Außerdem wäre ich lieber auf der Party in unserem Wohnheim.«

»Warum bist du dann hier?«

»Weil Isla mich gebeten hat, mitzukommen. Ich wollte sie nicht hängen lassen.« Sie lehnte sich etwas näher zu mir. »Sie baggert schon Ewigkeiten an Jannis rum und heute hat er sich endlich bei ihr gemeldet.«

»Ach.« Interessant.

»Ja, das Treffen war ziemlich spontan. Er meinte, dass er hier und ihm langweilig ist, da einer seiner Mitbewohner rumknutscht und der andere mit der Vermieterin auf Tuchfühlung geht.« Damit hatte er wohl mich gemeint. Wobei ich nicht auf Tuchfühlung mit Camila gegangen war. Wir hatten nur getanzt. Ganz platonisch. Gut, vielleicht waren Camilas Hände das ein oder andere Mal ein wenig zu zutraulich über meinen Körper gewandert, aber das war nichts Ernstes gewesen.

»Tut mir leid, dass ich so ein schlechter Unterhalter bin.«

»Ist doch nicht deine Schuld.«

War es nicht. Nur die ihrer Freundin. »Was hältst du davon, wenn ich dich auf die Wohnheimparty begleite?« Ich schaute zu Jannis und Isla. Die beiden zu beobachten, fühlte sich falsch an, meinen Blick konnte ich leider auch nicht wirklich abwenden. Schon gar nicht, als er seine Zunge in ihren Mund schob. Verdammt, was war das mit mir und meiner sexuellen Identitätskrise? Henry und sein Kerl waren ziemlich heiß gewesen, jetzt zu sehen, wie Jannis Isla gegen den Tresen drückte und küsste … Fuck, das war noch eine Stufe heißer.

Aber das liegt nicht unbedingt an Isla, flüsterte eine fiese Stimme in meinem Kopf. Sie klang leider viel zu sehr nach Mats. »Immerhin sind Jannis und Isla ja beschäftigt.«

»Habt ihr heute nicht einen Mitbewohner-Abend oder so?«, fragte Poppy.

Ich schmunzelte. »Na ja, Ruby legt noch eine Weile auf. Camila assistiert ihr offensichtlich, indem sie die Menge anheizt.« Das letzte Mal, als ich sie gesehen hatte, stand sie neben Ruby auf der Plattform und sang lautstark einen aktuellen Dance-Hit. Ich schielte zu Henry und deutete im Anschluss mit dem Daumen zu ihm. »Er sieht aus, als würde er jede Sekunde hier Trockensex haben. Ich denke also, er wird nicht mehr allzu lange im Club bleiben. Und von den Aktivitäten zwischen Jannis und Isla konntest du dir ja in den letzten Stunden selbst ein Bild machen.« Leider. Denn ich hätte es nach der Aussprache mit Jannis besser gefunden, wenn wir uns noch eine Weile unterhalten hätten, aber Isla hatte mir einen Strich durch die Rechnung gemacht.

Poppy schien kurz über meine Worte nachzudenken, nickte dann jedoch. »Okay, ich sage Isla Bescheid.«

»Viel Glück.« Das konnte sie brauchen, denn Jannis und ihre Freundin duellierten sich mit ihren Zungen.

Vorsichtig tippte sie Isla an.

Und tippte.

Und tippte.

Und tippte.

Es dauerte eine ganze Weile, bis sich diese von Jannis lösen konnte.

Ich lehnte mich gegen den Tresen, legte den Kopf in den Nacken und starrte an die Decke. Zahlreiche unverputzte Rohre schlängelten sich durch den Club und gaben ihm einen rustikalen Touch. Gefiel mir.

Ich zuckte zusammen, als mich jemand anstupste. Ruckartig drehte ich den Kopf in die Richtung. Henry!

Er grinste. »Wir werden dann mal nach Hause gehen.«

Fragend zog ich die Augenbrauen hoch. »Zu dir oder zu ihm?«

Sein Lächeln wurde um einiges breiter. Dann lehnte er sich zu mir. »Zu ihm, denn so kann ich nach dem Sex einfach verschwinden.«

Ich streckte ihm meine Faust hin und er stieß mit seiner dagegen. »Dann viel Spaß noch. Wir sehen uns spätestens morgen früh zu Hause.«

Sein Blick ging in Poppys Richtung und daraufhin sah er mich fragend an.

»Wer weiß«, formte ich mit den Lippen. Gut, ich wusste definitiv, dass da nichts laufen würde. Poppy war nett, sie löste jedoch keinerlei Gefühle in mir aus. Und ich hatte es satt, bedeutungslose One-Night-Stands mit Frauen zu haben, da ich mich danach sowieso immer beschissen fühlte. Es war den Frauen gegenüber nicht fair und mir ebenfalls nicht.

Das war im Normalfall der Zeitpunkt, wo ich mein Gedankenkarussell beendete. Dieses Mal nicht. Ich ließ den Gedanken zu, dass ich mir die Anziehungskraft, die Frauen auf mich ausübten, vielleicht einredete. Denn ich brauchte jede Menge Alkohol, um mit ihnen ins Bett gehen zu können. Aber nicht zu viel, dann klappte es nämlich auch nicht.

Es gab nur einen logischen Schluss: Ich stand ausschließlich auf Männer und war nicht bisexuell.

Oder?

Ob Poppy mich küssen würde, damit ich Gewissheit bekam? Bestimmt nicht. Und es war Tim gegenüber irgendwie nicht fair, denn er war mehr als ein Experiment für mich gewesen. Allerdings war ich auch niemandem etwas schuldig. Tim war weit weg, und ich war durchaus mit der Absicht nach London gekommen, herauszufinden, ob diese Anziehung, die ich zu Tim verspürte, eine einmalige Sache war oder worauf ich sonst noch so stand.

Männer auf jeden Fall. So weit war ich ja bereits.

Frauen … fand ich möglicherweise nur im Moment weniger anziehend. Wobei die Phase schon eine ganze Weile anhielt.

Vielleicht hatte ich aber auch schon zu lange mit keiner mehr rumgemacht. Mein Kopf hatte sich bestimmt zu sehr an die Gedanken an raue Hände, Bartstoppeln, die über die Haut kratzten, und harte Erektionen gewöhnt. Ich musste ihm in Erinnerung rufen, wie sehr ich auch auf Brüste stand.

Fuck, war das verwirrend.

Henry winkte kurz in die Runde und rauschte dann mit seinem Kerl im Schlepptau ab. Ich sah ihm hinterher und schenkte meine Aufmerksamkeit erst wieder Poppy, als sie an meinem T-Shirt zog.

»Hey«, sagte sie. »Wir gehen alle.«

»Wie, alle?«

»Na, Jannis, Isla, du und ich.«

So war das nicht geplant gewesen. Wenn Jannis dabei war, setzte mein Gehirn aus. In seiner Anwesenheit würde das mit Poppy nie funktionieren.

Ich suchte seinen Blick. »Wollt ihr nicht lieber hierbleiben?«

»Die Wohnheim-Party klingt doch gut. Außerdem zeigt mir Isla später ihr Zimmer.«

Meine Augenbrauen wanderten ganz automatisch nach oben.

Dafür konnte ich gar nichts. Ehrlich. »Ach! Wie schön.« Ich legte meinen Arm um Poppys Schultern. »Na, dann gehen wir mal los.« Ich führte sie zum Ausgang des Clubs, wo die Mädels ihre Jeansjacken von der Garderobe holten. Jannis suchte immer wieder meinen Blick, aber ich hatte keine Lust, ihn anzusehen. Ich wusste, dass es mir sonst viel zu schwerfallen würde, mich auf Poppy zu konzentrieren.

»Habe ich dir zu viel versprochen?«, fragte Poppy und deutete auf das kleine Vierer-Grüppchen, das Strip-Bierpong miteinander spielte. Sogar ein gemischtes Doppel. Ich bekam also nicht nur halb nackte Männer, sondern auch halb nackte Frauen zu sehen. Perfekt, wenn man nicht wusste, was man heißer finden sollte. Bizepse oder Brüste.

Bizepse, flüsterte der Mats, der sich in meinem Kopf eingenistet hatte.

»Spielen wir auch eine Runde?«, fragte Poppy genau in dem Moment, als Jannis und Isla mit vier Bechern auftauchten. Mein Mitbewohner reichte mir einen und ich schnupperte daran. Bier.

»Kein Pimms mehr?«, fragte ich und sah ihn herausfordernd an. Er grinste. »Leider nicht.« Danach blieb sein Blick an etwas hängen.

Ich drehte mich so, dass ich ebenfalls sehen konnte, was seine Aufmerksamkeit erregt hatte. Eindeutig ein Kerl, der seine Jeans aufknöpfte und sie über die Hüften schob.

»Ich finde, wir sollten unbedingt in dieses Spiel einsteigen.« Er leckte sich über die Lippen. »Hätte ich gewusst, was ihr hier im Wohnheim für Partys veranstaltet, wäre ich schon früher mal mitgekommen.«

Isla lächelte Jannis verliebt an und drückte ihm einen Kuss auf die Wange. »Ich hoffe, du kommst in Zukunft öfter.«

Nun grinste er ziemlich dreckig. »Wir werden sehen.«

»Woher kennt ihr euch eigentlich?«, fragte ich.

»Vom Studium«, antwortete Isla, bevor sie sich einen kräftigen Schluck von ihrem Bier gönnte. Wir anderen prosteten uns ebenfalls zu und taten es ihr gleich.

Wir unterhielten uns und beobachteten eine Weile das Spiel, bis der Tisch frei wurde.

Jannis steuerte sofort darauf zu. »Also, wer will sich mit mir nackt machen?«

Zeitgleich machten Isla und ich einen Schritt nach vorn, was wiederum Poppy zum Lachen brachte.

Wieso zur Hölle war ich so übereifrig? Es kam mir fast so vor, als würden Isla und ich um Jannis' Aufmerksamkeit buhlen. Dabei wollte ich das gar nicht – es passierte einfach.

Ich warf Poppy Hilfe suchend einen Blick über die Schulter zu. Sie sollte mich bitte aus dieser Situation befreien.

»Stellt die Becher auf, ich hole den Schnaps«, sagte sie. Sie sollte zu mir kommen, nicht abhauen und mich mit Isla und Jannis allein lassen. Das könnte schlimm für mich enden, aber protestieren wollte ich auch nicht.

Resigniert nickte ich und schaute Poppy hinterher. Es dauerte, bis ich mich bereit fühlte und mich Jannis und Isla zuwenden konnte. Natürlich hing sie längst wieder an ihm.

»Poppy und du gegen Isla und mich?«, fragte er.

Ich nickte erneut und bückte mich nach den Pappbechern, die neben einem Tischbein auf dem Boden standen. Einen Teil davon warf ich Jannis zu, den anderen behielt ich für mich selbst.

Gott, wieso konnte ich meinen Blick nicht mehr von ihm abwenden? Lag das am Alkohol, den ich getrunken hatte? Vernebelte er meine Sinne? Oder half er dabei, mir einzugestehen, was ich wirklich wollte? »Wir machen eine Pyramidenform und versuchen dann, mit dem Tischtennisball in die Becher zu treffen, verstehe ich das richtig?«, fragte ich.

»Genau.«

»Na gut.« Ich begann damit, die Becher aufzustellen, und ließ

Jannis dabei nicht aus den Augen. »Ich fühle mich ein wenig wie auf so einer amerikanischen Collegeparty«, sagte ich.

Er schüttelte den Kopf über mich. »Dafür sind ziemlich viele Briten anwesend.«

Ich schmunzelte. »Ich dachte immer, ihr seid zu verklemmt für Bierpong.«

»Glücklicherweise kommt meine Familie ja aus Griechenland. Die Griechen sind da etwas ungezwungener.«

Das nahm Isla zum Anlass, um Jannis von hinten zu umarmen und ihre Hände unter sein T-Shirt zu schieben. »Ich mag, dass du so unbefangen bist.«

Jannis zwinkerte mir zu und formte mit seinen Lippen die Worte: »Vor allem beim Sex.« Zumindest nahm ich an, dass er es sagte. Vielleicht spielte mir mein Gehirn auch nur einen Streich.

Poppy kam mit einer Flasche Schnaps zurück. »Seid ihr bereit für die richtige Party?«

Nein, aber ich würde trotzdem mitspielen.

Isla klatschte in ihre Hände und Jannis nickte nur kurz. Poppy zuckte mit den Schultern und begann dann, die Becher zu befüllen. Mir kam sie dabei ziemlich großzügig vor.

»Wie läuft die Sache mit dem Ausziehen?«, fragte ich.

Poppy stellte die Flasche auf dem Boden ab. »Wollt ihr die leichten oder die harten Regeln.«

»Immer die harten«, sagte Jannis so zweideutig, dass man ihn eigentlich nicht ernst nehmen konnte. Ich wusste nicht, wie ich den betrunkenen Aufreißer-Jannis finden sollte.

Verdammt gut! Gott, konnte Kopf-Mats endlich mal die Klappe halten?

»Von mir aus«, murmelte ich.

Isla knabberte an Jannis' Hals und gab ebenfalls zustimmende Laute von sich.

»Super!« Poppy sprang begeistert auf und ab. »Bei einem Treffer muss eine Person der gegnerischen Mannschaft das Getränk trinken, die andere ein Kleidungsstück ausziehen.« Sie drückte mir den Tischtennisball in die Hand. »Lass uns nicht nackt diesen Tisch verlassen«, sagte sie zu mir und küsste mich auf die Wange. Der Kuss löste absolut nichts in mir aus.

Irritiert schaute ich sie an. »Wofür war der denn?«

»Um dir Glück zu bringen«, wisperte sie.

Das würde ich heute nicht brauchen, denn ich hatte jahrelang Tischtennis gespielt. Ich war ein absoluter Profi.

Kapitel 13

Meine Tischtenniskünste waren unterirdisch. Denn ich war mies. Richtig mies!

Was mich zu Beginn des Spiels geärgert hatte, war mir von Glas zu Glas immer gleichgültiger geworden. Vor allem, weil meine Mitspieler einen wirklich hübschen Anblick boten.

Jeder hatte seine Socken verspielt, Jannis und ich sogar unsere Oberteile und Hosen. Natürlich nur, weil wir richtige Gentlemen waren und weder Poppy noch Isla zumuten wollten, blankziehen zu müssen. Da ich aber nur noch meine Boxershorts trug, musste Poppy nun wohl oder übel ihr Shirt auszuziehen.

Sie zögerte nicht lange und drückte mir den Drink in die Hand. Danach zog sie sich auch schon ihr Oberteil über den Kopf und präsentierte makellose Brüste in einem wirklich schicken BH.

»Hübsch«, sagte ich zu ihr. Das konnte ich durchaus anerkennen. Mehr löste der Anblick jedoch nicht in mir aus.

»Warte, bis du das passende Höschen dazu siehst.« Sie biss sich auf ihre Unterlippe und zog sich zeitgleich ein Haargummi von ihrem Handgelenk, mit dem sie sich die Haare zu einem Dutt zusammenband. »Und jetzt bin nicht mehr nur ich von deinem Oberkörper abgelenkt, sondern du auch von meinem.« Sie legte die Finger auf meine Brust und zog eine Linie über meine Tattoos in Richtung meiner Boxershorts.

Nichts. Ich fühlte absolut gar nichts.

Trotzdem machte ich einen Schritt nach vorn und legte meine Hand auf ihren Unterarm. »Darf ich dich küssen?« Gott, was für eine Show veranstaltete ich hier? Es war wieder wie früher. Ich flirtete mit irgendwelchen Frauen, die mich eigentlich nicht interessierten.

Und Poppy ließ sich darauf ein, denn sie legte ihre Hände auf meine Schultern, stellte sich auf die Zehenspitzen und drückte ihre Lippen auf meine.

Was zur Hölle?

Weil ich aber ich war, schob ich sie nicht von mir weg, sondern ließ den Kuss zu. Er war ein wenig unbeholfen. Vielleicht, weil ich schon vor langer Zeit meinen Flow verloren hatte. Außerdem blitzte Tims Gesicht in meinem Kopf auf und ich dachte daran, wie weich seine Lippen immer gewesen waren.

Wie sich wohl ein Kuss mit Jannis anfühlen würde? Anders als mit Tim? Rauer? Weil man jeden Abend aufs Neue seinen Bartschatten erkennen konnte, obwohl er sich morgens immer rasierte?

Bevor ich dazu kam, die Knutscherei intensiver werden zu lassen, traf mich etwas am Kopf. »Autsch.« Ich rieb mir den Schädel und starrte auf den Boden, hörte jedoch peinlich berührt damit auf, als ich feststellte, dass mich ein Pappbecher getroffen hatte.

Jannis schaute Poppy und mich genervt an. »Können wir weiterspielen?«

»Ach, wenn ihr aneinander rumfummelt, ist das okay, aber bei Poppy und mir wird es zum Problem?«

Jannis verdrehte die Augen. »Wirf einfach.«

Genervt griff ich nach dem Tischtennisball, visierte einen Becher auf der gegenüberliegenden Seite an. Und traf. Poppy und ich führten einen kleinen Siegestanz auf, der zugegebenermaßen ziemlich touchy war. Plötzlich hatte ich keine Hemmungen mehr, meine Hände auf ihren Körper zu legen, was wohl eher damit zu tun hatte, dass ich Jannis provozieren wollte. Meine ganze Aufmerksamkeit galt ihm. »Und? Ziehst du blank?«, fragte ich ihn.

»Deine Entscheidung«, sagte er an Isla gewandt.

Diese zögerte einige Sekunden lang, seufzte dann jedoch und griff nach ihrem Kleid. Sie zog es sich über den Kopf und stand in einem blassrosa Wäscheset vor uns. Entweder mochte sie generell hübsche Unterwäsche oder sie hatte heute Nacht noch Pläne mit Jannis.

Er ließ seinen Blick ausgiebig über ihren Körper schweifen und zog sie dann in seine Arme. »Ich glaube, entweder geben wir bald auf und erklären Levi und Poppy zu den Siegern oder wir stehen nackt hier.«

»Eure Entscheidung«, sagte ich und suchte Jannis' Blick. Er wandte ihn kurz ab, ließ ihn über meinen Körper schweifen, sah mir dann aber wieder in die Augen. Er brach den Blickkontakt nicht ab und ich genauso wenig.

»Oder«, begann er und positionierte sich am Rand des Tisches, »wir schaffen eine Pattsituation.« Mit diesen Worten warf er den Ball in einen der zwei Becher, die auf meiner Seite des Tisches standen.

»Was zur Hölle?«, fluchte ich und nahm den Becher an mich. Ich fischte den Tischtennisball heraus und exte das Getränk. Es brannte höllisch und ich konnte nicht verstehen, wie sich Poppy und Isla mehrere dieser Getränke runtergeschüttet hatten, als wäre es nur Mineralwasser gewesen.

Poppy knöpfte ihre Jeans auf und schob sie sich über die Hüften. Dabei fiel mir das erste Mal auf, dass nicht nur Jannis und ich die Mädchen so sehen konnten, sondern auch jeder andere in diesem Raum. Ich nickte zu einer Runde Studenten, die nicht weit von uns entfernt standen und immer wieder in Richtung des Bierpongtisches starrten. Auf eine ziemlich auffällige und teilweise auch widerliche Art. »Ich finde, wir sollten die Mädels auf ihr Zimmer bringen«, sagte ich an Jannis gewandt.

Er kam gar nicht dazu, zu antworten, da hatte Isla sich schon seine Hand geschnappt. »Guter Plan.«

Wir rafften unsere Kleidungsstücke zusammen und liefen los.

Poppy und Isla gingen nacheinander ins Zimmer. Ich wollte ihnen folgen, doch Jannis, der vor mir ging, blieb unvermittelt stehen.

Natürlich lief ich in ihn hinein.

»Hey!«, beschwerte er sich. »Brems nicht einfach ab. Oder bist du ein Vampir und kannst nicht ohne Einladung über die Türschwelle?«

Jannis drehte sich zu mir um und zeigte mir den Vogel. »Natürlich nicht.«

»Hey, Jungs«, sagte Isla leicht lallend. »Was steht ihr da draußen rum? Kommt rein.«

Jannis grinste mich an und ich gab ihm einen Schubs. »Du weißt, dass ich mich ab jetzt jede Nacht fürchten werde, weil ich Angst habe, dass du mich aussaugst.«

»Dann bitte mich eben nicht über deine Türschwelle.«

»Du warst schon in meinem Zimmer!«

Jannis lachte laut. »Tja, das hättest du dir wohl früher überlegen sollen.«

Poppy mischte die nächsten Drinks. Isla hatte sich auf ihr Bett gelegt. »Komm zu mir, Jannis!«

Er durchquerte ihr Zimmer, ließ seine Kleidung auf den Boden fallen und kniete sich auf ihre Bettkante. »Sicher?«, fragte er.

»Oh ja.« Sie schlang ihre Arme um seinen Nacken und zog ihn auf sich. Dass beide nur noch Unterwäsche trugen, machte die Situation sehr schnell sehr intim. Und dass ich nicht wegsehen konnte, machte mich wiederum zum absoluten Spanner.

Vorsichtig legte ich meine Klamotten auf einem Schreibtisch ab und im selben Moment kam Poppy mit zwei Bechern in der Hand zu mir. Einen davon gab sie mir.

»Danke.« Ich prostete ihr zu und nippte am Getränk. Sofort lief mir eine Gänsehaut über den Körper und ich klopfte mir mit der Faust auf die Brust.

»Zu stark?«, fragte sie.

»Fuck. Was ist das für 'ne höllische Mischung?«

»Halb halb.« Das Mädel war wirklich trinkfest.

»Du verträgst 'ne Menge«, sagte ich. Im Gegensatz zu ihrer Freundin lallte Poppy kaum. Und sie hatten gleich viele Shots getrunken.

»Kann sein.« Mit dem Kopf nickte sie in Richtung ihres Betts. »Setz dich.«

Isla stöhnte laut und ich riss die Augen auf. »Sollen wir die beiden nicht lieber allein lassen?«, flüsterte ich.

Poppy lächelte. »Sie schicken uns weg, wenn wir stören.« Dann lehnte sie sich etwas zu mir. »Aber ich glaube, es gefällt ihnen, dass wir zusehen.«

Da war ich mir nicht sicher, denn in Jannis' Gehirn befand sich bestimmt nicht mehr genügend Blut, um überhaupt noch zu denken. Und Isla war betrunken.

Im Gegensatz zu mir schien Poppy keine Bedenken zu haben, denn sie griff nach meiner Hand und zog mich zu ihrem Bett. Sie setzte sich und rutschte nach hinten, bis sie mit ihrem Rücken gegen die Wand stieß. Dann klopfte sie neben sich. »Komm schon, sei nicht schüchtern.«

Gerade war ich mir nicht mehr sicher, ob ich versuchte, Poppy abzuschleppen, oder sie mich. Wohl eher Letzteres.

Störte es mich?

Nein, nicht wirklich, sonst hätte ich längst einen Rückzieher gemacht. Ich sonnte mich sogar ein wenig in der Aufmerksamkeit, die sie mir schenkte. Das war auch schon alles, denn in den letzten Stunden hatte ich weit öfter meinen Blick über Jannis' halb nackten Körper schweifen lassen als über Poppys und Islas zusammen. Langsam musste ich mich wohl den Tatsachen stellen: Ich stand auf Männer.

Ausschließlich.

Und nicht nur auf Tim, mit dem ich meine ersten Erfahrungen gemacht hatte, sondern auf Männer im Allgemeinen. Der Kerl, den Henry heute abgeschleppt hatte, war zum Beispiel irgendwie niedlich gewesen. Und Jannis … der gefiel mir auch ziemlich gut. So oft, wie sich unsere Blicke trafen und keiner mehr den Blick abwenden wollte, konnten weder er noch ich abstreiten, dass wir einander anziehend fanden.

Ich ließ mich völlig geschafft neben Poppy fallen, was ein großer Fehler war. Nicht nur, weil sie ihre Hand sofort auf meinen nackten

Oberschenkel legte und mich dort streichelte, sondern da ich nun direkte Sicht auf Islas Bett hatte. Und auf die einigermaßen rhythmischen Bewegungen von Jannis' Arsch.

»Sie sind heiß zusammen«, wisperte Poppy. »Ich verstehe jetzt endlich, warum Isla unbedingt in den Club wollte.«

Irritiert sah ich sie an. »Machst du so was öfters?«

»Was?«

»Deine Mitbewohnerin beim Sex beobachten.«

»Eigentlich nicht. Wenn man sich ein Zimmer teilt, dann bekommt man nachts zwangsläufig die ein oder andere Sache mit.«

Ich zog die Augenbrauen hoch. »Wir sitzen hier wie Spanner und beobachten die beiden.«

»Vielleicht sollten wir stattdessen auch rummachen.« Poppy exte ihr Getränk und krabbelte dann auf allen vieren in Richtung ihres Nachttischchens, um das Glas dort abzustellen. Sie bot einen wirklich hübschen Anblick, aber langsam wurde ich etwas panisch, denn ich konnte das mit ihr nicht weiter durchziehen.

Vielleicht mit mehr Alkohol? Ich trank die extreme Mischung aus.

»Kannst du das bitte abstellen?«, fragte ich sie.

Sie drehte sich halb zu mir um und nahm mir das Glas ab. Mit einem Foto oder Video in dieser Pose könnte man auf OnlyFans viel Geld verdienen, mich ließ sie leider völlig kalt.

»Danke.«

»Könntet ihr möglicherweise die Klappe halten?«, fragte Jannis. »Und Licht ausmachen, wäre vielleicht auch nicht verkehrt.«

Oh doch! Das wäre es. Absolut sogar. »Ganz bestimmt nicht!« Nun fühlte ich mich nicht nur panisch, ich war es auch.

»Hast du Angst im Dunkeln?«, fragte Poppy mitfühlend und streichelte mir beruhigend über den Arm. Die Geste machte alles noch schlimmer.

»Nein! Es würde sich falsch anfühlen, hier im Nebenbett zu liegen, während die zwei weiß Gott was machen.«

Jannis und Isla unterbrachen ihre Zungenakrobatik und schauten zu uns.

»Wir küssen uns nur«, sagte Isla. »Kein Sex beim ersten Date.«

Jannis' Kopf ruckte in ihre Richtung. »Nicht?«

»Nein!«

»Ihr habt eine Verabredung?«

O mein Gott! Was hatte ich hier überhaupt zu suchen? Hilfe suchend schaute ich zu Poppy. »Wir sollten die beiden wirklich allein lassen.«

»Es ist kein richtiges Date. Wir haben uns zum Feiern verabredet«, sagte Jannis und zwang mich damit regelrecht, wieder zu ihm zu schauen.

Ich hatte keine Ahnung, was es war, doch sobald seine Stimme erklang, musste ich ihn ansehen. Wollte wissen, welchen Gesichtsausdruck er machte. Was er dachte.

Hilfe!

»Mehr nicht«, fügte er noch hinzu.

Isla hatte an seinen Worten deutlich zu knabbern. Für mich sah es fast so aus, als würde ihr die Knutscherei mit Jannis weit mehr bedeuten als ihm. Vor allem hatte ich ihn auch gar nicht so eingeschätzt. Immerhin hatte ich einen Anschiss von ihm bekommen, weil ich mich wegen meiner Ignoranz nicht zu hundert Prozent korrekt verhalten und ihn unabsichtlich deswegen verletzt hatte. Selbst schien er auch nicht immer die richtigen Worte zu finden.

Das fiel ihm nun offensichtlich ebenfalls auf. Bestimmt, weil nicht nur ich ihn schockiert anstarrte, sondern auch Poppy verstummt war.

Seine Augen weiteten sich leicht. »Fuck«, fluchte er. »So, wie es geklungen hat, war es definitiv nicht gemeint.«

Wer verstand das wohl besser als ich? »So etwas passiert manchmal.«

Unsere Blicke trafen sich und ich wusste, dass wir beide mit den Gedanken bei unserem eskalierten Gespräch in der Küche waren.

»Vielleicht sollte ich besser gehen«, sagte Jannis.

Ich sprang vom Bett. »Gute Idee. Der Abend ist gelaufen.«

»Also von mir aus könnt ihr auch gern hier schlafen«, bot Isla an. »Oder, Poppy?«

Bevor Jannis auf das Angebot eingehen konnte, schüttelte ich schon abweisend den Kopf. »Ein anderes Mal, aber ich denke, es wird Zeit, nach Hause zu gehen.« Peinlich berührt kämmte sich Jannis durchs Haar. »Levi hat recht. Ich weiß ehrlich gesagt nicht, wie wir hier alle gemeinsam landen konnten. Halb nackt.« Nun kletterte auch er aus dem Bett und sammelte seine Klamotten zusammen.

Ich nahm mein Bündel ebenfalls und ging zur Tür. »War schön mit euch«, sagte ich und dann verließ ich fluchtartig den Raum. Erst ein paar Meter den Gang entlang, ließ ich meine ganzen Klamotten fallen. Ich stieg zuerst in meine Jeans, dann schlüpfte ich in meine Socken. Es war mir scheißegal, ob jede Sekunde jemand den Flur entlangkam.

Mit einem lauten Seufzen auf den Lippen bückte ich mich, zog mir die Schuhe an und band die Schnürsenkel zusammen. Aus unerfindlichen Gründen zitterten dabei meine Hände. Weil mir das alles total peinlich war, versuchte ich, mir einzureden.

Die Wahrheit war leider eine andere. Jannis hatte es innerhalb kürzester Zeit geschafft, mir unter die Haut zu gehen. Und ich hatte keine Ahnung, wie und wann das passiert war. Ich wusste nur, dass es so war. Aber darum ging es auch gar nicht. Oder nicht nur.

Es ging auch darum, dass ich halb angezogen im Flur eines Studentenwohnheims stand. Nicht wusste, wie ich von einem Clubbesuch mit meinen Freunden über eine Partie Bierpong im Zimmer zweier Studentinnen gelandet war. Und das alles in Unterwäsche, während mein Mitbewohner heftig mit einem Mädchen rummachte. Das glaubte mir doch niemand, wenn ich das erzählen würde.

Nebenbei durchlebte ich auch noch eine sexuelle Identitätskrise, die die andere Krise, kurz vor meinem Aufbruch nach London, regelrecht in den Schatten stellte. Denn damals war ich mir sicher gewesen, auf Tim zu stehen. In ihn verliebt zu sein. Warum zur Hölle war ich plötzlich so schnell an jemand anderem interessiert? Wieso hatte ich überhaupt mit einer Frau geknutscht? Und warum machte ich alles immer schlimmer anstatt besser?

Mats würde sich vermutlich totlachen und fragen, warum ich die heutige Situation nicht zu meinen Gunsten in eine gewisse Richtung gelenkt hatte. Eine, in der wir alle Spaß gehabt hätten, aber … fuck, ich hatte doch selbst keine Ahnung, in welcher Konstellation ich heute Nacht am glücklichsten gewesen wäre.

Vermutlich mit Jannis allein.

In einem Bett.

Nackt.

Ich richtete mich wieder auf und zuckte zusammen. Da stand er auch schon. Vollkommen angezogen. Und mit einem Gesichtsausdruck, der sein schlechtes Gewissen nur schwer verbergen konnte.

»Es tut mir leid, okay?« Er sprach die Worte schnell aus.

Ich bückte mich nach meinem Shirt und zog es mir über. »Es gibt nichts, das dir leidtun muss.«

»Nicht?«

Ich zuckte mit den Schultern. »Nein?« Jetzt war ich mir selbst nicht mehr sicher. »Ich meine, du kannst nichts dafür, dass es da drin irgendwie ziemlich eigenartig geworden ist.« Ich war definitiv mit Schuld. Immerhin war ich ja auf Poppys Avancen eingegangen, obwohl sie mich gar nicht interessiert hatte.

»Sicher? Ich meine, ich lag quasi auf Isla und …« Er kämmte sich mit den Fingern durchs Haar. Beendete den Satz nicht.

In meinem Hals befand sich ein dicker Kloß. Was hatte der dort zu suchen? »Ist mir aufgefallen.«

»Sonst bin ich nicht so … exhibitionistisch.«

»Ach?« Was sollte ich großartig dazu sagen? Ich lehnte mich gegen die Wand und so standen wir uns gegenüber. Starrten uns an. Mal wieder. Ich vermisste die Leichtigkeit des ersten Abends zwischen uns.

»Ja, ehrlich. Ich hab mich einfach mitreißen lassen.«

»Wovon?«

Nun wurde Jannis tatsächlich rot. »Der Situation?«

»Weiß nicht.« Die Situation selbst war jetzt gar nicht so anturnend gewesen. Nur Jannis. Ich fand ihn heiß, aber darüber wollte ich nicht reden. Nicht mit ihm. »Darf ich dich was fragen?«

»Was denn?«

»Na ja, du hast mir ja erzählt, dass du bisexuell bist.«

»Ja?«

»Und wie läuft das bei dir? Stehst du an einem Tag mehr auf Frauen? Am anderen dann mehr auf Männer?«

Nun schmunzelte Jannis. »Nein.«

»Kommt da jetzt noch mehr?«

»Es ist schwer, zu erklären.«

»Dann versuch es bitte.«

»Wieso willst du das überhaupt wissen?«

Ich schluckte. »Weil ich nicht ganz so hetero bin, wie ich die Welt immer glauben lasse.« Ich hatte es gesagt. Laut.

Verstehend nickte er. »So etwas dachte ich mir schon.«

»Echt?«

»Du bist nicht so subtil, wie du denkst. Die Sache mit dem Augenkontakt hast du ziemlich gut drauf.« Er wackelte mit den Brauen, was irgendwie witzig aussah. »Zumindest bei mir.«

Ich ließ mich an der Wand nach unten gleiten und setzte mich auf den Boden. Die Beine zog ich so dicht an meinen Körper wie möglich. »Scheiße.«

»Hey.« Jannis stieß sich von der Wand ab und ging vor mir in die Hocke. »Kein Grund, um zusammenzubrechen.« Er legte seine Hände auf meine Knie. »Ist ja nichts passiert.«

»Doch!«

Jannis runzelte die Stirn. »Willst du darüber reden?«

»Sagen wir mal so: Ich bin eigentlich nur nach London gekommen, weil ich feige bin.«

»Zu einem Umzug in ein anderes Land gehört eine Menge Mut.« Nun ließ er sich neben mich fallen, lehnte ebenfalls an der Wand. Das war leichter, als ihn ansehen zu müssen.

»Du verstehst das nicht. Ich bin abgehauen, weil … Verdammt, ich stehe vermutlich auf Kerle. Aber wie soll man denn in Ruhe herausfinden, was wirklich abgeht, wenn einem ständig die Familie im Nacken sitzt?«

»Setzen sie dich unter Druck?«

Ich lachte. »Nein, eigentlich gar nicht. Ich tu es selbst. Meine

Brüder sind alle vergeben. Nur wie soll ich denn jemals jemanden finden, wenn ich nicht mal weiß, ob ich lieber einen Mann oder eine Frau an meiner Seite möchte?«

»Das weiß ich doch auch nicht«, sagte er und stieß mich mit der Schulter an. »Du hast gefühlt Chancen bei hundert Prozent der Weltbevölkerung.«

»Und du nicht?«, fragte er.

Ich verdrehte die Augen. »Vielleicht bei fünfundneunzig Prozent.« Wohl eher fünfzig. Geschätzt, denn ich hatte keine Ahnung, wie das Mengenverhältnis zwischen Männern und Frauen auf der Erde aussah. Ich wusste nur, dass ich mich wohl in Zukunft eher mit Männern verabreden würde – zumindest wenn ich es endlich schaffte, über meinen eigenen Schatten zu springen und selbst zu akzeptieren, dass ich schwul war.

»Soll ich dir ein Geheimnis verraten?«

»Was denn?«, fragte ich.

»Ob man jemanden mag oder nicht, hängt von verdammt vielen Faktoren ab. Weißt du, was ich am wichtigsten finde?«

»Nein?«

»Gegenseitige Anziehung. Du kannst jemanden hübsch finden, aber zwischen euch funkt es einfach nicht.«

»Ging mir heute mit Poppy so.«

»War bei mir und Isla ähnlich.«

Nun prustete ich laut los. »Erzähl keinen Scheiß. Ihr habt euch ständig befummelt, da muss doch irgendwas gewesen sein.«

Jannis schnaubte. »Alter, was willst du von mir hören?«

»Du hattest eben Trockensex mit ihr und erklärst mir, zwischen euch war keine Anziehung?« Verarschte er mich?

»Ich könnte das jetzt genauso gut mit dir machen.«

»Boah, nee. Echt nicht. Du hattest deine Zunge noch in Islas Mund.«

»Und du deine in Poppys.«

Ich musste grinsen. »Das ist dir nicht entgangen, oder?«

»Konnte ehrlich gesagt nicht wegsehen.« Seine Stimme klang nun viel rauer als vor ein paar Sekunden.

»Vielleicht hätten wir die Mädchen tauschen sollen. Du weißt schon, wegen dieser Funkensache.« Eigentlich wollte ich einen Witz machen, es kam allerdings viel zu ernst raus.

»Ich glaube nicht, dass das etwas geändert hätte, Levi.« Wir drehten unsere Köpfe gleichzeitig so, dass wir uns ansehen konnten. In dieser Sekunde wusste ich, dass wir sie beide spürten. Die Anziehung zwischen uns. Die Frage war nur: Würden wir jemals etwas daraus machen?

Mein Herzschlag beschleunigte sich und es war beinah, als würden wir magisch voneinander angezogen werden.

»Wir sind Mitbewohner«, erinnerte ich Jannis.

»Stimmt. Und Mitbewohner küsst man nicht.« Er zögerte. »Oder?« Jannis' braune Augen strahlten Wärme aus. Zuneigung. Ich konnte nicht vor Tim davonlaufen und kurz darauf mit Jannis knutschen. Auch, wenn ich es mir gerade wünschte.

Für mich hatte sich seit dem Umzug nichts geändert. Gut, ich wusste jetzt mit absoluter Sicherheit, dass ich schwul war und nicht bi. Ein kleiner Fortschritt. Leider fühlte ich mich immer noch nicht bereit, wirklich dazu zu stehen. Trotzdem machte mich dieses ständige Hin und Her, die ganze Verunsicherung auf Dauer fertig.

»Genau«, sagte ich deshalb. »Mitbewohner küsst man nicht.«

Kapitel 14

Das Wohnheim der Mädchen war eigentlich gar nicht weit von unserer WG entfernt. Es lag ganz in der Nähe der University of the Arts London. Das behauptete Jannis jedenfalls. Ohne ihn hätte ich erst einmal Google Maps starten müssen, um wieder nach Hause zu finden.

»Du studierst also auch hier?«, fragte ich, während wir durch das nächtliche Camberwell schlenderten.

»Ja.«

»Und was genau?«

»Illustration.«

»Ernsthaft?«

Ich spürte, dass Jannis mich ansah. »Wieso sagst du das so schockiert?«

»Weil ich auch zeichne. Also, vermutlich nicht so gut wie du, wenn du dich auf Illustration spezialisiert hast, aber ich denke, durchaus passabel. Meine Mutter ist Kunstlehrerin«, fügte ich zusammenhanglos hinzu.

»Dann haben wir ja was gemeinsam«, sagte Jannis.

»Ich dachte, deine Eltern führen ein griechisches Restaurant.«

Lachend stieß Jannis mich mit der Schulter an. »Ich meinte eigentlich, dass wir beide gern malen. Hast du in Deutschland auch etwas in die Richtung studiert?«

»Mediendesign. Ich hab's hingeschmissen.« Ich schaute zu Jannis, weil ich seine Reaktion nicht verpassen wollte.

»Um nach London zu kommen?«

»Genau.«

Er zuckte mit den Schultern. »Dann war es wohl nicht das Richtige für dich, wenn du es so schnell hinschmeißen konntest.«

Abrupt blieb ich stehen. Jannis lief ein paar Schritte weiter, stoppte dann jedoch auch. Er drehte sich zu mir um und sah mich fragend an. »Alles in Ordnung?«

»Ja.« Ich schluckte. »Ist dir klar, dass das eine lebensverändernde Weisheit war?«

»Jetzt erzähl keinen Bullshit!«

»Tu ich nicht. Aber du hast recht. Es ist mir nicht schwergefallen, das Studium zu schmeißen. Deutschland zu verlassen.« Tim hinter mir zu lassen. Vielleicht war er einfach nicht der Richtige für mich gewesen. Klar, Tim war verdammt süß und Gott … seine Hände auf meinem Körper … Daran sollte ich wohl nicht mehr denken. Denn Tim brauchte einen Freund, der mit ihm nachts in die Sterne schaute und sie ihm im besten Fall vom Himmel holte. Dieser Jemand konnte ich derzeit nicht für ihn sein.

»Ich glaube nicht, dass ich mein Studium schmeißen könnte. Klar, manchmal ist es verdammt anstrengend, aber ich liebe es, dass wir so viele verschiedene Themengebiete durcharbeiten.« Unsere Blicke trafen sich. »Und vor allem könnte ich meine Familie nicht einfach verlassen.«

»Glaub mir, das war der schwerste Part an der ganzen Geschichte.«

»Ihr steht euch recht nah, oder?«

»Ja, meine Brüder sind auch meine besten Freunde. Besonders Mats, mein Zwilling.«

»Ich kann mir gar nicht vorstellen, dass von dir noch eine zweite Version herumläuft. Seht ihr euch sehr ähnlich?«

Lächelnd dachte ich an meinen Bruder. »Nein, ich finde eigentlich nicht. Der Rest der Familie würde vermutlich auch verneinen, aber entfernte Bekannte oder Unifreunde sagen bestimmt Ja.« Es hatte in meinem Leben bereits einige lustige und ein paar wenige eher unschöne Verwechslungen gegeben.

»Wird er dich mal besuchen?«

»Bestimmt. Wir haben noch kein konkretes Datum ausgemacht.«

Jannis' und meine Hand streiften sich und ich zog sie zurück. Nicht, weil es mich störte, sondern um nicht danach zu greifen. Denn genauso wenig, wie man mit seinem Mitbewohner knutschte, hielt man mit ihm Händchen.

»Warum nicht?«, fragte er.

»Das Leben ist gerade nicht leicht.« Für mich. »Aber ist es das jemals?«

Jannis ging weiter. »Jetzt, in dieser Sekunde. Ja!«

»Es sollte mehr dieser Momente geben«, murmelte ich. »Sich einfach nicht den Kopf zerbrechen, etwas erleben. Glücklich sein.«

»Bist du eigentlich müde?«

Was für ein Themenwechsel. »Nein, wieso?«

Jannis packte meinen Unterarm. »Dann lass uns das Beste aus dieser Nacht herausholen!« In etwa zwanzig Metern Entfernung befand sich eine U-Bahn-Station, auf die er zusteuerte.

»Was hast du vor?«, fragte ich.

»Schöne Augenblicke sammeln«, sagte er.

Was Jannis unter *schöne Augenblicke sammeln* verstand, wurde mir erst nach und nach klar. Wir waren mit der Tube zum Tower of London gefahren und dann an der Themse entlanggelaufen. Immer wieder holte ich mein Smartphone aus der Hosentasche, machte kurze Videoclips oder Fotos, da London bei Nacht verdammt eindrucksvoll war. Vor allem, da ich mir meine neue Heimat noch nicht wirklich angesehen hatte. Neben meinen Ausflügen in diverse Möbelgeschäfte und dem Einrichten meines Zimmers war keine Zeit geblieben. Und ich bezweifelte, dass sich das ändern würde, wenn ich dann jeden Tag arbeitete. Die ganzen Bauwerke hoben sich von der Schwärze der Nacht ab und ich konnte mich nicht entscheiden, welche Sehenswürdigkeit am beeindruckendsten war. Die Tower Bridge, der Tower of London oder vielleicht The Shard?

»Wollen wir weiter bis zum London Eye?«

Ich hatte mal irgendwo gelesen, dass es das drittgrößte Riesenrad der Welt war. Zumindest, wenn sich das in der Zwischenzeit nicht geändert hatte. »Kann man um diese Uhrzeit damit fahren?« Es war drei Uhr morgens, doch ich war nicht müde. Ich war aufgekratzt und … glücklich. Betrachtete die Lichter und genoss Jannis' Nähe. Und hatte das erste Mal in meinem Leben das Gefühl, etwas richtig gemacht zu haben. Weil mich jede Fehlentscheidung, die ich irgendwann getroffen hatte, genau hierhergebracht hatte. Und jetzt, in dieser Sekunde, war einfach alles perfekt.

»Nein, so lange Öffnungszeiten haben sie nicht.«

»Schade«, sagte ich seufzend, während wir weiter entlang der Themse schlenderten. »Aber sehen möchte ich es trotzdem.« Ich räusperte mich. »Außer, du möchtest lieber nach Hause.«

»Absolut nicht. Ich fühle mich ganz wohl als dein London-Touri-Guide.«

Und ich mochte Jannis' Nähe ebenfalls. »Der Job ist frei und ich würde mich freuen, wenn du mir ein paar Sehenswürdigkeiten zeigst.«

»Warum eigentlich nicht?«, sagte er mehr zu sich selbst als zu mir. »Ich war noch nie bei Madame Tussauds.«

Ich blieb stehen, um ein weiteres Bild zu schießen. »Nicht?«

»Ich habe 'ne ganze Menge nicht gesehen. Ich war zum Beispiel nie *im* Buckingham Palace.« Durfte man da überhaupt hinein? Ich drehte mich so, dass ich Jannis ansehen konnte. »Warum nicht?«

»Keine Ahnung. Gab wahrscheinlich keine Prinzessin oder keinen Prinzen, für den es sich gelohnt hätte.« Er zwinkerte mir zu.

»Jetzt hast du dafür einen verpeilten Mitbewohner, der sich sehr über ein bisschen Gesellschaft freuen würde.«

»Du bist gern unter Menschen, oder?«

»Schon, ja. Und du?«

»Ich komme aus einer Großfamilie.« Bei der Erwähnung seiner Familie strahlte er regelrecht und ich wünschte, ich könnte sie kennenlernen. Sehen, ob sie genauso chaotisch wie meine war. »Ich mag es laut.«

»Aber manchmal auch leise«, flüsterte ich. »So wie jetzt. Immerhin stehen wir gerade gemeinsam an der Themse und nicht in einem Club.«

Und wieder sahen wir uns in die Augen. Dieses Mal klopfte sogar mein Herz ein bisschen schneller und ein Kribbeln wanderte über meinen Körper, was es verdammt schwer machte, die Finger von ihm zu lassen.

Das kannte ich in dieser Form bisher nicht.

Klar, wenn Tim und ich uns in der Vergangenheit geküsst hatten, dann hatte ich seinen Herzschlag gespürt. Sein Atem hatte mir eine Gänsehaut beschert, doch Jannis und ich berührten uns nicht einmal.

»Was womöglich mehr an dir als an mir liegt«, sagte er, drehte sich um und schlenderte langsam weiter.

Seine Worte ließen mich ratlos zurück. Denn sie konnten alles bedeuten. Oder nichts. Irgendetwas sagte mir, dass ich es noch herausfinden würde. Deshalb folgte ich Jannis mit einem Lächeln auf den Lippen.

Kapitel 15

Etwas, was ich bei meinem Umzug nicht bedacht hatte, war, dass ich mir möglicherweise eine WG in der Nähe meines Arbeitsplatzes hätte suchen sollen.

Weil ich aber ein Glückskind war, brauchte ich inklusive Fußmarsch und einer relativ kurzen Fahrt mit der Tube nur ungefähr vierzig Minuten, bis ich vor dem Haus stand, in dem ich zukünftig arbeiten würde. Meine künftige Arbeitsstelle befand sich in einem großen, modernen Gebäude nahe der Themse. Von Weitem konnte man sogar das London Eye sehen. Diese Werbeagentur musste definitiv mehr Umsatz einfahren als die meines Vaters.

Natürlich hatte ich mich im Vorfeld nicht besonders dafür interessiert, wo ich arbeiten würde. Jetzt bereute ich mein Desinteresse, denn ich war verdammt eingeschüchtert.

Ich atmete tief durch und dann betrat ich das Gebäude. Da ich absolut keine Ahnung hatte, wohin ich musste, ging ich zu dem riesengroßen Empfangsbereich. An einer Säule befand sich ein goldenes Schild mit unzähligen Firmennamen. Unter anderem auch VP Group, Inc. Papa hatte irgendwas davon gefaselt, dass es sich dabei um ein amerikanisches Unternehmen handelte, das weltweit mehrere Sitze hatte. Und sein alter Freund leitete eben diese Niederlassung in London. Oder so.

Ich ging zum Empfangstresen. »Hallo, mein Name ist Levi Müller. Ich habe einen Termin bei Walter Fischer.« Obwohl ich mich immer aufregte, wenn man mich in Großbritannien *Livay Miller* nannte, hatte ich Walter Fischer nun ebenfalls englisch betont und ihn zu *Wolter Fisher* gemacht.

Die Frau hinter dem Tresen erinnerte mich ein wenig an Miss-Lost-Property vom Flughafen. Von der ich nie wieder etwas gehört hatte. Von meiner verlorenen Unterhosen-Tasche ebenfalls nicht.

Ihre Augenbrauen wanderten nach oben und sie ließ ihren Blick über meinen Körper schweifen. Zumindest über den Teil, der nicht vom Empfangstresen verdeckt wurde. Leider musterte sie mich nicht auf eine gute Weise.

War ich underdressed? Ich hatte mich für Jeans und ein weißes Hemd entschieden. Langarm, allerdings war es in der Tube so stickig gewesen, dass ich es etwas hochgekrempelt hatte. Es war Sommer! Was wollte sie von mir?

»Bitte nehmen Sie kurz Platz!« Sie deutete auf eine Sitzecke, gleich neben dem Empfangsbereich. »Ich gebe bei VP Bescheid, dass Sie hier sind.«

Ich zuckte mit den Schultern und setzte mich. Die Couch war bequem, ich traute mich nicht, es mir allzu gemütlich zu machen. Viel eher saß ich stocksteif da und hoffte, dass man mich bald aus diesem Elend befreien würde. Ich hasste es, zu warten.

Unruhig rutschte ich auf dem Sofa hin und her und schaute mich in der Lobby um. Was nur eine schöne Umschreibung dafür war, dass ich die Leute beobachtete, die ein und ausgingen. Der Großteil der Männer, die durch die Drehtür kamen, trug einen Anzug. Einige waren eher casual angezogen, nur Jeans sah ich kaum. Und wenn, dann in Schwarz.

»Levi!«

Ich sah auf und da stand Henry vor mir. Mein Mitbewohner Henry.

»Was tust du hier?«, fragte ich ihn und hievte mich hoch. Suchend sah ich mich um. »Sag bloß, du arbeitest auch im gleichen Gebäude.«

Er seufzte. »Wie es aussieht, nicht nur das, sondern in derselben Firma.« Er streckte mir die Hand hin, die ich etwas überfordert schüttelte. »Hallo, ich bin Henry Wakefield, der Personal Assistant von Walter Fischer.«

Ich lachte laut auf. »Nicht dein Ernst, oder?«

Er verdrehte die Augen. »Nein, habe ich mir einfallen lassen, um dich zu nerven.« Mit dem Kopf nickte er in den hinteren Bereich der Lobby. »Komm schon, wir haben eine Menge zu erledigen, und du bist nicht die erste Überraschung an diesem Tag.« Er lief los und ich beeilte mich, um mit ihm Schritt zu halten. Er steuerte auf eine Tür zu, auf der groß Security stand.

»Wieso? Was war denn los?«

Henry schnaubte. »Ach, nichts. Außer, dass sich der Kerl, mit dem ich am Wochenende rumgemacht habe, als der Sohn meines Bosses herausgestellt hat.«

»Autsch. Aber zumindest musst du ihn nicht jeden Tag sehen.«

Henry blieb vor der Security-Tür stehen und drehte sich zu mir um. »Doch. Denn rate mal, wer heute noch seinen ersten Tag hier hat.«

»Dein One-Night-Stand?« Das war zu gut, um wahr zu sein. Henry war bestimmt kurz davor, zu sterben. Sein Peinlichkeitslevel lag extrem niedrig.

Er nickte und straffte die Schultern. »Genau.« Im Anschluss klopfte er an die Tür.

Eine Frau in einer blauen Uniform und mit einem Schlagstock am Gürtel öffnete die Tür.

»Hallo, Ceren«, begrüßte Henry sie freundlich. »Das hier ist Levi Müller. Du müsstest bereits alle seine Unterlagen bei dir haben, und wir brauchen eine ID-Card für ihn. Mit Zutritt zum vierten Stock.«

»Zwei an einem Tag?«, fragte sie Henry.

»Bin selbst überrascht«, sagte er und er zog eine leidende Grimasse.

»Dann kommt mal rein.« Sie trat zurück und winkte uns in den Raum. Es gab zahlreiche Monitore, die nicht nur die Lobby, sondern auch die verschiedensten Stockwerke und die Aufzüge zeigten. Die Bilder wechselten alle paar Sekunden. Es befand sich außerdem ein weiterer Security-Mitarbeiter im Raum, der die Bildschirme im Auge behielt.

Er warf einen kurzen Blick auf uns, nickte und war dann wieder damit beschäftigt, den Überblick zu behalten. Zumindest nahm ich das an. Vielleicht trank er auch einfach entspannt seinen Kaffee.

In der Ecke des Raums gab es eine kleine Fotoecke.

»Setz dich bitte auf den Hocker.« Ceren deutete in die entsprechende Richtung. »Wir machen drei Fotos und wählen das beste aus.«

»Na, hoffentlich bekommen wir ein einigermaßen gutes hin.«

»Mach deine Ärmel runter«, sagte Henry. »Man sieht deine Tattoos.«

»Man soll sie ja auch sehen. Dafür sind sie da.«

Das brachte Ceren zum Lachen.

Henry wirkte leicht genervt. »Komm schon, Levi. Ich habe heute echt keinen guten Tag.«

»Na gut.« Ich schob die Unterlippe vor und tat schmollend, worum Henry mich gebeten hatte.

Allerdings war er danach immer noch nicht zufrieden. »Mensch, das ist ja völlig zerknittert. Und wieso trägst du eigentlich keinen Anzug? Hat man euch allen nicht beigebracht, wie man sich in einem Büro ordnungsgemäß kleidet?«

Etwas verwirrt sah ich meinen Mitbewohner an. »Geht 's hier um mich? Oder wer ist euch alle?«

Ceren grinste. »Ich denke, er meint den anderen Kollegen.«

»Cole Fischer«, zischte Henry. »Der weiß nicht, wie man sich anzieht. Kam einfach mit einem Hoodie ins Büro. Einem Hoodie!«

Da ich genauso eine begnadete Kombinationsgabe wie Sherlock Holmes hatte, war mir natürlich schnell klar, dass er über seinen One-Night-Stand sprach. »Cole, also. Endlich kenne ich auch seinen Namen. Ihr wart ja am Wochenende zu sehr mit Zungenakrobatik beschäftigt, um ihn uns vorzustellen.«

Cerens Augen weiteten sich. »Du bist mit deinem neuen Kollegen ins Bett gegangen?«, fragte sie Henry.

»Levi«, zischte der. Dann wandte er sich Ceren zu. »Nimm ihn nicht ernst. Er redet viel, wenn der Tag lang ist.«

Nun runzelte sie die Stirn. »Ihr kennt euch näher?« Sie zeigte zuerst auf Henry, dann auf mich.

»Wir sind Mitbewohner«, antwortete ich lächelnd.

»Oh! Bleib genau so.« Sie fummelte an der Kamera herum und kurz darauf blitzte es. »Ich denke, Foto zwei und drei können wir uns sparen. Du siehst gut aus.« Ich stand auf und ging um das Stativ herum. Auf dem Bildschirm lächelte mir eine gut gelaunte Version von mir entgegen. »Stimmt. Das nehmen wir.«

»Super.« Henry stapfte zur Tür. »Dann gehen wir zu Cole. Er wartet oben.«

»Vermisst du ihn schon?«, fragte ich ihn.

»Gott, das ist der beste Tag meines Lebens«, sagte Ceren. »Nichts für ungut, aber ich dachte immer, du bist etwas langweilig, Henry. Und megakorrekt. Jetzt tun sich ja richtige Abgründe auf.« Das Lächeln wich gar nicht mehr aus ihrem Gesicht. »Ich denke, ich werde die vierte Etage in Zukunft ein bisschen genauer im Auge behalten.«

»Hallo?« Henry wirkte richtig empört. »Das hier ist unsere Arbeit, keine Boyslove-Serie.«

»Schade eigentlich«, murmelte Ceren.

»Ceren bringt dir dann deine ID-Card hoch«, sagte ihr Kollege und drehte sich zu uns um. Er zwinkerte nun Henry zu. »Ich nehme nämlich an, sie wird sich von nichts davon abhalten lassen, Cole und dich live zu betrachten.«

»O mein Gott«, murmelte Henry und ließ den Kopf genervt in den Nacken fallen. »Das ist der schlimmste Tag meines Lebens.«

»Ich finde ihn toll.« Die Arbeit in diesem Laden schien echt Spaß zu machen, die Leute waren locker und entspannt – na ja, alle bis auf Henry – und das war schon wichtig für die Arbeitsatmosphäre.

»Gut«, sagte mein Mitbewohner und neuer Kollege. »Unter einer Bedingung.«

Ceren klatschte erfreut in die Hände. »Was denn?«

»Alles, was ihr eben gehört habt, verlässt niemals diese vier Wände. In Ordnung?«

Ceren setzte sich auf einen Drehstuhl, der direkt neben dem des zweiten Securitys stand. »Ich schweige wie ein Grab. Aber natürlich nur, wenn ich Updates bekomme.«

»Ich kann das gern übernehmen«, bot ich freundlich an.

»Deal«, sagte Ceren.

Henry schüttelte den Kopf. »Es wird keine Updates geben.«
Mit meinen Lippen formte ich die Worte: Wird es doch.
Dann winkte ich dem Security-Team zu und folgte dem angepissten Henry.

Eine Sache, die ich in meinem Job gelernt hatte: Wenn es Fragen gab, wandte man sich am besten an Henry. Er war mehr als der Assistent des Agenturchefs. Er wusste genau, wer an welchem Projekt arbeitete. Walter Fischer hatte ich auch kurz kennengelernt. Er hatte mir die Hand geschüttelt, mir erzählt, dass er nie die Nacht vergessen würde, als mein Papa ein Schild mit der Aufschrift *Müller & Söhne* geklaut hatte, und mich dann wieder in Henrys Aufsicht entlassen. Der war nicht begeistert darüber, dass er nun Aufgaben für mich und Fischer Junior finden musste. Den Namen hatte ihm Henry gegeben.

Nicht ich.

Zwei Stunden meines Arbeitstages waren schon verstrichen. Dank einer ausführlichen Führung durch die Büros von VP Group, Inc. Allerdings wurde mir auch langsam langweilig. Was vermutlich daran lag, dass Henry gerade irgendwas mit Fischer Senior besprach. Wobei Senior die falsche Bezeichnung für den Kerl war. Älter als fünfzig konnte der Mann nicht sein. Und vor allem wirkte er, als würde er regelmäßig ins Fitnessstudio gehen. Und seine guten Gene hatte er definitiv an seinen Sohn vererbt. Im schummrigen Club war mir gar nicht aufgefallen, wie verdammt gut Cole aussah. Vielleicht, weil ich ihn immer nur von der Seite gesehen hatte.

»Meinst du, Henry kommt bald wieder?«, fragte Cole.

»Hoffentlich. Ich darf hier nur halbtags arbeiten und mein erster Tag ist fast rum.«

»Wenn du möchtest, können wir tauschen. Ich hätte nichts gegen einen Halbtagsjob.« Das würde natürlich einige meiner Probleme lösen. Wie zum Beispiel die Miete zu zahlen, ohne an meine Ersparnisse gehen zu müssen.

»Echt?«

»Ehrlich!« Cole deutete mit dem Kopf in Richtung des Büros. »Mein Dad wird sich leider nicht darauf einlassen. Ich muss hier nämlich meine Zeit absitzen. Hab das Studium nicht mit Bestnoten abgeschlossen und das hier ist sozusagen meine letzte Chance.«

»Oh.«

»Jap. Sag mal, du kommst nicht zufällig auch aus Deutschland, oder?«

Ich grinste. »Doch.«

»Dann können wir ja auf Deutsch weitersprechen«, sagte Cole und wechselte mitten im Satz auf unsere Muttersprache. »Fühlt sich irgendwie besser an.«

Ich lehnte mich in meinem Stuhl zurück. »Ehrlich gesagt habe ich angenommen, dass du gar kein Deutsch sprichst, weil du in London lebst. Immerhin leitet dein Papa ja den Laden hier.«

»Scheidungskind«, sagte er. »Bin in Deutschland geboren, aufgewachsen und hab auch dort studiert.«

»Und dein Name? Cole klingt so …«

»Amerikanisch?«

»Oder britisch. Keine Ahnung.« Ich zuckte mit den Schultern.

»Heiß mal in einer deutschen Schule Cole. Da ist Mobbing vorprogrammiert.«

»Autsch.«

Cole verzog das Gesicht. »Oh ja.«

»Mal 'ne blöde Frage«, sagte ich. »Wusstest du, dass Henry für deinen Vater arbeitet?«

Cole fuhr sich mit den Händen durchs Haar. »Natürlich nicht. Hätte ich das gewusst, dann wäre er nicht einmal in die Nähe meines Zuhauses gekommen.«

Nun prustete ich los. »Du wohnst aber nicht bei deinem Vater, oder?«

Cole stimmte in mein Lachen mit ein. »Doch, wieso?«

»Na, stell dir mal vor, Henry hätte nachts deinem Vater gegenübergestanden.«

Schlagartig verstummte Cole. »Fuck! Das wäre für ihn richtig beschissen gewesen.«

Nun verging mir auch das Lachen. »Ja, kein Wunder, dass er heute so angepisst ist.«

Cole stand auf und zog sich seinen Hoodie über den Kopf. Darunter trug er ein schlichtes schwarzes T-Shirt. »Muss echt 'ne unangenehme Situation für ihn sein«, sagte er und setzte sich wieder neben mich. »Herauszufinden, dass der One-Night-Stand, den man nach dem Sex einfach ohne ein weiteres Wort sitzen lassen hat, der Sohn des Chefs ist.« Schwang da etwas Kränkung in Coles Stimme mit?

Ich schüttelte den Kopf. Das war zu absurd, um wahr zu sein. »Und dann taucht auch noch der Mitbewohner am Arbeitsplatz auf. Ist echt nicht sein Tag heute.«

Henry kam aus dem Büro seines Chefs und steuerte direkt auf uns zu. »Okay! Folgendes: Levi, dich werde ich gleich in deine Abteilung bringen. Wie du bei der Führung mitbekommen hast, gibt es ganz viele verschiedene Teilbereiche und aufgrund deiner Bewerbungsunterlagen und der eingereichten Empfehlungen wirst du vorerst in der Abteilung Coverdesign arbeiten, Unterkategorie Buchcover.«

Wer war denn bitte auf die Idee gekommen?

In der nächsten Sekunde kamen zwei Männer mit einem Schreibtisch um die Ecke und steuerten direkt auf uns zu. »Und du, Cole«, Henry seufzte so laut, als würde die Last der ganzen Welt auf seinen Schultern liegen, »sollst alle Bereiche der Firma kennenlernen, und dein Vater ist der Meinung, dass du am besten hier beginnst. Bei mir.«

Okay, vielleicht würde die Arbeit hier bei VP doch noch aufregender werden als gedacht.

Kapitel 16

»Und dann«, ich holte tief Luft, während Jannis und ich die Treppen nach unten joggten, »hat Henry Cole eröffnet, dass er direkt mit ihm zusammenarbeiten wird.« Ich lachte bei der Erinnerung laut auf. »Du hättest Coles Gesicht sehen sollen.«

Meine Möbel waren endlich geliefert und einfach vor der Haustür abgestellt worden. Von wegen nur wenige Tage Lieferzeit. Egal, endlich waren sie da und deshalb trieb ich mit Jannis unfreiwillig Sport.

»Mensch.« Er klang, als hätte er tierisches Mitleid mit Henry. »Stell dir das mal vor: Du hast schlechten Sex und dann musst du mit dem Kerl zusammenarbeiten.«

Verwundert schaute ich zu meinem Mitbewohner. »Wieso kommst du darauf, dass der Sex mit Cole mies war?«

»Na ja, immerhin hast du es so klingen lassen, als wäre Henry einfach abgehauen. Das macht man doch nur, wenn der One-Night-Stand enttäuschend war.«

Kurz dachte ich über Jannis' Aussage nach, dann nickte ich zögerlich. »Bin nicht ganz überzeugt, aber vielleicht hast du recht.«

»Hab ich! Denn wenn es gut gewesen wäre, hätte Henry noch auf 'ne zweite Runde spekuliert.«

»Du weißt schon, dass ich Cole und Henry jetzt ständig im Büro sehen werde?« Wir kamen unten an und ich stieß die Haustür auf. »Bestimmt denke ich nun jedes Mal darüber nach, was die beiden gemeinsam im Bett getrieben haben.«

»Ach«, raunte Jannis. »Tust du das?«

Ich stieß ihn mit dem Ellbogen an.

»Halt die Klappe und hilf mir lieber beim Tragen.«

Mit erhobenen Händen lief Jannis an mir vorbei und aus der Haustür. »Schon gut.«

Der Kerl vom Lieferdienst hatte die Pakete einfach hier draußen abgelegt und war dann wieder abgezogen. Aus diesem Grund hatte ich Jannis vor wenigen Minuten aus seinem Zimmer geklopft und ihn gebeten, mir beim Tragen zu helfen.

Jannis trug Leggins und ein Shirt, das so kurz war, dass es bei jeder Bewegung nach oben rutschte. Und langsam gewöhnte ich mich daran, dass er eben nicht der typische Jogginghosenträger war. Warum auch nicht? Er bot ja durchaus einen sehr angenehmen Anblick in den engen Hosen. Sein Arsch war fantastisch und ich … sollte dringend aufhören, ihm auf den Hintern zu starren.

Zum Glück bekam Jannis nichts davon mit. Er steuerte einfach zielstrebig auf die Pakete zu. »Du hast es so klingen lassen, als würden wir eine ganze Kommode nach oben schleppen. Die müssen wir ja erst zusammenbauen.«

»Genauso wie das Bett.« Dann hielt ich inne. »Hast du gerade *wir* gesagt?«

Nun lächelte er dieses Jannis-Lächeln. Das Lächeln, das mich immer dazu brachte, ihn anzustarren. Den Blick nicht abzuwenden. Langsam ging ich auf ihn zu. Und während ich ihm näher kam, wurde sein Gesichtsausdruck ernst. Und ich wusste, er spürte es auch. Das Kribbeln im Bauch, das sich weiter nach oben zog, bis man fast keine Luft mehr bekam.

Ich stand so was von auf Männer.

Und ganz besonders auf Jannis.

»Ja, wir«, sagte er und seine Stimme brach beinah beim letzten Wort. »Außer, du willst meine Hilfe nicht.«

»Ich verbringe gern Zeit mit dir«, flüsterte ich.

Verdammt, am liebsten würde ich nach seiner Hand greifen. Sie halten. Meine Finger mit seinen verschränken. Ihn näher ziehen.

Und ihn küssen.

»Levi«, krächzte Jannis fast. »Wir müssen wirklich damit aufhören.«

Ich nickte. »Ja, müssen wir.« Denn dass Anziehung allein nicht reichte, hatte ich bei Tim gemerkt. Man brauchte zwei Menschen, die um jeden Preis zusammen sein wollten.

Und dazu war ich nicht bereit. Noch nicht.

Wobei ich mich in letzter Zeit immer öfter fragte, warum nicht. Meine Eltern würden mich nicht verstoßen. Meine Brüder mich weiterhin lieben. Selbst meine Großeltern wären damit fein, wenn ich mich outen würde. Und langsam begriff auch ich nicht mehr, was mich mein ganzes Leben lang davon abgehalten hatte. Es war, als würden alle meine Ängste und Sorgen in London weniger Gewicht haben. Oder vielleicht hatte ich auch nur den ängstlichen Teil von mir zu Hause gelassen.

Immerhin war ich ja hier, um mich selbst zu finden. Einen Neuanfang zu machen und der Levi zu sein, der ich immer schon sein wollte.

Ich schloss für einen Moment die Augen. Um durchatmen zu können. Um mich zu sammeln.

Bett. Kommode.

Jetzt!

»Okay, geht schon wieder«, sagte ich und schaute Jannis erneut an.

Der zog eine Grimasse. »Bei mir auch.«

»Gut.« Ich ging zu den Paketen auf dem Boden und bückte mich danach. »Lass uns loslegen.«

Vier Stunden später war nicht nur die Kommode, sondern auch das Bett aufgebaut. Erschöpft ließ ich mich darauf sinken. Ich streckte die Arme aus und starrte an die Decke.

»O mein Gott«, stöhnte ich. »Es fühlt sich so gut an. Ich liebe alles an diesem Bett.«

»Lass mal sehen, ob es quietscht«, sagte Jannis und legte sich neben mich. Er hätte es dabei belassen sollen, doch er rollte sich herum, bis er auf dem Bauch lag und mich angrinste.

»Was zur Hölle war das gerade? Du hast ausgesehen wie ein Hund, der sich im Dreck wühlt. Wolltest du dich in meine Matratze eingraben?«

Er verdrehte die Augen. »Natürlich nicht. Ich hab mich nur davon überzeugen wollen, dass dein Bett nicht quietscht. Immerhin schlafen wir Wand an Wand.«

Verwundert riss ich die Augen auf. »Tun wir das?«

»Das wusstest du nicht?«

»Nee, du schlägst mir immer die Tür vor der Nase zu.«

»Na ja.« Er biss sich auf die Unterlippe. »Zu Beginn war das vielleicht absichtlich, jetzt eher unbewusst.«

Laut seufzte ich auf. »Ich hoffe, du weißt inzwischen, dass ich keine absolute Vollkatastrophe bin.«

»Tatsächlich bist du ganz in Ordnung.«

»Ganz in Ordnung?«, wiederholte ich. »Ist das der kleine Bruder von nett?«

»Vielleicht.«

Ich legte die Hand an meine Brust. »Autsch.«

»Du wirst darüber hinwegkommen.«

»Vermutlich«, murmelte ich. Und dann wusste ich nicht mehr, was ich sagen sollte. Jannis offensichtlich auch nicht, denn es kehrte Stille zwischen uns ein.

Allerdings war sie nicht unangenehm. Von mir aus hätten wir hier Stunden gemeinsam liegen können. Leider klingelte Jannis' Smartphone. Er kniete sich aufs Bett und sah sich suchend danach um.

»Kommode«, sagte ich und zeigte in die entsprechende Richtung.

»Ach ja.« Er stieg vom Bett und nahm den Anruf entgegen. Ich hörte eine Frauenstimme am anderen Ende der Leitung.

Innerhalb weniger Sekunden verfinsterte sich sein Gesichtsausdruck. »Komm schon, heute ist mein freier Tag.«

Es war unüberhörbar, dass die Person am anderen Ende der Leitung auf ihn einredete. »Okay, Helena, ich komme ja.« Danach fiel sein Blick auf mich. »Sag mal, hast du sonst schon bei Olympia und

Athina angerufen?« Wieder ein Redeschwall. »Jetzt beruhig dich mal!« Er schüttelte genervt den Kopf. »Ich kenne da vielleicht jemanden, der im Restaurant aushelfen kann.« Er durchbohrte mich regelrecht mit seinem Blick. Erst da wurde mir klar, dass ich dieser Jemand war.

Aufgeregt deutete ich mit dem Zeigefinger auf mich und nickte. »Absolut.« Nachdem ich heute eine Kopie des Arbeitsvertrags bekommen und schwarz auf weiß gesehen hatte, wie wenig ich für meine zwanzig Stunden verdiente, musste ich irgendwie an Geld kommen. Oder ein gratis Essen abstauben. »Ich bin dein Mann.«

Nun wanderten Jannis' Augenbrauen in die Höhe.

»Für die Küche, Jannis!«

»Helena, du kannst dich jetzt beruhigen. Levi und ich sind in einer halben Stunde da, okay?« Erneut hörte ich Helenas Stimme. Dann legten sie auf.

Jannis' Schultern sackten nach unten. »Du hast also echt Lust, bei uns im Restaurant auszuhelfen?«

Wieder nickte ich. Dieses Mal sogar wie ein Wackeldackel. »Auf jeden Fall. Vielleicht finden sie mich dann so toll, dass sie mich öfters aushelfen lassen. Ich könnte das Geld echt gut gebrauchen.« Ich hielt inne. »Ihr bezahlt mich doch bar, oder?«

»Wenn du das möchtest.« Er sah an sich hinunter. »Ich zieh mir besser noch was anderes an.«

Das brachte mich dazu, mein eigenes Outfit zu checken. Ich trug meine graue Jogginghose und ein sehr fadenscheiniges weißes Shirt. »Was soll ich anziehen?«

»Kommt darauf an. Küche oder Service?«

»Definitiv Küche.«

»Okay, dann habe ich was Passendes für dich.« Jannis lief aus dem Zimmer und kam kurz darauf mit ein paar Kleidungsstücken zurück. Er drückte mir eine schwarz-weiß karierte Kochhose in die Hand. »Die sollte passen. Ist mir etwas zu weit. Einfach ein weißes Shirt dazu und wir können in zehn Minuten los.« Er wollte schon wieder davonlaufen, drehte sich jedoch noch einmal zu mir um. »Und das ist wirklich okay für dich?«, fragte er und wirkte etwas verlegen. »Ich hab das Gefühl, dich gerade ein bisschen zu überfordern.«

Ich lächelte ihn an. »Alles gut.«

»Schön.« Jannis stieß einen Atemzug aus, der nach Erleichterung klang. »Dann bis gleich. Und falls wir zwischendurch Zeit haben, erzählst du mir, wie der erste Tag im neuen Job für dich war. Bisher hast du mich ja nur am Firmen-Gossip teilhaben lassen.« Mit diesen Worten verließ er mein Zimmer.

Einige Sekunden starrte ich auf meine geöffnete Tür, um zu verstehen, warum ich so glücklich war, kam aber zu keinem Ergebnis.

Kapitel 17

Meinen Job in der Restaurantküche hatte ich mir anders vorgestellt. Und ehrlich: Es hatte ziemlich gut gestartet. Zuerst mit dem Schneiden von Salat, Tomaten, Gurken, Paprika und Feta, während sich Helena – die heute das Kommando in der Küche hatte – um den Rest kümmerte. Doch dann war ein weiterer Kerl in der Küche aufgetaucht. Ein guter Freund von Helena. Und der hatte schon öfters ausgeholfen, also war ich zum Geschirrspüler verfrachtet worden. Dort konnte man offensichtlich nicht viel falsch machen. Und ich hasste jede Sekunde. Vor allem, da Helena und ihr Freund Spaß in der Küche hatten. Ich wollte das auch. Mit Jannis, wenn es nicht zu viel verlangt war. Der kam mit ein paar Tellern in der Hand zurück in die Küche. Wenigstens ein Lichtblick.

»Alles gut?«, fragte er mich und stellte das dreckige Geschirr neben mir ab. Vermutlich war ihm aufgefallen, was für eine Fresse ich zog.

»Ja.« Ich versuchte, zu lächeln.

»Tut mir leid, dass wir dich zum Abwäscher gemacht haben. Irgendwie sind alle gleichzeitig krank geworden. Du rettest uns hier echt den Arsch.«

Ich zuckte mit den Schultern. »Schon in Ordnung. Wir sind doch Freunde.«

Jannis' Mundwinkel wanderten weit nach oben. »Sind wir! Und ich hab ein megaschlechtes Gewissen.«

»Warum?«

Er trat einen Schritt näher. »Weil ich dich mit Helena und Nio allein lasse.« Nun lehnte er sich vor und wisperte: »Sie fährt voll auf ihn ab.«

»Er wirkt ganz nett. Hab nicht viel mit ihm gesprochen, da er und Helena sehr intensive Gespräche führen.« Jannis' Schwester kam auch immer wieder mal zu mir, fragte, ob alles in Ordnung sei, doch die meiste Zeit schwirrte sie um Nio herum. Oder er um sie. So ganz hatte ich noch nicht verstanden, wie das lief.

»Nio ist in der Wohnung gegenüber aufgewachsen. Wir kennen ihn schon eine Ewigkeit.«

»Also bist du auch gut mit ihm befreundet?«

Er zuckte mit den Schultern. »Nicht so wie Helena und er, aber doch.«

»Jannis!« Helena rief nach ihrem Bruder. »Nicht quatschen, trag lieber die nächsten Teller raus.«

»Sorry.« Er zwinkerte mir zu. »Ich schau später wieder bei dir vorbei.«

Er ging zu den wartenden Tellern, griff sich gleich drei Stück auf einmal und verließ die Küche mit einem breiten Lächeln im Gesicht.

Natürlich schaute ich ihm hinterher.

»Levi!«, rief Helena. »Kannst du vielleicht einige Salate vorbereiten? Sagen wir zehnmal normal, fünfmal griechisch. Salatsoße steht daneben, Gemüse ist geschnitten.«

»Klar.« Ich lief zum Waschbecken und wusch mir dort ausgiebig die Hände. Dann ging ich zu dem Teil der Küche, wo die Salate angerichtet wurden.

Neben mir tauchte Helena auf. »Ich zeig dir kurz, wie ich mir das vorstelle.« Mit effizienten Handbewegungen bereitete sie zwei Schauteller vor. »Bekommst du das hin?«

»Natürlich. Ich bin nicht ganz unbeholfen, was Küchenarbeiten angeht.«

»Sorry, ich steh heute etwas unter Spannung.« Sie seufzte laut. »Es ist das erste Mal, dass sowohl unsere Eltern als auch unsere Schwestern gleichzeitig krank sind. Jannis und ich sind dir wirklich dankbar, dass du uns hilfst.«

Mir war nicht klar gewesen, dass heute so viele Leute ausgefallen waren, aber es erklärte meine Anwesenheit. Und die von Nio.

»Helena!« Nio winkte Helena zu sich rüber. »Ich brauche deine Hilfe.«

Sie stieß mich mit der Hüfte an. »Wenn wir hier heute fertig sind, trinken wir Ouzo und unterhalten uns über die Blicke, die sich Jannis und du immer zuwerfen.«

Ich verschluckte mich an meiner Spucke und schaffte es gerade noch, den Arm hochzureißen, um nicht in den Salat zu husten.

Laut lachend ging Helena zurück zu Nio. »Ich sehe schon. Das wird ein gutes Gespräch.«

Vier Stunden später stapelte ich das letzte Geschirr in die Spülkörbe. »Stell ihn nicht an«, sagte Helena, die bis eben die Küche geputzt hatte.

»Warum nicht?«

»Ich finde, wir haben uns auch eine Kleinigkeit zum Essen verdient.« Sie war richtig gut gelaunt, wirkte sogar ein wenig überdreht. Gar nicht, als hätte sie stundenlang unter Hochdruck gestanden. »Findet ihr nicht?«

Sie sah zu Nio, der unschlüssig mit den Schultern zuckte. »Eigentlich wollten Jannis und ich dann losziehen.«

»Losziehen?«, fragten Helena und ich zeitgleich. Ich weiß nicht, wer schockierter klang. Sie oder ich.

»Ja, ein paar Studienkolleginnen sind in einer Bar und haben gefragt, ob wir auch kommen.«

»Oh.« Nun wirkte Helena gar nicht mehr fröhlich. »Klar, dann haut ab. Ich helfe Levi beim Geschirr.«

Unschlüssig trat Nio einen Schritt vor, zögerte, ging jedoch auf Helena zu und umarmte sie kurz.

»Danke, dass du heute geholfen hast.«

»Für dich immer«, sagte er und verließ die Küche in Richtung des Gastraumes. Vermutlich, um Jannis zu suchen.

»Er hat gar nicht gefragt, ob du mitkommen möchtest«, stellte ich fest, biss mir aber gleich auf die Lippen. Das hätte ich nicht sagen sollen.

»Tut er nie«, flüsterte sie.

Ich schluckte. »Würdest du ihn denn gern begleiten?«

»Ehrlich gesagt nicht. Er ist anders bei den Leuten aus der Uni. Und gar nicht mehr der Nio, den ich kenne. Außerdem habe ich immer das Gefühl, dass ich störe.«

Mit den Hüften lehnte sich Helena gegen die Arbeitsfläche. »Weil ich nicht dazugehöre. Jannis, der passt. Er studiert ja selbst. Und ich komme mir immer falsch neben den ganzen Unileuten vor. Ich bleibe besser hier.«

Da hatte ich mit meiner unbedachten Aussage richtig tief in eine Wunde gestochen. »Also, ich fühle mich hier in der Küche auch wohler als auf irgendwelchen Studentenpartys. Und hast du nicht irgendwas von Essen erzählt?« Mein Bauch knurrte laut. »Ich könnte echt was vertragen.«

Energiegeladen klatschte Helena in die Hände. »Sehr gut. Dann such dir draußen einen Tisch aus und ich komme gleich mit ein paar Kleinigkeiten zu dir.«

»Kann ich dir helfen?«, fragte ich.

Sofort schüttelte sie den Kopf. »Du hast heute schon genug gearbeitet. Sag Jannis, er soll dir was zu trinken geben, bevor er mit Nio verschwindet.«

»Sicher?«

»Ja, absolut.« Sie machte eine wegscheuchende Handbewegung. »Husch, husch. Raus aus der Küche.«

Ich lachte und verließ die Küche durch die Schwingtür, die in den Gastraum führte. Gleich dahinter befand sich die Theke, wo Jannis und Nio auf Barhockern saßen. Sie prosteten sich mit einem Shot zu.

»Hey.« Ich blieb neben Jannis stehen, setzen wollte ich mich nicht.

»Wir stoßen gerade mit Ouzo an.« Er füllte ein weiteres Glas und reichte es mir. »Danke, dass du uns heute den Arsch gerettet hast.«

Ich nahm das Getränk entgegen und stieß dann mit Nio und Jannis an. »Kein Ding.«

»Begleitest du Nio und mich heute? Wir gehen aus!« Natürlich freute ich mich, dass Jannis mich einlud, aber ich würde mich den beiden nicht anschließen. Erstens hatte ich tierischen Hunger, zweitens wollte ich Helena nicht im Stich lassen und drittens musste ich morgen arbeiten. Henry würde es bestimmt nicht freuen, wenn ich verkatert auf der Arbeit auftauchte. Deshalb schüttelte ich schweren Herzens den Kopf.

»Tut mir leid, ich muss morgen früh raus.« Dann lehnte ich mich etwas vor und flüsterte: »Ich hab ein bisschen Schiss, dass Henry mich sonst auf unsanfte Weise weckt, falls ich nicht sofort in die Gänge komme.«

Jannis' Lächeln verlor ein wenig an Strahlkraft. »Verstehe.« Er rutschte vom Barhocker. »Schade.« Danach ging er hinter die Bar, nahm die Ouzo-Flasche vom Tresen und räumte die Gläser in die Spülmaschine. »Das heißt, du gehst gleich nach Hause?«, fragte er.

»Helena macht etwas zum Essen.« Ich zuckte mit den Schultern. »Ich bin mir sicher, dass wir aber alle vier satt werden würden.«

Erwartungsvoll schaute ich zu Jannis, doch der hatte seinen Blick auf Nio gerichtet, deshalb schielte ich auch verstohlen in seine Richtung. Leider schüttelte er den Kopf.

Jannis seufzte laut und wirkte ein wenig zwiegespalten. »Tut mir leid«, sagte er dann. »Wir müssen los.« Er befüllte ein Glas mit Eistee und schob es mir über den Tresen. »Hier.«

»Danke.«

Danach stellte er ein weiteres Glas, gefüllt mit Cola, vor mir ab. »Für Helena«, sagte er.

»Woher wusstest du —« Ich kam gar nicht dazu, die Frage zu beenden.

»Mir ist aufgefallen, dass du keine Getränke mit Kohlensäure magst.«

»Ja.« Ich senkte den Blick.

»Ehrlich gesagt fühle ich mich mies, weil ich dich zuerst zum Arbeiten gezwungen habe und jetzt einfach mit Nio abhaue.«

Ich hätte gern noch ein wenig mit Jannis geplaudert. Denn zwischen uns lief es gerade wieder richtig gut, was mich extrem freute. Doch ich war auch auf Helena neugierig. »Brauchst du nicht. Ich freue mich darauf, deine Schwester näher kennenzulernen.« Danach deutete ich mit dem Kopf zur Restauranttür. »Verschwindet schon.«

Jannis zögerte, nickte aber schließlich »Okay. Ich nehme an, wir sehen uns dann heute oder morgen in der WG?« Er ließ es wie eine Frage klingen.

»Auf jeden Fall.« Ich lächelte ihn an und genau in diesem Moment kam Helena mit einer großen Platte voller Essen aus der Küche.

»Oh, ihr seid ja noch da«, sagte sie und strahlte richtiggehend.

Innerhalb von Sekunden fiel ihr Lächeln in sich zusammen, da Nio vom Barhocker sprang. »Eigentlich sind wir schon weg.« Er ging zu ihr, drückte ihr einen Kuss auf die Wange und schlenderte dann zum Ausgang. Sie sah ihm sehnsüchtig hinterher.

Ich wandte den Blick ab und schaute zu Jannis, der ebenfalls bemerkt zu haben schien, dass Helena nicht glücklich mit der Situation war.

Er sah zu mir. Wir schauten uns einfach nur an und ich wurde das Gefühl nicht los, dass Jannis irgendetwas sagen wollte. Oder tun.

Zumindest so lange, bis ein Ruck durch seinen Körper ging und er Nio folgte. »Viel Spaß«, wünschte er uns, ehe die beiden das Restaurant verließen.

Helena stand immer noch wie angewurzelt da, doch als ich mit den Gläsern in der Hand auf sie zukam, ging sie auf den nächstgelegenen Tisch zu und rutschte auf die Bank. Ich nahm gegenüber von ihr auf einem Stuhl Platz. »Du und mein Bruder also?«, fragte sie, während sie nach ihrem Besteck griff.

Beinah hätte ich die Gläser fallen lassen. Vorsichtig stellte ich sie ab und starrte sie schockiert an. »Wie bitte?«

»Weißt du, wie man die Blicke nennt, die ihr euch zuwerft?«

»Nein?«

»*Fick-mich*-Blicke.«

Nun klappte mein Mund auf. »Du musst da etwas falsch verstanden haben. Wir sind nur Mitbewohner.«

»Oh, glaub mir. Ihr seid mehr als das.« Sie griff nach ihrer Cola und trank einen Schluck.

»Bist du immer so direkt?«, fragte ich.

Sie zuckte mit den Schultern. »Im Normalfall nicht, aber Jannis sieht dich an, als würde er sich am liebsten auf dich werfen.«

»Wirklich?«

Nun lachte sie. »Du stehst also auch auf ihn?« Besaß Helena keinen Filter?

Sofort schüttelte ich den Kopf. »Nein, so ist das nicht.«

»Du stehst also nicht auf Kerle?«

Was geschah hier? Und wie war ich in dieses Kreuzverhör geraten?

Ich griff nach dem Besteck und spielte nervös mit dem Messer herum. »Ich … doch schon.« Die Zeit der Lügen war für mich endgültig vorbei. Ich war schwul und würde dazu stehen. »Aber Jannis und ich sind Mitbewohner, etwas miteinander anzufangen, wäre also nicht die beste Idee.« Hörten sich meine Worte für Helena auch nach faulen Ausreden an? Oder ging es nur mir so?

»Ich verstehe.«

»Ehrlich?« Erstaunt sah ich sie an.

»Wirklich. Ist ja bei Nio und mir nichts anderes. Wir sind schon seit Jahren gute Freunde, man will die Freundschaft nicht gefährden, außerdem wohnt man nicht weit auseinander und und und …« Sie seufzte enttäuscht.

»Sag mir, wenn ich mich täusche, aber diese ganzen Argumente kamen nicht von dir, oder?«

»Nein.« Sie schüttelte den Kopf. »Lass uns nicht mehr über Männer reden. Das frustriert uns viel zu sehr.«

Ich zeigte mit der Gabel auf das viele Essen. »Erzähl mir lieber, was das alles ist.«

Sofort wirkte Helena wieder fröhlicher.

»Sehr gern.« Und dann sprachen wir über mein Lieblingsthema: Essen! Als ich eine Stunde später nach Hause ging, wusste ich sogar, wo das Küchenteam die frischen Zutaten einkaufte.

145

Kapitel 18

Müde lehnte ich am nächsten Morgen am Küchentresen und ließ mir von Henry einen Coffee-to-go-Becher befüllen. Am liebsten würde ich in Kaffee baden, so übernächtigt war ich.

Helena und ich hatten uns gestern über das Essen im Restaurant und das Kochen generell unterhalten. Sie probierte genauso gern neue Rezepte aus wie ich, allerdings waren ihr teilweise die Hände gebunden, da sie sich an die Speisekarte halten musste. Nur beim Mittagsmenü hatte sie etwas kulinarischen Spielraum.

Zu Hause hatte ich dann ewig nicht einschlafen können. Hatte mich hin- und hergedreht. Gelauscht, ob Jannis bereits in seinem Zimmer war oder nicht. Irgendwann war ich so übermüdet gewesen, dass ich trotz der vielen Gedanken eingeschlafen war. Und obwohl ich wirklich fest geschlafen hatte, war ich nicht in Bestform.

Energielos nippte ich an meinem Kaffee, während Henry seinen eigenen Coffee-to-go-Becher befüllte.

»Weißt du«, murmelte er und klang grummelig, »irgendwie fühle ich mich so lustlos, wie du aussiehst.«

»Hä?«

»Kommt es dir nicht komisch vor, dass Fischer Junior plötzlich mit mir zusammenarbeiten muss? So, als würde mein Boss mich ersetzen wollen. Und ich bin so dumm und schule ihn auch noch ein.«

Gerade konnte ich mein Gähnen nicht unterdrücken. »Sorry«, entschuldigte ich mich. »Ich glaube übrigens, du steigerst dich unnötig in irgendwelche *Was-wäre-wenn*-Szenarien rein. Du schiebst einfach Panik, weil du mit Cole Sex hattest und dann abgehauen bist. Die Zusammenarbeit wird vielleicht ein wenig unangenehm, aber wenn ich dir einen Tipp geben darf: Sprich den Elefanten im Raum an und dann könnt ihr über diesen verunglückten One-Night-Stand hinwegsehen.«

»Er war nicht verunglückt«, murmelte er.

»Warum bist du dann nach dem Sex abgehauen?«

»Na, weil man das bei One-Night-Stands so macht.«

»Sagt wer?«

Henry kam mit seinem Kaffeebecher in der Hand zu mir. »Der internationale ONS-Verhaltenskodex.«

»Den hast du eben erfunden.«

»Vielleicht. Trotzdem gibt es nichts Schlimmeres als einen gemeinsamen Morgen danach. Man hat sich durch die Laken gerollt, sich gegenseitig das Hirn rausgevögelt und am nächsten Tag weiß man nicht mehr, was man miteinander reden soll.«

Ich nickte. »Okay, wenn du es so sagst, dann stimmt das natürlich.«

Wie aufs Stichwort erschien Jannis in der Küche. Und das nicht allein. Hinter ihm trottete Isla mit einem breiten Grinsen im Gesicht in den Raum.

O mein Gott.

Er erstarrte. »Oh, ihr seid noch da. Ich dachte, ihr wärt schon auf dem Weg zur Arbeit.«

»Offensichtlich nicht«, zischte ich. Fuck, ich klang total eifersüchtig. Jannis bemerkte das auch, denn seine Augen weiteten sich leicht. Isla hingegen schien nichts davon mitzubekommen. Ihr Haar war zerzaust, sie hatte einen verdammt großen Knutschfleck am Hals und außerdem trug sie eines von Jannis' Shirts. Im Gegensatz zu ihr war Jannis bis auf eine enge schwarze Boxershorts völlig unbekleidet. Und natürlich schaute ich auf seinen nackten Oberkörper. Wo war dieser verdammte Kimono, wenn man ihn mal wirklich brauchte?

»Wir sind aber auf dem Weg«, sagte Henry freundlich.

Isla lächelte immer noch, zupfte jedoch auch ein wenig unbehaglich an ihrem Shirt herum, um ihre Beine etwas mehr zu bedecken.

»Mach dir nicht die Mühe«, sagte ich. »Es ist wahrscheinlicher, dass Henry, Jannis und ich gleich einen Dreier in der Küche haben, als dass auch nur einer von uns einen Blick auf deine Beine wirft.«

Für eine Sekunde sagte niemand etwas, doch dann blaffte Jannis mich an. »Drehst du jetzt durch?«

Ja! Sah ganz so aus.

Henry schnappte sich sein Smartphone vom Tresen, packte mich am Oberarm und zog mich an Jannis und Isla vorbei. »Wir müssen jetzt los«, meinte er an die beiden gerichtet. »Sorry für seine Muffeligkeit, liegt am Stress im Büro.«

»Tut mir leid«, nuschelte ich, bevor mich Henry weiter in den Vorraum eskortierte.

»Schuhe. Jetzt!«, zischte er und ich schlüpfte in meine Sneakers. Und dann zog er mich auch schon aus der Wohnung. »Ich hab dir gesagt, dass One-Night-Stands immer unangenehm enden, wenn man nicht früh genug abhaut. Das«, er zeigte hinter sich, »war der beste Beweis.«

Mir war übel.

So richtig.

»Meinst du, die haben echt gevögelt?«

»Darum geht es gar nicht. Sondern darum, dass das Mädel besser nachts in ihr Wohnheim zurückgegangen wäre, anstatt diese Peinlichkeit über sich ergehen lassen zu müssen.«

»Okay. Hab's verstanden. Nach One-Night-Stands immer zurück ins eigene Bett.«

»Na, endlich. Und jetzt lass uns los, ich will nicht zu spät kommen.«

»Und falls wir es doch tun?«

Henry lief zur Treppe. »Dann fährst du ab morgen allein.«

»Okay, Mama.« Mit hängenden Schultern folgte ich ihm nach unten.

Dicht gedrängt stand ich neben Henry in der Tube und knirschte mit den Zähnen, weil ich immer noch das Bild von Jannis und Isla im Kopf hatte. Er hatte sie also tatsächlich flachgelegt. Und das bei uns zu Hause!

Von wegen, Jannis warf mir bedeutungsvolle Blicke zu. Da war nichts zwischen uns, denn wenn irgendetwas wäre, hätte er heute Nacht niemand anderen mit nach Hause gebracht. So einfach war das.

Verstohlen schaute ich mich in der Tube um, beobachtete die Leute in meiner unmittelbaren Nähe und blieb an einem jungen Kerl mit Locken hängen. Mit dem schüchternen Lächeln, das er dem Mädchen schenkte, mit dem er sich unterhielt, erinnerte er mich an Tim. Der Gedanke an ihn überlagerte nicht dieses unangenehme Stechen in meiner Brust, aber es machte mich wehmütig. Nur hatte ich kein Recht dazu, an Tim zurückzudenken. Daran, wie leicht eigentlich alles mit ihm gewesen war. Ich allein hatte es kompliziert gemacht. Und was hatte es mir gebracht? Ich stand eingequetscht zwischen Fremden in der Londoner U-Bahn und fühlte mich einfach miserabel.

Ich zog mein Smartphone aus der Hosentasche und mein erster Weg führte mich zu Videopeek. Den Ton stellte ich aus und dann zog ich mir wie ein Süchtiger alle Videos von ihm rein, die ich noch nicht kannte.

Sie machten mich sehr melancholisch, denn sie zeigten mein Zuhause. Den See. Das Pub. Sogar Dave, Niklas' Kifferkumpel, tauchte in einem der Videos auf. Eine Sache störte mich allerdings: Wo waren die Herzschmerz-Videos? Vermisste Tim mich gar nicht?

Ich öffnete WhatsApp und tippte eine Nachricht an ihn.

> **Levi:**
> An manchen Tagen bereue ich es, weggegangen zu sein.

Danach steckte ich das Smartphone wieder weg und sah auf. Direkt in Henrys Gesicht, der mich mit hochgezogenen Augenbrauen musterte.

»Ich hoffe, das war eine Entschuldigungsnachricht an Jannis.«.

»War es nicht«, murmelte ich.

»Dann wird es aber Zeit.« Uninteressiert ließ Henry seinen Blick über die vielen verschiedenen Menschen schweifen, die sich an uns vorbeidrängten, um auszusteigen. »Das war vorhin höchst unangenehm. Wieso hast du dich überhaupt wie ein zickiger Ex-Freund verha…« Mitten im Satz brach er ab und er nickte verstehend. »Oh! So ist das also.«

»Wie bitte?«

»Du stehst auf Jannis und warst eifersüchtig.«

Schockiert sah ich ihn an. »Ich stehe nicht auf Jannis.«

»Ach so.«

»Was soll das jetzt bedeuten?«, fragte ich überfordert.

»Nichts. Wenn du sagst, du stehst *nicht* auf ihn, glaube ich dir natürlich.«

Ich seufzte. »Na ja, ich mag ihn schon. Und wir werfen uns immer wieder diese Blicke zu«, wisperte ich. »Aber ich hab erst so was wie eine Beziehung beendet und bin eigentlich dabei, mich selbst zu finden.« Vor allem wusste Jannis nicht, dass ich schon mal so etwas Ähnliches wie eine Beziehung mit einem Mann gehabt hatte. Für ihn musste es so aussehen, als würde ich momentan die ersten Mini-Steps aus der Heteronormativität machen.

Die Tube hielt wieder. »Wir müssen raus«, sagte Henry und ging auf die geöffnete Tür zu. Ich folgte ihm nach draußen. »Lass mich raten«, nahm er den Gesprächsfaden wieder auf, während wir auf die Rolltreppe zusteuerten. »Du warst jahrelang mit einer Frau zusammen, bevor du herausgefunden hast, dass du auch Männer attraktiv findest. Das hat dich so panisch gemacht, dass du Hals über Kopf einen Neuanfang wolltest, und dann bist du hier gelandet.«

Nun musste ich schmunzeln, weil Henrys Hellseher-Fähigkeiten doch nicht so gut waren, wie ich angenommen hatte. »Fast. Ich hatte nie eine feste Beziehung mit einer Frau. Klar habe ich früher manche Mädchen öfters getroffen, sie auch mal mit nach Hause genommen, aber es war nie etwas Ernstes.« Ich zuckte mit den Schultern. »Mit dem zweiten Teil hattest du so halbwegs recht, denn ich finde manche Männer wirklich attraktiv. So attraktiv, dass ich so etwas Ähnliches wie eine Beziehung geführt habe!« Mein Herz klopfte mir bis zum Hals, als ich mich vor Henry outete.

Er erreichte die Rolltreppe, drehte sich jedoch zu mir um, sobald er auf dem Förderband stand. Er lächelte mich an. »Die erste Liebe«, sagte er sehnsüchtig seufzend. »Das versaut man so richtig, oder?«

Nervös kämmte ich mir durchs Haar. »Du auch?«

Er nickte und schaute über seine Schulter. Gerade rechtzeitig, um von der Rolltreppe zu steigen. »An mir solltest du dir kein Beispiel nehmen«, sagte er. »Ich versaue so ziemlich jede meiner Beziehungen, darum bleibe ich derzeit lieber bei One-Night-Stands. Die Sache mit meinem ersten Freund habe ich so richtig schön in den Sand gesetzt.« Er wirkte ein wenig traurig, lächelte aber dabei. So ging es mir auch, wenn ich an Tim dachte. Und vielleicht musste das so sein. Es einmal so richtig vergeigen, damit man es beim nächsten Mal besser machte.

»Weil du unsicher warst?« Irgendwie hatte ich das Gefühl, in Henry eine Art Mentor gefunden zu haben. Vielleicht, da er nicht nur der erste Mitbewohner gewesen war, den ich kennengelernt hatte, sondern weil er mich auch an meinem ersten Arbeitstag unter seine Fittiche genommen hatte.

»Es war schlimm. Zuerst wusste ich nicht, ob ich mit meinen Gefühlen alleine bin. Dann irgendwann hat sich herausgestellt, dass es auf Gegenseitigkeit beruht, aber wir waren beide ungeoutet. Darum haben wir alle ersten Erfahrungen heimlich und irgendwie auch hektisch gemacht. Gleichzeitig war es die allerbeste Zeit überhaupt.«

Ich schluckte, denn seine Worte erinnerten mich ein wenig an Tim und mich. »Was ist dann passiert? Warum meinst du, dass du es verkackt hast?«

»Ich wollte, dass wir uns outen. Er war dagegen. Generell. Ich hab mich dann allein geoutet, und er hat sich eine Freundin gesucht, damit nicht der Verdacht aufkommt, er könnte etwas mit mir haben.«

Unser Bürogebäude kam in Sicht und ich wusste, dass wir mit dem Gespräch bald zu einem Ende kommen mussten. »Das klingt etwas paranoid. Meinst du nicht?«

»Wir waren sehr gut befreundet. Man hat uns eigentlich immer zu zweit getroffen, es war also nicht so abwegig.« Dann winkte er ab. »Auf jeden Fall ist er heute noch mit dieser Frau von damals zusammen, sie sind verheiratet und haben zwei wirklich süße Kinder.«

»Ihr habt all die Jahre Kontakt gehalten?«

»Zwangsläufig, denn er hat meine Cousine geheiratet.«

»O mein Gott.« Ich verschluckte mich an meiner eigenen Spucke und begann, laut zu husten. Henry klopfte mir in seiner typisch ruhigen Art auf den Rücken.

»Um in deiner Nähe zubleiben?«

»Manchmal wünsche ich es mir, aber ich denke, die beiden sind tatsächlich glücklich miteinander.«

Was für eine Geschichte. Und ich hatte mir daheim in Deutschland den Kopf darüber zerbrochen, ob es komisch war, etwas mit dem ehemaligen Fake-Boyfriend meines Bruders anzufangen. Langsam wurde mir immer klarer, dass meine Flucht völlig überzogen gewesen war. Es gab allerdings mehrere Gründe, die mich davon abhielten, mit eingezogenem Schwanz und einer riesengroßen Entschuldigung im Gepäck wieder nach Hause – zurück zu Tim – zu gehen. Und alle Gründe hatten Namen. Henry, mit dem ich nicht nur zusammenarbeitete, sondern mit dem ich mich auch langsam anfreundete. Ruby, die ich längst als Freundin betrachtete. Und Jannis, an den ich ständig dachte und der so viel mehr als ein Freund für mich war. Auch wenn ich das ihm gegenüber niemals zugeben würde, war er dennoch der Hauptgrund, warum ich nicht einfach verschwinden konnte. Noch nicht!

Kapitel 19

Die Arbeit in der Grafikabteilung gefiel mir verdammt gut. Vor allem, weil man mich mit alternativen Vorschlägen für ein Buchcover beauftragt hatte. Es gab bereits den Entwurf einer Kollegin, der den Wünschen des Auftraggebers entsprach, und ich sollte noch einen oder zwei weitere Vorschläge einbringen. Mir war klar, dass sich mein Boss dadurch nur ein Bild davon machen wollte, wie schnell ich arbeitete und wie gut meine Fähigkeiten waren. Vielleicht auch, ob ich überhaupt in ihre Abteilung passte. Und obwohl ich mich bisher nicht wirklich mit Buchcovern beschäftigt hatte, reizte mich die Aufgabe. Sehr sogar.

Deshalb bemerkte ich auch erst ziemlich spät, dass Cole neben meinem Schreibtisch stand. »Wie lange siehst du mir schon zu?«, fragte ich ihn.

»Lange genug, um zu sehen, dass du eine Illustration machst. Wofür?«

»Buchcover. Ich darf zwar auch auf Stock-Material zugreifen, aber nachdem ich mich durch gefühlt tausend Illus geklickt habe und immer frustrierter geworden bin, fand ich es irgendwann zeiteffektiver, selbst eine Illustration anzufertigen.«

Cole nickte mit dem Kinn in Richtung meines Zeichentablets. »Und wann hast du damit angefangen?«

»Vor einer halben Stunde ungefähr.«

»Ernsthaft?«

»Ähm, ja?«

»Dann bist du verdammt talentiert.«

Natürlich fühlte ich mich geschmeichelt, aber mit Talent hatte das wenig zu tun. Es war eher jahrelange harte Arbeit gewesen. Trotzdem freute ich mich über sein Kompliment. »Danke. Ich zeichne schon, seit ich klein bin. Meine Mama hat mich dabei unterstützt und gefördert«, erzählte ich ihm. »Von ihr habe ich sehr viel gelernt.«

Cole lächelte. »Ist sie auch Künstlerin?«

»Sie ja, ich nicht.«

»Also, ich finde, wenn du so etwas in einer halben Stunde hinbekommst, dann hast du dir den Titel Künstler verdient.«

»Danke.« Irgendwie mochte ich Cole. Innerhalb kürzester Zeit war er von dem namenlosen Kerl, der meinem Mitbewohner die Zunge in den Mund gesteckt hatte, mein liebster Arbeitskollege geworden. Schade, dass wir nicht in der gleichen Abteilung arbeiteten.

»Machen wir eine Kaffeepause?«, fragte er.

Kurz checkte ich die Uhrzeit. Ich lag gut in der Zeit. Der erste Entwurf war abgespeichert und der zweite würde hoffentlich in der nächsten Stunde fertig werden.

»Ein paar Minuten.«

»Sehr gut. Ich muss mal kurz mit jemandem sprechen, der nicht immer auf passiv-aggressive Weise antwortet.«

Grinsend stand ich auf und gemeinsam gingen wir in die Kaffeeküche. Glücklicherweise war niemand dort, deshalb steuerte ich direkt auf die Kapselmaschine zu. »Weißt du, ich würde Henry keinen Vorwurf daraus machen. Er hatte ganz allein das Regime über das Vorzimmer deines Dads. Und jetzt bist du plötzlich auch da.«

»Glaub mir, ich würde lieber mit dir in der Grafikabteilung sitzen.«

Grinsend legte ich eine Kapsel in die Kaffeemaschine. »Der Gedanke kam mir heute auch schon.« Ich nahm zwei Tassen aus dem Hochschrank und stellte eine unter die Maschine. Dann drückte ich auf den Knopf. »Henry ist ein wirklich netter Kerl. Vielleicht braucht er nur ein bisschen Zeit, bis es ihm nicht mehr peinlich ist, mit dir Sex gehabt zu haben.«

»Nicht so laut«, zischte Cole. »Muss ja nicht jeder wissen.« Offensichtlich war Cole genauso paranoid wie Henry.

Ich verdrehte die Augen. »Weil die ja auch alle deutsch verstehen.« Die erste Tasse war befüllt und ich reichte sie an Cole weiter.

»Und was soll das überhaupt heißen«, regte sich Cole auf, »dass es ihm peinlich ist, mit mir geschlafen zu haben? An mir ist nichts peinlich. Ich bin großartig.«

»Natürlich bist du das.« Gedankenverloren tätschelte ich ihm den Oberarm, während ich der Kaffeemaschine dabei zusah, wie sie die nächste Tasse füllte. Dann schaute ich zu Cole. »Weißt du was? Vielleicht solltest du Henry daran erinnern.«

»Hä? Soll ich mit ihm auf dem Schreibtisch vögeln, oder was?«

Ich verdrehte die Augen. »Natürlich nicht, denn er hat bestimmt ständig One-Night-Stand vor Augen. Zeig ihm stattdessen, dass du ein guter Typ bist.« Dann drückte ich ihm die zweite Kaffeetasse in die Hand. »Mit Milch und Zucker für Henry bitte.«

Cole stellte die Tassen auf dem Tresen ab und bereitete Henrys Kaffee genau nach meinen Anweisungen zu. »Und nur damit du es weißt«, murmelte er dabei, »der Sex war definitiv nicht verunglückt.«

Ich winkte ab. »Ja ja. Und jetzt ab zu deinem Kollegen. Vielleicht hebt der Kaffee seine Laune etwas.«

»Hoffentlich«, sagte Cole und trottete dann aus der Küche.

Ich sah ihm hinterher und ließ mir selbst einen Kaffee aus der Maschine laufen. Als ich die Tasse an mich nahm, vibrierte mein Smartphone in der Hosentasche. Ich lehnte mich gegen die Küchenzeile und zog es heraus.

> **Jannis:**
> Ich habe jetzt echt versucht, mich zu beruhigen, aber ich bin immer noch verdammt angepisst! Was hast du dir dabei gedacht, Isla so anzupflaumen?

Fuck. Eigentlich hatte ich ihm ja eine Entschuldigungsnachricht schreiben wollen, aber dann hatte ich die Aufgabe mit dem Coverauftrag bekommen und mich voll hineingestürzt. Die Wahrheit war: Ich hatte mich davor gedrückt, Jannis zu schreiben. Was hätte ich auch sagen sollen? Die Wahrheit? Dass ich eifersüchtig auf Isla war, weil er sie gestern Abend getroffen hatte? Er sie mit nach Hause gebracht und dann auch noch die Nacht mit ihr verbracht hatte? Sicher nicht!

Und so, wie ich Jannis einschätzte, hatten sie bestimmt miteinander geschlafen. Ich wusste nur nicht, ob ich ihm das genau so sagen sollte. Immerhin war es ja schon jetzt verdammt kompliziert zwischen uns.

Levi:
Leider habe ich keine gute Entschuldigung für mein Verhalten, aber es tut mir wirklich leid.

Jannis:
Was soll das bedeuten?

Levi:
Dass so was nicht wieder vorkommt. Und ich hoffe, dass du mir verzeihst.

Jannis:
Ich schon, Isla eher weniger.

Levi:
Damit kann ich leben.

Jannis:
Ich weiß aber nicht, ob ich das kann.

Levi:
Wie meinst du das?

Jannis:
Du kannst dich nicht immer wie ein Arschloch verhalten, wenn dir etwas nicht passt.

Levi:
Ich weiß. Und es tut mir auch wirklich leid. Kann ich es nicht irgendwie wiedergutmachen?

Jannis:
Du könntest dich das nächste Mal, wenn ich Isla mitbringe, bei ihr entschuldigen.

Levi:
Du wirst sie also wiedersehen?

Jannis:
Warum nicht?

Levi:
Ja, genau. Warum eigentlich nicht?

Jannis:
???

Levi:
Ihr datet euch jetzt also?

Jannis:
Denke schon.

Levi:
Aha. Schön für dich!

Überhaupt nichts daran war schön!

Jannis:
Du klingst jetzt sogar in den Nachrichten so arschig.

157

Levi:
Dann sollten wir vielleicht besser nicht mehr miteinander schreiben.

Und auf diese Nachricht hin bekam ich keine mehr zurück. Tja, eines war sicher: Wenn man mal irgendjemanden brauchte, der eine Situation noch schlimmer machte, dann sollte man sich an mich wenden. Ich schaffte das, ganz ohne mich großartig anstrengen zu müssen.

Kapitel 20

»Kannst du dich nicht endlich mal hinsetzen?«, fragte Opa. Ich war wieder live zum sonntäglichen Familienbrunch zugeschaltet. Ich schnaubte laut. Er hatte gut reden, denn Opa saß mit dem Rest meiner Familie im Esszimmer und schmierte sich gefühlt das dritte Brötchen, während ich gerade erst Obst wusch. »Manche Menschen müssen sich für den Sonntagsbrunch selbst etwas zu essen machen.«

Darauf ging Opa gar nicht ein. »Außerdem bist du zu spät.«

Dieser Satz brachte Niklas laut zum Lachen. Obwohl ich nicht hinsah, war ich mir sehr sicher, dass Opa ihm einen bösen Blick zuwarf. So schnell wie er verstummt war, konnte es gar nicht anders sein.

Ich legte die Weintrauben neben die geschnittenen Äpfel und Kiwis. »Sorry, aber ich habe die Zeitverschiebung nicht bedacht«, sagte ich.

»Macht nichts«, hörte ich Mamas Stimme. »Wir ja auch nicht. Oder Papa?«

Der murmelte irgendetwas Unverständliches.

Ich nahm mir einen Moment Zeit und schaute direkt in den Bildschirm. »Hallo übrigens an alle.« Lächelnd winkte ich in die Kamera. »Und danke für die grandiose Idee, dass ich via Skype am Sonntagsbrunch teilnehmen kann.« Das vermisste ich am meisten, seit ich weg war. Sich am Sonntag mit der Familie an einen Tisch zu setzen und sich auf den neusten Stand zu bringen. Niklas hob Mila hoch und platzierte sie auf Alexejs Schoß. Felix gab Simona einen Kuss auf die Wange. Und Mats und Lena waren auch da, genauso wie Papa, Mama, Oma und Opa. Es war verdammt eng an diesem Esszimmertisch, aber ich hätte alles dafür gegeben, eingequetscht zwischen Mats und Papa dort zu sitzen.

»Wie läufts in London?«, fragte der auch prompt. »Wir hatten schon eine ganze Weile keine chaotischen Chats mehr in der Familiengruppe. Es wundert mich, dass dir noch niemand den Arsch retten musste.«

»Kai!«, rief Oma. »Doch nicht neben Mila!«

»Arsch. Arsch. Arsch. Arsch«, sang sie auch gleich. Wie konnte man dabei so süß sein?

»Mila-Schatz.« Alexej seufzte laut und warf meinem Papa einen Blick zu, der wohl so etwas wie *Danke-du-Arsch-dass-du-ihr-dieses-Wort-beigebracht-hast* bedeutete.

Niklas sah das wohl ähnlich. »Mila, das Wort sagen wir nicht. Vor allem nicht in der Kita.« Er sah sie streng an und hob den Finger. »Das ist kein schönes Wort. Wir sagen stattdessen Hintern.«

Fuck, ich vermisste alle so sehr.

Während die Diskussion weiterging, trug ich das Obst, die Croissants, die ich heute Morgen gekauft hatte, Nutella und verschiedene Marmeladen zum Tisch. Den Laptop stellte ich so hin, dass ich einen guten Blick darauf hatte. Zurück in der Küche nahm ich meine Kaffeetasse und ging zum Frühstückstisch.

»Oh, schaut, Levi ist wieder da.« Natürlich war Mats meine Abwesenheit als Einzigem aufgefallen.

Ich hielt die Tasse in die Kamera. »Musste mir nur etwas Koffein besorgen.«

»Also, Levi.« Papa wieder. »Wie läufts bei dir?«

»Ehrlich gesagt besser als erwartet. Alle in der WG sind großartig.« Gut, Camila sah man nicht wirklich oft. Ich hatte das Gefühl, sie war ständig auf Achse und kam nur hin und wieder, um Klamotten zu holen. Aber wenn sie da war, redete ich immer gern mit ihr. Dass die Stimmung zwischen Jannis und mir seit meinem beschissenen Verhalten gegenüber Isla mal wieder etwas angespannt war, erwähnte ich natürlich auch nicht. Vermutlich wäre es keine große Überraschung für meine Familie, denn ich war zu Hause dafür bekannt, nicht immer die richtigen Worte zu finden oder den passenden Ton zu treffen. Wenn ich angepisst war, sprudelte die Wortkotze einfach aus mir heraus. Dabei versuchte ich doch schon, zu denken, bevor ich sprach.

»Und der Job macht mir wirklich Spaß. Die Firma ist riesig, Papa! Und man hat mich der Grafikabteilung zugeteilt, vermutlich dachten die, dass ich aufgrund meines Lebenslaufs ganz gut dorthin passe. Die haben extrem viele verschiedene Abteilungen, nehmen zum Beispiel auch Grafikaufträge von außerhalb an. In meiner Abteilung machen wir zum Beispiel ausschließlich Buchcover. Mein erster Auftrag war es, zwei alternative Vorschläge für ein Buch zu machen.« Ich hörte selbst, wie begeistert ich klang. »Die haben dann sogar alle Entwürfe an den Kunden geschickt, und stell dir vor: Die wollten mein Cover.«

Am Esstisch blieb es kurz ganz still.

»Das ist großartig«, sagte Papa voller Begeisterung. Und dann begann er zu klatschen. Das war mir furchtbar peinlich und schlimmer wurde es noch, als alle anderen einstimmten.

»Mensch, hört bitte auf«, jammerte ich. »Für Mama applaudiert auch niemand, wenn sie irgendwelche Arbeiten korrigiert.«

»Ich schon«, mischte sich Opa ein. »Nachdem sie das Studium abgeschlossen und ihren ersten Job in dieser schrecklichen Schule hatte ...«, Oma murmelte irgendetwas Zustimmendes, »habe ich ihr applaudiert, nachdem sie die ersten Arbeiten bewertet hatte.«

»Das war so unangenehm. Vor allem, weil die beste Note eine Drei gewesen ist. Es war fürchterlich.« Sie schüttelte den Kopf, als wollte sie mit dieser Geste die Gedanken daran vertreiben. »Jetzt verstehe ich, warum Opa applaudiert hat. Er war stolz auf mich. Und ich bin echt stolz auf dich, weil du endlich deinen eigenen Weg gehst!«

»Ich vermisse euch schrecklich, aber es fühlt sich gut an, auf eigenen Beinen zu stehen.«

Mats schob seinen Stuhl zurück und stand einfach auf. »Hey, wo gehst du hin?«, rief ich, bekam jedoch keine Antwort. Fassungslos starrte ich auf den Bildschirm. »Was war das bitte?« Erst jetzt fiel mir auf, dass Mats kaum etwas gesagt hatte.

Lena erhob sich ebenfalls. »Er vermisst dich schrecklich«, sagte sie. »Ich werde mal kurz nach ihm schauen.«

Ich wusste nicht, was ich sagen sollte. »Ich vermisse ihn auch.« Meine Stimme klang plötzlich total belegt.

»Dann solltest du dich vielleicht öfter bei ihm melden«, sagte Felix. »Einfach so, weil du Zeit hast.« Und nicht nur, wenn du etwas brauchst, schwang sehr deutlich in seiner Stimme mit.

Fieberhaft überlegte ich, wie ich das hinbekommen könnte. »Ich kann wegen des neuen Jobs nicht weg.« Außerdem schmolzen meine Geldreserven nur so dahin. London war verdammt teuer. »Vielleicht kann mich Mats ja bald besuchen kommen? Gern mit Lena.«

»Das solltest du ihn selbst fragen«, sagte Mama.

Ich nickte. »Ich ruf ihn dann nach dem Frühstück an. Ich schicke ihm mal kurz eine Nachricht.«

Levi:
Ich kenne dich, du willst jetzt nicht mit mir reden. Vielleicht lässt du nicht mal Lena an dich ran, aber kann ich dich später anrufen?

Überraschenderweise leuchteten sofort zwei blaue Häkchen auf. Kurz darauf erschienen die Wörter Mats schreibt … auf dem Bildschirm.

Mats:
Ich rufe dich an!

Levi:
Okay! Ich freu mich drauf!

Leider erhielt ich keine Antwort mehr. Doch ich musste ihm noch etwas sagen.

Danach widmete ich mich wieder der Skype-Live-Schaltung nach Hause, wo meine Eltern mit Felix und Simona über ihre baldige Reise nach Ägypten sprachen, Opa etwas über Reisewarnungen faselte, während Oma immer wieder sagte:»Kommt mir ja gut nach Hause.«

Niklas schmierte Mila seelenruhig ein Brötchen mit Nutella, was Alexej mit hochgezogenen Augenbrauen, aber auch einem kleinen Lächeln im Gesicht hinnahm.

»Wieso grinst du deinen Laptop so an?«, fragte Jannis.

Sofort sah ich auf.»Bist du schon lange in der Küche?«»Gerade erst reingekommen. Also, was schaust du da?«

»Sonntagsbrunch mit meiner Familie. Via Skype.«

Jannis band den Gürtel seines seidenen Kimonos fester. Dass immer noch ein großes Loch aufklaffte, das seine Brust zeigte, schien ihm nicht aufzufallen. Mir jedoch umso mehr.»Oh, dann störe ich dich nicht länger.«

Er wollte weggehen, doch ich griff nach seinem Unterarm, um ihn aufzuhalten.»Warte.«

Er zog die Augenbrauen hoch und starrte auf die Stelle, an der ich ihn festhielt.»Das solltest du dir dringend abgewöhnen.«

Sofort ließ ich ihn los.»Ich will nicht, dass du gehst.«

»Dann sag das.«

Ich biss mir auf die Unterlippe.»Jannis, ich hab genug Croissants für die ganze WG besorgt. Möchtest du dich zu mir setzen und mit mir frühstücken?«, fragte ich. Und es kam mir wie die schwierigste Frage der Welt vor.

Er lächelte mich an.»Ja, gern. Der gedeckte Frühstückstisch ist einfach zu verlockend.«

»Nur der?«, flüsterte ich.

»Ich bin immer noch sauer auf dich«, lautete seine Antwort und ich ließ den Kopf hängen.

»Es tut mir wirklich leid. Kann ich es mit dem Frühstück irgendwie wiedergutmachen?«

Er zuckte mit den Schultern. »Weiß nicht. Du kannst nicht immer etwas kochen oder mir einen Drink ausgeben, wenn du mal wieder Scheiße gebaut hast.« Kurz sahen wir uns an. Und ich verstand, was er damit sagen wollte. »Aber gerade bin ich verdammt hungrig und lasse mich darauf ein. Ich brauche zuerst eine Tasse Kaffee.«

»Okay.« Jannis ging davon und ich wandte mich wieder dem Bildschirm zu.

Alle starrten mich an. »Dein Englisch ist gut geworden«, sagte Papa auf Deutsch.

Ich deutete mit dem Daumen auf die Stelle, an der Jannis bis eben gestanden hatte. »Das war übrigens Jannis. Einer meiner Mitbewohner.« Ich blieb weiterhin bei Englisch, damit Jannis mich auch verstand. »Ich hab ihm angeboten, dass er mit mir frühstückt.«

»Mit uns«, sagte Niklas. Dann hielt er inne. »O mein Gott. Leute!« Er machte eine dramatische Pause. »Das ist das erste Mal, dass Levi jemanden zum Sonntagsfrühstück mitbringt.«

In mir verknotete sich alles. »Das zählt nicht.« Dieses Mal antwortete ich auf Deutsch. »Er ist nur mein Mitbewohner.« Das redete ich mir auf jeden Fall ein!

Das Lächeln auf Niklas' Gesicht verriet mir, dass er das anders sah. Zum Glück vertiefte er das Thema nicht.

»Zieh Levi nicht auf, sonst bringt er nie jemanden mit«, sagte Mama.

Kurz darauf tauchte Jannis mit einer Tasse Kaffee in der Hand neben mir auf. »Sie ziehen mich damit auf, dass ich sonst nie jemanden mit zum Sonntagsbrunch mitbringe.«

Jannis setzte sich neben mich auf die Bank, sodass man ihn auch auf dem Bildschirm sehen konnte. »Es gibt immer ein erstes Mal.« Mit der Tasse prostete er meinen Eltern zu. »Ich bin einer seiner Mitbewohner. Schön, Levis Familie kennenzulernen.«

Und dann unterhielt er sich mit allen, als würde er sie schon jahrelang kennen.

Er erzählte über das Restaurant und darüber, dass ich dort sogar schon mal ausgeholfen hatte, und natürlich auch von seiner eigenen Großfamilie.

»Levi!« Jannis hielt mich auf, bevor ich die Küche verlassen konnte. »Mir lässt das gemeinsame Frühstück keine Ruhe. Du kannst nicht jedes Mal Essen auftischen, wenn du Scheiße gebaut hast«, sagte er. Er hätte es tun können, während wir die Küche wieder auf Vordermann gebracht hatten, hatte er aber nicht. Und ich hätte damit rechnen sollen, dass er mich nicht einfach davonkommen ließ. Ich hatte gehofft, er würde das Thema nicht noch einmal aufgreifen. Schon gar nicht, nachdem Mama Jannis das Versprechen abgenommen hatte, irgendwann wieder an einem Familienbrunch teilzunehmen.

Seine gute Laune und Fröhlichkeit, die er während des Gesprächs mit meiner Familie versprüht hatte, war wieder Enttäuschung gewichen.

»Kann ich nicht?«, fragte ich unsicher.

»Du weißt, was ich meine, Levi!«

Ich senkte den Blick auf die Füße, weil ich ihn einfach nicht mehr ansehen konnte. »Es tut mir wirklich leid!« Den dicken Kloß in meinem Hals schluckte ich hinunter. »Und mir ist klar, dass mein Verhalten gegenüber Isla absolut falsch war. Ich werde mich bei ihr entschuldigen. Und alles tun, damit du mir verzeihst.«

Jannis lehnte sich gegen einen Küchenschrank. »Da würde mir spontan eine Sache einfallen.«

»Welche denn?«

»Könntest du heute Abend im Restaurant für mich einspringen? Ich hätte Dienst.«

Sofort nickte ich. »Natürlich. Jederzeit.«

»Danke.«

»Hast du denn was vor?«, fragte ich Jannis.

Er holte tief Luft. »Isla hat gefragt, ob wir ins Kino wollen.«

Autsch! Ich versuchte, Jannis anzulächeln. Vermutlich lieferte ich eine ziemlich miese Performance ab, denn er zog die Augenbrauen fragend hoch. »Viel Spaß heute«, brachte ich mühsam hervor. »Wann soll ich im Restaurant sein?«

»Sechzehn Uhr. Außerdem wirst du heute meine Eltern kennenlernen.«

»Wie schön.« Zumindest hatte ich Isla etwas voraus. »Dann ist ja heute der große *Ich-lerne-deine-Familie-kennen*-Tag.«

»Genau, denn Athina wird auch im Service arbeiten.«

»Na, dann werde ich ja die ganze Familie … Wie heißt ihr überhaupt mit Nachnamen?«, fragte ich.

»Stefanidis.«

»Dann lerne ich heute die ganze Familie Stefanidis kennen.«

Er schüttelte den Kopf. »Olympia kümmert sich um die Einkäufe und die Buchhaltung, deshalb arbeitet sie immer nur mittags im Restaurant. Sie verpasst du also.«

»Dann eben den Großteil deiner Familie.« Verdammt, ich war plötzlich richtig aufgeregt. Was war, wenn sie mich nicht leiden konnten?

Vermutlich nichts. Aber aus irgendeinem Grund war es mir wichtig, dass sie mich mochten.

»Du kannst auch Nein sagen.«

»Ich schulde dir etwas. Und deshalb werde ich heute für dich einspringen.« *Damit du mit Isla ins Kino kannst,* brachte ich nicht mehr über die Lippen.

»Okay.« Jannis legte mir eine Hand auf die Schulter und drückte sie leicht. »Danke!«

Ich sah ihm in die Augen und musste schlucken. Es war wie jedes Mal, wenn sich unsere Blicke streiften. Da war eine Verbindung, für die ich keinerlei Erklärung hatte.

Verdammt, ich wollte nicht, dass er mit Isla ins Kino ging. Und wie er mich ansah, wollte er auch etwas ganz anderes.

Jannis brach den Bann zwischen uns, indem er sich kopfschüttelnd wegdrehte und ohne ein weiteres Wort aus der Küche verschwand.

Kapitel 21

Kurz bevor ich das Restaurant von Jannis' Eltern erreichte, klingelte mein Telefon.

Mats!

Na endlich.

Mir fiel gefühlt ein Felsbrocken vom Herzen. Seit dem Frühstück hatte ich darauf gewartet, dass er sich meldete. Das Schild von *The Taverna* befand sich in Sichtweite, deshalb blieb ich stehen. Suchend sah ich mich um, wusste aber nicht so recht, wohin mit mir. Im Weg herumstehen wollte ich auch nicht, darum ging ich einen Schritt auf das Gebäude zu, vor dem ich stand, und nahm endlich das Gespräch an.

»Mats«, sagte ich erleichtert. »Schön, dass du dich meldest.«

»Bist du unterwegs?«, fragte er sofort.

»Ja, bin ich. Die Eltern meines Mitbewohners führen ein griechisches Restaurant und da helfe ich ab und an mal aus.«

»Das hast du noch gar nicht erzählt.« Die Stimme meines Zwillingsbruders klang vorwurfsvoll.

»Tut mir leid. Es ist so viel los. Der Umzug. Der Job. Die ganzen neuen Leute.«

»Komm schon, dir tut in Wirklichkeit gar nichts leid.« Es war so was von klar gewesen, dass Mats mich nicht einfach mit einer Entschuldigung davonkommen ließ.

»Doch«, sagte ich. »Nur, weil ich mich seltener gemeldet habe, heißt das nicht, dass ich nicht ständig an dich denke. Ich halte mich sogar an deinen Ratschlag.«

»Welchen?«

»Du weißt genau, welchen«, murmelte ich. »Dass ich mal die Gedanken an … gewisse Dinge zulassen soll. Und seit ich das tue, denke ich ständig nach. In meinem Kopf geht es immer nur: *Was würde Mats jetzt machen? Warum kann ich das hier nicht gemeinsam mit ihm erleben?* Oder auch: *Mats würde mir den Arsch aufreißen, wenn er wüsste, was ich schon wieder getan habe.*«

Nun lachte er. Zum Glück. »Mir ist ehrlich gesagt eher langweilig, seitdem du weg bist.«

»Kann ich verstehen, denn jetzt musst du mich nicht mehr jeden Tag mindestens zweimal aus unangenehmen Situationen befreien.«

»Ich hab's gern gemacht«, sagte er daraufhin. Er klang verdammt ernst.

Ich nickte, obwohl er es nicht sehen konnte. »Das weiß ich. Trotzdem hatte ich das Gefühl, mal selbst mit meinem Leben klarkommen zu müssen.«

Nun seufzte er. »Schon klar. Vermissen tu ich dich trotzdem.«

»Mensch.« Nun fühlte ich mich richtig beschissen. »Ich dich doch auch, Mats! Allerdings versuche ich, mich hier einzuleben. Das nimmt komischerweise mehr Zeit in Anspruch als gedacht.«

»Sag bloß, dir kleben nicht schon hundert Leute an der Backe.«

»Keine hundert, aber die Zahl wächst kontinuierlich.«

»Du wärst nicht mehr mein Bruder, wenn es anders wäre«, sagte er.

Ich verdrehte die Augen. »Laber nicht! Ich werde immer dein Bruder bleiben.«

»Natürlich. Und mein bester Freund«, sagte Mats dann.

»Und du meiner.«

Anscheinend waren wir heute ziemlich sentimental.

Einige Sekunden blieb es still, dann lachten wir beide auf. So was sagten wir uns eigentlich nicht und ich nahm an, ihm war es genauso peinlich wie mir. Im Normalfall war es auch gar nicht nötig, ihm irgendetwas zu sagen. Wir wussten einfach, was der andere dachte, verstanden uns blind, doch die Entfernung zwischen uns machte es kompliziert.

»Was hältst du davon, wenn du mich bald besuchen kommst?«,

fragte ich. »Dann können wir Zeit miteinander verbringen und du siehst, wie ich wohne. Außerdem kannst du alle WG-Mitglieder kennenlernen.«

»Wann denn?«

»Morgen?«

»Haha«, sagte Mats. »Du weißt, dass ich das so schnell nicht organisiert bekomme.«

»Schon klar. Aber meine Tür steht dir immer offen. Lena und du könnt jederzeit mein Bett haben. Und wir können Sightseeing machen.«

»Was kannst du denn empfehlen?«

Uff. Außer der U-Bahn und dem London Eye hatte ich noch nicht besonders viel gesehen. »Der Buckingham Palace wäre bestimmt was für Lena.« Hoffte ich. »Natürlich auch Westminster Abbey. Big Ben.« Ich zählte einfach irgendwelche Wahrzeichen auf, die ich nur vom Hörensagen kannte. »Wir sollten unbedingt einen nächtlichen Spaziergang die Themse entlang machen. Jannis und ich haben das mal gemacht.«

»Jannis und du? Läuft da was?«

»Wie kommst du darauf?«

»Weil du glücklich geklungen hast.«

»Ach, das täuscht. Jannis und ich sind Mitbewohner. Nicht mehr.« Leider, da wir ja diesen unausgesprochenen *Man-fängt-nichts-mit-Mitbewohnern-an*-Pakt hatten.

»Oma war sehr angetan von ihm.«

»Oma?«

»Na ja, sie hat Niklas nach dem Brunch gefragt, ob er ihn nicht auch für einen sehr stattlichen jungen Mann hält.«

»Oma hat 'nen Crush auf Jannis?« Verständlich, mir ging es ja auch so.

»Das ist wohl ein wenig übertrieben.« Bei mir nicht!

»Und was hat Niki darauf geantwortet?«

Nun lachte Mats laut auf. »Dass ihm das nicht aufgefallen wäre, weil er nur Augen für Alexej hat.«

»Der alte Schleimer«, sagte ich. »Als würde man in einer Beziehung nicht mehr registrieren, wenn eine andere Person gut aussieht. Lächerlich.«

»Du findest also, Jannis sieht gut aus?«

»Na ja, wie Quasimodo schaut er nicht aus«, murmelte ich.

»Gefällt er dir so gut wie Tim?«

Besser. »Frag doch gleich, ob ich auf ihn stehe.«

»Und? Tust du es?«

»Ich verbiete es mir, denn wir sind Mitbewohner. Und ich besitze das Talent, es katastrophal zu verbocken.«

»Das stimmt. Der arme Tim tut mir immer noch leid.«

»Mir auch.« Und ich vermisste ihn irgendwie, deshalb stalkte ich ihn wieder intensiver auf Videopeek. Es war fast wieder wie damals. Bevor er mit Niklas diese Fake-Beziehung hatte und ich ihn nur aus der Entfernung gut gefunden hatte. Ihn über den Bildschirm hinweg anzuhimmeln war einfach ... leichter!

»Hast du ihm das auch gesagt?«, fragte Mats.

»Ich denke schon.« Also, nicht so direkt, aber doch irgendwie durch die Blume. Im Moment wollte ich aber nicht mehr über Tim reden. »Mats, ich muss los. Versprich mir nur, dass du zu mir kommst, bevor ich auflege.«

»Werde ich.«

»Bald?«, fragte ich hoffnungsvoll.

»Auf jeden Fall.«

»Und sag den anderen, sie können mich auch besuchen. Jederzeit!«

»Mache ich. Wir hören uns?«

»Jetzt wieder häufiger«, versprach ich ihm. »Bis bald.« Dann legte ich auf und lief eilig zum Restaurant, da ich dank des Gesprächs nun viel zu spät dran war.

Was ich nicht bedacht hatte, war, dass Jannis' im Service arbeitete. Man hatte mir deshalb eine schwarze Schürze und ein weißes Shirt mit dem Logo von *The Taverna* überreicht. Und in diesem Outfit war ich nun dafür zuständig, die Gäste zu bewirten. Küchendienst wäre mir zwar lieber gewesen, doch Helena und Anatol, Jannis' Vater, führten dort heute das Regiment, gemeinsam mit einer Küchenhilfe. Und ich würde mich nicht darüber beschweren. Ich wusste nämlich, dass ich für meinen heutigen Freundschaftsdienst Geld bekam, und das konnte ich gut gebrauchen.

»Levi«, sagte Jannis' Mutter Eleni zu mir. »Du machst das ganz toll.« Kurz lächelte sie mich an. »Danke, dass du hier heute hilfst.« Während sie mit mir redete, bereitete sie weiter Getränke vor, die sie auf einem Tablett abstellte. Glücklicherweise war im Restaurant nicht allzu viel los und ich konnte zwischendurch immer wieder bei Eleni nachfragen, wenn mir etwas nicht ganz klar war. Sie half mir zum Beispiel, die Bestellungen in der Kasse einzubongen, denn damit hatte ich noch Probleme. Ansonsten lief es im Service erstaunlich reibungslos. Zumindest bis zu dem Moment, in dem Jannis das Restaurant betrat. Und das nicht allein, sondern mit Isla.

Schockiert beobachtete ich, wie Athina die beiden zu einem Tisch führte. »Jannis bringt sein Date hierher?«, sagte ich laut.

»Ist das nicht toll?«, fragte Eleni. Sie klang begeistert. »Und das Mädchen ist so hübsch. Ich hoffe, es hat etwas zu bedeuten, dass er sie hierher ausführt.« Eleni wirkte nun richtig aufgedreht. »Bisher hat er niemanden mitgebracht.«

Ich hätte sie gern gefragt, ob sie lieber eine Schwiegertochter oder einen Schwiegersohn hätte, aber ich hielt die Klappe. Einerseits, da ich mir nicht ganz sicher war, ob Jannis' Eltern über seine sexuelle Orientierung Bescheid wussten, andererseits, weil es mir egal sein sollte. Eigentlich.

War es nur nicht. Stattdessen ärgerte ich mich darüber, dass er mir diese Schicht überlassen hatte. Er hätte irgendjemand anderes fragen sollen, anstatt hier mit seinem Date aufzukreuzen. Vor allem musste ich mich jetzt wohl oder übel bei Isla für mein Verhalten entschuldigen.

Was für eine Scheiße!

»O mein Gott«, flüsterte Athina und lief hinter den Tresen. »Habt ihr das gesehen? Jannis ist hier. Mit seiner Freundin!«

»Freundin?«, krächzte ich. »Hat er das gesagt?«

»Nein, er meinte nur, dass sie eine Verabredung haben.« Sie schaute zu ihrer Mutter. »Isla heißt sie.«

»Wir sollten nicht so auffällig hinsehen«, flüsterte Eleni.

»Am besten bringe ich die Getränke zu Tisch sieben.« Ich deutete auf die vorbereiteten Gläser. »Und dann frage ich, was sie trinken wollen. Oder?«

Eleni und Athina nickten begeistert, deshalb nahm ich das Tablett mit den Getränken an mich und ging zu Tisch sieben, der genau am anderen Ende des Restaurants lag. So konnte ich noch einmal durchatmen und mir die richtigen Worte für meine Entschuldigung überlegen.

»Eure Getränke«, sagte ich zu den vier Frauen und verteilte die Gläser. Dieses Mal hatte ich mir sogar gemerkt, wer welches Getränk bestellt hatte. Zusätzlich gab es für alle Ouzo aufs Haus. Nicht, weil mir die jungen Frauen gefielen, sondern da das in *The Taverna* Brauch war.

Und dann gab es leider kein Entkommen mehr. Ich und meine große Klappe. Warum hatte ich auch angeboten, zu Isla und Jannis zu gehen?

Mit wild klopfendem Herzen schlich ich auf den Tisch zu, der genug Platz für zwei Personen bot. Er stand in einer Nische und war deshalb nicht von allen Seiten einsehbar. Hätte ich ein Date, würde ich genau diesen Tisch reservieren.

Leider hatte ich keine Verabredung und würde auch so schnell keine haben. Schon gar nicht mit Jannis.

Kurz bevor ich die beiden erreichte, pflasterte ich mir ein Lächeln ins Gesicht. »Herzlich willkommen!« Ich blieb vor dem Tisch stehen. »Schön, dass ihr hier seid.«

Islas Augenbrauen wanderten weit nach oben und sie sah mich skeptisch an. Vielleicht war sie sogar ein bisschen schockiert. So genau wurde ich aus ihrem Blick nicht schlau.

»Ich bin heute euer Kellner«, sagte ich. »Und bevor du jetzt fluchtartig das Restaurant verlässt, Isla, möchte ich mich sehr gern für mein Verhalten vor ein paar Tagen entschuldigen.« Aus dem Augenwinkel betrachtete ich Jannis und er wirkte zufrieden mit meiner Performance. Und es tat mir ja wirklich leid, dass ich mich vor Isla wie ein Arschloch verhalten hatte. »Meinst du, wir können den kleinen Zwischenfall vergessen?«

Sie nickte, wirkte aber ein wenig überfordert. »Klar.«

»Gut.« Erleichtert atmete ich aus, weil diese Hürde geschafft war. Leider fühlte ich mich dadurch nicht besser. Denn dieses eklige Gefühl, das in meinem Inneren brodelte, war immer noch da. Und Jannis und Isla vor mir so einträchtig nebeneinandersitzen zu sehen, machte es nicht besser. Eher schlimmer. »Also, was darf ich euch zu trinken bringen?«

Jannis und Isla tauschten einen Blick und sie nickte ihm aufmunternd zu. »Bitte zwei Gläser vom Samos Vin Doux Moscato, eine Flasche Wasser und den Ouzo kannst du weglassen.«

Ich tippte die Bestellung ein und schaute dann fragend auf. »Wisst ihr auch schon, was ihr zum Essen möchtet?«

»Den warmen und den kalten Vorspeisenteller, bitte. Und als Hauptgang das Gyros.«

»Und für dich?«, fragte ich an Isla gewandt.

Sie stützte ihre Ellbogen auf dem Tisch auf und schaute verliebt zu Jannis. »Wir teilen das Essen.«

»Wie Susi und Strolch«, murmelte ich auf Deutsch.

»Wie bitte?«, fragte Jannis.

Ich schüttelte den Kopf. »Sorry, falsche Sprache. Kann ich euch sonst noch irgendetwas bringen?«

»Danke, das wäre dann alles.« Gott. Sei. Dank.

Vermutlich war ich mein ganzes Leben lang nicht so höflich wie in dieser Minute gewesen. Da mir jede Sekunde das aufgesetzte Lächeln aus dem Gesicht bröckeln würde, ging ich zur Bar zurück, wo Eleni und Athina aufgeregt tuschelnd auf mich warteten.

»Und? Wie ist sie?«, fragte Jannis' Mutter sofort.

Ich tippte die Essensbestellung ein, bevor ich aufsah. »Nett.«

»Oh oh!« Athina wirkte total enttäuscht. »Levi findet Isla scheiße.«

»Das habe ich nicht gesagt.«

»Du wirkst nicht begeistert.«

Eleni starrte an mir vorbei zum Tisch. »Was stimmt denn nicht mit ihr?«

Genervt schnaubte ich. »Mit ihr ist alles in Ordnung. Sie ist höflich, nett und etwas schüchtern.« Zumindest, wenn sie nüchtern war. Betrunken konnte sie auch ganz anders.

»Aber …?«, fragte Eleni nach. Dann sah sie zu Athina. »Jetzt habe ich es auch gehört.«

Die beiden verwirrten mich. »Was gehört?«

»Diesen Unterton. Irgendetwas stört dich an ihr, du bist nur zu nett, um es zu sagen.«

Das einzige Problem, das ich mit ihr hatte, war, dass sie Jannis datete. Nur würde ich das jetzt nicht laut rumposaunen. »Isla ist bestimmt ein großartiges Mädchen«, wiederholte ich.

»Aber …?«, fragte Athina jetzt.

Sie war nicht die Richtige für ihn. Zwischen ihnen herrschte absolut keine Chemie! Null. Nada. Und ich war mir ziemlich sicher, dass das für Jannis nicht unwichtig war. »Nichts. Isla ist toll!«

»Komm schon.« Athina verdrehte die Augen. »Das nächste nichtssagende Wort. Ich bringe ihnen die Getränke und werde mir selbst ein Bild davon machen.«

Eleni nickte eifrig. »Gut so. Und ich gehe in die Küche und erzähle den anderen von Jannis' Date.« Und schon war sie weg.

Seufzend ging ich zum Weinkühlschrank und suchte nach der richtigen Flasche. Als ich sie mit zwei Gläsern auf das Tablett stellte, sah ich, dass Athina bereits die Wasserflasche und zwei weitere Gläser vorbereitet hatte. Sie schnappte sich das Tablett und ging los. Natürlich sah ich ihr hinterher, allerdings würde der Abend nie enden, wenn ich ständig zu Jannis und Isla starrte. Glücklicherweise ertönte in genau dieser Sekunde das Glöckchen in der Küche. Es kündigte an, wenn Speisen fertig waren. Sehr gut. Ich konnte dringend Ablenkung gebrauchen.

Kapitel 22

Vier Stunden später verabschiedeten sich die letzten Gäste. Athina war schon nach Hause gegangen und gerade kamen Anatol und Eleni aus der Küche. Ich wandte mich wieder dem Gläserspüler zu.

»Levi, wir können das doch erledigen.«

Sofort schüttelte ich den Kopf. »Ich mache das gern. Außer, ihr wollt mich schon loswerden.«

»Natürlich nicht. Außerdem hat Helena nach dir gefragt.« Anatol zwinkerte mir zu. »Offensichtlich hast du großen Eindruck bei ihr hinterlassen.«

»Na, dann mache ich die Theke sauber und gehe gleich noch zu ihr in die Küche, um ein bisschen zu plaudern.«

Eleni kam zu mir, legte ihre Hand auf meine Schulter und drückte leicht zu. »Macht nicht mehr zu lange.« Sie erinnerte mich an meine Mama. Überhaupt war die ganze Familie Stefanidis meiner sehr ähnlich. Alle gingen liebevoll miteinander um. Und das, obwohl der Restaurant-Alltag teilweise verdammt stressig sein konnte.

»Notfalls schleife ich Helena an den Haaren hier raus.«

Eleni lachte. »Gut, sie verbringt nämlich viel zu viel Zeit hier.« Ein bisschen unschlüssig stand sie vor der Theke, während ich nach dem Lappen griff.

»Nun geht schon. Helena und ich bekommen das wirklich hin.«

Anatol schien zuversichtlicher als seine Frau zu sein. »Komm. Die Kinder schaffen das.« Die Kinder … Er sagte es so, als würde ich schon zur Familie gehören, was mir unglaublich viel bedeutete. Klar, ich hatte diese Menschen heute das erste Mal getroffen, aber sie waren so herzlich, und nachdem sie gehört hatten, dass meine

Familie in Deutschland lebte, hatte mich Eleni quasi adoptiert. Ich hatte sogar eine Einladung zum Weihnachtsessen bekommen. Und das im Sommer!

Ich lächelte. »Schönen Feierabend. Und ich hoffe, wir sehen uns bald wieder.«

»Das nächste Mal dann bei mir in der Küche«, sagte Anatol. »Helena hat erzählt, du bist Hobbykoch. Ich denke, wir können dir eine ganze Menge beibringen, wenn es um griechisches Essen geht.«

»Unbedingt.« Dürfte ich den Rest meines Lebens jeden Tag hier essen, wäre ich der glücklichste Mensch der Welt.

»Pack dir gern was für morgen ein«, sagte Eleni und wandte sich zum Gehen.

»Danke. Und schönen Abend noch.« Ich winkte ihnen kurz und wischte ein letztes Mal über den Tresen. »Fertig«, sagte ich zu mir selbst und atmete tief durch. »Was für ein Abend.«

Für einen Moment schloss ich die Augen. Im Service war es ziemlich stressig geworden und irgendwann, als ich wieder zu Jannis' und Islas Tisch gesehen hatte, war er leer gewesen. Er war einfach abgehauen, ohne sich zu verabschieden.

Ich hängte den Lappen über den Wasserhahn und dann ging ich zu Helena in die Küche. Es wirkte, als würde sie die letzten Handgriffe tun. »Fertig?«, fragte ich sie.

»Fast.« Sie schob ein paar Töpfe in den Spüler. »Wenn die gespült sind, kann ich auch nach Hause.« Sie drehte sich zu mir um. »Hast du Hunger? Wir haben ganz frisches Tarama. Und geschnittenes Brot ist ebenfalls noch da.«

»Kann ich mir etwas für morgen einpacken?« Durch den ganzen Stress war ich nicht wirklich hungrig, dazu war ich zu aufgedreht. Mein Kopf schwirrte von den vielen neuen Eindrücken.

»Klar doch.« Helena ging zu den Take-away-Boxen. »Geh einfach in die Kühlkammer, dort habe ich die kalten Vorspeisen gelagert. Nimm dir, so viel du möchtest.« Sie drückte mir ein paar Löffel in die Hand. »Ich packe dir in der Zwischenzeit das Brot ein.«

»Danke schön.« Verdammt, ich kam gar nicht mehr aus dem Höflichkeitsmodus raus, den ich den ganzen Abend über perfektioniert hatte. Dem Trinkgeld in meiner Hosentasche nach zu urteilen, hatte ich mich auch wirklich nicht blöd angestellt.

Den Weg in die Kühlkammer kannte ich bereits. Und es dauerte nicht einmal fünf Minuten, bis ich wieder in der Küche stand. Nur Helena war weg.

Stattdessen lehnte nun Jannis in der Nähe des Geschirrspülers herum. »Dein Brot«, sagte er und schwenkte die weiße Plastiktüte.

Ich stellte mein Essen auf einer der polierten Edelstahloberflächen ab. Die Löffel hielt ich weiterhin in meinen Händen.

Atmen, Levi! Atmen. Es ist dein Mitbewohner.

»Was machst du hier?«, fragte ich, nachdem ich mich wieder gefangen hatte, und sah mich suchend um. »Und wo ist Helena?«

»Ich bin hier!«, rief sie und steckte eine Sekunde später den Kopf durch die Tür, die hinaus in den Gastraum führte. »Sorry, hab mich umgezogen.« Nun trug sie keine schwarz-weiß gemusterten Kochhose mehr, sondern kurze Jeansshorts und ein Top. »Bin jetzt leider auch schon weg. Jannis, du sperrst ab?«

»Klar«, sagte der.

Ich ging zur Spüle und legte die Löffel hinein.

»Aber erst, wenn der Geschirrspüler fertig ist«, erinnerte Helena ihn. »Levi, ich hoffe, wir sehen uns bald wieder.«

»Ich auch.« Verwirrt sah ich ihr hinterher. »Okaaay«, sagte ich und schaute verwundert zu Jannis. »Das war ein schneller Abgang.«

»Nio hat sich bei ihr gemeldet.«

»Das erklärt so einiges.« Nur nicht, warum Jannis plötzlich wieder hier war.

»Soll ich die Löffel noch abwaschen?«, fragte ich.

Sofort schüttelte Jannis den Kopf und kam dann auf mich zu. Er füllte ein Plastikgefäß mit Wasser, griff nach dem gebrauchten Besteck und gab es hinein. »Das sollte reichen.«

»Danke.« Ich machte einen Schritt zurück, da Jannis und ich uns viel zu nah waren. Ich konnte sogar sein würziges Aftershave riechen.

Er drehte sich um und suchte meinen Blick.

»Was ist mit deinem Date? Heute keine Übernachtung?«

Er zog eine Augenbraue hoch. »Nein, dieses Mal nicht.«

»Wieso nicht?«

Er zuckte mit den Schultern. »Weiß nicht genau. Hat einfach nicht gepasst.«

Nun schnaubte ich laut. Allerdings wollte ich mich nicht wieder wie ein Riesenarsch aufführen, deshalb hielt ich die Klappe.

Schweigend standen wir uns gegenüber. Musterten uns. Dieses Mal stellte sich nicht das wohlige Prickeln ein, das ich sonst immer in seiner Nähe spürte. Jannis schien es ebenfalls zu spüren, denn nach einer Weile griff er wieder nach der weißen Plastiktüte mit dem Brot, die er neben der Spüle abgelegt hatte. Er ging zu den Take-away-Tüten, holte im Anschluss mein Abendessen, das ich zuvor achtlos abgestellt hatte, und packte es ein.

»Das hätte ich doch selbst machen können.«

Er winkte ab und kam dann zu mir zurück. Die Tüte drückte er mir in die Hand. »Hier.«

»Danke.«

»Kannst du endlich aufhören, so höflich zu sein?«, platzte es aus Jannis heraus. »Ich bin's. Dein Mitbewohner, nicht irgendein Fremder. Wo ist der Kerl, der sonst kein Blatt vor den Mund nimmt?«

Was erwartete Jannis eigentlich von mir? »Wieso? Hab ich heute nicht alles getan, was du von mir wolltest? Ich war höflich zu Isla und habe mich für mein komisches Verhalten neulich Morgen entschuldigt. Außerdem bin ich als Entschuldigung sogar für dich eingesprungen, damit du einen schönen Abend mit ihr verbringen kannst. Trotzdem stehst du nun hier und machst mir Vorwürfe. Weißt du eigentlich selbst noch, was du willst?«

Jannis war wie erstarrt. Er schien nicht einmal mehr zu atmen. »Ich …«

»Tja, jetzt fehlen dir die Worte.«

»Ich will dich küssen.«

Die Tüte fiel mir aus der Hand. »Wie bitte?«

»Soll ich es buchstabieren?«, flüsterte Jannis und senkte den Blick auf den Boden.

Nun schaute ich ihm nicht mehr ins Gesicht, sondern auf das rosa

Shirt, das er trug. Es stand ihm so verdammt gut. Nicht nur, weil es eng war, eher da die Farbe die leichte Röte auf seinen Wangen besonders schön hervorhob.

Ich räusperte mich. »Dann tu es.«

Vorsichtig hob Jannis seinen Kopf, sah mich schüchtern an. Was absolut keinen Sinn ergab. Er war nicht schüchtern, sondern ein verdammter Fuckboy! »Gibt es da nicht diesen Wir-sind-Mitbewohner-Pakt zwischen uns?«, fragte Jannis.

Irgendwie schon, an den wollte ich mich jedoch gerade nicht mehr erinnern. Ich leckte mir über die Lippen, die sich plötzlich trocken anfühlten, und bekam kaum noch Luft.

Vorsichtig streckte ich meine Hand nach ihm aus. Wusste zuerst gar nicht, wo ich ihn berühren sollte, verschränkte dann aber unsere Finger miteinander. Jannis ließ es einfach zu, und als ich ihn ansah, bemerkte ich, wie heftig sich seine Brust hob und senkte.

Unvermittelt machte er einen Schritt auf mich zu und packte mich mit der freien Hand an meinem Poloshirt. Er knüllte den Stoff zusammen, stellte sich auf die Zehenspitzen. Und dann lag sein Mund endlich auf meinem. Seine Lippen fühlten sich weich an. Und vertraut, obwohl das absolut keinen Sinn ergab. Wir verharrten regungslos, vermutlich war er genauso überfordert von der Situation wie ich.

Er löste unsere ineinander verflochtenen Finger und auch mein Shirt ließ er los. Ich rechnete damit, dass er einen Schritt zurück machen und sich entschuldigen würde. Doch seine Hände landeten auf meinen Schultern und von dort aus schob er sie in meinen Nacken, weiter nach oben, bis er sie in meinem Haar vergraben hatte.

Er zog mich näher zu sich und plötzlich wollte auch ich nicht mehr untätig herumstehen. Meine Hände legten sich an seine Hüften und ich bewegte den Kopf ein bisschen. So, dass ich besseren Zugang zu Jannis' Mund hatte. Vorsichtig schob ich meine Zunge vor, und als ich seine berührte, fühlte es sich an, als würde ein Funkenschlag von ihm auf mich übergehen.

Dennoch war es wie ein Startschuss für uns. Denn es gab nun kein vorsichtiges Herantasten mehr. Es gab nur Jannis, mich und diesen Kuss. Mein ganzer Körper prickelte und mir wurde sekündlich heißer, was vor allem daran lag, dass Jannis sich richtig gegen mich presste.

Ich verlor den Halt, stolperte einen Schritt zurück und stieß mit dem Becken gegen die Küchenzeile. Jannis ging in die Knie und hob mich dann hoch.

»Wow«, stieß ich aus. Erstens, weil ich noch nie hochgehoben worden war. Zweitens, da das verflucht heiß war. Und drittens, weil mein Körper in Flammen stand.

»Gefällt dir das?«, fragte er.

»Fuck, ja!« Das hier war der hotteste erste Kuss meines Lebens.

Er lächelte. »Du wirkst überrascht.«

»Eher überrumpelt.«

»Zu viel?«, wisperte er gegen meinen Mund.

»Nicht genug«, flüsterte ich zurück, spreizte meine Beine und zog ihn dichter zu mir. Lächelnd drückte er die Lippen wieder auf meine.

Mein Herz galoppierte förmlich in meiner Brust und da Jannis' Kuss immer intensiver wurde, konnte ich fast nicht mehr still sitzen. Ich schob meine Hände unter sein T-Shirt, was er mit einem heiseren Stöhnen quittierte. Und es reichte mir einfach nicht, die Haut nur leicht zu berühren. Nein, ich ließ die Finger schon fast fieberhaft über den Rücken gleiten. Das brachte auch Jannis dazu, seine Hände aus meinem Haar zu lösen und auf Wanderschaft zu schicken.

Wir wurden mutiger. Berührten uns gegenseitig immer forscher, bis ich es nicht mehr aushielt. »Zieh dein Shirt aus«, forderte ich und erkannte meine Stimme selbst nicht, so heiser klang sie.

»Du gehst ja ran.« Ein dreckiges Grinsen zierte sein Gesicht, als er sich das Shirt über den Kopf zog.

»Fuck!«, raunte ich. Er war einfach perfekt. Braun gebrannt, als wäre er erst aus einem Heimaturlaub zurückgekommen, schlank und doch an den richtigen Stellen muskulös.

Nun wurde das Grinsen eine Spur arroganter. »Ich glaube, du sabberst.«

Ich rutschte von der Küchenzeile und riss mir mein eigenes Shirt vom Körper und genoss, wie er auf meine Tattoos starrte. »Wer sabbert jetzt?«

Ertappt schaute er hoch, ließ mich ihn aber nicht weiter aufziehen, sondern kam einen Schritt auf mich zu und griff nach meinem Unterarm. »Wir sollten das nicht hier fortsetzen«, sagte er und zog mich hinter sich her in den Gastraum. Dort waren alle Lichter ausgeschaltet worden.

»Wohin …?« Ich kam gar nicht dazu, die Frage zu beenden, da öffnete er bereits eine Tür. Nicht die zum Umkleideraum, sondern die daneben.

Er ließ mich los und ich stand nun allein im Dunkeln. Auf einmal ging ein dezentes Licht an. Eine kleine Lampe, die auf einem Beistelltisch neben einer Couch stand.

Ich sah mich um und stellte fest, dass wir uns in einem Büro befanden. Es war nicht besonders groß und außer einem Schreibtisch, dahinter Regale voller Ordner, und der Couch gab es nicht viel zu sehen. Der shirtlose Jannis war ansehnlich genug.

Fast gleichzeitig bewegten wir uns aufeinander zu, küssten uns wieder, doch Jannis schien weitere Pläne zu haben. Während er sich zuvor noch damit zufriedengegeben hatte, seine Hände über meinen Rücken gleiten zu lassen, reichte das wohl nicht mehr. Er zeichnete mit seinen Fingern meine Tattoos nach und arbeitete sich immer weiter nach unten vor.

Mein Atem stockte, als er meinen Hosenknopf öffnete. Fuck!

»Wie weit gehen deine Tattoos eigentlich?«, flüsterte er.

»Finds heraus.«

»Nichts lieber als das.«

Jannis schien keine Berührungsängste zu haben. Und verdammt, ich wollte seine Hände auf meinem Schwanz, deshalb würde ich nicht protestieren.

Er öffnete den Reißverschluss und schob die Jeans mitsamt meiner Boxershorts nach unten. Beides hing nur mehr halb auf meinen Hüften, da er aber umgehend nach meinem Schwanz griff, kümmerte ich mich nicht mehr darum. Er ließ seine Hand über die glatte

Haut gleiten und es dauerte nicht lange, bis ich völlig hart war. Immer wieder pumpte er auf und ab, während ich einfach dastand und die Berührungen genoss.

Es tat so gut, dass er das Kommando über die Situation übernahm. Ich mochte, dass er nicht zaghaft oder schüchtern war, sondern einfach ... loslegte. Er gab mir somit keine Zeit zum Nachdenken.

Vielleicht war das in der Vergangenheit mein größtes Problem gewesen. Ich dachte, analysierte, anstatt einfach zu leben.

Mit zittrigen Händen tastete ich mich zu seiner Hose vor, öffnete ebenfalls den Knopf und danach den Reißverschluss.

»Dachte schon, du lässt mich die ganze Arbeit machen«, sagte er und schmunzelte dabei.

»Halt die Klappe.« Um ihn am Labern zu hindern, küsste ich ihn wieder. Was gar nicht so leicht war, da er mich mit seiner Hand um den Verstand brachte, während ich damit beschäftigt war, ihm den überflüssigen Stoff von den Hüften zu schieben.

Jannis schob seine Zunge in meinen Mund und ein Kribbeln kroch meine Wirbelsäule nach oben. Blind umschloss ich seinen Schwanz und begann, meine Hand zu bewegen.

Ein heiseres Stöhnen zeigte mir, dass ich mich nicht allzu dämlich anstellte. Zumindest hoffte ich, dass es so war. Ich passte mein Tempo an das von Jannis an. Eine Weile hörte ich nur das Schmatzen unserer Küsse und laute Atemzüge.

»Ich will ...«, raunte ich gegen seine Lippen.

»Was möchtest du? Im Moment kannst du fast alles von mir haben.«

»Deinen Schwanz.«

Er suchte meinen Blick. »Wo?«

»In meinem Mund.«

»Scheiße, ja.« Jannis machte einige Schritte zurück und ließ sich mit seinem nackten Arsch auf die Couch fallen. Ich folgte ihm, war jedoch irritiert, als er ein Kondom aus seiner Hosentasche holte.

»Ich sagte doch, ich —«

»Ich machs nicht ohne.«

Ich wirkte wohl ziemlich verwirrt.

»Ich verwende immer Kondome. Auch beim Oralsex.« Weil er einer dieser Fuckboys war, die häufig Sex hatten. Wenigstens tat er es verantwortungsvoll. Deshalb konnte ich ihm keinen Vorwurf machen.

»Du bist aber nicht …?« Krank. Ich schaffte es nicht, das Wort auszusprechen.

Er verdrehte die Augen. »Bin ich nicht. Und ich will es auch nicht werden.«

»Okay«, sagte ich dann. »Machen wir's.«

Jannis öffnete die Verpackung und rollte sich das Gummi über seinen Schwanz.

»Pink?«, fragte ich.

»Ich mags eben farbenfroh.« Erwartungsvoll sah er mich an. »Bist du bereit?«

Ich ließ mich auf die Knie sinken. »Bin ich.« Und dann nahm ich Jannis' Schwanz in den Mund. Er stöhnte auf und vergrub eine Hand in meinem Haar.

Der Geschmack des Kondoms war widerlich. Künstlich, aber auch nach Erdbeerkaugummi. Aufhören würde ich trotzdem nicht, da es mir gefiel, dass Jannis sanften Druck auf meinen Kopf ausübte und mich dazu animierte, schneller zu machen.

»Fuck, ist das gut«, stöhnte er und machte mich damit lächerlich stolz.

Ich wollte, dass es gut für ihn war. Dass es ihm gefiel. Und das erste Mal in meinem Leben war in meinem Kopf kein Platz für irgendwelche Rollenklischees. Stundenlang hatte ich mir den Kopf darüber zerbrochen und plötzlich waren sie unnötig. Ich dachte nicht darüber nach, was es über mich aussagte, wie sehr ich es liebte, Schwänze zu lutschen. Es machte mich nicht weniger zu einem Mann. Nur zu einem Mann, der einen anderen immer weiter in Richtung Orgasmus trieb. Das Wissen, dass Jannis sowieso einen Scheiß auf Klischees gab, half mir, meinen Kopf endlich auf stumm zu schalten und das erste Mal Sex richtig zu genießen. Es war einfach scheißgeil, Jannis um den Verstand zu bringen. Und ihm gefiel es ebenfalls.

Bald war ich selbst kurz davor, zu kommen. Mein Schwanz bettelte regelrecht um Zuneigung, darum legte ich die Hand um meine steinharte Erektion. Sofort lösten sich ein paar Lusttropfen und machten die Angelegenheit viel geschmeidiger.

»Komm her.« Jannis zog sich zurück und mich auf die Couch. Ich stützte mich mit einer Hand neben seinem Kopf ab. »Und jetzt?«, fragte ich.

»Bringen wir uns gegenseitig zum Höhepunkt.« Jannis brachte mich dazu, auch seinen Schwanz zu packen. Meine Hand passte beinah nicht über unsere Erektionen, doch Jannis half mir dabei, sie zu umschließen. Unsere Münder fanden wieder zueinander, wir küssten uns, während wir uns miteinander bewegten.

»Ich glaube, unter der Dusche wäre das leichter«, brachte ich heiser hervor.

»Dann darf ich das nächste Mal nicht absperren, wenn ich dadurch in den Genuss deiner Hände komme.«

Ich drückte fester zu und beschleunigte das Tempo. Fuck. Ich war kurz davor. Je näher ich dem Höhepunkt kam, desto fahriger wurde unser Kuss. Irgendwann pressten wir nur noch die Lippen aufeinander, ohne sie wirklich zu bewegen. Und dann warf ich den Kopf in den Nacken und kam. Jannis schlug meine Hand weg, legte seine eigene auf seinen Schwanz und folgte mir mit einem lauten Stöhnen. Meine Hand knickte weg und ich landete mitten in der Sauerei, die ich auf Jannis' Oberkörper hinterlassen hatte. Schwer atmend lagen wir eine ganze Weile stumm da, genossen die Nachwehen des Orgasmus und die Nähe zueinander.

»Scheiße, war das gut«, flüsterte ich.

»Und dringend notwendig. Die sexuelle Spannung zwischen uns hätte mich sonst umgebracht.« Er legte einen Arm über sein Gesicht. »Bin ich froh, dass das jetzt vorbei ist.«

Vorbei?

Autsch!

Offensichtlich gönnte Jannis mir im Gegensatz zu Isla weder ein Date noch eine ganze Nacht. Und schon gar keine Wiederholung, so wie er klang.

Mit einem Schlag hatte er die post-orgasmische Glückswelle, die mich überflutet hatte, zerstört.

Was hatte ich auch von einem Fuckboy wie ihm erwartet? Große Liebe und ein gemeinsamer Ritt in den Sonnenuntergang

Ja, hatte ich, wenn ich ganz ehrlich zu mir war. Aber diese Hoffnung war leider schneller zerbröckelt als mir lieb war.

Kapitel 23

Völlig überfordert rührte ich in meiner Kaffeetasse herum. Der vertraute Geruch des Kaffees beruhigte mich etwas, ich wusste jedoch, dass ich gleich Jannis über den Weg laufen würde. Und das, nachdem wir gestern so übereinander hergefallen waren. Vielleicht würde ich ihn an diesem Morgen auch nicht sehen. Wenn ich ganz viel Glück hatte!

Ich war nämlich verdammt früh wach. Viel früher als sonst, und sollte Henry in den nächsten Minuten auch endlich in die Küche kommen, dann könnten wir aus der WG flüchten, ohne dass ich Jannis gegenübertreten musste.

Ganz ehrlich, ich wusste weder, was ich zu ihm sagen, noch, wie ich mich ihm gegenüber verhalten sollte. Wir waren übereinander hergefallen. Und es war gut gewesen.

So verdammt gut. Leider auch verwirrend. Extrem verwirrend.

Um mich abzulenken, holte ich mein Smartphone aus der Hosentasche. In den letzten Wochen hatte ich damit begonnen, Eindrücke Londons auf Videopeek zu posten. Da ich viel Zeit mit mir allein verbrachte und, außer meinen Mitbewohner heiß zu finden, kein richtiges Hobby oder eine Freizeitbeschäftigung gefunden hatte. Na ja, bis auf kurze Videoclips zu filmen, zusammenzuschneiden und hochzuladen. Jannis' und mein nächtlicher Ausflug zur Themse. Das Londoner U-Bahn-System. Einen Spaziergang durch mein Wohnviertel. Alles Ausschnitte meines neuen Lebens.

Und gerade schnitt ich ein weiteres Video zusammen. Dieses Mal über das Restaurant von Jannis' Eltern. Besonders viele Leute sahen meine Videos nicht, aber dadurch, dass ich sie hochlud, hatte ich das Gefühl, alle ein wenig an meinem Auslandsabenteuer teilhaben zu lassen. Wobei ich mir nicht sicher war, ob meine Familie die Videos schaute. Mats bestimmt. Die anderen …? Fraglich.

Zwischendurch nippte ich immer wieder an meinem Kaffee, schielte auf die Uhr in der Hoffnung, dass Henry endlich auftauchen würde, und speicherte schlussendlich das Video in den Entwürfen.

Als ich aufsah, blickte ich direkt in die rehbraunen Jannis-Augen. Er musste sich in die Küche geschlichen haben, denn nun lehnte er an der Küchenzeile und lächelte mich an. »Guten Morgen.«

Ich stand auf, steckte mein Smartphone in die Hosentasche und ging dann mit der Kaffeetasse in der Hand zu ihm. »Hey«, grüßte ich zurück. Das war er also. Der berühmte Morgen danach.

»Hast du gut geschlafen?«, fragte er.

Nachdem wir gestern Nacht nach Hause gekommen waren, hatte sich jeder in sein Zimmer zurückgezogen, damit wir nicht darüber sprechen mussten, was zwischen uns passiert war.

»Weiß nicht.«

Jannis sah mich liebevoll an. »Ich konnte nicht gut schlafen. Musste ständig an dich denken und mich wirklich zurückhalten, um nicht bei dir zu klopfen.«

Er hätte es tun sollen, dann wäre dieses eklige One-Night-Stand-Gefühl von mir abgefallen. »Das wäre schön gewesen.«

»Ach.« Jannis kam auf mich zu, legte eine Hand auf meine Hüfte und zog mich näher zu sich. »Findest du?« Sofort wurde mein Körper wieder von kribbelnder Erregung überflutet. Allerdings auch von Panik.

»Nicht«, flüsterte ich und sah mich um. Glücklicherweise war Henry noch nicht hier. Gerade eben hatte ich mir sehnlichst gewünscht, er würde auftauchen. Jetzt wollte ich, dass er für immer im Badezimmer blieb.

Jannis machte einen Schritt zurück. Seine Hand ließ er sinken. Die Geste wirkte kraftlos. »Wie bitte?«

»Du solltest mich nicht berühren.« Erneut sah ich mich um. »Nicht hier.« Mir war verdammt unbehaglich zumute.

187

»Wieso?« Seine Stimme klang hart und ich sah zu ihm. Sein Lächeln war verblasst.

»Ich will nicht, dass uns jemand zusammen sieht«, flüsterte ich. »Und kannst du bitte auch etwas leiser sprechen?«

Er schüttelte den Kopf. Wirkte fassungslos aufgrund meiner Bitte. Ein bisschen war ich das auch selbst, denn eigentlich war ich doch nach London gekommen, um mit alten Gewohnheiten zu brechen. Und jetzt verhielt ich mich wieder genauso dämlich wie zu Hause. Wie bei Tim.

»Okay, also, nur damit ich dich richtig verstehe«, sagte Jannis. »Gestern hast du meinen Schwanz gelutscht und dabei gestöhnt, als wärst du Hobbypornodarsteller. Und heute verlangst du von mir, dass ich so tue, als wäre nichts gewesen?«

»Sollst du nicht«, wisperte ich und machte einen Schritt auf ihn zu. »Ich bitte dich lediglich darum, hier nicht herumzuschreien. Und das, was zwischen uns passiert ist, diskret zu behandeln.«

»Ich weiß, ich wiederhole mich: Aber warum?«

»Weil ich nicht möchte, dass die anderen mitbekommen, dass wir miteinander rumgemacht haben.«

Jannis sah mich an, als hätte ich den Verstand verloren. »Ist das dein Ernst?«

»Ja.«

Er schnaubte. »Du weißt schon, dass niemand ein Problem damit hat, oder?«

Ich stellte die Kaffeetasse auf der Küchenzeile ab. »Ja, ich weiß. Leider fühle *ich* mich unwohl.«

»Unwohl? Mit dem Gedanken, mit mir geschlafen zu haben?«, fragte er schockiert.

»Wir haben nur rumgemacht.«

»Tut das etwas zur Sache? Gestern hatten wir noch eine verdammt gute Zeit und jetzt schiebst du Panik. Wovor eigentlich?«

»I-i-ich ...« Fuck, warum stotterte ich plötzlich herum? »Weiß nicht.« Es war wie immer. Unbegründete Panik, die keinen Sinn ergab. Und ich wusste nicht, wie ich sie jemals überwinden konnte. Jannis ballte die Hände zu Fäusten. »Weißt du was? Ich bin raus!«

»Wie, raus?«, fragte ich. Ein kleines bisschen panisch, weil er so endgültig klang.

»Ich habe keinen Bock auf irgendwelche verkappten Schwulen, die in der Öffentlichkeit so tun, als wären sie hetero. Wenn du eine Lüge leben willst, dann tu es. Belüg andere. Belüg dich selbst! Nur lass mich da raus, denn ich werde mich nicht verstellen oder verstecken. Nicht für dich und auch für niemand anderen.« Er rempelte mich mit der Schulter an und rauschte an mir vorbei.

Mit hängendem Kopf blieb ich in der Küche stehen. Ich wusste, dass ich hinter Jannis hergehen sollte. Mich bei ihm entschuldigen. Die Sache klarstellen. Leider konnte ich mich keinen Zentimeter bewegen.

Es dauerte nicht lange, da legte sich eine Hand auf meine Schulter. Ich sah auf, in der Hoffnung, dass Jannis zurückgekommen war. Einsah, dass er überreagiert hatte. Leider stand nur Henry vor mir.

Zerknirscht sah er mich an.

»Du hast alles gehört, oder?«

»Ja. Tut mir leid. Ich hätte nicht lauschen sollen.«

Da hatte er recht. Sagen konnte ich ihm das nicht. Ich fühlte mich kraftlos.

Henry räusperte sich. »Du weißt, dass Camila, Ruby und ich keine Probleme damit haben würden, wenn Jannis und du ...« Er beendete den Satz nicht.

»Ich weiß«, flüsterte ich.

»Und wo liegt dann das Problem?«, fragte er und rieb tröstend über meinen Oberarm.

»*Ich* bin das Problem.«

»Weil du immer noch denkst, dass du hetero bist?«, fragte er.

»Nein, weil ich alle absichtlich in dem Glauben lasse, obwohl ich ganz genau weiß, dass es nicht so ist.«

Henrys Augenbrauen wanderten fragend nach oben. »Du bist also nicht bereit, dich zu outen?«, fragte er. »Weißt du, das ist ok. Niemand sollte dich dazu zwingen.«

»Ich war bis vor Kurzem nicht einmal bereit, es mir selbst einzugestehen«, sagte ich.

»Komm, wir setzen uns kurz.« Henry führte mich zu unserer Sitzecke und drückte mich auf die Bank. »Ich mache uns mal eben eine Tasse Kaffee und ein kleines Frühstück und dann reden wir.«
»Und was ist mit der Arbeit?« Gespannt schaute ich zu ihm. Würde er mich jetzt sofort aus dem Haus schleifen?
»Die ist auch in einer Stunde noch da.« Wenn das ein Workaholic wie Henry sagte, dann musste meine Situation wohl aussichtsloser sein, als ich angenommen hatte.

»Also gut.« Henry nahm neben mir Platz. Er hatte sich einen Kaffee zubereitet. Sogar mit Milchschaum. Das Warten auf ihn hatte mich fast umgebracht, vor allem, weil er währenddessen kein Wort mit mir gesprochen hatte. »Weißt du schon lange, dass du auf Kerle stehst?«
»Na ja, es war mir eigentlich immer klar, aber irgendwie dachte ich, wenn mein Zwillingsbruder auf Mädchen steht, dann muss ich auch auf Mädchen stehen.«
Henrys Augen weiteten sich, doch er behielt sein Pokerface bei. »Du kannst Männer und Frauen mögen, Levi. Das weißt du, oder?«
Ich seufzte und sackte ein wenig in mich zusammen. »Das weiß ich. Und an diesem Gedanken habe ich mich jahrelang festgehalten. Ich hatte Sex mit Frauen. Es hat mir nur nie die Art von Befriedigung gegeben, die ich mir gewünscht habe.« Nicht so wie mit Tim. Und schon gar nicht wie mit Jannis! Allein wenn ich daran dachte, wie sehr wir miteinander harmoniert hatten, obwohl wir zuvor nie …
Ich erschauderte.
»Tja, dann bist du wohl nicht bisexuell«, stellte Henry fest. »Auch wenn du es dir noch so sehr wünschst.«
Das hier war der No-Return-Punkt. »Ja, ich bin definitiv schwul.« Die Worte auszusprechen, fühlte sich komisch an.

»Und denkst du, deine Familie hätte Probleme damit?«, wollte Henry wissen.

»Nein, die kämen gut damit klar.« Ich holte tief Luft. »Mein Bruder ist nämlich auch schwul.«

Belustigt schnaubte Henry. »Das ist ja witzig. Vier Geschwister. Zwei schwul, zwei hetero.«

»Ich weiß nicht, ob ich es auch so lustig finde.«

»Sorry!« Sofort wurde seine Miene wieder ernst. Er legte die Hand auf meine und tätschelte sie leicht. »Was ist los? Bist du überfordert? Weil du noch keine sexuellen Erfahrungen mit Männern hattest?«

»Nein.« Heftig schüttelte ich den Kopf. »So ist es nicht. Ich hatte ja so was wie … einen festen Freund. Heimlich natürlich. Ich hab ihn dazu gezwungen, mein Geheimnis zu sein, ihm aber zusätzlichen zum Maulkorb keinen Keuschheitsgürtel umgehängt.«

»Mensch, Levi.« Henry wirkte nicht böse, allerdings überrascht. »Ich weiß nicht, ob ich dich schütteln oder dich in den Arm nehmen soll.« Er tat einfach nichts von beidem und sprach stattdessen weiter. »Weißt du, wenn du so unsicher wegen deiner Sexualität bist, dann solltest du dir Zeit nehmen. Ich verstehe schon, dass du gewisse … Gefühle hast und auch gern Sex hättest. Einen Partner. Möglicherweise bist du einfach noch nicht bereit dafür, wenn du andere *zwingst*, dein Geheimnis für dich zu behalten.«

Frustriert seufzte ich auf. »Ich glaube, Tim wusste nicht, was er von der Sache zwischen uns erwarten konnte, und das habe ich vor allem zu Beginn ausgenutzt.«

Streng sah Henry mich an. »Das war nicht nett von dir, Levi!« Er hatte den Lehrerton richtig drauf, und ich musste das wissen. Immerhin war die Hälfte meiner Familie Lehrkräfte.

»Deshalb bin ich ja eigentlich hier. In London. Ich hab Deutschland verlassen, da mir die Sache mit Tim zu … intim geworden ist. Na ja, sie ist mir über den Kopf gewachsen, weil ich ihn wirklich mag, aber auch weiß, dass ich nicht der Richtige für ihn bin.«

»Und was ist mit Jannis?«

»Den mag ich auch.«

Nun lachte Henry.

»Gut, wenn du fluchtartig das Land verlassen hast, dann ist die Sache mit deinem Ex wohl beendet.«

Ich nickte. »Ja, wir haben das geklärt. Mehr oder weniger. Ich hab mich entschuldigt, nur wartet er wohl noch immer auf eine richtige Erklärung für mein Verhalten. Die habe ich leider nicht.«

»Natürlich nicht. Die suchst du erst. Und vielleicht auch ein bisschen dich selbst.«

»So, wie du es sagst, klinge ich gar nicht mehr wie das Arschloch in der Geschichte.«

Henry schnaubte belustigt. »Oh doch. Was ich von deinem Gespräch mit Jannis so mitbekommen habe, bist du das. Du hättest ihm sagen sollen, dass du in der Selbstfindungsphase steckst. Und das, *bevor* du mit ihm ins Bett gesprungen bist.«

»Wir haben nur rumgemacht«, murmelte ich, aber es fühlte sich nach einer Lüge an. Es war mehr gewesen. Aber ich fühlte mich ausgelaugt von diesem Gespräch und wollte nicht mehr über den Sex mit Jannis reden. »Und ich habe *wirklich* versucht, ihn auf Abstand zu halten.«

Henrys Augenbraue wanderte nach oben. »Na ja, besonders erfolgreich warst du dabei ja nicht.«

»Und was soll ich jetzt tun?«

Henry zuckte mit den Schultern. »Keine Ahnung.«

»Wie, keine Ahnung?«

»Jannis hat sehr deutlich gemacht, dass er nicht dein Geheimnis sein will.«

»Bestehen nicht immer alle queeren Menschen darauf, dass man jedem Zeit geben soll? Dass sich jeder in dem Tempo outen soll, das für ihn richtig ist?«, fragte ich.

»Das schon. Aber Jannis hat nie gesagt, dass du jetzt seinetwegen mit der Regenbogenfahne durch London laufen sollst, sondern nur, dass er keine Lust darauf hat, sich zu verstecken. Gemeinsam mit dir.«

»Erpresst er mich damit nicht indirekt?«

Nachdenklich legte Henry den Kopf schief. »Nein, eigentlich hat er klargemacht, dass zwischen euch nichts mehr laufen wird. Und das musst du genauso akzeptieren wie er, dass du dich nicht outen möchtest.«

»Und wenn ich will, dass etwas läuft, müsste ich etwas ändern«, murmelte ich. »Es ist also doch Erpressung.«

Henry trank einen Schluck Kaffee. »Möglicherweise.«

»Ich war sowieso nur ein One-Night-Stand für ihn.«

»Hat er das gesagt? Oder redest du dir das jetzt ein?«, fragte Henry.

»Na ja, er hat es nicht direkt so gesagt, allerdings ... hatte er ja kürzlich was mit Isla, und ich hab den Eindruck, dass er schon sehr häufig Sex hat.«

»Jannis hat oft Bettgeschichten, das ist wahr.«

Eigentlich wollte ich lieber eine Verneinung hören. Dass ich mir etwas einredete und Jannis kein Fuckboy war.

Ich richtete mich wieder auf. »Tja, dann habe ich sowieso keine Chance bei ihm. Er mag bestimmt Abwechslung.«

»Für mich hat es schon so geklungen, als wäre er an einer Wiederholung interessiert, aber weißt du was?«

Ich sah Henry fragend an. »Was denn?«

»Du wirst es nur erfahren, wenn du das Gespräch mit ihm suchst.«

Ich seufzte. »Daran führt wohl kein Weg vorbei, oder?«

»Leider nicht. Und jetzt ...« Henry stand auf. »Gehen wir erst mal zur Arbeit. Dann hast du noch ein bisschen Schonfrist.«

»In Ordnung.« Ich erhob mich ebenfalls. »Und danke fürs Gespräch. Falls du im Gegenzug mal über Cole reden willst, sag Bescheid.«

»Über Cole?« Sofort hob Henry abwehrend die Hände. »Da gibt es nichts zu reden.«

Da war ich mir nicht so sicher, ließ ihn jedoch davonkommen. Für heute!

Kapitel 24

Die Woche war anstrengend gewesen. Völlig erledigt verließ ich freitagmittags das Büro, hatte allerdings das Grafiktablet dabei, da ich am Wochenende ein paar Illustrationen anfertigen wollte. Leider wusste ich nicht, ob ich es schaffen würde, denn Mats und Lena würden in einer Stunde in Heathrow landen. Und wenn ich sie schon abholte, könnte ich Miss Lost-Property einen Besuch abstatten und nach meinem verlorenen Gepäck fragen. Nicht, dass ich die Tasche großartig vermisste.

Ich ging zur U-Bahn-Station und es fiel mir viel leichter, mich zurechtzufinden als an meinem ersten Tag. Schnell fand ich das richtige Gleis und die Anzeigetafel zeigte zwei Minuten Wartezeit an.

Im Gegensatz zu meiner ersten Fahrt mit der Tube fühlte ich mich nun sehr sicher, wenn ich im Londoner Untergrund unterwegs war. Als Nächstes könnte ich mich vielleicht an die Buslinien wagen. Das Wochenende war perfekt dafür, denn Mats fand sich dank seines guten Orientierungssinns überall zurecht und wir hatten das volle Touri-Programm geplant. Doppeldeckerbus, Buckingham Palace, Madame Tussauds. Es gab eine lange Liste mit Sehenswürdigkeiten, die wir uns ansehen wollten. Etwas, das ich allein nicht geschafft hatte. Anstatt nachmittags mit Ruby rumzuhängen, sollte ich echt öfters rausgehen. Mir Touristenattraktionen anschauen. Leute kennenlernen. Generell war ich der totale Einsiedler, seit ich in London lebte. Außer zu arbeiten, ständig zu kochen und abwechselnd an Jannis und Tim zu denken, tat ich nicht besonders viel.

Gut, ich hatte mich auch mit Cole angefreundet. Vielleicht sollte ich ihn fragen, ob er sich uns am Wochenende anschließen wollte. Immerhin war er ja wie ich auch neu in London.

Die Tube fuhr ein und nachdem die Fahrgäste ausgestiegen waren, stieg ich in den Waggon. Ich ergatterte sogar einen Sitzplatz, was vermutlich an der Zeit lag. Mittags war immer sehr viel weniger los als morgens oder abends. Ich nahm Platz und zog das Smartphone aus der Hosentasche.

Levi:
Hast du am Wochenende Zeit, um mit meinem Bruder, seiner Freundin und mir ein bisschen London zu erkunden?

Cole:
Auf jeden Fall. Danke, dass du an mich gedacht hast.

Levi:
Ich weiß eben, dass du genauso lost bist wie ich. Melde mich, wenn ich weiß, wann wir Samstagmorgen starten.

Cole:
Mach das! Übrigens finde ich, du solltest einen Ganztagsjob bekommen. Nachmittags ist es unerträglich ohne dich.

Levi:
Awww … du vermisst mich.

Cole:
Fuck! Ja! Ich vermisse es, vor Henry flüchten zu können.

Levi:
Versteck dich einfach für 15 Minuten allein in der Kaffeeküche.

Cole:
Ohne dich ist es langweilig.

Levi:
Dann nimm deinen Dad mit.

Cole:
Haha! Guter Witz.

Levi:
Dann eben Henry.

Cole:
Das ergibt keinen Sinn, weil ich ja vor ihm flüchte.

Levi:
Stimmt. Wobei Henry wirklich ein guter Kerl ist.

Cole:
Ich weiß! Das macht die Sache ja so schlimm. Jeden Tag diesen verdammt heißen und perfekten Kerl vor der Nase zu haben. Von dem ich auch noch weiß, wie er nackt aussieht.

Levi:
...

Cole:
Too much information?

Levi:
Ein bisschen vielleicht.

196

Cole:
Sorry. Sag mir einfach, wenn unsere Gespräche zu schwul werden.

Levi:
Zu schwul?

Cole:
Na, du weißt schon. Wenn ich den Homosexuellen zu sehr raushängen lasse.

Levi:
Cole?

Cole:
Ja?

Ich holte tief Luft. Sehr tief.

Levi:
Ich stehe auch auf Männer!

Daraufhin kamen drei Schrei-Smileys zurück.

Cole:
Ehrlich?

Levi:
Ja. Es wissen nur noch nicht viele Leute.

Cole:
Dein Geheimnis ist bei mir sicher.

Erleichtert atmete ich aus.

> **Cole:**
> Du stehst aber nicht auf Henry, oder?

Ich schmunzelte.

> **Levi:**
> Nein, keine Sorge. Der gehört ganz dir.

Fest drückte ich Mats an mich. Sein vertrauter Geruch. Das Gesicht, das mir jeden Tag im Spiegel entgegenblickte. Mir war nicht klar gewesen, wie sehr ich meinen Bruder vermisst hatte.

»Du heulst jetzt aber nicht?«, fragte er. »Oder?«

»Nur wenn du heulst«, flüsterte ich erstickt.

»Könnte passieren.«

»Fuck.« Ich drückte ihn von mir weg. Zwinkerte heftig. »Hör bloß auf mit dem Scheiß.« Ich ließ Mats links liegen und ging stattdessen zu Lena. Auch sie zog ich in eine Umarmung. »Schön, dass ihr da seid«, sagte ich und ließ sie wieder los.

»Gut siehst du aus.« Sie lächelte mich an.

»Das musst du sagen. Immerhin gehst du mit meinem Bruder aus.«

Sie verdrehte die Augen. »Du weißt genau, wie ich es meine. London steht dir. Du wirkst erwachsener.«

Ich zupfte an meinem Hemd herum. »Liegt sicher an der ungewohnten Kleidung.«

»Vielleicht. Vielleicht auch nicht.«

Mats ging zu ihr und schob seine Hand in ihre.

»Egal, was es ist, wir werden es herausfinden.«

»Ob da ein Wochenende reicht?«, fragte Lena und tippte sich mit dem Zeigefinger gegen die Lippen.

»Alternativ könnt ihr ja auch umziehen. Ich hätte kein Problem damit, euch näher bei mir zu haben.« Mats klopfte mir auf die Schulter. »Vielleicht nach dem Abschluss.«

Ich grinste. »Das ist kein Nein.«

»Na ja, und möglicherweise bist du ja auch bis dahin längst wieder zu Hause und der Umzug erübrigt sich.«

»Mal schauen«, murmelte ich. Denn noch konnte ich mir nicht vorstellen, zurück nach Deutschland zu gehen. Was natürlich größtenteils an einem speziellen Mitbewohner lag, andererseits aber auch an den vielen neuen Leuten, die ich kennengelernt hatte, und dem neuen Job, der gar nicht so übel war. Gut, das war untertrieben. Ich liebte das, was ich tat. Und ich würde mich verdammt freuen, wenn sie mir irgendwann eine Vollzeitstelle anbieten würden. Nach der kurzen Zeit in der Firma war das leider eine Wunschvorstellung.

»Ich dachte mir, wir lassen es heute ruhiger angehen, bringen euer Gepäck in die WG und ihr lernt alle kennen.« Wobei es besser wäre, Jannis aus dem Weg zu gehen. Der war ja aus nachvollziehbaren Gründen nicht besonders gut auf mich zu sprechen. »Und falls ihr Lust habt, können wir ein bisschen Sightseeing machen oder etwas essen gehen.«

»Klingt nach einem guten Plan«, sagte Lena.

Mats sah mich schockiert an. »Du hast dir tatsächlich Gedanken gemacht?«

Ich stieß ihn mit dem Ellbogen an. »Jetzt tu nicht so. Es ist etwas Besonderes, dass ihr hier seid. Und ganz sicher nicht selbstverständlich. Natürlich habe ich mir da den ein oder anderen Gedanken gemacht.« Außerdem war es einfacher, als mein kleines Problem mit Jannis zu lösen.

»Gut. Dann zeig uns deine Wohnung.«

Ich zwinkerte Mats zu. »Ich hab sogar schon ein Bett.«

»Das glaube ich erst, wenn ich es mit eigenen Augen sehe.«

»Hey«, beschwerte ich mich. »Etwas mehr Vertrauen, bitte! Wir müssen übrigens hier entlang«, sagte ich und setzte mich in Bewegung. Natürlich entging mir Mats' fassungsloser Blick nicht. Verständlich. Immerhin hatte ich mich mein ganzes bisheriges Leben immer auf ihn verlassen und zeigte nun ansatzweise so etwas wie Selbstständigkeit.

Kaum zu glauben, aber wahr.

Kapitel 25

Der Tag mit Mats und Lena war der beste seit Langem. Nachdem beide ihr Zeug in meinem Zimmer abgestellt hatten, waren wir zum Buckingham Palace gefahren. Danach waren wir von dort aus zum St James Palace spaziert, zuvor hatten wir einen Abstecher in die Downing Street gemacht und unterwegs Fish and Chips gegessen. Jetzt saßen wir mit Camila und Ruby in der Küche, die völlig fasziniert von der Ähnlichkeit zwischen Mats und mir waren. Sie starrten immer wieder von einem zum anderen. Camila schenkte ihrem eigenen Besuch dadurch kaum Aufmerksamkeit. Dabei war er ein interessanter Mensch, wie wir herausgefunden hatten. Er hieß Iver, kam aus Norwegen, war digitaler Nomade und machte in unserer WG Sofa-Surfing. Oder wohl eher in Camilas Bett, denn wir besaßen keine Couch. Wobei ich nicht wusste, wie Henrys oder Camilas Zimmer aussahen. Vielleicht gab es dort weitere Schlafmöglichkeiten.

Iver rutschte ein bisschen näher zu Camila, nun saßen die beiden fast aufeinander und wirkten generell sehr angetan voneinander. Zumindest, wenn Camila gerade nicht fassungslos zwischen Mats und mir hin und her sah. Es war schön, zu sehen, wie gut sich alle miteinander verstanden, obwohl wir im Grunde ein Haufen Fremde waren. Ich mochte, dass es an diesem Wochenende so voll bei uns war. Leider waren dadurch meine Schlafmöglichkeiten etwas begrenzt.

»Ruby, sag mal.« Da sie sowieso immer nachts arbeitete, könnte ich heute Nacht bestimmt in ihrem Bett schlafen. Meines hatte ich ja Mats und Lena überlassen.

Sie neigte den Kopf in meine Richtung. »Was denn?«

»Kann ich heute Nacht dein Bett haben?«, flüsterte ich. Mats sollte nicht mitbekommen, dass ich nicht geplant hatte, wo *ich* schlafen würde. Und ja, es war dumm gewesen, mich darauf zu verlassen, dass Camila mal wieder irgendwo unterwegs sein würde und ich einfach bei ihr pennen konnte.

Ruby verzog das Gesicht. »Sonst immer gern, aber ich hab heute frei und …« Nun wurde sie tatsächlich rot. »Ich bekomme auch einen Übernachtungsgast.«

»Einen …« Ich grinste dreckig. »Verstehe.«

Sie verdrehte die Augen. »Nein, keinen One-Night-Stand. Ein alter Bekannter, der für ein paar Wochen durch Großbritannien tourt.«

»Sänger?«

»Natürlich nicht. Ebenfalls ein DJ.«

»Dann wird es dieses Wochenende ziemlich voll hier.«

»Den Gedanken hatte ich auch schon.« Wir kamen gar nicht dazu, das Gespräch weiterzuführen, da es klingelte. Aufgeregt sprang Ruby auf. »Das ist mein Besuch.«

Sie verschwand im Flur und ich klinkte mich in die Gespräche der anderen mit ein. Aber nicht lange, denn kurz darauf kam Ruby mit einem schwarzhaarigen Kerl wieder.

»Das ist Miles«, stellte sie ihn uns auch gleich vor. Das Tausendwatt-Lächeln in Rubys Gesicht war schon beinah ein bisschen beängstigend. Sie strahlte richtiggehend. »Er kommt aus Florida und wir haben uns vor Jahren bei einem Gig auf Ibiza kennengelernt.«

Obwohl Miles mit seiner dunklen Kleidung wie das Paradebeispiel eines Emos aussah, stand seine fröhliche Miene der von Ruby in nichts nach. »Hey, Leute«, begrüßte er uns. »Platze ich mitten in einen WG-Abend?«, fragte er.

Ruby, Camila und ich sahen uns abwechselnd an. Ich wusste nicht, was sie dachten. Vielleicht auch, dass wir langsam zusammenwuchsen und von Fremden zu so etwas wie einer richtigen WG wurden. Dort, wo man sich umeinander kümmerte, miteinander aß, lachte und an den Leben der anderen teilnahm.

»Zwar ein ungeplanter WG-Abend«, sagte ich,»aber dafür ein ziemlich lustiger bisher.«

Die Gespräche waren lebendig, wie immer, wenn sich so viele unterschiedliche Charaktere an einem Tisch versammelten. Jeder hatte etwas zu erzählen und bisher war es zu keinen unangenehmen Gesprächspausen gekommen. Was vermutlich auch ein bisschen am Alkohol lag.

Camila winkte Ruby und Miles heran und wir rutschten alle ein wenig zusammen. Mats schob Miles ein Glas hin.»Ich hoffe, du magst Cider?«

»Du ahnst gar nicht, wie sehr.« Dabei warf er Ruby einen vielsagenden Blick zu, unter dem sie errötete.

Dieser Abend würde wohl noch ziemlich spannend werden. Und flirty. Für alle, außer mich. Denn ich war leider der Einzige, der hier kein Teil eines möglichen Pärchens war.

Mats und ich standen nebeneinander und putzten unsere Zähne. Er spuckte den Schaum ins Waschbecken.»War ein guter Abend, oder?«

»Mhm?« Ich nahm die Zahnbürste aus dem Mund.»Es war wirklich schön. Bin echt so froh, dass ihr gekommen seid.«

Mats stieß mich mit der Schulter an.»Geht mir genauso.«

Stumm schrubbten wir weiter und plötzlich wurde die Tür aufgerissen.

»Sor-« Mitten im Wort brach Jannis ab und starrte von Mats zu mir und wieder zurück.»Scheiße, es gibt ja wirklich zwei von dir.«

Mein Bruder legte den Arm um mich.»Tja, wäre doch Verschwendung«, sagte er in seinem besten Schulenglisch,»wenn es diesen Körper nur einmal geben würde.« Die Worte kamen genuschelt raus, da er dabei weder seine Zahnbürste aus dem Mund genommen, noch den Schaum ausgespuckt hatte. Zur Untermalung deutete er auf seinen nackten Oberkörper, dann auf meinen. Wir beide trugen nur Boxershorts.

»Ähm.« Offensichtlich wusste Jannis nicht wirklich, was er darauf erwidern sollte. Ich auch nicht, denn Mats war sonst nicht so arrogant. Das war eigentlich eher mein Ding. Er war der nette Zwilling. »Ich bin etwas überfordert«, gestand Jannis. Er wandte sich ab, drehte sich dann aber um. Zuerst zeigte er auf Mats. »Du bist der Bruder, oder?« Jannis sah mir in die Augen und sofort war da wieder diese unerklärlich starke Verbindung zwischen uns. »Und du bist Levi.« Es fühlte sich an, als würde er die Linien nicht nur mit den Augen, sondern mit seiner Zunge nachfahren. »Was ich allerdings nicht wegen deiner Tattoos weiß«, flüsterte er heiser.

»Du hast dich nicht getäuscht«, sagte mein Zwilling, machte einen Schritt auf Jannis zu und hielt ihm die Faust hin. »Mats.«

Mein Mitbewohner stieß mit seiner dagegen. »Jannis«, sagte er und verließ kopfschüttelnd das Badezimmer.

Nachdem die Tür wieder geschlossen war, spuckte Mats den Schaum aus und spülte mit Wasser nach. »Du bist so was von scharf auf deinen Mitbewohner.«

Ich putzte meine Zähne fertig und wandte mich ihm dann zu. »Ist das so offensichtlich?«

»Mehr als das. Küsst euch endlich. Diese Spannung ist ja unerträglich.«

Ich konnte Mats nicht in die Augen sehen.

»Nein!« Er klang schockiert. »Du hast schon mit ihm rumgemacht?«

»Mehr als das«, flüsterte ich.

»Und jetzt?«

»Reden wir nicht mehr miteinander.«

»Warum?«

»Weil ich's versaut habe. Ich wollte nicht, dass die anderen aus der WG davon erfahren.«

Mats' Gesichtsausdruck verfinsterte sich. »Alter, nicht dein Ernst.«

»Doch!«

»Also, sorry, aber wenn die nicht sehen, was da zwischen euch abgeht, müssen die blind sein. Diese Blicke …«

Ich schnaubte. »Du hast uns gefühlt zwanzig Sekunden miteinander erlebt.«

»Ey, für einen Blickfick zwischen euch hat die Zeit gereicht.«

Nun prustete ich los. »Was zur Hölle …?«

»Das frage ich mich auch gerade. Wo liegt eigentlich dein Problem, Levi? Schnapp dir den Kerl.«

Ich legte den Kopf in den Nacken und starrte an die Zimmerdecke. »Ich komme einfach nicht damit zurecht. Mit dem Gedanken, dass ich auf Männer stehe. Und schwul bin«, flüsterte ich und in meinen Augen sammelten sich Tränen.

»Levi.« Mats' Stimme klang warm und er legte eine Hand auf meine Schulter. »Lass dich mal umarmen.«

»Okay.«

Kurz darauf hatte Mats auch schon die Arme um mich gelegt, was die Sache mit meinen Tränen leider schlimmer machte. Denn ich heulte umgehend los. »Ich will einfach glücklich sein.« Schniefend ließ ich mich von ihm im Arm halten.

»Das wirst du. Du musst es endlich zulassen, Levi. Es ist in Ordnung, Männer zu lieben. Keine Ahnung, warum du dagegen so eine innerliche Sperre hast.«

»Nur bei mir selbst. Bei anderen nicht.«

»Weiß ich doch«, sagte Mats und drückte mich noch etwas fester.

»Es ist … völlig grundlos. Aber ich bekomme Panik, wenn ich daran denke, dass ich zum Beispiel Händchen haltend mit einem Mann« – in meinen Gedanken war der Mann Jannis – »durch die Stadt laufen soll. Oder jemanden in der Öffentlichkeit küssen.«

Mats machte sich von mir los und sah mich stirnrunzelnd an. »Das verlangt niemand von dir.«

»Allein der Gedanke, dass es jemand wollen würde …«

Nun landeten Mats' Arme auf meinen Schultern. »Hey, ich sag dir jetzt was. Lena und ich sind auch nicht unbedingt ein Pärchen, das ständig Händchen hält oder in der Öffentlichkeit rumknutscht. Manche mögen das. Andere nicht. Das ist eure Entscheidung.«

»Du umarmst Lena allerdings ziemlich oft.«

Mats lächelte, wirkte dabei sogar ein bisschen verträumt. »Ja, weil es sich gut anfühlt, wenn ich sie an meine Brust ziehe und halte. Vielleicht findest du auch so etwas. Ein kleines Zeichen in der Öffentlichkeit, das einem möglicherweise zukünftigen Partner zeigt, dass du all-in bist, ohne dass eure Hände oder Lippen darin involviert sind. Kleine Schritte, Levi.«

»Ich weiß.«

»So, wie ich das sehe, machst du eher große Fortschritte.«

»Wie meinst du das?«

»Du läufst nicht mehr davon. Du bist immer noch in dieser WG. Mit Jannis. Ihr seht euch jeden Tag und auch, wenn es jetzt vielleicht schwierig ist, bist du noch da.«

Mein Herz setzte gefühlt einen Schlag aus. »Du hast recht.«

»Bin ja auch dein großer Bruder«, sagte er.

»Danke.«

»Wofür?«

»Dass du mich nicht abschreibst.«

»Levi.« Er seufzte. »Ich glaube, so schnell schreibt dich doch niemand ab. Du bist ein großartiger Mensch.«

»Manchmal bin ich aber auch ein Arschloch.«

»Jeder ist hin und wieder ein Arsch.«

»Meinst du?«

»Klar. Niemand ist perfekt.«

Dann gingen wir zurück in mein Zimmer, ich wünschte Lena und Mats eine gute Nacht und schloss die Tür leise hinter mir.

Völlig überfordert stand ich da und hatte keine Ahnung, was ich jetzt tun sollte.

Kapitel 26

»Was tust du hier?«, fragte Jannis. Er stand in seiner Zimmertür und betrachtete mich unschlüssig.

»Ich stehe herum.«

»Warum?«

»Weil ich überlege, wo ich schlafen soll.« Die Küchenbank war zwar groß genug, aber aus Holz. Gut, es lagen ein paar Kissen darauf, sie war nur definitiv kein gut gepolstertes Sofa.

Jannis seufzte. »Wieso schläfst du nicht bei deinem Bruder?«

»Weil er seine Freundin mitgebracht hat. Das wäre irgendwie komisch, finde ich.«

»Gott, ja.« Er konnte das bestimmt nachvollziehen. Immerhin hatte er ja auch mehrere Schwestern.

»Ist Ruby da?«, fragte Jannis.

»Ja. Und sie hat ebenfalls Besuch. Genauso wie Camila.« Ich hatte eine Idee. »Henry ist nicht da, oder?«

»Doch, der kam ungefähr zeitgleich mit mir. Hab ihn im Flur getroffen«, sagte Jannis.

»Die WG ist überfüllt.« Das nächste Mal würde ich vorab checken, wer da war, wenn ich Besuch bekam.

Es folgte ein lautes Seufzen von Jannis. »Du kannst bei mir schlafen.«

»Ehrlich? Wäre das nicht …«

»Eigenartig?«, fragte er.

Ich zuckte mit den Schultern.

»Wir denken einfach nicht darüber nach, oder? Außerdem sind deine anderen Optionen sehr beschränkt. Nahezu nicht vorhanden.«

»Und es stört dich nicht, wenn ich bei dir schlafe?«

»Levi, ich hätte es sonst nicht angeboten.«

»Okay.« Ich bewegte mich keinen Zentimeter, doch Jannis trat einen Schritt zurück und machte eine einladende Geste. »Geh ruhig schon in mein Zimmer. Ich muss noch ins Bad.« Ich setzte mich in Bewegung und betrat das erste Mal Jannis' Zimmer. Mein Herz klopfte total aufgeregt.

»Mach es dir bequem«, sagte er und verließ dann fluchtartig den Raum.

Okay. Da stand ich also. Allein.

Suchend drehte ich mich einmal im Kreis. Das Zimmer war viel größer als meines. Und auch nicht so kahl. Neben einem Bett, das irgendwas zwischen Doppel- und Einzelbett war, gab es einen aufgeräumten Schreibtisch, auf dem nur ein Zeichenblock lag. An der Wand darüber gab es zahlreiche Stifte, die alle sortiert in Stiftehalter an einer Lochplatte befestigt waren. Der Rest der Wände war voller Zeichnungen. Bleistift, Wasserfarbe und womit man sonst noch malen konnte. Ich ging näher zu einem der Bilder und meine Augen weiteten sich. War das ich? Der Kerl mit dem schwarzen Kapuzenpullover? Der den Blick nachdenklich in die Ferne gerichtet hatte? Bestimmt. Aber warum hatte er mich gemalt? Oder lagen hier auch Bilder anderer WG-Mitbewohner herum? Ich schaute mich um, konnte jedoch keine entdecken, allerdings waren Jannis' Zeichnungen die reinste Inspiration und es juckte mich in den Fingern, selbst bald wieder auf Papier zu malen.

»Was machst du da?«, fragte Jannis.

Ertappt zuckte ich zusammen. »Nichts!« Ich drehte mich zu ihm um und hatte etwas Angst, dass ich ihn mal wieder enttäuscht hatte. Jannis lächelte. Und mir fiel ein Stein vom Herzen.

»Hast du dir meine Kritzeleien angesehen?«, fragte er und ich ließ meinen Blick über seinen Körper schweifen.

Er trug ausnahmsweise mal keinen Kimono, sondern Boxershorts und ein weit ausgeschnittenes Shirt. »Ich würde das nicht als Kritzeleien bezeichnen, Jannis. Du hast extrem viel Talent.«

»Danke.«

»Wir könnten ja auch gern mal gemeinsam ...« Mitten im Satz brach ich ab.

»Was denn?«, fragte er.

»Keine Ahnung. Zeichnen?«

Er biss sich auf die Unterlippe und zuckte im Anschluss mit den Schultern. »Ja, klar. Wieso nicht?«

»Aber nur, wenn du willst.«

»Doch, doch. Schon.« Jannis deutete auf sein Bett. »Wollen wir schlafen gehen? War ein anstrengender Tag.« Ich nickte und ging auf das Bett zu. »Musstest du arbeiten?«

»Ja.« Mehr sagte er nicht. Nur dieses eine Wort.

»Und? Wie war 's?«

»Gut.« Jannis kletterte aufs Bett und rutschte zur Wand und ich setzte mich vorsichtig auf die Bettkante.

»Ist es wirklich okay, dass ich hier bin?«

Jannis seufzte. »Ist es.«

»Sicher?«

»Verdammt, Levi. Mach das Licht aus und leg dich endlich hin oder ich lasse dich wirklich in der Küche schlafen.«

Ich stand wieder auf und ging zum Lichtschalter. Schlagartig wurde es dunkel und ich brauchte ein paar Sekunden, um mich an die veränderten Lichtverhältnisse zu gewöhnen. Vorsichtig tapste ich zurück zum Bett und legte mich neben Jannis. »Danke, dass ich hierbleiben darf.« Ob das Kissen, auf dem ich lag, das gleiche Kissen war, das er mir mal geliehen hatte?

Langsam gewöhnte sich meine Augen an die Dunkelheit. Konnte nicht nur hören, dass Jannis es sich im Bett bequem machte, sondern es auch sehen. Außerdem roch er verdammt gut. Nach Duschgel und noch irgendetwas anderem. Am liebsten wäre ich sofort näher zu ihm gerutscht.

Er lag einige Sekunden still da. »Du hast keine Decke«, stellte er dann fest.

»Das geht schon so.« Bereits jetzt bildete sich eine Gänsehaut auf meinen Armen. Tagsüber war es draußen zwar richtig heiß, doch das Gebäude, in dem wir wohnten, speicherte wohl schlecht die

Wärme. Denn hier war es eigentlich immer relativ kühl. Vor allem ohne Shirt und in Boxershorts.

Jannis seufzte und kurz darauf hob er seine Decke an. »Hier. Rutsch drunter.«

Ich hatte jetzt zwei Möglichkeiten. Darauf zu beharren, dass es wirklich ging, oder Jannis' Angebot anzunehmen. Natürlich entschied ich mich für Option zwei. Und das innerhalb weniger Sekunden. Schnell rutschte ich näher an ihn heran und schon senkte sich die Bettdecke über meinen Körper.

»Das nächste Mal solltest du lieber einen Pyjama und einen Hoodie anziehen, wenn du so schnell frierst.«

»Ja, Mama«, nuschelte ich, ging aber gar nicht darauf ein, da ich gerade ziemlich glücklich war.

Ein weiches Bett. Ein flauschiges Kissen und eine warme Decke. Und Jannis neben mir.

Gut, vielleicht wäre es schöner, wenn wir darüber reden könnten, dass ich es zwischen uns ziemlich verbockt hatte. Mal wieder. Immerhin lag ich in seinem Bett. Er musste mir also verziehen haben. Zumindest hoffte ich das.

Jannis drehte mir den Rücken zu und ich starrte auf seinen Nacken. Wünschte mir, er würde sich zu mir umdrehen und mit mir reden.

Wir lagen eine ganze Weile stumm und völlig bewegungslos im Bett, bis sich Jannis plötzlich bewegte.

»Levi?«, flüsterte er.

»Ja?«

»Wieso willst du nicht, dass jemand von uns weiß? Kommst du immer noch nicht damit klar, dass ich Nagellack mag? Und Schmuck? Mich manchmal schminke, wenn ich mich besonders schön fühlen will?«

»Was?«, schrie ich beinah. »Wie kommst du auf so einen Scheiß?«

Jannis drehte sich zu mir um. »Weiß nicht. Ich höre immer wieder, dass richtige Männer das nicht machen.«

»Hey.« Ich rutschte näher und suchte unter der Decke nach seiner Hand. »Du bist ein großartiger Mensch. Kreativ. Offen. Witzig.

Und das sind nur ein paar Worte, die mir sofort einfallen, wenn ich an dich denke. An den Kerl, der mir ziemlich den Kopf verdreht hat und auf den ich wirklich stehe.« So, ich hatte es gesagt. Noch nie in meinem Leben hatte ich mich so weit aus dem Fenster gelehnt, hatte mich so verletzlich gemacht und über meine Gefühle gesprochen. »Und mir ist es scheißegal, ob du deine Nägel pink oder giftgrün lackierst.« Heute waren sie gelb.

»Ehrlich?«

»Ja. Ich weiß, ich habe mich im ersten Moment wie ein absoluter Vollarsch verhalten. War eingeschüchtert von deinem Mut und vor allem, dass du dich traust, anders zu sein. Auch optisch zu zeigen, dass du keine Angst kennst. Du präsentierst den Leuten mit deinem Äußeren gleich einen Teil deines Charakters. Die Nägel – sie passen zu dir, weil du Farben liebst. Das sieht man in deinem Zimmer und man merkt es daran, wie du über dein Studium sprichst. Und ganz ehrlich: Dass du deinen Kimono liebst, kann dir auch niemand krummnehmen. Er steht dir verdammt gut. In einem Kleid oder einem Rock habe ich dich bisher nicht gesehen, aber ich bin mir sicher, dass du auch darin eine gute Figur machst.«

»Wieso sagst du das?«

»Weil ich es so meine.«

Jannis rutschte ein Stück von mir weg. »Warum willst du dann nicht, dass jemand von uns weiß?« Er klang so verletzlich, dass es mir in der Seele wehtat.

Ich schluckte den Kloß in meinem Hals runter. »Jannis. Ich hab kein Problem mit dir. Ich hab ein Problem mit mir.«

»Wieso?«

Ich holte tief Luft. »Weil ich jahrelang verleugnet habe, schwul zu sein. Ich dachte mir, wenn ich es ignoriere, werde ich irgendwann vielleicht richtig hetero.«

»Aber warum? Es ist absolut nichts falsch daran, auf Kerle zu stehen.«

»Das weiß ich! Ehrlich. Tief in mir drin weiß ich das. Und Jannis, wenn du wüsstest, wie weit ich schon gekommen bin … Mit dir in einem Bett zu liegen, während mein Bruder im Zimmer nebenan liegt? Das wäre vor zwei Jahren noch undenkbar gewesen. Ich hätte absolute Panik geschoben. Zum Glück wird es besser. Fast täglich! Weil ich endlich selbst akzeptiert habe, dass ich auf Männer stehe. Ausschließlich auf Männer.« Und gerade nur auf dich.

»Okay, damit kann ich arbeiten.«

»Wie meinst —« Ich kam nicht dazu, den Satz zu beenden, da Jannis näher rutschte, seine Hand auf meine Wange legte und mich dann küsste.

Er fackelte nicht lange und ließ den Kuss sehr schnell sehr intensiv werden, indem er seine Zunge in meinen Mund schob. Jannis schmeckte frisch. Nach minziger Zahnpasta.

Alles in mir kribbelte aufgeregt. Ziepte ganz schrecklich und ich konnte nicht mehr ruhig liegen bleiben. Eine meiner Hände legte ich auf seiner Hüfte ab, zog dort Kreise mit dem Daumen auf einem nackten Stückchen Haut. Lange hielt ich mich nicht damit auf, denn da sein Shirt so verdammt weit ausgeschnitten war, bot es guten Zugang zu seinem Oberkörper. Ich ließ die Hände über seine Haut gleiten. Ihn zu fühlen. Ihn zu riechen. Ihn so nah bei mir zu haben, war fast zu viel für mich.

Auch Jannis blieb nicht untätig, drückte seinen gesamten Körper gegen meinen und ließ mich spüren, dass er genauso erregt war wie ich.

Er legte seine Hände auf meinen Arsch, knetete für einige Minuten meine Backen, was mich laut zum Stöhnen brachte, und schob sie im Anschluss in meine Boxershorts. Seine Finger direkt auf meinem Hintern ließen mich wohlig erschaudern.

»Levi?«, flüsterte er gegen meine Lippen.

»Ja?«

»Zu viel?«

»Nein.« Ich schluckte. »Ich … ich mag das.«

»Okay, das ist gut.« Und dann küsste er mich wieder. Sanft. Zärtlich. Beinah liebevoll. Diese Küsse waren ganz anders als beim letzten Mal. Weniger hektisch. Nicht so gehetzt, aber auch nicht weniger dringlich. Wir nahmen uns mehr Zeit, um unsere Körper gegenseitig zu erforschen. Sie besser kennenzulernen.

Ich liebte jede Sekunde davon. Jeden Kuss, jedes Stöhnen, jede einzelne Bewegung. Es verging eine Ewigkeit, in der wir herumknutschten, die Nähe genossen. Nur kam irgendwann der Punkt, an dem wir beide so heiß aufeinander waren, dass die Küsse fieberhafter wurden und die Berührungen mutiger.

»Wir müssen jetzt aufhören«, flüsterte Jannis.

Sofort hielt ich inne. »Wieso?« Das, was wir taten, fühlte sich so verdammt gut an. Mein Herz hämmerte wie verrückt, jede Berührung ließ mich erschaudern und ich war so hart, dass ich bestimmt weniger Blut in meinem Gehirn als in meinem Schwanz hatte.

»Weil ich sonst Sex mit dir möchte«, sagte er. »Also, ich will jetzt schon Sex mit dir …« Er brach ab. »Was fasele ich hier eigentlich?« Er klang selbst verwirrt.

»Und du denkst, es wäre keine gute Idee, mit mir zu schlafen?«

»Wie bitte? Wie kommst du darauf?«, fragte er.

»Na ja, du hast es so gesagt, als würdest du es gern tun, hältst es aber aus irgendwelchen Gründen für keine gute Idee.«

Kurz blieb es still. »Dass wir uns kaum kennen, lässt du mir bestimmt nicht durchgehen, oder?«

Ich lachte. »Nein, nicht wirklich. Weil ich weiß, dass dich das sonst auch nicht stört.«

»Autsch.«

»Das war nicht böse gemeint.«

»Ich fühle mich trotzdem wie eine Schlampe.«

»Das wollte ich nicht.«

»Du kannst doch nichts dafür … Und wenn ich ehrlich bin, halte ich es nur für keine gute Idee, mit dir zu schlafen, weil ich Angst habe.«

Nun war ich wirklich verwirrt. »Angst? Wovor?«

Viel zaghafter als zuvor streichelte Jannis mit seinen Fingern über meinen nackten Oberkörper. »Ich will mich morgen deswegen nicht scheiße fühlen.«

Ich runzelte die Stirn. »Warum?«

»Deinetwegen.«

»Meinetwegen?«

»Ja, ich möchte nicht, dass du es im Anschluss bereust. Und mir damit das Gefühl gibst, ich hätte dich ausgenutzt. Denn dann würde ich mich beschissen fühlen, weil ich wollen würde, dass es für uns beide gut ist. Währenddessen und auch danach. Macht das Sinn?«, wollte er wissen.

Ich holte einen zittrigen Atemzug. »Mehr, als du denkst. Aber weißt du was?«

»Nein?«

»Ich würde es nicht bereuen, nur … hab ich auch Angst.« Hatte ich schon eine richtig lange Zeit. Bereits vor Jannis. Mit Tim. »Ich bin keine Jungfrau oder so«, sagte ich sofort. »Also, ich hatte schon Sex. Aktiv, falls man das so sagt. Und ausschließlich …« Das war der schwierigste Teil meines Geständnisses. »Mit Frauen.« Völlig gelassen streichelte Jannis mich weiter. Vermutlich war er die beste Option, um über mein katastrophales Sexleben zu reden. Immerhin mochte er Männer und Frauen. »Und es war nicht gut. Nie! Es hat sich immer so verdammt falsch angefühlt und genießen konnte ich es auch nicht.« So, ich hatte es gesagt. Jahrelang hatte ich mich selbst belogen. Ja, es hatte mit Frauen funktioniert. Es war leider eben immer nur okay gewesen. Kein innerliches Feuerwerk. Einfach halbwegs befriedigend, vor allem, da ich mir dadurch weiterhin eingeredet hatte, nicht schwul zu sein. Fuck, was war ich für ein kaputter Typ. »Und jetzt habe ich Angst, dass es mit Männern genauso sein wird.«

»Hey.« Jannis drückte mir einen Kuss auf die Lippen. »Ich kann dir nicht garantieren, dass es mit mir gut wird, aber ich könnte dir versprechen, dass ich alles versuche, damit es dir gefällt.«

»Das … das weiß ich.«

»Also, was würdest du dir wünschen?«

Ich hielt für einige Sekunden die Luft an. Sollte ich es wirklich laut aussprechen? »Ich will mir keine Gedanken machen müssen. Möchte einfach fühlen. Jede Berührung genießen, so wie eben. Ich wünsche mir jemanden, der mir das Gefühl gibt, dass es okay ist, nervös zu sein. Und mir hilft, herauszufinden, was ich gut finde. Und vor allem würde ich gern … passiv beim Sex sein. Denke ich.«

Ich hatte oft darüber nachgedacht. Ständig. Mit Tim hatte ich den Sex genau aus diesem Grund hinausgezögert. Hatte Ausreden dafür erfunden, es nicht mit ihm tun zu müssen. Denn er war irgendwie immer davon ausgegangen, dass ich ihn ficken würde. Und ich hatte ihm nie erzählt, dass ich es mir eigentlich anders wünschte. Ich würde nicht sagen, dass ich zu schüchtern dafür gewesen war, meine Wünsche auszusprechen, aber definitiv zu feige. Hätte Tim einfach gefragt, ob er mich ficken dürfte … fuck, ich hätte sofort Ja gesagt.

Es war mir egal, dass Jannis und ich nicht zusammen waren. Klar, ich mochte ihn. Sehr. Die Anziehungskraft zwischen uns war fast schon unheimlich und ich musste nicht zwangsläufig in einer festen Beziehung sein, um Sex zu haben. Jannis würde das vermutlich auch gar nicht wollen. Es war auch einfach nicht wichtig, solange er seine Hände endlich wieder in meine Shorts gleiten ließ und seine Lippen zurück auf meinen Mund legen würde.

Ich hörte, wie Jannis einen zittrigen Atemzug holte. »Also …«

»Du musst jetzt nichts sagen.« Ich drehte mich auf den Rücken und starrte in die Dunkelheit. »Wenn dir das zu viel war, dann schlafen wir einfach. Und falls nicht, sollten wir uns wieder küssen und dort weitermachen, wo wir aufgehört haben.«

War das zu fordernd gewesen?

Jannis blieb still. Er bewegte sich auch nicht mehr, doch dann schob er seine Hand unvermittelt in meine Shorts und griff nach meinem Schwanz. Sobald er seine Finger darum geschlossen hatte, wurde er wieder härter. Ganz langsam bewegte er die Hand auf und ab und ich schloss die Augen. Genoss es, dass er die Führung übernahm.

»Ich denke, wir ziehen dich jetzt besser aus«, sagte er und ich half ihm nur zu gern dabei, die Boxershorts von meinen Hüften zu schieben. »Schade, dass wir das Licht ausgemacht haben. Ich steh nämlich ziemlich auf deine Tattoos, muss ich gestehen.«

Jannis zog die Hand zurück und ich wollte schon enttäuscht protestieren, aber er riss sich das Shirt und seine Shorts vom Körper, also gab es keinen Grund dafür. »Endlich«, flüsterte er.

»Was?«

»Ich schlafe eigentlich immer nackt, mit Kleidung im Bett zu liegen, hat sich falsch angefühlt.«

»Also, von mir aus hättest du auch nackt aus dem Badezimmer kommen können.«

Jannis beugte sich über mich. Sein Gesicht schwebte wenige Zentimeter über meinem. »Ganz nackt wäre ich nicht über den Flur zu dir gelaufen. Dafür habe ich ja meinen Kimono.«

»Du trägst da also nie was drunter?« Ich brachte die Worte fast nicht heraus, da mich der Gedanke daran so unglaublich scharf machte.

»Genau. Darunter bin ich komplett nackt.«

»Fuck«, flüsterte ich und Jannis erstickte die Worte mit seinen Lippen. Zuerst war es ein federleichter Kuss, doch er intensivierte den Druck und schob seine Zunge in meinen Mund. Ich legte die Arme auf seine Hüften, drückte ihn leicht nach unten. Zwischen uns war viel zu viel Abstand, der musste dringend verringert werden.

Als seine Haut endlich meine berührte, stöhnte ich auf und ich spürte, dass Jannis seinen Mund zu einem Lächeln verzog.

Ich beendete den Kuss. »Was?«, fragte ich.

»Ich mag, wie du auf mich reagierst.« Er küsste sich über meine Lippen weiter nach unten bis zu meinem Kinn. Dann über den Oberkörper nach unten, bis er schlussendlich bei meinem Schwanz ankam. Er ließ seine Nasenspitze über die empfindliche Haut gleiten. Und dann zögerte er.

»Jannis?«, fragte ich.

»Ich mach's nur mit Kondom.« Es kam mir vor, als würde er es mehr zu sich selbst als zu mir sagen.

»Ich weiß.«

Er wirkte hin- und hergerissen, deshalb nahm ich ihm die Entscheidung ab, richtete mich etwas auf und öffnete seine Nachttischschublade. Ich warf ihm eine Packung Kondome zu und dann zögerte ich. Gleitgel. Wir würden Gleitgel brauchen. Also legte ich es ebenfalls auf die Matratze.

Jannis öffnete die Verpackung und rollte mir das Kondom über den Schwanz. Es war immer noch etwas befremdlich für mich, beim Oralsex ein Gummi zu tragen, weil ich es mit Tim nicht so praktiziert hatte, aber wenn sich Jannis dadurch sicherer fühlte, würde ich nicht protestieren. Schon gar nicht, als er meinen Schwanz mit den Lippen umschloss.

Fuck!

Er ließ seinen Kopf auf und ab gleiten und dann hörte ich, dass Jannis die Gleitgel-Tube öffnete. Erwartungsvoll hielt ich den Atem an und kurz darauf spürte ich auch schon einen glitschigen Finger an meinem Eingang.

Jannis entließ meinen Schwanz aus dem Mund. »Levi, du musst atmen, sonst funktioniert das nicht.«

Okay. Atmen also. Ich ließ mich weiter ins Kissen sinken und schloss die Augen. Konzentrierte mich auf meine Atmung, was zunehmend schwieriger wurde, als Jannis wieder seinen Mund über meinen Schwanz stülpte.

Vorsichtig bewegte er den Finger weiter vor und ich wartete darauf, dass er ihn endlich in mich schob. Doch das passierte nicht.

Er verteilte das Gleitgel und massierte mich, während er immer wieder sein Kopf auf und ab gleiten ließ. So verdammt gut. Jannis wurde etwas forscher und schob den ersten Finger in mich. Es fühlte sich komisch an. Ungewohnt. Gleichzeitig auch richtig gut. Vielleicht, weil ich vollkommen entspannt war. Und er war so vorsichtig, was mir zusätzlich ein gutes Gefühl gab.

Ein wohliger Schauder lief mir über den Körper.

»Mach weiter«, forderte ich Jannis auf und er schnaubte, zog sich wieder zurück.

»Tut es nicht weh?«

»Nein, gar nicht. Anscheinend bin ich ein Meister der Entspannung. Und jetzt hör endlich auf zu labern und mach weiter.« Wow, ich war richtig bossy. Aber ich wollte mehr von diesem Gefühl, denn ich war mir ziemlich sicher, dass es sich noch viel besser anfühlen könnte.

Jannis lachte leise und legte dann richtig los. Er ließ meinen

Schwanz wieder in seinen Mund gleiten und brachte mich durch den Einsatz seiner Zunge und seines Mundes beinah um den Verstand. Gleichzeitig dehnte er mich immer weiter, nahm Gleitgel nach und bewegte auch seine Finger in mir schneller.

»Jannis?« Ich stöhnte seinen Namen mehr, als ich ihn sagte.

»Ja?«

»Ich glaube, ich bin bereit.«

»Das denke ich auch.«

Ich griff nach der Kondomschachtel und holte eines heraus.

»Darf ich?«, fragte ich, während ich es bereits öffnete.

»Ja.«

Ich setzte mich etwas auf und rollte das Gummi über seinen Schwanz. Jannis lehnte sich zu mir und küsste mich. Er schmeckte nach Kondom und künstlicher Banane. Es war mir egal.

»Dreh dich um«, flüsterte Jannis.

»Umdrehen?«

»Ja, auf die Knie. Ist beim ersten Mal die angenehmste Stellung.«

Ich vertraute Jannis. Immerhin war er der Kerl mit der Erfahrung. Also tat ich, worum er mich gebeten hatte, und ging auf alle viere.

»Spreiz die Beine weiter.«

Während ich mich positionierte, streichelte Jannis sanft über meinen Rücken. Und obwohl ich ihn nicht sehen konnte, vermittelte mir diese süße Geste Vertrauen.

»Bereit?«, fragte Jannis. Er legte die Hand, mit der er mich eben noch gestreichelt hatte, um meine Erektion und begann damit, sie zu reiben.

»Ja, bin ich.«

»Okay.« Und schon spürte ich Jannis' Schwanz an meinem Eingang. Vorsichtig drückte er sich dagegen und im ersten Moment verspannte ich mich. Doch nach einem tiefen Atemzug wurde ich wieder gelassener. Ich wollte das hier. So sehr. Und ich wusste, Entspannung war der Schlüssel zum Erfolg.

Langsam glitt Jannis in mich und im ersten Moment tat es höllisch weh. »Gib mir eine Sekunde«, bat ich ihn.

Sofort hielt er inne. »Sag mir, wenn ich aufhören soll.«

»Ich brauche nur kurz.« Ich konzentrierte mich auf meine Atmung und Jannis nahm die Bewegungen seiner Hand wieder auf. Ganz langsam strich er über meinen Schwanz, was mir erstaunlicherweise dabei half, den leichten Schmerz wegzuatmen.

»Mach weiter«, forderte ich ihn auf, was er sofort tat.

Langsam schob er sich in mich. »Alles gut?«, fragte Jannis, nachdem er vollständig in mir war.

»Ja, aber bitte beweg dich jetzt einfach. Ich bin kurz davor, zu kommen.«

Er lachte leise. »Ich auch.«

»Das ist jetzt irgendwie enttäuschend«, scherzte ich.

»Oh, glaub mir. Gleich sagst du das nicht mehr.«

Er sollte recht behalten. Es begann zärtlich, vermutlich wollte Jannis mir Zeit geben, um mich an dieses neue Gefühl zu gewöhnen. Doch das musste ich nicht.

Es dauerte nicht lange, da zog er das Tempo an und seine Hand auf meinem Schwanz passte sich seinen Stößen an. Auf meiner Haut bildete sich Schweiß und ich krallte meine Finger fest in das Laken, bei dem Versuch, nicht allzu laut zu stöhnen.

Es gelang mir nicht. Ich war viel zu nah am Orgasmus. Wie in Trance schlug ich Jannis' Hand weg und legte sie selbst um meine Erektion. Ich musste kommen. Jetzt.

Jannis klammerte sich an meinen Hüften fest und stieß immer schneller zu.

Und dann sah ich sie das erste Mal in meinem Leben. Die Funken und Sterne. Ich warf den Kopf in den Nacken und ergoss mich in mehreren Schüben ins Kondom, während Jannis immer noch wie besessen in mich stieß. Plötzlich hielt er inne, versteifte sich und stöhnte laut auf.

Dann klappte er über mir zusammen. Ließ sich einfach erschöpft auf meinen Rücken fallen, während meine Hände drohten einzuknicken.

»Du bist schwer«, jammerte ich.

»Sorry.« Er zog sich aus mir zurück und ließ sich auf den Rücken fallen.

Schwer atmend lagen wir nebeneinander.

»Weißt du«, sagte ich. »Die Sache mit dem Kondom hat schon etwas. Keine Sauerei.«

»Weiß nicht. Ehrlich gesagt war ich, als du gekommen bist, kurz davor gewesen, es mir vom Schwanz zu reißen und auf deinem Rücken abzuspritzen.«

Ich erschauderte. »Klingt heiß.«

»Sollten wir uns möglicherweise fürs nächste Mal aufheben«, sagte Jannis und entfernte das Gummi.

Ich tat es ihm gleich. »Es wird also ein nächstes Mal geben?«

Jannis stand auf. Kurz darauf kam er mit einem kleinen Mülleimer zurück. »Wirf das Kondom da rein.«

Ich nahm mir ein Taschentuch vom Nachttisch und wickelte es darin ein.

Jannis stellte den Mülleimer ab und kletterte zurück ins Bett. Er kuschelte sich an mich und warf die Decke wieder über unsere Körper. Keine Ahnung, wo wir die im Eifer des Gefechts verloren hatten. Er legte den Kopf auf meinem Oberkörper ab. »Also, von mir aus gibt es gern ein nächstes Mal. Die Frage ist wohl eher, ob es für dich auch gut war.«

»Das beste erste Mal, das ich mir wünschen konnte. Also, ja!«

»Stimmt ja.« Jannis klang geschmeichelt. »Danke, dass ich dabei sein durfte.« Er hätte etwas Romantischeres sagen können, aber es war in Ordnung. Ich war glücklich und ich brauchte keine gesäuselten Worte, die nicht ernst gemeint waren. Jannis im Arm zu halten, reichte gerade völlig.

Kapitel 27

Ich lag schon lange wach. Und das Peinlichste war: Immer noch hatte ich meine Arme um Jannis geschlungen. Ich konnte mich einfach nicht dazu überwinden, ihn loszulassen. Ehrlich gesagt umklammerte ich ihn sogar wie ein Oktopus. Und ihn schien es nicht zu stören, denn er hielt sich auch an meinem Unterarm fest. Ich senkte die Lippen und berührte zaghaft Jannis' Haut. Federleicht. So, dass er es kaum spüren sollte.

»Du bist ein richtiger Kuschler«, murmelte er schlaftrunken.

»Ja«, flüsterte ich.

»Mag ich.«

»Leider muss ich jetzt bald aufstehen.«

»Warum?«

»Weil gleich Sightseeing mit Mats, Lena und Cole ansteht.«

»Cole?«

»Du weißt schon. Henrys One-Night-Stand aus dem Club, bei dem sich dann herausgestellt hat, dass er nicht nur sein Kollege, sondern auch der Sohn seines Chefs ist.«

Jannis schob meinen Arm von seinem Körper und drehte sich zu mir um. Seine Augen waren total verquollen. Wir hatten definitiv zu wenig Schlaf bekommen. »Und der begleitet euch?«

»Ja, er ist ja auch neu in der Stadt und kennt kaum jemanden. Ich dachte, es wäre nett, wenn ich ihn einladen würde.«

Jannis' Augenbrauen wanderten weit nach oben. »Ist das der einzige Grund?«

Ein breites Lächeln stahl sich auf mein Gesicht. »Bist du etwa eifersüchtig?«

»Natürlich nicht.«Jannis klang richtig empört, sah allerdings auch ein bisschen ertappt aus. Vermutlich würde er sich eher die Zunge abbeißen, als zuzugeben, dass er doch eifersüchtig war.

»Du könntest auch mitkommen. Wenn du möchtest. Wir wollen zum London Eye und damit fahren.« Gut, ich wollte dorthin. Und das schon seit meinem gemeinsamen Spaziergang mit Jannis. Natürlich am liebsten mit ihm, es hatte sich leider nur nie ergeben.

»Weiß nicht.«

»Wieso nicht? Hast du schon etwas vor?«

»Das nicht …«

Ich wartete geduldig, doch er machte keine Anstalten, den Satz irgendwann mal zu beenden. Ich hob die Hand zu seinem Gesicht und stupste leicht mit dem Finger gegen seine Nase. »Aber …?«

»Wie soll das ablaufen? Werden wir so tun, als hätte es diese Nacht nie gegeben? Darf ich dich berühren? Oder muss ich einen Meter Abstand halten?«

Zack! Da war sie weg. Die gute Laune.

»Jetzt schau nicht so«, sagte Jannis. »Das sind legitime Fragen. Ich will mich einfach darauf einstellen können, damit ich nicht wie ein angeschossenes Reh reagiere und davonlaufe. Ich glaube, zwischen uns gab es genug Missverständnisse, oder?«

Ich seufzte laut. »Ja, schon.«

»Ich will auch gar nicht wissen, wie das längerfristig läuft. Für heute bräuchte ich eine kleine Info, damit ich mich wappnen kann. Schleichst du aus dem Zimmer? Muss ich dir in der Küche einen guten Morgen wünschen?«

Ich sah nichts mehr. In mir herrschte blinde Panik, weil ich keine Ahnung hatte. Mein Kopf war leer. Nur Schwärze. Dazu kam dieser verdammte Druck in meinem Inneren. Ich atmete vorsichtig ein. Und wieder aus. Bewusst langsam. Konzentrierte mich auf Jannis, der seine Hand auf meine Brust schob und mich sanft streichelte.

»Wir können das ganz entspannt angehen, okay?«, wisperte er. »Du gehst aus dem Zimmer und direkt ins Bad. Machst dich für den Tag zurecht. Danach mache ich mich fertig und wir treffen uns in der Küche.

Wenn du immer noch willst, dass ich mitkomme, sagst du ganz einfach: *Hey, Jannis. Möchtest du uns heute nicht begleiten?*«

Verzweifelt sah ich ihn an. »Was ist, wenn ich Panik bekomme? Und es nicht sage?«

»Dann hoffe ich einfach, dass du heute Nacht wieder bei mir schläfst und wir ein paar Stunden gemeinsam verbringen können.«

»Und wenn ich nicht komme?«

»Dann hatten wir einen One-Night-Stand.«

Ich schluckte. »Das will ich nicht.«

Jannis lächelte. »Ich weiß, eine Nacht mit mir reicht nicht aus.«

Gott, war der Kerl eingebildet!

Aber ich war zu erleichtert, um ihm das zu sagen. Denn mit diesem dummen Kommentar hatte er es ganz leicht geschafft, die Situation zu entspannen. Den Druck rauszunehmen.

»Danke«, flüsterte ich.

»Für den tollen Sex? Musst du nicht.«

Gerade verliebte ich mich ein bisschen in ihn. »Nicht dafür.«

Er zwinkerte mir zu. »Weiß ich doch.« Er machte eine wegscheuchende Geste mit der Hand. »Und jetzt los. Husch. Husch.«

Ich lehnte mich vor und drückte ihm einen Kuss auf die Stirn. »Du bist ziemlich großartig.«

»Ab ins Bad mit dir.« Er schob mich aus dem Bett.

Lachend schlüpfte ich in meine Boxershorts. »Bis später.«

»Na?« Mats kam mit einem breiten Lächeln im Gesicht zu mir. »Wie war die Nacht?« Er wackelte sogar mit den Augenbrauen.

Scheiße! Ich drehte ihm den Rücken zu und gab eine neue Kapsel in die Kaffeemaschine. Die vorbereitete Tasse stellte ich darunter und dann ließ ich den Kaffee einlaufen. »Du hast uns also gehört?«

»Es war sehr schwer, euch nicht zu hören. Die Wände sind verdammt dünn. Und ihr habt euch nicht zurückgehalten.« Er stellte sich neben mich und schnappte sich die Kaffeetasse. Dann stieß er mich mit der Hüfte an. »Wirst du rot?«

Ich schaute zu ihm.

»Levi! So kenne ich dich gar nicht.«

»Ist eben alles neu«, wisperte ich. Ich warf einen Blick über meine Schulter, aber bisher befanden nur wir beide uns in der Küche. »Und ich fühle mich … überfordert. Habe keine Ahnung, was ich tun oder machen soll.« Ich fühlte mich wieder wie frisch in der Pubertät. Wo man Pickel hatte, die Arme und Beine schlaksig waren und man generell keine Ahnung hatte, wie man sich am besten verhalten sollte.

»Sei einfach du selbst.«

Angepisst schaute ich ihn an. »Wir wissen beide, dass das keine gute Idee ist.«

»Nur, wenn du dich wie ein Arschloch verhältst. Sonst bist du nämlich echt in Ordnung.«

Ich schnappte mir meinen Kaffee und lehnte mich mit dem Rücken gegen die Küchenzeile. »Das sagst du, weil du mein Bruder bist.«

»Tu ich nicht.« Mats suchte meinen Blick. »Mach einfach mal keinen Rückzieher.«

»Wann habe ich das jemals gemacht?«

»Hallo? Tim? Deine ganze Beziehung mit ihm war ein einziger Rückzieher.«

»Schon gut«, murmelte ich. »Das tut mir auch immer noch leid.«

»Dann versuch doch, es dieses Mal nicht in den Sand zu setzen.«

»Ey, Mats. Du regst mich tierisch auf.« Ich trank einen Schluck von meinem Kaffee. Zur Beruhigung. »Was versuche ich denn, seit ich hier bin?«

»Keine Ahnung?«

»Ich bin dabei, neu anzufangen. Und es dieses Mal richtigzumachen.«

»Also, dem ganzen Stöhnen nach, hast du es gestern Nacht schon ziemlich gut gemacht.« Die Zweideutigkeit in seiner Stimme war beinah unerträglich. »Warst du Top oder Bottom?«

Ich zeigte Mats den Mittelfinger. »Wirst du nie erfahren.«

»Finde ich nicht okay, Levi. Wir sind quasi eine Person.«

»Ich frage dich auch nicht nach deinen Vorlieben im Bett.«

»Könntest du ab-« Mitten im Satz brach Mats ab. »Hallo, Lena.«
Seine Freundin kam zu ihm, ein breites Grinsen im Gesicht. Sie
nahm ihm die Kaffeetasse aus der Hand und trank einen Schluck.

»Na, wie ich höre, führt ihr ganz intensive Männergespräche.«

»Ich würde sie lieber nicht führen«, murmelte ich.

»Komm schon, Levi«, sagte Lena. »Das kannst du Mats nicht an-
tun. Der fiebert ja die ganze Zeit total mit dir mit.«

»Lena!« Mats klang peinlich berührt. »Erzähl ihm das doch nicht.«

Sie lachte. »Meinst du, Levi hat seinen Mitbewohner schon geküsst?«,
sagte sie mit verstellter Stimme. »Bestimmt hat er das. Er ist mein Bruder, der lässt nichts anbrennen.«

Belustigt schnaubte ich. Mats fand die Situation gerade nicht so
lustig, denn er starrte Lena grimmig an. »Ich wusste gar nicht, dass
du mein Cheerleader bist, Mats!«

»Immer schon.« Er klang verdammt brummig, aber irgendwie
entspannten Lena und Mats die Situation mit ihrem Geplänkel. Sie
zogen mich auf und machten auf eine witzige Art ein großes Ding
daraus, dass ich mein Liebesleben immer noch nicht auf die Reihe
gebracht hatte. Und deshalb war es irgendwie plötzlich … leicht.
Und diese ganze Geheimnistuerei, die ich früher praktiziert hatte,
wirkte mit einem Mal total unnötig. Langsam wusste ich selbst nicht
mehr, wovor ich eigentlich immer so Angst gehabt hatte.

Und dann stand auf einmal Jannis vor mir. Er trug blaue Jeans,
ein weißes weit ausgeschnittenes Shirt und darüber ein buntes
Hemd mit Farbverlauf. Von Gelb bis Violett. Er war quasi eine
Pastellversion der Regenbogenflagge. Außerdem hatte er eine
quietschgelbe Sonnenbrille im Haar, die perfekt zu seinen immer
noch gelb lackierten Nägeln passte. Dazu trug er mehrere weiße
Perlenketten. Seine Wimpern sahen heute extrem lang aus, bestimmt hatte er sie extra betont. Und es stand ihm. Verdammt gut
sogar.

Unsere Blicke trafen sich und ich sah die Unsicherheit in seinen

Augen. Sein Statement war klar. Er kam mir entgegen, aber er würde sich nicht für mich verändern. Und das wollte ich auch gar nicht.

Ich lächelte ihn an. »Jannis, hast du vielleicht heute Lust, uns zu begleiten?«, fragte ich.

Sein strahlendes Lächeln war Antwort genug.

Kapitel 28

»Wollen wir noch in den London Dungeon?«, fragte Lena. Sie bemühte sich bereits den ganzen Tag, immer auf Englisch zu sprechen, damit Jannis sich nicht ausgeschlossen fühlte. Was nicht so einfach war, aber jedes Mal, wenn Mats, Cole oder Lena ins Deutsche fielen, versuchte ich, für Jannis zu übersetzen. Manchmal antwortete ich auch gleich auf Englisch, damit ihnen, ohne dass ich sie groß darauf aufmerksam machen musste, auffiel, dass sie wieder unabsichtlich in unsere Muttersprache gewechselt hatten.

An diesem Tag hatten wir schon einige Programmpunkte abgehakt, wie zum Beispiel die National Gallery am Trafalgar Square. Die hatte ziemlich weit oben auf meiner Sight-Seeing-To-Do-Liste gestanden. Es war ja auch eines der berühmtesten Kunstmuseen der Welt. Weder Cole noch Mats und Lena hatten meine Begeisterung teilen können, dafür jedoch Jannis. Gemeinsam hatten wir nicht nur an den Lippen des Guides, sondern auch an seinen Fersen geklebt. Und jedes Mal, wenn ich die gleiche Euphorie auf Jannis' Gesicht gesehen hatte, die ich selbst gefühlt hatte, war ein Kribbeln durch meinen Körper gewandert.

Mats sah auf seine Armbanduhr. »Besser nach dem London Eye. Wir haben ja online die Tickets gekau-« Mitten im Satz brach er ab. »Scheiße.«

»Was ist los?«, fragte ich ihn.

»Wir haben gestern nur vier Tickets gekauft. Nicht fünf.«

»Kein Problem«, sagte Jannis. »Ich hab schon mal eine Runde damit gedreht und muss nicht noch mal.«

Enttäuscht sah ich ihn an.

»Aber wir machen doch einen gemeinsamen Sightseeing-Trip.« Meine Stimme klang sogar total schmollend.

»Ich laufe ja nicht weg. Keine Sorge.« Jannis lächelte mich an. »Ich warte nur hier.«

»Wenn du magst, könnte ich mit dir warten.«

»Gestern warst du so begeistert von den Tickets gewesen«, warf mein Bruder ein.

Da hatte ich nicht gewusst, dass Jannis uns begleiten würde. Und als wir die Karten gekauft hatten, war mir auch noch nicht klar gewesen, dass ich ein paar Stunden später meine anale Jungfräulichkeit ausgerechnet an meinen Mitbewohner verlieren und ich danach den unbändigen Drang, in seiner Nähe sein zu wollen, verspüren würde. »Ja, schon. Ich will allerdings nicht, dass Jannis allein auf uns warten muss.«

Cole schmunzelte, sagte jedoch nichts.

»Komm schon, Levi.« Jannis stieß mich mit der Schulter an. »Ich bin ein großer Junge und kann ein paar Minuten auf euch warten.«

Laut seufzte ich auf. »Na guuut. Aber ich werde keine Sekunde von dieser Fahrt genießen können.« Ich klang verdammt theatralisch, was alle zum Lachen brachte.

»Hoffentlich drückt Levi sich nicht die Nase an der Fensterscheibe platt, während er sich den Hals nach Jannis verrenkt«, sagte Cole.

»Kann passieren«, meinte Jannis. »Sieh mich an. Besser als jede Aussicht.«

Ich stellte mich ganz dicht neben ihn und hakte meinen kleinen Finger bei seinem ein. »Eingebildet bist du gar nicht, oder?«

»Nicht mehr als du«, konterte er grinsend.

Gemeinsam gingen wir zum London Eye und ich zog meine Hand nicht zurück, während Jannis und ich hinter Lena, Mats und Cole hinterhergingen.

»Bist du sicher, dass ich nicht mit dir warten soll?«, wisperte ich.

»Zu hundert Prozent.«

Traurig schob ich meine Unterlippe vor.

»Mach das nicht«, flüsterte Jannis.

»Was denn?«

»Na, so schauen. Dann will ich dich küssen. Und ich weiß, dass du nicht so weit bist.«

Dadurch wurde meine Laune nicht besser. »Tut mir leid.«

»Du musst dich nicht entschuldigen. Das hier«, er bewegte leicht seinen kleinen Finger, »ist mehr, als ich überhaupt erwartet habe.« Der Kloß in meinem Hals wurde immer größer. »Ich bin nicht gerade ein Traumtyp, was?«

Liebevoll lächelte Jannis mich an. »Dafür machst du zu viele Fehler, aber weißt du was?«

»Nein.«

»Du lernst ziemlich schnell. Und das macht dich fast unwiderstehlich.«

»Nur fast?«, fragte ich.

»Es war verdammt schwer, dir zu widerstehen.« Jannis suchte meinen Blick. »Vor allem in den Momenten, in denen du mich so intensiv ansiehst. Wie jetzt.«

»Das beruht auf Gegenseitigkeit.«

Jannis leckte sich über die Lippen und ich wollte nichts lieber, als ihn zu küssen. Und weil ich mir das in der Öffentlichkeit noch nicht zutraute, verschränkte ich stattdessen meine Hand mit seiner.

Kleine Schritte.

Dem Lächeln auf Jannis' Gesicht nach zu urteilen, reichten diese.

»Scheiße. Was ist das für eine lange Schlange?«, fragte Cole.

»Ich glaube, ich geh doch wieder zu Jannis«, sagte ich. »Hier stehen wir Stunden.«

Sofort schüttelte Mats den Kopf. »Nichts da. Wir haben ein Ticket ohne Wartezeit gebucht. Wir müssen hier links entlang.«

Wir folgten Mats zu unserem Eingang und fünf Minuten später standen wir hinter einem Drehkreuz.

»Bleibt das Rad nicht stehen?«, fragte ich.

Lena schüttelte den Kopf. »Nein, es dreht sich kontinuierlich weiter, aber du siehst ja, wie langsam. Ich bin mir sicher, selbst du schaffst es hinein.«

»Wenn nicht, gehe ich einfach zurück zu Jannis.«

»Alter.« Cole lachte. »Dich hat es ja heftig erwischt. Ich hatte gar nicht auf dem Schirm, dass zwischen euch was läuft.«

»Ist ganz frisch«, sagte Mats an meiner Stelle.

»Danke, dass du das Reden für mich übernimmst«, grummelte ich genau in dem Moment, als sich das Drehkreuz öffnete.

»Nicht reden. Einsteigen.«

Boah, manchmal konnte Mats echt nerven. Ich beschwerte mich nicht, sondern folgte den anderen ins Innere der Gondel. Alle stiegen zügig ein und geschätzt befanden sich ungefähr zwanzig weitere Personen mit uns in der Kabine.

In der Mitte gab es eine Bank, doch ich drückte mich nah an der Scheibe herum, weil ich die Aussicht genießen wollte. Es gab auch kleine Touchscreens, die Informationen zu den verschiedensten Gebäuden lieferten, die man während der Fahrt sehen konnte. Lena spielte damit herum.

»Drück mal auf Big Ben«, forderte ich sie auf. Sofort ploppte ein Untermenü mit den wichtigsten Infos zum Turm auf.

»Richtig cool«, murmelte Cole.

»Finde ich auch«, sagte Mats. »Langsam bin ich echt neidisch auf dich, Levi. Du könntest das jeden Tag machen.«

»Bei den Ticketpreisen und meinem Halbtagsgehalt wohl eher nicht. Ich hoffe echt, dass ich bald mehr Stunden bekomme.« Sonst sah es in Zukunft schlecht mit meinem WG-Zimmer aus. »London ist so scheißteuer.«

»Oh ja!«, stimmte Lena zu. »Und jetzt haltet die Klappe. Ich will ein Video machen.«

Gute Idee. Auch ich zog mein Smartphone aus der Hosentasche und machte ein paar Fotos und Videoclips. Die Videos würde ich später wieder schneiden und auf Videopeek hochladen. Seit ich so viel Freizeit hatte, war ich süchtig nach der App.

»Cole, kannst du mal ein Foto von mir machen? Kommt sicher gut auf meinem Insta.«

Er nahm mir die Kamera ab. »Klar doch.«

Die Fahrt dauerte ungefähr fünfunddreißig Minuten, aber dadurch, dass wir uns gegenseitig fotografierten, nun dank den Touchpads die Namen der ganzen Sehenswürdigkeiten kannten, und auch, weil wir ununterbrochen miteinander redeten, verging die Zeit richtig schnell. Und meine Sehnsucht nach Jannis wurde immer größer.

Endlich erreichten wir den Ausstieg und die Türen der Gondel öffneten sich. Erleichtert ging ich nach draußen.

»Ich freue mich schon auf die London Eye 4D-Experience«, sagte Lena dann.

»Die was?«

»Na ja, es gibt auch ein 4D-Kino, das beim Eintrittspreis inkludiert ist.«

»Dann viel Spaß, ich gehe jetzt wieder zu Jannis.«

Mats grinste vielsagend und Cole schüttelte den Kopf. »Ey, du bist total verknallt.«

War ich das? Vermutlich. Ein klitzekleines bisschen. »Ich werde mich jetzt nicht dafür entschuldigen. Viel Spaß im Kino, ich bin weg.«

Ich hastete am Kassenbereich vorbei nach draußen und sah mich suchend nach Jannis um, fand ich aber nicht. Sofort holte ich mein Smartphone heraus und schrieb ihm eine Nachricht.

Levi:
Wo bist du?

Jannis:
Jubilee Park & Garden.

Ich musste nicht lange fragen, wo genau, denn er schickte seinen aktuellen Standort mit. Ich öffnete Maps und folgte den Anweisungen der Google-Maps-Dame. Bereits von Weitem sah ich ihn und auch, dass er nicht allein war.

Vier junge Männer hatten sich um Jannis gescharrt und je näher ich ihm kam, desto klarer wurde mir, dass es keine Freunde waren. Ich kam ins Straucheln, als ich die erste Beleidigung hörte, die sie ihm entgegenschmetterten. Mein Herzschlag beschleunigte sich und ich wollte nichts lieber, als davonzulaufen.

Wie konnte Jannis einfach so ruhig sitzen bleiben, während die Kerle sich offensichtlich über sein Outfit lustig machten?

»Du siehst aus, als wärst du lieber ein Mädchen«, sagte einer. »Habe ich recht?«

Ich hielt inne. Er hatte genau den Gedanken ausgesprochen, der mir beim international anerkannten Kimono-Vorfall in der Küche durch den Kopf gegangen war. Wie oft hatte Jannis solche Situationen schon erlebt? Und wie sehr setzten sie ihm zu?

Langsam stand Jannis auf. »Nur, weil ein Mann Schmuck liebt und sich seine Fingernägel lackiert«, sagte er ruhig, »muss er nicht automatisch eine Frau sein wollen. Und jetzt geh mir aus der Sonne.« Er wollte sich an dem Größten vorbeischieben, doch er packte Jannis fest am Unterarm.

»Was faselst du da?«, fragte er.

An Jannis' Gesichtsausdruck erkannte ich, dass er nicht so gelassen war, wie er die Kerle glauben machen wollte.

Verdammt, auch ich war angespannt. »Lass ihn los!«, rief ich, nachdem ich nur noch wenige Meter von Jannis entfernt war.

Er sah zu mir und ich erkannte die Erleichterung in seinem Gesicht. Bei ihm angekommen, zog ich ihn an meine Seite und der Arsch, der ihn festgehalten hatte, ließ es geschehen.

»Gibt es hier ein Problem?« Meine Stimme zitterte nicht und ich war unglaublich stolz auf mich, denn viel lieber hätte ich mich gemeinsam mit Jannis in einem Kleiderschrank versteckt. Dort, wo wir sicher waren.

»Wer bist du?«, fragte der junge Mann.

»Sein Freund.« Ich hätte auch Mitbewohner sagen können.

Nun lachte der Kerl. »War irgendwie klar, dass er auf Kerle steht.«

»Wieso?«, fragte ich provokant.

»Na … na …«, stammelte er.

»Ey, spar dir einfach die Luft.« Ich legte meinen Arm um Jannis.

»Wir gehen.« Mit zittrigen Beinen aber aufrechter Haltung führte ich Jannis durch den Park zurück zum London Eye. Erst jetzt wurden mir die Blicke der ganzen Touristen um uns herum klar. Und sie starrten bestimmt nicht, weil ich meinen Arm um Jannis gelegt hatte, sondern da sie Zeugen der unschönen Szene geworden waren. Von Zivilcourage hatte wohl niemand etwas gehört, dafür waren sie Meister im Starren.

Am liebsten hätte ich jeden einzelnen der Gaffer angebrüllt, doch ich wollte so schnell wie möglich weg.

Ich warf einen kurzen Blick über meine Schulter und stellte fest, dass die Arschlöcher uns nicht folgten.

»Gehts dir gut?«, flüsterte ich.

»Ich muss wohl eher fragen, ob es dir gut geht.«

»Warum?« Ich führte Jannis bis zum Ufer der Themse. Dort legte ich meine Hand auf dem Geländer ab und atmete erleichtert auf.

»Weil diese Begegnung außerhalb deiner Komfortzone lag.«

Schockiert lachte ich auf. »Jannis, diese Scheiße liegt wohl außerhalb der Komfortzone von jedem halbwegs normalen Menschen. Nicht nur von mir.«

Er legte seine Hand auf meine Wange. Als ihm bewusst wurde, was er da tat, zog er sie sofort zurück.

Ich fing sie ab und verschränkte unsere Hände. »Nicht.«

»Aber …«

»Nichts aber. Das war eine Scheißsituation und ich brauche deine Nähe.« Und dann zog ich ihn in meine Arme und legte das Kinn auf seinem Kopf ab.

»Gehts dir gut?«, fragte ich.

»Ja. War nicht das erste Mal, dass mich irgendwelche Arschlöcher angepöbelt haben. Und es wird auch nicht das letzte Mal sein.« Wie konnte er nur so ruhig sein?

Ich nahm einen tiefen Atemzug. »Du solltest so was nicht erleben müssen.«

»Ich weiß. Leider ist die Welt manchmal beschissen.«

»Weißt du, genau das … solche Situationen … davor hatte ich verdammt viel Schiss. Dass mir jemand ansieht, dass ich auf Kerle stehe, ich angepöbelt werde …«

»Und jetzt ist es wirklich passiert. Tut mir leid, dass ich daran schuld bin.«

»Jannis!«, rief ich aus. »Du kannst überhaupt nichts für diese Situation.«

»Ich hätte ein normales Hemd tragen können.«

»Dann wärst du aber nicht der Jannis, den ich li-« Sofort bremste ich mich. »Den ich in den letzten Wochen lieb gewonnen habe. Der Nagellack, dein Modegeschmack, der Kimono – das alles gehört zu dir. Und solche Arschlöcher wie dieser Kerl nerven mich zutiefst, denn du sollst nicht seinetwegen auf die Idee kommen, dich ändern zu müssen.«

»Werde ich nicht«, versprach Jannis mir und drückte sich von mir weg.

»Ich bin nicht sicher, ob ich schon bereit bin, dich loszulassen«, sagte ich.

Er lächelte mich an und stellte sich auf die Zehenspitzen. »Levi?«

»Ja?«

»Ich würde dich unheimlich gern küssen. Einfach, um zu wissen, dass zwischen uns alles gut ist.«

Ich widerstand dem Drang, mich umzusehen. Stattdessen lehnte ich mich zu Jannis und legte meine Lippen auf seine. Sofort schlang er die Arme um mich und ließ den Kuss noch einige Sekunden länger andauern.

»Levi?«, flüsterte er gegen meine Lippen.

»Ja?«

»Das hier bedeutet mir gerade die Welt«, wisperte er und lehnte seine Stirn gegen meine.

»Mir auch, Jannis. Mir auch!«

Kapitel 29

»Geht es dir gut?«, fragte Jannis an diesem Abend. Wir lagen in seinem Bett. Es war beinah lächerlich peinlich, wie sehr ich mich in seinem Zimmer wohlfühlte. Und wie selbstverständlich wir uns nach dem anstrengenden Sightseeingtag und einem gemeinsamen Abendessen zurückgezogen hatten.

»Ich glaube, mir hängt noch ein bisschen der Zwischenfall von heute Nachmittag nach«, sagte ich und spürte sofort wieder diesen Druck in meinem Herzen. Es tat weh. Zog und stach richtig widerlich.

»Kann ich verstehen. Das erste Mal ist immer scheiße.«

Ich vergrub mein Gesicht in Jannis' Kissen. Mensch, roch das gut. »Daff erfte Mal? Heifft daf, es wird noff weitere Male gebn?«, nuschelte ich ins Kissen.

Jannis legte seine Hand auf meinen Rücken und streichelte mich sanft. »Das kann immer wieder passieren. Manchmal auch in Situationen, wo du einfach nicht damit rechnest.«

Laut seufzte ich und dann drehte ich den Kopf so, dass ich Jannis wieder ansehen konnte. Er war so schön. Immer. Egal, was er trug. Wobei Kimono-Jannis langsam zu meinem Favoriten wurde. »Hättest du damit gerechnet, dass du ausgerechnet an diesem Tag angepöbelt wirst?«, fragte ich ihn.

»Na ja, ich gehe jetzt nicht jeden Morgen aus dem Haus und denke mir: *Scheiße, heute mal ein bisschen zu sehr in die Schmuckkiste gegriffen. Da wird mich bestimmt jemand doof von der Seite anreden.*«

»Aber …?«

»Sagen wir mal so: Ich war nicht überrascht, dass der eine Kerl scheiße war.«

Irgendwie brauchte ich mehr Körperkontakt zu Jannis, deshalb griff ich nach seiner Hand und verschränkte unsere Finger miteinander. »Warum?« Ehrlich gesagt wusste ich nicht, ob ich bereit für die Antwort war.

»Weil er auf Streit aus war. Wenn er mich nicht angepöbelt hätte, dann jemand anderen.«

»Wie kannst du das so locker sehen? Er hat sich dir gegenüber beschissen verhalten und du … bist einfach so ruhig geblieben.«

»Was hätte ich machen sollen? Ihm eine reinhauen? Er hatte doch seine Fußball-Proll-Freunde dabei. Außerdem ist es nicht direkt um mich gegangen. Er hat mich angesehen und irgendwas gesucht, das er an mir scheiße finden kann. Vielleicht ist ihm mein Oberteil ins Auge gestochen. Der Nagellack. Möglicherweise war es der Schmuck. Keine Ahnung. Er hat mich gesehen, mich in eine Kategorie gesteckt und verbal um sich geschlagen.«

»Dabei hast du vermutlich schon mehr Frauen flachgelegt als er.«

»Autsch.« Jannis verzog sein Gesicht zu einer Grimasse.

»War jetzt nicht böse gemeint. Nur die Wahrheit.«

»Ja ja, ich weiß.«

»Klingt nicht so.«

»Na ja, es gibt Schöneres als von jemandem, den man mag, zu hören, dass der Bodycount zu hoch ist.«

Ich rollte mich auf Jannis. »Das habe ich nie gesagt.«

»Vielleicht nicht direkt.«

»Konzentrieren wir uns nicht auf Bodycounts. Ich werde dir ganz sicher keine Vorwürfe wegen Sachen machen, die passiert sind, als wir uns noch nicht gekannt haben.« Ich lächelte ihn an. »Fokussieren wir uns lieber auf den Teil, wo du eben gesagt hast, du magst mich.«

Jannis leckte über seine Lippen.

»Wir könnten auch darüber sprechen, dass du mich heute deinen Freund genannt hast.«

»Das hast du gehört?«

»Ja.«

»Und?«

»Ich mochte, dass du über deinen Schatten gesprungen bist und öffentlich zu mir gestanden hast. Und vor allem zu dir.«

»Langsam finde ich mich damit ab, schwul zu sein.«

Jannis stieß ein ungläubiges Schnauben aus.

»Wirklich«, beharrte ich.»In meinem Kopf war das immer so eine riesige Sache. Monstergroß. Und heute Nachmittag war es das plötzlich nicht mehr.«

»Weißt du, wieso? Was ist anders als früher? Als zu Hause?«

Du! Es liegt an dir. Natürlich brachte ich die Worte nicht über meine Lippen.»Vielleicht habe ich das Gefühl, hier freier sein zu können. Keine Ahnung.«

»Wirst du deinen Eltern sagen, dass du auf Männer stehst?«, fragte Jannis.

»Nicht heute. Nicht morgen. Aber ja, ich werde es ihnen sagen.«

»Hast du deswegen Angst?«

Leicht schüttelte ich den Kopf.»Nicht mehr. Wie gesagt, in meiner Vorstellung habe ich die Sache immer weiter aufgebauscht. Je länger ich mich selbst belogen habe, desto schlimmer wurde es. Tief in mir drin wusste ich immer, dass es kein Problem sein wird.« Ich hatte verdammte irrationale Ängste, die absolut keinen Sinn machten.»Verdammt, mein kleiner Bruder steht ebenfalls auf Kerle und es war nie Thema. Sie haben ihn nie irgendwie anders behandelt.«

»Mach dich deswegen nicht fertig«, sagte Jannis und rutschte etwas näher.»Jeder outet sich in seinem Tempo. Und es ist ja nicht so, als wäre es dann vorbei. Du wirst dich dein ganzes Leben lang immer wieder irgendwo outen müssen.«

»Du müsstest aber nicht. Du könntest auch mit Frauen zusammen sein.«

»Könnte ich. Gerade bin ich aber nur an dir interessiert.«

Vor Schock verschluckte ich mich und hustete tierisch. Jannis klopfte mir auf die Schulter.»Hey, kein Grund, um durchzudrehen.«

»Ich ... alles gut. Du warst nur so direkt.«

»Also, ich hab das Gefühl, ich war bisher nicht direkt genug, darum muss ich jetzt einen Zahn zulegen.«

»Vielleicht brauchte ich das«, sagte ich. »Jemanden, der nicht schüchtern ist und einfach … ehrlich zu mir ist. Mir nichts durchgehen lässt, wenn ich Scheiße baue, aber auch für mich da ist, wenn ich wieder mit der Welt struggle.«

»Klingt nach einem Job für mich.«

»Aber das Jobinterview ist ziemlich anspruchsvoll.«

»Ehrlich?«

»Ja, du brauchst vor allem Ausdauer.«

Jannis ließ seine Augenbrauen hüpfen. »Oh, ich sehe, wohin das führt.« Er rutschte so nah, dass kein Blatt Papier mehr zwischen uns passte. Und dann küsste er mich zärtlich. Mein Körper kribbelte sofort, doch er beendete den Kuss viel zu schnell.

Eigentlich hatte ich die Worte ganz anders gemeint. Dass er mit mir Ausdauer brauchte, weil ich nicht einfach war. Und es oft verbockte. Aber ich würde mich auch nicht über seinen *sportlichen Ehrgeiz* beschweren. »Jannis?«

»Ja?«

»Trägst du eigentlich heute etwas unter deinem Kimono?« Ein breites Grinsen erschien auf seinem Gesicht. »Finds heraus.«

Oh, das würde ich. Definitiv.

Erschöpft lagen wir nebeneinander im Bett und ich konnte nicht glauben, dass wir es schon wieder getan hatten.

Jannis streichelte mit seiner Hand zärtlich über meinen Hintern.

»Tut es weh?«

»Eigentlich nicht.« Ich wackelte etwas mit dem Arsch. »Ich spüre schon, dass wir es miteinander getan haben, aber ich mag das. Irgendwie.«

»Vielleicht gönnen wir dir morgen mal eine Pause.«

»Eine Pause?« Ich klang richtig empört, was mir unheimlich peinlich war.

Leicht klapste Jannis mir auf den Po. »Nicht zwischen uns. Nur für deinen Arsch.«

»Na gut«, sagte ich und schob die Unterlippe vor.

Jannis lehnte sich näher zu mir. »Wir könnten es ja auch mal andersrum probieren, wenn du möchtest.«

Mit einem Schlag war es vorbei mit der Entspannung.

»Du musst natürlich nicht«, sagte er sofort.

»Es ist eben echt nur so, dass ich noch nie …« Ich konnte es ja nicht mal richtig aussprechen. »Du weißt schon. Zumindest nicht mit einem anderen Mann. Und ich hab Angst, dass es wie mit einer Frau sein wird. Und ich es nicht genießen kann.«

»Wir müssen auch nicht. Echt nicht!«

»Aber du würdest es schon wollen?«, fragte ich vorsichtig.

»Vor allem will ich dich zu nichts drängen, was du nicht möchtest, okay?«

Ich drehte mich zur Seite, damit ich Jannis besser ansehen konnte. »Das weiß ich. Und … du stehst drauf?«

»Ich mags! Mit der richtigen Person. Allerdings würde ich es nicht mit jedem tun. Deshalb habe ich es nicht oft getan. Weil da ja auch Vertrauen dazugehört.«

In mir drin wurde alles richtig wohlig warm. »Und du würdest es mit mir machen wollen? Obwohl ich dir gesagt habe, dass ich Angst habe, es zu versauen?«

»Wenn es für uns beide nicht gut ist, hören wir einfach auf.« Er schob seine Hand auf meine Brust und streichelte mich. »Es gibt so viele andere Dinge, die wir miteinander ausprobieren können.«

»Oh ja.« Boah, ich klang wie ein übereifriger Einserschüler.

Das merkte wohl auch Jannis, denn er lachte. »Nicht sofort. Jetzt sollten wir schlafen, damit du morgen früh fit bist.«

»Können wir nicht einfach ausschlafen?«

»Nein, weil dein Bruder da ist. Aber ich verspreche dir, dass wir das folgende Wochenende im Bett verbringen. Deal?«

»Deal!«

»Levi?«

»Ja?«

»Darf ich heute der große Löffel sein?«

Bestimmt grinste ich wie Joker aus den Batman-Filmen. »Ich bestehe sogar darauf.«

Jannis kletterte über mich hinweg und schaltete das Licht aus. Und als er wieder zu mir ins Bett kroch und die Decke über uns zog, war ich der glücklichste Mensch im ganzen Universum. So wie heute musste es bleiben. Für immer!

Kapitel 30

Mein Bruder und Lena waren viel zu schnell nach Hause geflogen. Ich vermisste es, ihn in meiner Nähe zu haben. Denn obwohl er es vermutlich nicht einmal ahnte, hatte er mir mit dem morgendlichen Gespräch in der Küche sehr geholfen. Ach was, mit seiner ganzen Anwesenheit. Wenn er da war, war alles leichter und die Arbeitswoche nach seinem Besuch war regelrecht an mir vorbeigezogen. Weil ich entweder an Jannis oder ihn gedacht hatte. Jannis, den ich nicht besonders oft gesehen hatte. Er musste einige Kurse an der Uni besuchen und hatte mir erklärt, dass er im dritten Trimester eigentlich nur zu Lehrveranstaltungen ging, die der Wiederholung des Wissens dienten. In diesem Zeitraum gab es keine richtigen Lehreinheiten mehr, das Summer Term war eher das Prüfungssemester. Außerdem hatte er abends oft im Restaurant seiner Eltern geholfen, deshalb war dieses ganze Wochenende im Bett, das er mir versprochen hatte, dringend nötig.

Leider lagen wir aber nicht im Bett, sondern saßen gemeinsam an seinem Schreibtisch. Wobei ich eigentlich liebte, was wir gerade taten.

Jannis' Smartphonewecker klingelte und er schob das Blatt Papier, an dem er bis eben gezeichnet hatte, zu mir.

»Ich bin noch nicht so weit«, sagte ich.

»Du kennst die Regeln. Nach fünf Minuten wird getauscht.«

»Na gut.« Ich legte den Bleistift zur Seite. Wir hatten alle möglichen Materialien vor uns liegen. Pinsel, Buntstifte, Aquarellfarben, Acrylmarker, Acrylfarben, Tinte und Wasser. Damit wir uns richtig austoben konnten. Der Timer war auf fünf Minuten gestellt und danach wurde immer geswitcht. Ich hatte die Idee dazu auf TikTok gesehen, allerdings hatten Jannis und ich nicht geplant gehabt, dass wir uns gemeinsam kreativ austoben würden. Es war einfach passiert, nachdem ich ihm erzählt hatte, dass ich jetzt auf der Arbeit immer öfter illustrierte Cover machen durfte, ich aber Angst hatte, dass alle irgendwann gleich aussehen würden.

Mit seinem »Dann mach einfach etwas Unerwartetes« hatte er mich ziemlich in Bedrängnis gebracht. Wie sollte man sich denn selbst überraschen? Deshalb hatte Jannis vorgeschlagen, diese Übung zu machen. Weil man nie wusste, was man erwarten konnte. Man hatte vielleicht selbst eine Vorstellung, wie das Bild werden sollte, doch den anderen herauszufordern und ihn aus der Reserve zu locken, um neue Ansätze zu probieren, war das Ziel des Ganzen. Und es funktionierte.

Irgendwie.

Jannis hatte in aller Ruhe Farben gemischt und nur ein Lichtschwert gemalt. Ich hatte eine Katze zuerst mit Bleistift skizziert und danach mit Wasserfarben angemalt. Nach dem ersten Tausch hatte ich eine Art Planeten zum Lichtschwert hinzugefügt, und Jannis, der Arsch, hatte aus meiner astreinen Katze eine verdammte Roboterkatze gemacht.

Ich zog das Blatt näher zu mir. »Ernsthaft?« Ich schaute auf die Robo-Katze. »Was soll ich da jetzt weitermalen?«

»Werd kreativ.«

»Na danke.«

»Weiter geht's.«

Stumm arbeiteten wir die nächsten fünf Minuten an unseren Gemälden, bis der Timer wieder klingelte. Ich schob mein Bild zu Jannis.

»Ey, du bist so kreativ.« Der Sarkasmus schwang deutlich in seiner Stimme mit, denn ich hatte neben die Katze einen Hund gezeichnet. Jannis hatte meinen Planeten weitergeführt und rundherum den Weltraum gemalt, allerdings nur in der Ecke, sodass das Bild wie ein Comic aussah. Außerdem hatte er sogar einen Text dazugeschrieben: *Weit entfernt in einer anderen Galaxis.*

»Ich bin überfordert«, sagte ich.

»Komm schon. Los geht's.«

Jannis stellte erneut den Timer und malte seelenruhig an der Robokatze weiter. »Das gilt?«

»Warum nicht? Ich war noch nicht fertig.«

»Ich finde, du solltest am Hund weitermalen.«

»Es geht darum, dass ich etwas mache, was du nicht erwartest.«

»Na toll.« Ich nahm gelbe Farbe und malte in die rechte untere Ecke einen gelben Fleck und danach irgendwie mit Orange darüber.

»Was ist das?«, fragte Jannis.

»Keine Ahnung. Sag du es mir.«

Wir tauschten wieder Blätter, doch Jannis arbeitete nicht an meinem orange-gelben Fleck der Schande weiter, sondern konzentrierte sich auf das Lichtschwert. Dieses Mal skizzierte er sogar mit Bleistift einen Körper und fing wieder mit einem comicartigen Feld an. Viel zu schnell mussten wir wechseln.

»Hast du auch was gemalt oder mich nur beobachtet?«

»Die Katze hat auf der Stirn einen Blitz. Und ich hab den Hund besser ausgemalt.«

Jannis schnaubte, stellte jedoch wieder den Wecker und ich wandte mich dem Bild zu. Das Smartphone klingelte. Dieses Mal war es nicht das typische Weckerklingeln, sondern ein Anruf. Auf dem Display stand Papa.

Jannis nahm das Smartphone. »Hallo.« Zuerst lächelte er noch, schien sich über den Anruf zu freuen, doch seine Miene wurde im Lauf des Gesprächs immer missmutiger. Nachdem er aufgelegt hatte, stand er auf und pfefferte sein Smartphone aufs Bett.

Ich ging zu ihm und legte ihm vorsichtig eine Hand auf die Schulter. »Was ist passiert?«

»Eigentlich nichts.«

»Komm schon, spuck 's aus.«

»Ich werde in Zukunft wohl öfter im Restaurant aushelfen müssen.«

»Weil?«

»Athina schwanger ist.« Er klang nicht, als würde er sich freuen.

»Das ist … schön?« Früher hatte ich nicht viel mit Kindern anfangen können, seit Mila sah ich das anders. Die war nämlich gar nicht so übel.

Jannis sah das offensichtlich anders. »Ja, für sie. Ein Baby. Yay!« Er klang nicht im Geringsten begeistert. »Aber ich werde ihre Schichten übernehmen müssen und ich hab keine Ahnung, ob ich mehr schaffe als ohnehin schon.« Jannis war mehrmals pro Woche im Restaurant.

»Und was ist, wenn ich … helfe?« Ging das überhaupt? »Oder ihr jemand anderen einstellt?« Mir war klar, dass ich nicht einfach die Arbeit wechseln oder offiziell einen Zweitjob annehmen konnte, weil es seit dem EU-Austritt Großbritanniens verdammt schwierig war, überhaupt ein Visum zu bekommen. Und das war eben an meine aktuelle Arbeitsstelle gebunden.

»Auf Dauer werde ich sie auf jeden Fall nicht ersetzen können.« Jannis zog mich mit sich auf sein Bett. »Tut mir leid, aber ich muss auch heute noch los. Athina fühlt sich nicht besonders gut und -«

»Du musst einspringen.«

»Dabei habe ich mich so auf ein gemeinsames Wochenende im Bett mit dir gefreut.«

»Na ja, ich könnte dich ja begleiten und ein bisschen im Restaurant rumlungern. Etwas essen.«

»Das würdest du tun?«

»Ich kann ja mein Zeichentablet mitnehmen.«

»Du könntest auch mit Camila und Henry ausgehen. Ich habe vorhin in der Küche mitbekommen, dass sie was unternehmen wollen.«

»Nein … Ich begleite dich lieber. Wenn ich dir nicht zu anhänglich bin.«

Jannis verschloss meine Lippen mit seinen. »Bist du nicht.« Vielleicht war er genauso verliebt in mich wie ich in ihn. Ihn zu fragen traute ich mich nicht. Ich war einfach froh, dass er mich mit ins Restaurant nahm. Für mich fühlte es sich dort nämlich nach einem Zuhause an.

»Für dich.« Eleni reichte mir einen Teller. Ich nahm ihn entgegen und stellte ihn vor mir ab. Ich hatte es mir vor einer Weile am Tresen gemütlich gemacht und auf dem Tablet verschiedenste Zeichenstile ausprobiert. Die Restaurantgeräusche und das Herumgewusel von Eleni und Jannis hatte ich irgendwann ausgeblendet, deshalb war ich nun ziemlich überrascht, dass sie mir etwas zu essen gebracht hatte. »Ich habe doch gar nichts bestellt«, sagte ich.

Sie lächelte mich freundlich an. »Weiß ich, aber ich habe deinen Magen bis zu mir knurren gehört.«

»Sicher?«, fragte ich sie. Mir lief das Wasser im Mund zusammen, obwohl ich bis eben geglaubt hatte, nicht hungrig zu sein.

»Ja. Selbst Anatol und Helena haben es bis in die Küche gehört.« Dafür, dass sie log, klang sie ziemlich überzeugend.

»Danke schön. Was ist das denn?«

»Rhodesian Pitaroudia. Zucchini-Fleischbällchen und dazu Zaziki.« Die Frau wusste, womit man mein Herz höherschlagen lassen konnte. Neben ihrem Sohn schaffte es nur griechisches Essen, mich derart willenlos zu machen. »Sieht himmlisch aus und klingt noch besser.«

Genau in dieser Sekunde tauchte Jannis mit Messer und Gabel neben mir auf. »Dann lass es dir schmecken.«

»Steckst du dahinter?«, fragte ich ihn.

Er zuckte mit den Schultern. »Vielleicht.«

Ich nahm ihm das Besteck ab. »Danke.« Anstatt mich dem Essen zuzuwenden, sah ich Jannis tief in die Augen, in denen ich stundenlang versinken könnte. Vor ihm war es mir eigentlich nie passiert, dass ich jemandem ständig in die Augen sah. Doch Jannis' Blick zog mich magisch an.

Er kam etwas näher und flüsterte: »Wie wäre es mit einem klitzekleinen Kuss? So als Dankeschön?«

Sofort grinste ich. »Hier? Vor deiner Mutter?«

Als er nickte, klopfte mein Herz plötzlich aufgeregt in meiner Brust. »Sicher?«

»Nur, wenn du es auch willst.«

Ich legte das Besteck ab, krallte meine Hand in sein Poloshirt und zog ihn daran näher. Zärtlich trafen unsere Lippen aufeinander und ich merkte, dass er dabei lächelte. »Danke«, wisperte ich, nachdem ich mich wieder von ihm gelöst hatte. Womöglich wusste er gar nicht, wofür ich mich bedankt hatte. Nämlich dafür, dass mit ihm zusammen plötzlich alles irgendwie leicht war. Ich Dinge tun konnte, die mir zuvor unmöglich erschienen waren.

Jannis' Wangen waren leicht gerötet. »Ich freu mich schon auf später, wenn wir zu Hause sind.«

»Vielleicht lade ich dich heute Nacht ja sogar in mein Zimmer ein.« Ich wackelte mit den Augenbrauen.

»Versprich nichts, was du nicht halten kannst.«

Ein Räuspern ließ uns auseinanderfahren.

Eleni sah uns liebevoll an. »Ich will nicht stören, aber die Getränke für Tisch zehn sind fertig.«

»Lass es dir schmecken.« Jannis drückte mir einen schnellen Kuss auf die Wange, schnappte sich dann das Tablett mit den Getränken und lief in Richtung von Tisch zehn.

Ich griff nach dem Besteck und starrte strikt auf den Teller. Nicht zu Jannis' Mutter. Ganz bestimmt nicht zu ihr.

Okay, natürlich linste ich doch zu ihr. Sie schmunzelte, als sich unsere Blicke trafen. »So ist das also«, sagte sie. »Ich habe mich schon gefragt, warum du Jannis heute hierher begleitet hast. Nicht, dass ich mich nicht über deinen Besuch freue.« Sie stellte sich auf die Zehenspitzen und legte ihre Hand auf meine. Mit dem Bartresen zwischen uns wirkte sie richtig klein, aber auch ganz schön Furcht einflößend. Immerhin war sie Jannis' Mama. Was war, wenn sie mich nicht mochte oder sich lieber eine Frau für ihren Sohn wünschte?

»Ja, ähm.« Verlegen strich ich mir eine Haarsträhne aus dem Gesicht. »Was das angeht … Vielleicht sind wir uns in den letzten Wochen ein bisschen nähergekommen.«

»Ich freue mich für euch.«

»Wirklich?« Ich hörte das Erstaunen aus meiner Stimme.

»Auch wenn Jannis mir nie einen anderen jungen Mann vorgestellt hat, hat er immer sehr deutlich gemacht, dass er nicht ausschließlich an Frauen Interesse hat.«

Jannis rauschte in die Küche. Kurz darauf kam er wieder mit Tellern in der Hand an mir vorbei, und natürlich konnte ich nicht anders. Ich starrte ihm auf den Arsch.

»Tja.« Ich zuckte mit den Schultern. »Da bin ich also. Definitiv keine Frau.«

Nun verdrehte Jannis' Mutter tatsächlich die Augen. »Und mit genauso einem fragwürdigen Sinn für Humor wie mein Sohn ausgestattet.« Sie schnappte sich einen Lappen und wischte über den Tresen.

»Es ist also kein Problem, dass Jannis und ich …?« Ich beendete den Satz nicht, wartete stattdessen darauf, dass Eleni irgendetwas sagte.

»Anatol hat bereits die Vermutung angestellt, dass Jannis mehr als einen Freund in dir sehen könnte. Er redet ja ständig von dir. Wir wussten nur nicht, ob dieses Interesse auf Gegenseitigkeit beruht oder ob unser Kleiner vielleicht einer einseitigen Schwärmerei nachhängt.«

Ich räusperte mich. »Eindeutig nicht einseitig.« Gott, war das peinlich, allerdings auch irgendwie … schön. Denn Eleni war nicht schreiend davongelaufen, sondern freute sich für uns.

»Es ist schön zu hören, dass Jannis endlich eine Beziehung führt.«

Ich erstarrte. »Also, Eleni, ich weiß nicht. Jannis und ich haben nicht darüber gesprochen, was zwischen … ob wir länger …« Was stotterte ich denn da bitte herum? »Ich meine, ich würde schon gern, aber …«

Eleni seufzte laut auf. Irgendwie enttäuscht. Ob von ihrem Sohn oder mir konnte ich nicht wirklich sagen. »Ich hätte den Mund halten sollen.«

»Tut mir leid«, flüsterte ich.

»Mir tut es leid. Ich hatte gehofft, dass Jannis endlich …« Sie schüttelte den Kopf. Verstummte und lächelte mich an. »Egal. Ich freue mich für euch und darüber, dass ihr so glücklich seid.«

»Danke.« Obwohl mir etwas schwerer ums Herz war als noch vor wenigen Minuten, wusste ich, dass Eleni mich jederzeit in ihrer Familie herzlich willkommen heißen würde. Wenn Jannis es zuließ. Ich nahm die Gabel und kostete das Essen. Gott, ich hoffte so sehr, dass ich für Jannis nicht nur ein kurzes Abenteuer war. Und das nicht, weil ich griechisches Essen liebte, sondern auch, da ich dabei war, mich jeden Tag ein bisschen mehr in ihn zu verlieben.

Kapitel 31

Jannis krabbelte neben mich ins Bett. Ich mochte die Tatsache, dass er sofort nach der Dusche ganz selbstverständlich zu mir ins Zimmer gekommen war. Verdammt, und er roch so gut. Sein Haar war noch feucht und er trug wieder diesen verfluchten sexy Kimono.

»Du bist so still.«

Ich gähnte. »Ist schon spät.« Dass ich in Gedanken von ihm schwärmte, musste er nicht unbedingt wissen.

»Du täuschst jetzt aber keine Migräne oder so vor?«

Ich schnaubte. »Bei dir? Niemals. Zumindest nicht, wenn du nur diesen Kimono trägst.«

Jannis biss sich auf die Unterlippe. »Der hat es dir echt angetan, oder?«

»Irgendwie von der ersten Sekunde an.« Genauso wie du!

Ich rollte mich auf ihn und setzte mich dann auf. »Darf ich?«

»Natürlich.«

Ich zog an der Schleife. Jannis aus seinem Kimono zu schälen, war ein bisschen so, wie ein Geschenk auszupacken. Denn ich verspürte dabei die gleiche Vorfreude. Dann beugte ich mich über ihn und küsste seinen Oberkörper. »Ist es schlimm, dass ich dich ständig will?«, fragte ich. »Ich hasse die Momente, in denen wir angezogen sind.«

»Verständlich. Immerhin habe ich dir ja eigentlich ein Wochenende im Bett versprochen. Wir haben Nachholbedarf.«

Das Universum sah das leider anders. Denn als ich meine Reise über den Pfad dunkler Härchen nach unten fortsetzen wollte, klingelte sein Smartphone. »Wir sind nicht da«, jammerte ich.

Jannis griff nach seinem Handy und seine Augen wurden groß.

»Wer ist es?«, fragte ich.

»Isla.«

»Komm schon, das ist jetzt nicht dein Ernst, oder?« Ich sah zu ihm hoch. Ziemlich sicher war mein Blick mörderisch. »Drück sie weg.«

»Ich ghoste sie schon seit einer Weile.«

Das freute mich natürlich, gerade wollte ich allerdings nicht über Isla reden. »Du bist ja auch mit mir beschäftigt.«

»Ja, schon. Aber …«

Ich küsste mich weiter nach unten. »Ich soll also aufhören?«

»Nein. Auf keinen Fall.«

Das Telefon hörte endlich auf zu klingeln und ich musste ein Grinsen unterdrücken. Geschafft. Mit der Zunge zog ich eine Spur über seinen Schaft. Jannis stöhnte heiser auf, als ich seinen Schwanz in meinen Mund nahm.

Er krallte die Hände in mein Haar und – das Telefon klingelte erneut.

Mit einem frustrierten Brummen ließ ich seinen Schwanz aus dem Mund gleiten. »Bitte red mit ihr, wimmle sie ab. Mach irgendwas und danach bringen wir das hier zu Ende. In Ordnung?«

Jannis lächelte. »Ich mag es, wenn du bossy wirst.«

»Und ich mag es, dir einen Blowjob zu geben, also kümmere dich darum, dass wir beide gleich noch unseren Spaß haben.«

»Heiß«, flüsterte Jannis und nahm dann das Gespräch an.

Ich ließ mich neben ihn aufs Bett fallen. Weil ich frustriert war und diesen Anruf so überhaupt nicht gebrauchen konnte. Immerhin war Isla der lebende Beweis dafür, dass Jannis ein sehr viel aufregenderes Sexleben als ich hatte.

»Isla«, begrüßte er sie und setzte sich auf. Mit dem Rücken zu mir. Natürlich. Sie sagte irgendetwas, das ich nicht hören konnte.

»Tut mir leid, dass ich mich nicht mehr gemeldet habe.«

Ich setzte mich auf, rutschte dicht an Jannis und küsste ihn auf seinen Nacken. Er stieß ein leises Keuchen aus. Das gefiel mir sehr.

»Ich … Isla, das wird leider nicht möglich sein.«

Ich ließ die Hände zuerst über seinen Rücken wandern und schob sie dann nach vorn. Streichelte seinen Bauch und legte eine an seinen Schwanz. Ganz langsam begann ich, seine Erektion zu pumpen.

»Isla, hör mal, ich weiß, dass das jetzt am Telefon ein bisschen arschig rüberkommt, allerdings können wir uns nicht mehr treffen.« Ein Lächeln zupfte an meinen Mundwinkeln und ich versuchte, es zu unterdrücken. Wirklich. Es gelang mir leider nicht. Mit den Lippen glitt ich über jedes Stückchen Haut, das ich erreichen konnte, während ich meine Hand immer schneller bewegte.

»Es tut mir echt leid, aber ich hab dir von Anfang an gesagt, dass ich auf der Suche nach etwas Lockerem bin. Kein Druck. Keine Verpflichtungen.« Ich hörte nur noch mit halbem Ohr hin. Es war viel schöner, Jannis mit meinen Händen und Lippen um den Verstand zu bringen. Außerdem entwickelte sich das Gespräch in eine sehr angenehme Richtung.

»Hey, ich will ehrlich zu dir sein, okay?« Jannis erschauderte. »Ich möchte im Moment niemanden daten, weil ich …« Er zögerte und weil ich unbedingt wissen wollte, was er ihr zu sagen hatte, biss ich ihn leicht in den Nacken.

»O mein Gott«, entfuhr es Jannis. »Isla, ich treffe mich mit jemand anderem.«

Ich bewegte die Hand schneller, leider stoppte er mich. »Ich möchte das jetzt auch nicht weiter diskutieren. Es ist so, wie es ist. Okay?« Wow, bei Jannis konnte man in Sachen jemanden abzusägen noch etwas lernen. Solche klaren Worte hätte ich mal bei Tim gebraucht, wobei ich das nicht übers Herz gebracht hätte. Er war in so vielen Bereichen mein erstes Mal und die Zeit mit ihm war mir wichtig gewesen. Leider war er nicht der Richtige für mich, denn wenn man plötzlich der Person gegenüberstand, bei der es sich lohnte, alles zu riskieren, dann tat man es auch.

»Bye!« Jannis warf das Smartphone auf den Boden und drehte sich zu mir herum. Er drückte mich aufs Bett. »Ich will dich! Jetzt!«

»Jederzeit.« Unsere Lippen prallten aufeinander und dieser Kuss war wirklich alles, nur nicht zärtlich. Jannis fickte mich regelrecht mit seiner Zunge, während wir uns immer leidenschaftlicher aneinander rieben.

Doch dann riss er sich von mir los. »Kondome? Gleitgel?«, fragte er.

Überforderung! »Ähm … bei dir im Zimmer.«

Jannis runzelte die Stirn. »Aber du hattest …«

»Eben deinen Schwanz im Mund. Ja, sorry! Ich hab nicht daran gedacht.«

»Ich auch nicht.« Er sah richtig zerknirscht aus. »Das ist mir nie zuvor passiert.«

Na ja, mir schon. Weil ich vor ihm nie Kondome bei Blowjobs verwendet hatte. Also, nicht, dass es viele gegeben hatte, aber Tim und ich waren dabei nicht auf die Idee gekommen, sie zu verwenden, weil wir beide … na ja, nicht wirklich viel Erfahrung mitgebracht hatten. Tim generell und wenn man den schlechten Sex mit Frauen, bei dem ich immer Gummis verwendet hatte, nicht zählte, war es bei mir nicht anders gewesen. »Ich muss mir jetzt keine Sorgen machen, oder?«

»Nein, ich bin wohl einfach … übervorsichtig, was das betrifft. Meine Mutter hat mir mit vierzehn Kids gezeigt und seitdem bin ich etwas … traumatisiert.« Das war vermutlich auch der Sinn dieses Films. Sollte definitiv als Lehrmittel an Schulen verwendet werden, denn danach zog man sich liebend gern ein Kondom über den Schwanz.

Ich setzte mich auf. »Tut mir leid, dass ich vorher nicht daran gedacht habe. Hab ich jetzt die Stimmung versaut?«

Jannis verschloss meinen Mund mit seinem. »Nicht, wenn du noch Kondome holst.«

»Du stehst echt auf Sex.«

»Ich steh vor allem auf Sex mit dir.«

Das ließ ich mir nicht zweimal sagen und sprang aus dem Bett. Mit wenigen Schritten war ich bei der Tür, riss sie auf und hastete in Jannis' Zimmer. Es dauerte nicht lange, da stand ich mit drei Gummis und einer Tube Gleitgel wieder auf dem Flur. Ausgerechnet in diesem Moment ging Rubys Zimmertür auf und sie stand mit ihrem Kollegenfreund Miles vor mir. Glücklicherweise trug ich Boxershorts, leider konnte sie meine mächtige Erektion nicht kaschieren.

Ruby sah mich mit großen Augen an, drehte dann den Kopf und schaute in mein Zimmer. Jannis, der sich eine Decke über den Schritt gezogen hatte, lächelte etwas verkrampft.

Rubys Mundwinkel zuckten und ich dachte wirklich, sie würde jede Sekunde zu heulen beginnen, doch überraschenderweise prustete sie richtig los. »Ach du heilige Scheiße.« Sie klammerte sich an Miles fest, der seit seinem Auftauchen nicht mehr gegangen war. Offensichtlich lebte er jetzt eine Weile bei uns. Oder bei Ruby. Keine Ahnung, ich war mit anderen Dingen beschäftigt gewesen. Jannis-Dingen. »Das habe ich nicht kommen sehen.«

Auch Miles wirkte belustigt.

Mir war es schrecklich peinlich. Nicht, dass Ruby jetzt von Jannis und mir wusste, sondern deswegen, weil ich halb nackt im Flur stand. Mit Kondomen und Gleitgel. Es blieb nicht wirklich viel Spielraum für mögliche Interpretationen. »Tja, ich erzähle dir demnächst gern mehr über die aktuelle Situation, aber wie du siehst«, demonstrativ hielt ich das Gleitmittel hoch, »haben wir noch etwas vor.«

Ruby prustete nun richtig los, Miles hatte sich besser unter Kontrolle. »Viel Spaß«, wünschte er uns. Ich hoffte natürlich, den würden wir haben.

Ich hastete zurück in mein Zimmer und schloss die Tür hinter mir. Für einige Sekunden lehnte ich mich dagegen.

»Flippst du jetzt aus?«, fragte Jannis.

»Wir haben uns heute vor deiner Mutter geküsst, also nein! Bei mir ist alles in Ordnung. Es war nur ein klitzekleines bisschen peinlich. Findest du nicht?«

Nun lachte er auch los. »Verdammt, ja! So was von.«

»Warum kommen die ausgerechnet in dieser Sekunde aus dem Zimmer?«, fragte ich schmollend und ging zu Jannis.

»Na ja, wir hätten es ja nicht für immer geheim halten können«, sagte er.

»Ich hab auch gar nicht versucht, es geheim zu halten.«

»Spätestens nach heute Nacht wüssten sie sowieso Bescheid. Weil ich vorhabe, dich richtig zum Stöhnen zu bringen.« Jannis zog mich aufs Bett und küsste mich. So leidenschaftlich, dass ich nach ein paar Minuten wieder vergessen hatte, dass es eben eine kurze Unterbrechung gegeben hatte. Es dauerte nicht lange, da drückte er mich aufs Bett und griff nach dem Gleitgel. Ich ließ die Beine auseinanderfallen, doch Jannis schüttelte den Kopf.

»Das werde heute wohl eher ich brauchen.«

Ich schluckte. »Ach so?«

»Ja.« Mit der freien Hand griff er nach einem Kondom und warf es mir zu. »Das hier ist für dich.«

Mit zittrigen Händen nahm ich es entgegen. »Soll ich ... jetzt schon?«

»Ja.« Während ich mir das Gummi überzog, bereitete Jannis sich mit effektiven Bewegungen und jeder Menge Gleitgel vor. Meinen Blick konnte ich nicht einmal für eine Sekunde von ihm abwenden. Kurz darauf positionierte er sich auch schon über mir und mein Herz flatterte in der Brust.

»Weißt du, ich dachte mir, auf diese Art stehst du nicht unter unnötigem Leistungsdruck, den du dir selbst machst, und kannst einfach nur genießen.« Langsam ließ er sich auf mich sinken. »Und außerdem habe ich einen verdammt guten Ausblick auf deinen Körper.« Er strich liebevoll über meine Tattoos.

Schlagartig wurde mir eine Sache klar: Ich war nicht erst dabei, mich in Jannis zu verlieben. Ich war bereits unsterblich in ihn verliebt.

Kapitel 32

Ich konnte nicht schlafen. Nicht, nachdem ich den besten Sex meines Lebens gehabt hatte. Es hatte sich für mich nie besonders gut angefühlt, mit Frauen zu schlafen. Und deshalb hatte ich verdammte Angst gehabt, dass es mit Männern genauso laufen würde. Fuck … die Angst war so was von unbegründet gewesen!

Lächelnd lag ich neben Jannis, der mir beim Schlafen den Rücken zugedreht hatte, und konnte mich nur mit Mühe davon abhalten, meine Hand in sein Haar zu schieben. Einfach, weil ich ihn ständig irgendwo berühren musste.

Wecken wollte ich ihn auch nicht, deshalb starrte ich liebestrunken an die Decke. Von draußen fiel ein gedämpfter Lichtschimmer ins Innere meines Zimmers und machte die Nacht nicht ganz so dunkel. Generell kam mir in letzter Zeit alles schöner vor. Die Welt war strahlender. Und ich war glücklicher als je zuvor.

Mein Smartphone piepste und ich zog es schnell zu mir. Sofort stellte ich es auf lautlos. Ich wollte Jannis nicht wecken, da er so süße fiepende Geräusche mit seiner Nase machte. Kein Schnarchen. Sondern einfach … ein schöner konstanter Ton, der mich daran erinnerte, dass ich nicht allein in diesem Bett lag.

Mir leuchteten einige unbeantwortete Chats entgegen, dabei fiel mir auf, dass ich heute Nachmittag eine eingegangene Nachricht von Tim einfach ignoriert hatte.

Scheiße!

Tim:
War ich eigentlich nur ein Experiment für dich?

Nein! Einfach nein! Tim war nie irgendeine Art von Experiment gewesen. Ich hatte bereits länger für ihn geschwärmt, als er ahnte. Ihn näher kennenzulernen und mit ihm zusammen zu sein, war eine verdammt große Sache für mich gewesen. Leider zu groß. Zumindest zum damaligen Zeitpunkt. Vielleicht war nur der Tim aus meiner Vorstellung mit dem realen Tim kollidiert. In meinem Kopf war er damit zufrieden gewesen, mein Geheimnis zu sein. Im echten Leben hatte er sich mehr gewünscht. Er hätte den London-Levi gebraucht, doch den hatte ich erst hier kennengelernt.

Ich drehte mich zu Jannis und in meinem Herzen war nichts als Liebe für ihn. Er war der Richtige für mich. Da war ich mir absolut sicher. Und dieses Mal würde ich nicht davonlaufen. Nicht bei ihm.

Nun musste ich mich Tim widmen und ich hatte keine Ahnung, wie ich klarmachen sollte, dass er mir wichtig gewesen war. Dass ich ihn gebraucht hatte.

Du warst mehr als ein Experiment für mich. Ich war verdammt verliebt in dich, aber auch ein feiges Arschloch.

Das war ein richtig guter Anfang. Ehrlich gesagt war ich stolz auf mich! Tim hatte jedoch mehr verdient.

Ich bin vor meinen Gefühlen für dich weggelaufen.

Das musste ich ihm sagen. Denn er sollte unbedingt wissen, dass er mir etwas bedeutet hatte, ich nur einfach zu feige gewesen war. Jannis bewegte sich und drehte sich zu mir. Er schmatzte leicht im Schlaf, kuschelte sich in sein Kissen und sofort setzte wieder dieses leise Fiepen seiner Nase ein, von dem ich vermutlich mein ganzes Leben lang nicht mehr genug bekommen würde.

Und nun sitze ich hier in London und muss irgendwie weitermachen.

Ein Leben ohne ihn beginnen! Mit Jannis. Zumindest, wenn er wollte. So sicher war ich mir da nicht, denn eine Liebesbekundung seinerseits war bisher ausgeblieben. Aber ich wollte Tim nicht länger warmhalten.

Vielleicht abschließen …

Damit ich bereit für eine Zukunft mit Jannis war. Gut, das war ich sowieso, aber ich wollte meine Altlasten hinter mir lassen. Und endlich das Leben führen, das ich mir bisher nie zugestanden hatte. Egal, wie die Sache mit Jannis ausgehen würde, durch ihn hatte ich mich auch selbst gefunden. Und das würde mir niemand mehr nehmen.

Ich nahm einen tiefen Atemzug und schickte die Nachricht ab.

So. Erledigt.

Ich las mir den Text noch einmal durch und runzelte die Stirn.

Levi:
Du warst mehr als ein Experiment für mich. Ich war verdammt verliebt, aber auch ein feiges Arschloch. Ich bin vor meinen Gefühlen für dich weggelaufen. Und jetzt sitze ich hier in London und muss irgendwie weitermachen. Vielleicht abschließen …

Das Geschriebene klang nun ein bisschen anders. Weinerlicher. Und so, als würde ich mein Weggehen bereuen. Oder ich war vielleicht einfach müde und mein Kopf sah irgendwelche Gespenster, die nicht da waren.

»Levi?« Jannis klang verschlafen.

Ich legte das Handy beiseite. »Ja?«

»Ich will wieder der große Löffel sein.« Wenn ich jeden Tag beenden konnte, indem ich der kleine Löffel war – ich wäre der glücklichste Mensch der Welt!

Kapitel 33

»Jannis?«

Er nahm die Teller aus dem Küchenschrank und drehte sich zu mir. »Hm?«

»Koste das mal.«

Mit dem Geschirr in der Hand kam er zu mir und öffnete den Mund. Ich pustete leicht auf die Kostprobe des Currys, damit er sich nicht verbrannte. Danach hielt ich ihm den Löffel hin. »Ich soll dich also wirklich füttern?«

Er nickte und ich schob ihm die Currykostprobe in den Mund. »Lecker.«

»Hab ich nicht mit der Kokosmilch übertrieben?«, fragte ich.

»Nope.« Lächelnd drückte er einen Kuss auf meine Lippen und ging in Richtung Esstisch. Beim Davongehen starrte ich ihm auf seinen Hintern, der heute in engen Leggins steckte. Wie war ich jemals auf die Idee gekommen, graue Jogginghosen waren das Heißeste, was ein Mann tragen konnte? Es waren eindeutig Leggins.

Als ich mich wieder meinem Curry zuwenden wollte, fing ich Henrys Blick auf. Er und Camila saßen nebeneinander auf den Hockern vor der Kücheninsel und hatten bis vor wenigen Sekunden noch ein Video auf seinem Smartphone miteinander angesehen. Aber nun starrten sie uns beide an.

»Was?«, fragte ich.

»Ihr seid so süß miteinander, dass es beinah ekelhaft ist«, brummte Henry.

Dafür kassierte er einen Rempler mit dem Ellbogen von Camila. »Du bist nur neidisch.«

»Bin ich nicht.«

»Doch. Du bist sauer, weil der letzte Kerl, den du richtig gut gefunden hast, nun dein Kollege ist.«

Jannis kam zurück und kramte in der Besteckschublade herum.

»Ihr redet aber jetzt nicht von Levi, oder?«

»Nein, von Cole«, sagte Camila.

»Cole.« Henry knurrte den Namen.

Kopfschüttelnd sah ich zu meinem Mitbewohner. »Ich mag ihn.«

»Ich auch«, bestätigte Jannis.

Henry verschränkte die Arme vor der Brust. »Und ich kann einfach nicht glauben, dass ihr plötzlich alle an jemandem Interesse habt.«

Ich trat hinter Jannis, der immer noch in der Besteckschublade herumwühlte und umarmte ihn.

»Ja, genau«, murrte Camila. »Reibt es uns nur unter die Nase. Levi und Jannis. Ruby und Miles.«

»Wohnt der jetzt eigentlich auch hier?«, fragte Henry. Eine gute Frage, denn er war zu einem Dauergast geworden. »Und wo sind die beiden heute überhaupt?«

»Er lebt vorübergehend hier«, sagte Camila. »Und Miles legt irgendwo auf. Ruby begleitet ihn. Aber lenkt nicht ab. Ich wollte weiterjammern und sagen: Und Henry und Cole tänzeln auch umeinander herum.«

»Zwischen Cole und mir läuft nichts. Das war eine einmalige Sache.« Für Henry vielleicht. Ob Cole die Hoffnung auf eine Wiederholung aufgegeben hatte, wusste ich nicht.

In diesem Moment klingelte es an der Tür und Henry sprang auf. Man sah ihm an, wie erleichtert er wegen der Störung war.

»Erwartest du jemanden?«, fragte Jannis an Camila gewandt.

Sie schüttelte den Kopf. »Eigentlich nicht. Außer dieser Sofa-surfende-digitale-Nomade taucht wieder auf.« Sie seufzte. »Der war schon wirklich süß.«

»Darüber wollte ich sowieso noch mit dir reden«, sagte Jannis. »Du kannst nicht einfach Leute in die WG zum Sofasurfen einladen. Vor allem, weil wir gar kein Sofa haben.«

Schmollend verschränkte Camila die Arme vor der Brust. »Erstens habe ich eine kleine Couch in meinem Zimmer. Und zweitens habe ich ihm sogar mein Bett überlassen. Ich kann doch nichts dafür, dass er mich eingeladen hat, ebenfalls darin zu schlafen.«
Ich schmunzelte, weil ich das Geplänkel meiner WG-Mitglieder liebte. Und verdammt, ich war glücklich. Mit Jannis in meinen Armen und dem Wissen, dass ich einen absoluten Glücksgriff mit dieser Wohngemeinschaft gemacht hatte, weil ich alle auf ihre eigenartige, manchmal etwas schrullige Weise lieb gewonnen hatte. Und das Schönste war: Niemand machte ein großes Drama, weil Jannis und ich jetzt zusammen waren. Gut, wir hatten nicht wirklich darüber gesprochen, ob wir eine Beziehung führten, aber wenn es nach mir ging, dann taten wir das definitiv.

Henry kam mit einem breiten Lächeln zurück in die Küche. »Na, ist Cole hier?«, fragte Camila. »Oder warum grinst du so?«

»Nein, Besuch für Levi.«

»Für mich?« So ziemlich alle, die ich hier kannte, befanden sich mit mir in dieser Küche. War Cole doch hier und Henry wollte nur nicht zugeben, dass sein Kollege ihn so zum Strahlen brachte?

Ich ließ Jannis los. Eigentlich hätte ich ihn gern länger umarmt. »Kommst du mit?«, fragte ich ihn im Gehen und streckte die Hand nach ihm aus.

Sofort setzte er sich in Bewegung und war mit wenigen Schritten bei mir. Ich verschränkte unsere Hände miteinander und warf einen ersten Blick in den Flur.

Niklas?

O mein Gott. Ich zog Jannis regelrecht hinter mir her auf meinen kleinen Bruder zu. Aus dem Augenwinkel nahm ich auch seinen Freund Alexej wahr; ich hatte quasi einen Tunnelblick und war total auf Niklas fokussiert. Ich konnte nicht glauben, dass er in London war.

Bei Niklas angekommen, ließ ich Jannis' Hand los und zog ihn in eine feste Umarmung. Sobald ich meine Arme um meinen Bruder gelegt hatte, erstarrte ich. Denn hinter ihm stand eine weitere Person, die ich zuvor gar nicht richtig wahrgenommen hatte.

Tim!

Schlagartig wurde mir übel.

Tim konnte nicht hier sein. Tim *durfte* nicht hier sein.

Die Freude, die ich eben wegen des Wiedersehens mit meinem kleinen Bruder verspürt hatte, verflog abrupt. Was hatte er sich dabei gedacht, Tim mitzubringen?

Halbherzig klopfte ich Niklas auf die Schulter und wandte mich Alexej zu. Auch ihn zog ich in eine kurze Umarmung und überlegte dabei fieberhaft, wie ich mich Tim gegenüber verhalten sollte.

Ganz normal begrüßen? Handschlag? Ein Winken? Und vor allem: So tun, als wäre ich nicht eben Händchen haltend mit einem anderen Kerl aus der Küche gekommen?

Ach du heilige Scheiße. Mir war kotzübel.

Ich löste mich von Alexej, weil die Zeitspanne, in der man den Freund seines Bruders umarmen durfte, ohne dass es komisch wurde, längst überschritten war. Über meine Schulter hinweg warf ich Jannis einen kurzen Blick zu. Noch wirkte die Situation entspannt. Vermutlich wartete er darauf, dass ich ihn gleich den anderen vorstellen würde. Das würde ich auch. Ich musste zuerst nur irgendwie Tim begrüßen. Unverfänglich.

Wobei … hatte der nicht in den letzten Wochen sowieso ständig irgendwelche Videos mit einem anderen Kerl auf Videopeek hochgeladen und auf große Sommerliebe gemacht? War er einfach hier, um den Schlussstrich zu ziehen, den ich ihm verwehrt hatte?

Fuck.

Jetzt war der Augenblick gekommen. Ich musste Tim gegenübertreten, nachdem ich ihn auf die niederträchtigste Art überhaupt sitzen lassen hatte.

»Tim«, sagte ich und blieb vor ihm stehen. Unschlüssig, was ich sagen oder wie ich mich verhalten sollte. Er schaute mir ins Gesicht, aber es fühlte sich falsch an. Es war nicht Jannis mit seinen intensiven Augen. Es fehlte die Anziehung.

Das Kribbeln. Die Liebe.

Tim hob die Hand und auf seinem Gesicht lag ein verunglücktes Lächeln. »Hey.«

Ich konnte mich einfach nicht bewegen. Ihn nicht umarmen. Nicht einmal ein anständiges Hallo bekam ich heraus. Er sollte verschwinden. Mich nicht daran erinnern, was für ein Arsch ich gewesen war. Und vor allem wollte ich ihn weit weg von Jannis haben, damit dem nicht plötzlich klar wurde, dass ich kein Hauptgewinn war.

»Was tust du hier?«, fragte ich ihn auf Deutsch. Vermutlich war es besser, wenn Jannis nicht mitbekam, worüber wir sprachen. Ich hoffte wirklich, das abweisende Verhalten Tim gegenüber, machte Jannis nicht misstrauisch. Leider war er nicht dumm, er würde viel zu schnell merken, wie abgefuckt diese Situation war. »Ich dachte, du hast längst wieder einen Freund.« Großartig. Jetzt klang ich sogar eifersüchtig.

Und das vor Jannis! Gott, ich würde dieses Gespräch so was von in den Sand setzen.

»Wie kommst du darauf?« Tim wirkte wie ich absolut überfordert.

»Na, wegen der Videos, die du auf Videopeek hochgeladen hast. Oder …« Ich schaute zu Niklas und dann wieder zurück zu ihm. »War das erneut so eine Fake-Boyfriend-Sache?« Da ich in letzter Zeit auf Wolke Sieben geschwebt hatte, hatte ich mich nicht mehr darum gekümmert, was Tim so trieb. Je näher Jannis und ich uns gekommen waren, desto mehr waren Tim und seine Videopeek-Clips in den Hintergrund getreten.

»Nein.« Tim schüttelte den Kopf. »Paul ist so viel mehr als ein Fake-Boyfriend. Ich liebe ihn.«

Mir fiel ein Stein vom Herzen, der bestimmt so groß wie die Portionen im Restaurant von Jannis' Eltern war. Tim war nicht hier, weil er mich noch liebte. Er wollte vermutlich nur wissen, warum ich wie ein Feigling davongelaufen war.

Er wandte den Blick ab und fixierte einen Punkt weiter hinten. Jannis! »Aber wie ich sehe, hast du dich ja auch schnell getröstet«, sagte er und besaß tatsächlich die Frechheit, seine Augen zu verdrehen, was mich unglaublich wütend machte.

Es kotzte mich richtig an, dass Tim hier aufgetaucht war. Wenn Jannis ein wenig die Körpersprache und den Tonfall zwischen Tim und mir deuten konnte, sah es bestimmt nicht gut für mich aus. Der Raum fühlte sich wie statisch aufgeladen an und ich hatte Angst, dass es jede Sekunde zu einer Explosion kommen könnte.

»So, du bist also sein neuer Freund?«, fragte Tim und wechselte ins Englische. Er sah Jannis direkt an. »Ich hoffe, er verlässt nicht das Land, wenn eure Beziehung zu intensiv wird.«

Ich hörte ein verfluchtes »Fuck« aus Jannis' Mund und drehte mich zu ihm um. Viel zu spät eigentlich! Sofort traf mich sein Blick. Es war eine Mischung aus Verzweiflung und Enttäuschung. Dann ging ein Ruck durch ihn, er schlüpfte in die ersten Schuhe, die er erwischen konnte, und steuerte schnurstracks auf die Tür zu.

»Jannis!«, rief ich und machte einen Schritt auf ihn zu. Ich wollte ihn am Arm packen, ihn aufhalten, doch er schüttelte abwehrend den Kopf und öffnete die Haustür. Er lief einfach davon. Vor dieser Scheißsituation. Und vor mir.

Mit einem lauten Knall fiel die Tür ins Schloss und wir alle starrten ein paar endlos lange Sekunden auf das dunkle Holz.

»Okay«, sagte Niklas irgendwann und räusperte sich. »Das war unangenehm.« Alexej ging zu Tim und streichelte ihm mit einer beruhigenden Geste über den Rücken. Seit wann waren die beiden eigentlich Freunde? *Ich* musste hier getröstet werden. Nicht Tim!

»Ich hätte nicht kommen sollen«, wisperte Tim.

»Ja, das wäre vermutlich besser gewesen«, blaffte ich ihn an. Dann würden Jannis und ich weiterhin in der Küche sein, unser Curry essen und heimlich unter dem Tisch Händchen halten, damit Henry und Camila keine dummen Kommentare machten. Stattdessen stand ich hier mit meinem Bruder, seinem Freund und meinem Ex. Mit den Menschen, die mir früher abgesehen von Mats und Mila am nächsten gestanden hatten. Ich wurde das Gefühl nicht los, in die Gesichter von irgendwelchen Fremden zu schauen.

»Stopp jetzt mal.« Niklas formte mit seinen Händen das internationale Zeichen für Time-out. »Wer hat Tim denn eine sehr verwirrende Nachricht geschrieben? Von wegen, du bist in ihn verliebt, aber vor deinen Gefühlen davongelaufen.«

»Ich war verliebt. Das stand in der WhatsApp.« Hoffte ich. Sicher war ich mir da eigentlich nicht mehr. »Und dass er mehr als ein Experiment war.« Das hatte er ja unbedingt wissen wollen.

Alexej räusperte sich laut. »Levi, die Nachricht war verwirrend. Sie hätte alles bedeuten können.«

»Ja, verbündet euch nur gegen mich. Läuft doch immer so.« Alle gegen Levi.

»Jetzt spiel mal nicht das Opfer«, blaffte mich Tim an. »Du bist einfach verschwunden, hast aber trotzdem Kontakt gehalten und mich weiter hingehalten, während du hier bereits mit jemand Neuen angebandelt hast.«

Es war nie mein Ziel gewesen, mich Hals über Kopf zu verlieben. »Du doch auch.«

»Aber das war nicht geplant«, verteidigte er sich.

»Bei mir ebenfalls nicht.«

»Das mit uns hätte auch funktionieren können, Levi. Also beantworte mir bitte eine Frage.«

»Welche?«

»Warum bist du gegangen? Wenn du doch in mich verliebt warst. Warum bist du abgehauen?«

»Weil ich nicht damit klargekommen bin, dass ich auf Kerle stehe!«, schrie ich. Und ich lernte erst, mit der Sache umzugehen. Dank Jannis. Er war immer er selbst. Ohne sich darum zu kümmern, was andere von ihm dachten. Und das imponierte mir und spornte mich dazu an, selbst so ein Mensch zu werden.

Henry erschien im Türrahmen. »Bist du okay?«, fragte er auf Englisch.

»Mir geht's gut«, antwortete ich.

»Und Jannis?«

»Ich lauf ihm nach, sobald …«

… *ich die Scheiße hier geklärt hatte.* Ich wedelte mit der Hand in Tims Richtung.

»Sorry, ich wollte keine Unruhe stiften«, sagte Tim ebenfalls auf Englisch zu Henry, wandte sich aber gleich darauf wieder mir zu. »Levi, beantworte mir ehrlich eine Frage: Was hat sich für dich geändert? Was ist mit Jannis anders als mit uns beiden?« Seinen Namen aus Tims Mund zu hören, fühlte sich genauso falsch an, wie Tim in dieser Wohnung zu haben.

Lange schaute ich ihn an, dann seufzte ich. »Es gibt hier keinen Druck, okay?« Verständnislos starrte er mich an, deshalb sprach ich weiter. »Er erwartet nicht, dass ich ihm meine Eltern vorstelle. Ihn an Weihnachten mit nach Hause nehme. Ihn mit meinen Brüdern bekannt mache.«

»Felix, Mats und ich kennen Tim bereits«, sagte Niklas.

Daraufhin verdrehte ich die Augen. »Ihr wisst doch, was ich meine. Brunch bei den Großeltern, Familien-WhatsApp-Gruppe. Dafür war ich einfach nicht bereit.«

»Und mit Jannis«, Alexej zeigte auf die Tür, durch die der verschwunden war, »ist es anders. Weil du hier niemanden kennst und alles in deinem Tempo gehen kann.«

»So ungefähr.« Ich schaute zu Henry, der hatte sich allerdings diskret in die Küche zurückgezogen.

Niklas ging zu Alexej und schmiegte sich an ihn. »Du klingst, als könntest du das gut nachvollziehen.«

Der drückte meinem Bruder einen Kuss auf den Scheitel. »Ja, ehrlich gesagt verstehe ich ihn ganz gut. Vor dir habe ich auch niemanden richtig an mich herangelassen.«

»Zum Glück«, säuselte Niklas und dann küssten sie sich.

»Würg«, sagten Tim und ich gleichzeitig und sahen uns danach schmunzelnd an. Und irgendwie brachte dieses einzige Wort das Eis zwischen uns zum Schmelzen. Vorsichtig machte Tim einen Schritt auf mich zu. »Es tut mir leid, dass ich einfach aufgetaucht bin. Ich wollte Jannis nicht vergraulen.«

»Ich weiß. Mir tut es leid, dass ich abgehauen bin, ohne mich zu verabschieden. Das hast du nicht verdient.« Und es war wichtig, dass er das wusste.

»Danke, dass du das auch so siehst.«

»Außerdem«, sagte ich, »möchte ich, dass du weißt, dass das mit Jannis nicht geplant war. Es ist einfach … passiert.«

Schwach grinste Tim mich an. »Ich freu mich für dich. Ehrlich.«

Dann machte er einen Schritt auf mich zu und umarmte mich. Ganz kurz. Vielleicht war das seine Art von Vergebung. Oder ein Abschied. Egal, was es war. Ich war froh, dass mein Verhalten gegenüber Tim nun nicht mehr wie ein Damoklesschwert über mir hing und die Sache endlich vom Tisch war. »Aber du solltest jetzt echt hinter deinem Freund her.«

Sehr schnell sogar, denn London war viel zu groß, um ihn zu suchen. Und er hatte einen gewaltigen Vorsprung.

Ich drehte mich zu Niklas. »Ich muss das mit Jannis klären, aber …«

»Geh schon. Ich schick dir die Adresse von unserem Hotel. Wir sind noch ein paar Tage hier.«

Alexej klopfte mir auf die Schulter. »Na los. Mach dich auf die Suche nach deinem Freund.«

Das ließ ich mir nicht zweimal sagen. Ich rannte in die Küche und schnappte mir mein Smartphone. Das von Jannis lag neben meinem. Camila und Henry schauten mich besorgt an.

»Was ist passiert?«

»Viel. Erzähle ich euch später, aber falls Jannis hier auftaucht«, ich hielt mein Handy in die Höhe, »ruft ihr mich an?«

»Klar«, sagte Henry.

»Was ist mit deinem Besuch?«

»Darüber kann ich mir jetzt keine Gedanken machen. Ich muss Jannis suchen.«

Ich lief aus der Küche, vorbei an Niklas, Alexej und Tim. Henry und Camila würden sich schon um die drei kümmern. Hoffte ich. Für mich gab es im Moment nur eine Person, die zählte. Und das war Jannis.

Kapitel 34

Jannis war nirgendwo in der näheren Umgebung zu sehen. Es wäre auch zu schön gewesen, wenn er einfach auf einer Parkbank vor dem Haus sitzen würde. Leider hatte ich absolut keine Ahnung, wo ich ihn suchen sollte.

Wo würde ich hingehen, wenn es mir schlecht ging? Die Antwort war leicht: zu meiner Familie.

Ich schnappte mir mein Smartphone und rief bei Helena an. Sie nahm nach dem dritten Klingeln ab.

»Levi?«, fragte sie.

»Ja, ist Jannis bei dir?« Ich drehte mich suchend einmal im Kreis. Tube! Ich musste unbedingt zur U-Bahn.

»Nein. Ist etwas passiert? Du klingst irgendwie gehetzt.« Und Helena argwöhnisch, aber ich hatte keine Zeit, mich mit solchen Kleinigkeiten aufzuhalten.

»Wir hatten Streit und er ist aus der WG geflüchtet. Kannst du Bescheid geben, wenn du ihn siehst? Oder falls er bei irgendjemand anderem aus der Familie auftaucht?«

Es herrschte kurz Stille. »Ähm … nein. Ich denke nicht.«

Abrupt blieb ich stehen. »Wie bitte?«

»Du hast mich schon richtig verstanden, Levi. Wenn er dich nicht sehen will, werde ich seinen Wunsch respektieren. Und das solltest du vielleicht auch tun.«

»Ist das dein Ernst? Ich will mit Jannis reden, weil er Hals über Kopf die WG verlassen hat, nachdem mein Ex-Freund hier aufgetaucht ist.«

»Dein Ex-Freund?«

»Oder so was in der Art«, murmelte ich. »Ist auch völlig egal.«
Helena seufzte. »Falls er auftaucht, werde ich ihm sagen, dass er
sich bei dir melden soll, weil du dir Sorgen machst.«

Sorgen? Ich war panisch. Und ich musste ihn verdammt noch mal
sehen und mit ihm reden. Fragen, warum er abgehauen war.

»Danke«, flüsterte ich und wollte bereits auflegen.

»Levi?«, hörte ich Helenas Stimme.

»Ja?«

»Ich hab Jannis noch nie so wie mit dir erlebt. Ihr werdet es wieder hinbekommen.« Was auch immer es war. Wir hatten unsere Beziehung nie näher definiert. Ich aus Angst vor einem Korb. Und
er …? Ich hatte keine Ahnung.

»Hoffentlich. Danke, dass du mir zugehört hast«, sagte ich, und
dann verabschiedeten wir uns.

Was sollte ich jetzt machen? Spazieren gehen, um den Kopf frei-
zubekommen?

Da ich sowieso schon auf dem Weg zur U-Bahn-Station war, be-
schloss ich, zur Themse zu fahren. Wenn man aufs Wasser starrte,
konnte man besser nachdenken.

Mein Kopf war wie in Watte gepackt und gerade funktionierte ich
völlig auf Autopilot. Zur U-Bahn gehen, auf die Tube warten, hinsetzen, in die Luft starren, wieder aussteigen. In meinem Kopf wir-
belten die Gedanken nur so herum, doch ich schob sie nicht weg,
weil ich mich damit auseinandersetzen wollte.

Und ich kam sogar zu einem Ergebnis. Ich hatte mir alles selbst
zuzuschreiben. Wäre ich nicht einfach ohne ein Wort des Ab-
schieds nach London verschwunden, wäre Tim nicht hier aufgetaucht. Aber ich war mein ganzes Leben lang zu feige gewesen, um
zu dem zu stehen, was ich wollte. Es laut auszusprechen. Und endlich war ich an dem Punkt angelangt, an dem mir das alles klar war.

Als ich das nächste Mal aufsah, stand ich vor dem London Eye.

Was war das bloß mit mir und diesem Riesenrad?

Es faszinierte mich. Und ich verband damit auch viele Erinne-
rungen an Jannis. Und die taten ziemlich weh.

Kopfschüttelnd wandte ich mich ab und lief den Queens Walk

entlang. Vorbei an der Royal Festival Hall. Ich ging weiter, beobachtete ein paar Skater und blieb irgendwann bei einem Aussichtspunkt stehen. Wobei ich so weit gelaufen war, dass ich die ganzen typischen Sehenswürdigkeiten hinter mir gelassen hatte. Ich schaute auf die Themse und die Schiffe, die an mir vorbeizogen. Dachte an Jannis. Und daran, dass ich mich in ihn verliebt hatte. Und das sollte er unbedingt wissen, deshalb würde ich nach Hause fahren und dort auf ihn warten. Irgendwann musste er ja wieder heimkommen.

Mit gesenktem Kopf stand ich am Bahnsteig. Henry hatte mir beigebracht, dass ich im Underground niemandem in die Augen sehen sollte. Er meinte, das wäre so etwas wie eine Verletzung der Privatsphäre. Was irgendwie witzig war, weil man in der U-Bahn quasi Bauch an Bauch stand. Aber seine Worte ergaben durchaus Sinn. Denn manchmal waren Blicke intimer als Berührungen.

Gott, ich vermisste Jannis so!

Bereits von Weitem hörte ich, dass die U-Bahn gleich einfahren würde. Ich hob reflexartig den Kopf und da sah ich ihn.

Jannis!

Sofort setzte ich mich in Bewegung, leider stand er ungefähr fünfzehn Meter von mir entfernt und das Gedränge war einfach zu dicht, um ihn zu erreichen. Doch die U-Bahn fuhr ein. Es stiegen kaum Leute aus, dafür drängten sich zu viele Menschen in die Tube. Jannis hielt sich zuerst im Hintergrund. Es wirkte beinah, als würde er gar nicht einsteigen wollen, doch dann folgte er der Menschentraube. Und ich ihm!

Wir quetschten uns in den Waggon und ich stand ganz dicht bei ihm. Körper an Körper.

Ich wagte es nicht einmal zu atmen, bis die Türen sich schlossen. Surrend setzte sich die U-Bahn in Bewegung. Ich wusste, ich sollte Jannis auf mich aufmerksam machen.

Leider bekam ich kein Wort heraus.

Starrte ihn nur intensiv an.

Langsam hob er den Kopf und unsere Blicke trafen sich. Jannis' Augen weiteten sich. Vor Schock?

»Ich hab dich eben am Bahnsteig gesehen«, flüsterte ich.

»Lass uns in Oval aussteigen«, sagte er und wandte danach den Blick wieder ab. Demonstrativ sah er auf den Boden und machte keine Anstalten, sich mit mir zu unterhalten. Und ich konnte einfach nicht wegsehen. Weil ich ihm so viel zu sagen hatte.

Doch ich blieb stumm.

Es waren die längsten paar Minuten meines Lebens. An der Station Oval drängte sich Jannis nach draußen und ich folgte ihm. Immer noch mit gesenktem Kopf verließ er den Underground, überquerte mit mir mehrere Straßen und führte mich in einen Park.

»Wo sind wir?«, fragte ich ihn, bekam aber keine Antwort. Er hastete einfach vor mir her.

»Jannis?« Stur lief er mehrere Schritte vor mir und ich kam mir langsam wie ein Stalker vor, den er unbedingt abschütteln wollte.

»Können wir endlich reden?«

Abrupt hielt er bei einer Parkbank und nahm Platz. »Kennington Park«, sagte er.

»Wie bitte?«

»Wir befinden uns im Kennington Park.«

»Und wieso?«

»Weil … keine Ahnung. Ich dachte einfach, es wäre besser, hier zu reden als in der Tube.«

Zögerlich trat ich einen Schritt vor und ließ mich neben Jannis auf die Parkbank sinken.

»Dieses Chaos heute tut mir unglaublich leid«, sagte ich. »Niklas und Alexej kamen unangemeldet und …«

»Dein Bruder. Und sein Freund, oder?«

»Genau. Und dann hatten sie auch noch Tim dabei.«

Jannis seufzte laut. »Deinen Freund.«

Das dachte er? »Nein … so was wie meinen Ex-Freund. Wir waren nie richtig zusammen, eher … heimlich?«

»Und bevor du nach London gekommen bist, habt ihr Schluss gemacht?«, fragte Jannis dann.

Ich zögerte. Denn ich wusste, dass ihm meine Antwort nicht gefallen würde. »Nein, ich hab Tim weder gesagt, dass ich weggehe, noch mich von ihm verabschiedet.«

»Wow!« Die Fassungslosigkeit in Jannis' Stimme tat unglaublich weh. »Weißt du, immer wenn ich beginne zu glauben, dass du kein Arschloch bist, tust du irgendetwas, um meine Meinung wieder zu ändern.«

Vorsichtig griff ich nach Jannis' Hand, versuchte, unsere Finger zu verflechten, um irgendeine Art von Verbindung zwischen uns herzustellen, doch er schüttelte mich ab.

»Nicht.«

»Wieso nicht?«, fragte ich. »Zwischen Tim und mir ist es vorbei. Das haben wir geklärt. Außerdem hat er längst jemand Neues. Und ich auch. In den letzten Wochen habe ich dir immer wieder gezeigt, wie viel du mir bedeutest.« Seit ich in London war, rannte ich Jannis ja fast schon hinterher. »Und nachdem wir uns immer nähergekommen sind, weiß ich, dass es dir genauso geht.« Frustriert kämmte ich mir durchs Haar. »Fuck, Jannis! Ich habe mich in dich verliebt. Und ich will nicht mehr so tun, als würden wir nur miteinander rummachen oder wären irgendwelche Fuckbuddys. Denn immer, wenn ich dich küsse, dann kribbelt es in meiner Brust und Jannis – ich bin mit ganzem Herzen dabei.«

Ich hatte mit allem gerechnet. Dass er mir um den Hals fiel. Mich küsste. Mir ebenfalls seine Liebe gestand – nichts davon passierte. Sein Gesichtsausdruck wandelte sich von überrascht in mitleidig.

»Levi.« Er klang traurig. Vielleicht auch enttäuscht. »Ich glaube, ich habe nie einen Zweifel daran gelassen, dass ich nicht auf der Suche nach einer Beziehung bin, oder?«

»Du … du hast mich ins Restaurant deiner Eltern mitgenommen. Ich kenne deine ganze Familie.« Das musste etwas zu bedeuten haben.

Ich ertrug Jannis' Gesichtsausdruck nicht mehr und wandte den Blick ab.

»Levi«, flüsterte er. »Isla war doch auch da.«

»Du hast zu ihr gesagt, dass ihr euch nicht mehr treffen könnt.«

»Hey, ich bin nicht poly. Und es geht mir auch nicht darum, möglichst viele Leute gleichzeitig abzuschleppen. Mit uns – da hat es derzeit einfach gepasst, aber als dann dein Ex-Freund oder wer auch immer der Kerl war, aufgetaucht ist, wurde mir klar, dass das auf Dauer nicht funktionieren kann.«

»Warum?«

»Weil ich keine Beziehung möchte. Und du schon.«

Dagegen konnte ich nichts sagen. Denn es war die Wahrheit. Ich hatte mich immer nach einer Beziehung gesehnt, war zu feige gewesen. »Das macht doch keinen Sinn.«

»Ich mag lieber lockere Sachen. Und mit dir ... Weißt du, für dich ist alles neu und ... einfach noch so riesengroß. Ein Kuss in der Öffentlichkeit: Für mich normal, für dich eine große Überwindung. Ich denke, auf Dauer matcht das nicht zwischen uns.«

Wie bitte? Wir harmonierten erfolgreich. Nicht nur im Bett, sondern auch außerhalb. Jannis war nicht nur der Kerl, auf den ich tierisch abfuhr. Er war der Mensch, mit dem ich am liebsten Zeit verbrachte. Weil wir gemeinsame Interessen hatten und ich wusste, dass uns niemals der Gesprächsstoff ausgehen würde.

»Und jetzt?«, wisperte ich. In meinen Augen hatten sich Tränen gebildet, doch ich blinzelte sie weg.

»Fährst du zurück in die WG.«

»Und du?« Meine Stimme klang verdammt rau.

»Ich denke, ich werde den Rest des Wochenendes bei meiner Familie verbringen.«

Ich nickte und stand auf. »Tja. Das war's dann wohl.« Mit hängendem Kopf schlurfte ich von Jannis weg.

»Levi!«, rief Jannis und ich stoppte. Schaute über meine Schulter zu ihm.

Wenn ich in meinem Leben irgendwann einen Bonus auf meinem Karma-Konto gemacht hatte, dann wollte ich ihn jetzt einlösen. Jannis sollte filmreif auf mich zulaufen und mir sagen, dass er das alles eigentlich gar nicht so gemeint hatte und mich ebenfalls liebte.

Natürlich passierte das nicht.

»Bereust du es?«, fragte er stattdessen.

»Dass ich nach London gekommen bin?« Trotz des Knotens in meiner Brust und den Tränen in meinen Augen tat ich das nicht. »Die Sache mit uns.«

Langsam schüttelte ich den Kopf. »Nein. Ich glaube, durch dich hab ich mich erst selbst gefunden.« Ich zögerte, weil ich Angst vor der Antwort hatte, stellte sie dann aber doch. Die Frage, die mir vermutlich endgültig das Herz brechen würde. »Und du?«

Er lächelte ein trauriges Lächeln. »Auch nicht.«

Kapitel 35

Mir war kotzübel.

Ehrlich, ich hatte es nicht kommen sehen. Irgendwie hatte ich gedacht, dass ich für Jannis mehr als sein aktueller Fuckboy war.

Leider hatte ich mich getäuscht. Seine Blicke. Seine Gesten. Seine Worte. Alles hatte mich glauben lassen, dass er sich auch langsam in mich verliebte. Und da lag ich nun. In meinem Londoner Zimmer mit gebrochenem Herzen.

Gott, tat das weh.

Ich rollte mich zu einer Kugel zusammen und zog die Decke über meinen Körper. Ich konnte nicht weinen, denn ich war schockiert und auch verletzt, aber Jannis hatte recht. Er hatte mir nie etwas vorgemacht und war sich die ganze Zeit über treu geblieben. Und er hatte mir dabei geholfen, endlich zu mir selbst zu stehen. Die Selbstverständlichkeit, mit der er mit seiner Sexualität umging, hatte auf mich abgefärbt. Ich sah die Welt nicht mehr schwarz und weiß. Plötzlich war sie regenbogenbunt. So wie die Menschen darin. So wie ich.

Ich wünschte, ich könnte Jannis hassen. Ihm böse sein. Es ging einfach nicht. Wie auch? Wie konnte ich ihm einen Vorwurf daraus machen, dass er sich nicht Hals über Kopf in mich verliebt hatte? So wie ich mich in ihn? Man konnte Liebe nicht erzwingen.

Am liebsten hätte ich jemanden angerufen. Mir sagen lassen, was ich jetzt tun sollte. Mats. Mama. Oma. Irgendjemand. Das war etwas, das der alte Levi machte. Sich nur zu melden, wenn er in der Klemme steckte. Hilfe oder Rat brauchte.

Ich nahm mein Smartphone trotzdem in die Hand, weil ich

Niklas eine Entschuldigung schuldete. Immerhin war sein Überraschungsbesuch ziemlich in die Hose gegangen.

Treff

Ich löschte die Buchstaben wieder.

Sorry, dass …

Auch nicht besser.

Wie lange bist d

Alter. Das konnte so nicht weitergehen.

> **Levi:**
> Tut mir leid, dass dein Überraschungsbesuch heute so in die Hose gegangen ist. Habt ihr ein Hotel gebucht? Oder wolltet ihr bei mir übernachten? Wollte euch nicht rausschmeißen oder so. War einfach nur überfordert.

Ich schickte die Nachricht ab und hoffte, dass Niklas sich bald melden würde. Weil ich nichts mit mir anzufangen wusste. Tatsächlich kam auch gleich eine neue WhatsApp, allerdings war die eingegangene Nachricht nicht von meinem Bruder.

> **Helena:**
> Jannis ist bei Mama und Papa.

> **Levi:**
> Ich dachte, du wolltest mir nicht verraten, wenn du ihn siehst.

> **Helena:**
> Weil ich dachte, dass du ihm das Herz gebrochen hast. Konnte nicht ahnen, dass er deins bricht.

Autsch! Was zur Hölle sollte ich darauf bitte antworten? Ratlos starrte ich auf mein Smartphone.

Helena:
Sorry, in meinem Kopf hatte der Satz netter geklungen. Ich hoffe, es geht dir gut?

Levi:
Den Umständen entsprechend.

Helena:
Heißt das, du liegst heulend auf deinem Bett?

Levi:
Bett: Ja. Nein zu den Tränen.

Helena:
Solange du nicht panisch dein ganzes Zeug in einen Koffer schmeißt, ist alles gut.

Levi:
Daran hatte ich bis jetzt noch nicht gedacht, aber ich mag den Gedanken, nach Hause zu fahren. Mich von Mama oder Oma bekochen zu lassen.

Mich trösten zu lassen!

Helena:
O mein Gott. Ich mache alles schlimmer! Du kannst nicht einfach verschwinden. Du hast hier Freunde. Und auch eine zweite Familie.

Levi:
Das sagst du nur, weil Jannis weniger Stunden im Restaurant machen will und ich die perfekte Küchenhilfe bin.

Helena:
Boah! Levi! Jetzt verstehe ich endlich, warum Jannis schon ein paarmal behauptet hat, du bist ein Arsch. Und er kann das gut beurteilen. Er ist auch einer.

Levi:
Ja, ist mir schon aufgefallen. Manchmal spielt er die Überlegenheitskarte aus.

Helena:
Die was?

Levi:
Na, du weißt schon. Wenn er mir zum Beispiel das Gefühl gibt, dass ich homophob bin, weil ich manchmal (oft) blöd reagiere, wenn … vielleicht etwas neu für mich ist.

Helena:
Dann bist du nicht homophob. Nur dumm.

Levi:
Man kann nicht auf jedem Gebiet immer alles wissen.

Helena:
Suchst du gerade Gründe, um Jannis blöd zu finden?

Levi:
Ja, irgendwie schon.

Helena:
Ich würde dir gern dabei helfen, aber ich muss jetzt arbeiten. Und ich soll dir von Papa ausrichten, du bist jederzeit herzlich bei uns willkommen.

Levi:
Ehrlich?

Helena:
Ja, klar! Wir werden nicht aufhören, mit dir zu reden. Wir hören uns bald wieder.

Ich legte das Smartphone zur Seite und starrte mit geschlossenen Augen an die Decke. Irgendwann musste ich eingeschlafen sein, denn als ich das nächste Mal wach wurde, war es bereits richtig dunkel im Zimmer. Und es klopfte an meiner Tür.

»Ja?«, rief ich mit rauer Stimme.

Henry kam in mein Zimmer, in der Hand eine Liefertüte aus … *The Taverna?* »Das wurde für dich abgegeben.«

»Ich hab nichts bestellt.«

»Vielleicht ein Lebenszeichen von Jannis? Aufgetaucht ist er ja nicht mehr.«

Ich schluckte. »Wir haben schon geredet.«

Henry kam weiter ins Zimmer und setzte sich neben mich ins Bett. Die Tüte stellte er auf dem Boden ab. »Du siehst beschissen aus. Und er ist nicht hier. Ich nehme mal an, euer Gespräch ist nicht gut gelaufen?«

Ich rappelte mich hoch. »Nicht wirklich.«

»Und der Kerl heute Nachmittag war dein Ex?«

»Ja, so was in der Art.«

Henry runzelte die Stirn. »Und das hat Jannis nicht gefallen?«

»Irgendwie nicht.«

»Wie meinst du das?«

»Jannis ist kein Typ für Beziehungen. Ich laut ihm schon und das ist ein Problem für ihn. Weil er mit niemandem fest zusammen sein will.« Und ich konnte ihn verstehen. Das war das Schlimmste an der Situation. Immerhin war ich mal mit der gleichen Einstellung durchs Leben gegangen: Die Zeit als Single genießen, keine Party verpassen und Spaß haben. Und das, ohne irgendjemandem Rechenschaft ablegen zu müssen. Daran war nichts falsch.

»Das fällt ihm ja früh ein.« Henry war richtig sauer. »Man steigt nicht einfach mit seinem Mitbewohner ins Bett. Das wird dann doch für alle eigenartig. Aus demselben Grund schläft man nicht mit Kollegen.« Oh, wir sprachen jetzt nicht mehr nur über Jannis und mich, sondern auch über Cole und ihn.

»Hey, beruhig dich mal. Jannis hat mir nie etwas vorgemacht. Ich wusste, dass er oft datet und hab mich vielleicht in was reingesteigert.«

»Also, heute Nachmittag hat er nicht so gewirkt, als hätte er großes Interesse an jemand anderem. Für mich habt ihr eher wie ein Pärchen ausgesehen.«

Ich zuckte mit den Schultern. »Ja, hatte ich eigentlich auch gedacht. Zumindest, dass wir auf dem Weg sind, eines zu werden. Leider habe ich mich getäuscht.«

»Willst du nicht irgendetwas durch dein Zimmer schmeißen? Schreien? Du kommst mir so verdächtig ruhig vor. Das ist eine typisch britische Eigenart. Nur, damit du Bescheid weißt. Ich dachte, ihr Deutschen seid ein bisschen temperamentvoller.«

Ich schüttelte den Kopf. »Wenn ich eine Sache durch Jannis gelernt habe, dann, dass man nicht immer alle in Schubladen stecken soll.« Ich stieß Henry mit der Schulter an. »Und nein, ich möchte nichts schmeißen. Ich bin zwar irgendwie traurig. Und müde, aber ich bin nicht wütend.«

»Du bist ein komischer Kerl«, sagte Henry. »Ich hole mal Besteck und hoffe, du gibst mir was von deinem Essen ab.«

»Wir können teilen«, sagte ich und angelte nach der Tüte. »Was ist eigentlich mit dem Curry passiert?« Das hatte ich einfach auf dem Herd zurückgelassen und nicht mehr daran gedacht.

»Steht im Kühlschrank. Das können wir dann morgen essen, oder?«

Henry hievte sich hoch.

Ich nickte. »Niklas ist ja auch da, den würde ich dann hierher einladen und mich dafür entschuldigen, dass ich einfach weggelaufen bin.« Ich kramte in der weißen Tüte herum und nahm die erste Schale raus. Dann erstarrte ich. »Boah, ich bin echt der schlimmste Bruder der Welt. Und der schlimmste Mitbewohner dazu.«

»Wie kommst du darauf?«, fragte Henry und ging unbeirrt weiter in Richtung meiner Zimmertür.

»Na, ich hab ihn und die anderen einfach stehen lassen. Die haben bestimmt völlig überfordert im Flur gestanden.«

Henry winkte ab. »Camila hat das ganz gut gelöst. Ihnen was zu trinken angeboten, was alle abgelehnt haben, gefragt, ob sie reinkommen wollen, was sie ebenfalls abgelehnt haben. Und dann hat sie versprochen, dass du dich bald melden wirst. Allerdings nur deinem Bruder, damit es nicht noch mehr Drama gibt.«

»Ich muss mich dringend bei ihr bedanken.«

»Wird schwierig. Sie hat später ihren Koffer gepackt und meinte, sie kommt erst in ein paar Wochen wieder. Ihr Sofa-Surfer ist nebenberuflich auch Housesitter und hat sie eingeladen, irgendein Cottage zu sitten.«

Gerade wollte ich nachfragen, was genau ein Housesitter war. Doch mein Smartphone piepste und ich war abgelenkt. Natürlich.

»Ich hole mal das Besteck«, murmelte Henry und verschwand, während ich die neue Nachricht öffnete.

> **Niklas:**
> Ich muss mich entschuldigen, denn ich hatte keine Ahnung, dass du jemand Neues hast. Tut mir leid, dass du deswegen Stress mit ihm hattest. Konntet ihr die Sache klären?

Niklas war online, deshalb schrieb ich gleich zurück.

> **Levi:**
> Ja, wir haben miteinander geredet. Mach dir keine Sorgen. Zwischen Jannis und mir ist alles in Ordnung.

> **Levi:**
> Können wir uns morgen sehen?

Es war nicht wirklich eine Lüge. Wir hatten keinen Streit gehabt. Es hatte kein großes Drama gegeben. Und eigentlich musste ich Niklas dankbar sein, denn er hatte mich davor bewahrt, mich heftiger in Jannis zu verlieben – auf diese rettungslose Weise, wie es immer in Filmen oder Büchern passierte. Aber mal ehrlich, mein Leben war nicht filmreif. Es würde mit viel Glück so für eine Netflix-Miniserie reichen. Sechs Folgen und schon wieder vorbei.

> **Niklas:**
> Zum Glück. Ich hätte mir nie verziehen, wenn ich zwischen deinem Freund und dir was kaputt gemacht hätte. Und ja, aber Alexej und ich werden Tim vorher zum Flughafen bringen. Danach haben wir Zeit. Wir bleiben übrigens noch 3 Tage.

> **Levi:**
> Ich freu mich auf euch. Nur eine letzte Frage. Eigentlich zwei.

> **Niklas:**
> Ja?

> **Levi:**
> Wieso habt ihr Mila nicht mitgebracht?

Ich vermisste die Kleine schon richtig!

> **Niklas:**
> Weil Alexej und ich uns mal ein paar Tage zu zweit verdient haben. Mama, Papa, Mats und Lena passen auf sie auf. Ach, und ich glaube, Oma lässt es sich auch nicht nehmen, mal vorbeizuschauen. Bin mir sicher, Opa tut wieder so, als hätte ihn Oma mitgeschleift, will dann aber nicht gehen, weil er mit Mila Legotürme baut.

Wow. Mila würde definitiv nicht langweilig werden.

> **Levi:**
> Klingt nach jeder Menge Spaß für Mila. Kannst du mir auch verraten, seit wann Tim und du so gut miteinander seid, dass ihr zusammen in Urlaub fliegt? Und vor allem: Hasst Alexej ihn nicht eigent-

> **Niklas:**
> Du solltest dich echt öfter melden, dann wüsstest du das. Das mit Tim hat sich im Sommer ergeben. Und im Laufe einer sehr alkoholreichen Nacht haben Tim und ich uns quasi verbrüdert. Bei Alexej hat es etwas länger gedauert. Bis heute, wenn du mich fragst.

> **Levi:**
> Ich glaube, wir müssen uns morgen mal sehr intensiv auf den neuesten Stand bringen.

> **Niklas:**
> Auf jeden Fall. Bis dann!

Als ich aufsah, bemerkte ich, dass Henry wieder im Raum stand. Er stieg von einem Bein aufs andere. »Was stehst du hier so rum?« Ich klopfte neben mich aufs Bett. »Setz dich.«

»Sicher? Irgendwie hab ich mich gerade aufgedrängt.«

Ich verdrehte die Augen. »Jetzt laber nicht rum, sondern setz dich zu mir.«

»Danke.«

Ich nahm ihm eine Gabel ab und verteilte die Kartons auf meiner Decke.

»Ehrlich gesagt finde ich Essen im Bett total widerlich«, sagte Henry.

»Du musst ja nicht hier schlafen. Also klecker, so viel du willst.« Ich öffnete den ersten Karton und schaute dann zu Henry. »Außer, du willst hier schlafen.« Vielsagend wackelte ich mit den Augenbrauen.

Henry zeigte mir den Vogel. »Ich weiß, dass du einen Scherz machst, aber um das mal klarzustellen: Du bist ein Doppel-No-Go. Mitbewohner und Arbeitskollege.« Getroffen griff ich mir ans Herz. »Autsch.«

»Hey, nur für mich. Nicht für andere.«

Ich stellte Henry einen Schale in den Schoß. »So, iss was. Vielleicht bist du dann nachher besser im Trösten.«

Henry lächelte. Wir wussten beide, dass ich froh war, ihn hier bei mir zu haben. Er war möglicherweise nicht der Weltmeister im Trösten, allerdings ein verdammt guter Mitbewohner und Freund. Und als Arbeitskollege war er auch gar nicht so schlecht.

Kapitel 36

»Langsam verstehe ich, warum du nach London gezogen bist«, sagte Niklas und schob den Teller von sich. Wie geplant hatte ich Alexej und ihn in die WG eingeladen. Zum Essen. Und morgen würden wir gemeinsam Sightseeing machen. »Es gibt so viele Sehenswürdigkeiten, die Menschen sind alle megahöflich, und man wird nicht überrannt, wenn man in den Bus oder die U-Bahn steigen will.«

Ich lächelte schwach. »Ja, es hat schon was, hier zu leben.«

»Was vor allem an uns liegt«, sagte Ruby. Miles war vor wenigen Stunden abgereist und sie wirkte ein bisschen geknickt deswegen. Obwohl sie sich große Mühe gab, sich nichts anmerken zu lassen. Und mir ging es ähnlich.

»Ja, im Mitbewohner-Bingo hatte ich echt ganz großes Glück.«

»Levi, bevor du hier eingezogen bist, haben wir eher nebeneinanderher gelebt, aber seit du hier wohnst, sind wir so was wie Freunde.« Ihre Worte taten so gut.

Ich rutschte zu Ruby, legte ihr einen Arm über die Schultern und den Kopf auf ihrem Haar ab. »Ich bin echt froh, euch zu haben.«

Alexej schmunzelte und aß die dritte Portion meines Currys. »Du musst mir unbedingt das Rezept geben«, nuschelte er und widmete sich wieder seinem Teller.

Niklas verdrehte die Augen. »Alexej ist im Food-Himmel. Aber ich kann diesen Moment durchaus würdigen.«

»Ich auch, denn bisher hatte ich zwar immer unzählige Bekannte, außer Felix, Niklas und Mats aber nicht besonders viele richtige Freunde«, sagte ich an Ruby gewandt. »Du weißt schon. Leute, denen man von seinem Tag erzählt und bei Problemen zu ihnen kommt.«

Niklas' Augen wurden groß. »Ich bin dein Freund?«, fragte er. »Nicht nur dein nerviger kleiner Bruder?«

»Das mit dem nervig will ich jetzt nicht abstreiten ...«

»Hey«, beschwerte er sich.

»Du wärst eine meiner ersten Anlaufstellen.«

»Ja ja«, maulte Niklas. »Wir wissen alle, dass du einen Zwillingsbruder hast, zu dem du immer läufst. Allerdings nehme ich den zweiten Platz im Ranking dankend an.« Er verbeugte sich kurz und sah sich um, als würde er auf Applaus warten.

»Spinner«, murmelte ich und warf einen Blick zu Alexej, der Niklas so verliebt anschaute, dass es beinah wehtat. Ich freute mich für meinen Bruder. Wirklich. Aber mich überkam auch eine Traurigkeit, weil ich in absehbarer Zeit keine Beziehung haben würde. Vielleicht sollte ich es wie Jannis machen und erst mal daten.

»Hey.« Als hätte ich ihn mit meinen Gedanken heraufbeschworen, stand er plötzlich in der Küche. Daran, dass wir uns zwangsläufig ständig über den Weg laufen würden, musste ich mich definitiv erst gewöhnen. Genauso wie an das Ziepen in meiner Brust.

»Hallo«, sagte ich.

»Störe ich?«, fragte er ungewohnt schüchtern. Vielleicht wusste er auch nicht, wie er sich mir gegenüber verhalten sollte, nachdem er mir gestern den Laufpass gegeben hatte.

»Wir essen gerade das Curry, das wir gemeinsam gekocht haben.« Ich stand auf. »Ich hole dir eine Portion.« Fuck, mein Herz klopfte plötzlich wie verrückt.

»Bleib sitzen. Das mache ich schon selbst.« Jannis lächelte mich verkrampft an und die ganze Situation fühlte sich falsch an. Vor allem, weil er auch direkten Blickkontakt mit mir vermied.

Ich plumpste wieder zurück auf meinen Po. »Okay. Ist echt lecker geworden.«

Alle am Tisch schauten uns mit neugierigen Blicken an. Das spürte ich. Ob ihnen auch aufgefallen war, wie verkrampft höflich Jannis und ich waren?

Niemand sagte ein Wort, bis Ruby sich räusperte und ein Gespräch mit Niklas und Alexej begann und nachfragte, welche Sehenswürdigkeiten sie besuchen wollten. Ich hörte nur mit halbem Ohr hin, da ich Jannis dabei beobachtete, wie er in der Küche herumhantierte. Nämlich im Schneckentempo. Vermutlich überlegte er, wie er schnellstmöglich die Flucht ergreifen konnte. Aber das wollte ich nicht. Klar, es gab schönere Sachen als mit dem Kerl, in den man sich verliebt hatte, an einem Tisch zu sitzen und verkrampfte Gespräche zu führen. Da mussten wir jetzt durch. Es würden nicht plötzlich irgendwelche Kobolde kommen, die einen von uns über den Regenbogen hinweg zu einem neuen WG-Zimmer brachten, das auch noch halbwegs bezahlbar war. Es war notwendig, dass Jannis und ich uns miteinander arrangierten.

Er hatte einen Teller befüllt und einen Löffel in der Hand. Er öffnete den Mund, vermutlich um irgendeine dumme Ausrede hervorzubringen, warum er seine Portion in seinem Zimmer essen musste. Nur würde das nicht passieren.

»Ruby, rutsch mal, damit ich Platz für Jannis machen kann«, bat ich meine Mitbewohnerin.

Sofort rückte sie weiter.

»Ich wollte sowi-«, begann Jannis.

»Setz dich zu uns«, sagte ich. »Niklas stirbt beinah vor Neugier. Er will dich schon seit gestern kennenlernen.« Jannis wirkte nicht begeistert, aber er war zu höflich, um jetzt noch abzuhauen, und setzte sich.

»Levi übertreibt mal wieder.« Tat ich nicht, denn Niklas starrte Jannis total neugierig an. »Ich muss allerdings zugeben, dass ich mich schon darauf gefreut habe, dich mal persönlich zu sehen. Und nicht nur via Skype. Immerhin hat Levi sich in dich verliebt und -«

Ich merkte, wie sich Jannis neben mir verkrampfte.

Okay, vielleicht war das doch nicht so eine gute Idee gewesen. Denn jetzt vor allen hier am Tisch zugeben zu müssen, dass ich abserviert wurde, war nicht leicht. Ich würde das wie mit einem Pflaster machen. Einfach abreißen.

»Also, Niklas. Was das betrifft«, sagte ich so ruhig wie möglich, »es hat sich herausgestellt, dass meine Gefühle eher einseitig sind.« Na toll, jetzt bebte meine Stimme. Ich griff nach meiner Serviette und spielte damit. Meine Hände brauchten irgendeine Beschäftigung. »Das ist nicht schlimm, denn durch Jannis' Hilfe fällt es mir nun nicht mehr schwer, zu mir selbst zu stehen. Ich denke, ich bin bereit, allen zu erzählen, dass ich mich zu Männern hingezogen fühle. Ausschließlich zu Männern.« Leise räusperte ich mich. »Und Gefühle kann man eben nicht erzwingen.« Traurig zuckte ich mit den Schultern und hoffte, dass ich dadurch nicht zu sehr wie ein getretener Hund wirkte, deshalb lächelte ich im Anschluss. »Aber Jannis und ich bekommen das hin.« Ich stieß ihn mit der Schulter an. »Vor allem, weil ich nicht will, dass es zwischen uns oder in der WG komisch wird.«

Ruby legte ihre Hand auf meine Finger, mit denen ich die Serviette zerpflückte. Ein stummes Zeichen ihrer Unterstützung. Oder Zuneigung.

»Wer bist du und was hast du mit meinem Bruder gemacht?«, fragte Niklas und irgendwie brach er mit diesem Spruch das Eis.

Denn ich musste auflachen, was die angespannte Situation auflöste.

Alexej schob seinen Teller von sich. »Tja, der ist wohl endlich erwachsen geworden.«

War ja auch höchste Zeit.

Nachdem ich Niklas und Alexej verabschiedet hatte, machte ich mich auf den Weg zu meinem Zimmer. Vor der Tür fing mich Jannis ab. Er musste regelrecht auf mich gelauert haben.

Fragend schaute ich ihn an.

»Ich …« Jannis sah mich das erste Mal am heutigen Tag direkt an. Und alles war wie immer. Unsere Blicke verhakten sich ineinander und die konstante Spannung und das Kribbeln waren sofort wieder da.

Fuck, das war doch alles beschissen. »Es ist okay, Jannis.«

Er schüttelte den Kopf. »Ist es nicht. Ich fühle mich wie ein riesengroßes Arschloch.«

»Musst du nicht. Ich bin dir nicht böse und …« Ich holte tief Luft. »Es ist eben so, wie es ist.«

»Jetzt fühlt es sich komisch an zwischen uns. Eigenartig verkrampft. Findest du nicht?«

»Na ja, wir wissen, wie der andere nackt aussieht. Da nimmt man sich vermutlich zwangsläufig mit anderen Augen wahr.« Ich lehnte mich mit dem Rücken gegen die Tür meines Zimmers. »Das vergeht bestimmt bald. Irgendwann lachen wir darüber, dass ich mich in dich verliebt habe.« Heute allerdings noch nicht. Auch nicht morgen.

»Weißt du, was ich gestern nicht bedacht habe?«

Ich schüttelte den Kopf.

»Dass ich gern Zeit mit dir verbringe. Außerhalb vom Bett.«

Für einen Moment schloss ich die Augen. »Ja, ich auch mit dir. Aber … vielleicht nicht heute, Jannis.« Und dann drehte ich mich um und ging in mein Zimmer. Ich hörte, dass auch seine Tür ins Schloss fiel. Meine Schultern sackten nach unten und eine Weile stand ich einfach nur so da.

Dann wandte ich mich der Wand zu, die unsere Zimmer voneinander trennte. Jannis war dort. Auf der anderen Seite.

Und so unerreichbar wie nie zuvor.

Ich lehnte die Stirn dagegen und dann weinte ich stumme Tränen. Weil es verdammt wehtat. Mehr als es sollte.

Kapitel 37

Die Tage vergingen, aber mein Herzschmerz nicht. Es wurde sogar noch schlimmer, da ich es kaum ertrug, wie vorsichtig Jannis und ich umeinander herumtänzelten. Diese Höflichkeit und meine Versuche, Jannis nicht spüren zu lassen, wie sehr er mich verletzt hatte, waren das Schlimmste an der ganzen Situation.

Daran wollte ich nicht denken. Zumindest nicht jetzt! Denn mein Laptop war aufgeklappt, das Essen bereit und ich sah, wie sich die Familienmitglieder auf der anderen Seite des Bildschirms um den Tisch herum versammelten.

Mila, die auf Niklas' Schoß saß, winkte mir. Ich winkte zurück, musste dann jedoch den Blick abwenden, weil mich das Heimweh wie ein Fausthieb ins Gesicht traf. Natürlich hatte ich meine Familie schon zuvor vermisst, nur in diesem Moment war die Sehnsucht nach meinem Zuhause größer. Nach Mamas Waffeln. Omas Marmelade. Ähnlich tröstend war nur das Essen aus dem The Taverna. Das schmeckte auch nach Heimat. Und Familie.

Ich zog meine Pancakes zu mir und schaute wieder zurück auf den Bildschirm. Alle starrten mich an.

»Alles in Ordnung?«, fragte Opa. Von dem hatte ich so eine Frage am wenigsten erwartet.

Ich schüttelte den Kopf. »Nein, nicht wirklich.«

Mama schaute mich mitleidig an. »Was ist los?«

Mein Herz klopfte etwas schneller. »Ich vermisse euch einfach. Gerade ist mir bewusst geworden, wie gern ich mit euch in einem Raum wäre. Mit euch reden möchte. Ehrlich gesagt habe ich bei meinem Weggang nicht damit gerechnet, wie sehr ihr mir alle fehlen werdet.«

Der Kloß in meinem Hals wurde immer größer.

»Levi-Schatz«, sagte Oma und klang traurig. »Wir hätten dich auch gern hier bei uns.«

»Du kannst jederzeit wieder heimkommen«, bot Papa sofort an. Ich holte tief Luft. »Ich weiß, aber … eigentlich mag ich es hier. London ist groß, laut und manchmal chaotisch. Es passt zu mir. Und ich liebe es.« Und auch wenn es verlockend war, wegen eines gebrochenen Herzens alles hinzuschmeißen, konnte ich es nicht. Abzuhauen war keine Option. Nicht mehr. »Ich mag meinen Job. Meine Mitbewohner sind mir ans Herz gewachsen. Sie sind meine zweite Familie.« Genauso wie Jannis' Familie, wobei ich mir nicht sicher war, ob ich mich ihnen aufdrängen wollte. Klar, sie hatten mich total herzlich aufgenommen, nur hatte sich seit Jannis' Abfuhr etwas verändert. In mir. Nicht im Verhalten seiner Familie. Sie waren immer noch grandios. Immerhin hatten sie mir Trostessen geschickt. Nicht nur an dem Abend, an dem Jannis mir gesagt hatte, dass es für uns keine Zukunft gab. Sondern auch bereits zweimal in dieser Woche in die Arbeit. Vielleicht war das ihr Zeichen, mir zu sagen, dass sie an mich dachten.

»Wir vermissen dich ebenfalls«, sagte Mats. »Ohne dich fehlt etwas.«

»Aber du kannst ja zwischendurch nach Hause fliegen. An Weihnachten. Ostern«, zählte Niklas auf. »Allen Geburtstagen.«

»Denk mal an das viele CO2«, murmelte Alexej.

Ich schmunzelte. »Wir sollten uns fürs Erste auf die Feiertage beschränken.«

»Außer dein Heimweh wird zu groß. Dann kommst du sofort, Levi-Schatz.« Mama war einfach die Beste!

»Natürlich.« Ich verknotete meine Finger miteinander. »Es gibt da übrigens eine Sache, die ich euch sagen muss.«

»O mein Gott«, grummelte Opa. »Das letzte Mal, als ein Satz mit diesen Worten begonnen hat, hast du uns von deinen Umzugsplänen erzählt. Was kommt jetzt?« Direkt wie eh und je. Leider machte er es mir dadurch nicht leichter, mich bei ihnen zu outen. Denn genau das hatte ich vor.

»Wisst ihr«, begann ich vorsichtig, »ich hab das Studium nicht einfach aus einer Laune heraus geschmissen. Ehrlich gesagt hatte ich schon lange Zeit das Gefühl, dass ich mein altes Leben irgendwie hinter mir lassen muss, um neu zu beginnen. Es tut mir leid, dass ich so einen krassen Cut machen musste, aber der Neuanfang war wichtig für mich. Und richtig.« Und das, obwohl ich von einer Beziehung so weit entfernt war wie noch nie zuvor. »Hier in London kannte mich niemand. Ich konnte der Levi sein, der ich schon immer sein wollte.« Ich schnaubte. »Was schwieriger ist, als man denkt, wenn man sich jahrelang selbst verleugnet und nicht zu sich steht.« Ich schloss für einen kurzen Moment die Augen und als ich sie wieder öffnete, sah ich, dass meine Familie mir gespannt zuhörte. Niklas, Alexej, Mats und Lena wussten, was kommen würde. »Tja, am besten mache ich es kurz: Ich bin schwul.«

Und dann herrschte für einige sehr lange Sekunden absolute Stille.

»Wieso schaut ihr alle so?«, fragte Opa. »Er ist ja nicht der erste Schwule, der sich beim Sonntagsbrunch geoutet hat.« Damit hatte er recht. Bei Niklas war es ähnlich gewesen und an diesem Tag hatte ich meinen Bruder gleichzeitig für seinen Mut und seine Offenheit bewundert und ihn gehasst. Weil es bei ihm so einfach gewirkt hatte. Ein kurzes Ich-bin-schwul. Ganz schnell. Wie ein Pflaster abreißen.

Niklas ergriff nach ihm das Wort. »Ich freue mich für dich, Levi.«

»Du wusstest ja sowieso schon Bescheid.«

»Wirklich?«, fragte Mama und klang beleidigt.

Niklas zeigte mit dem Finger auf Mats. »Er wusste es noch früher, nehme ich an.«

Mats nickte. »Jap.« Er schaute zu mir. »Und ich freu mich, dass du es endlich allen gesagt hast. Ich bin stolz auf dich.«

»Levi, ich auch«, sagte Mama schnell. »Ich würde dich sehr gern in den Arm nehmen und ich hoffe, du weißt, dass sich zwischen uns nichts ändern wird, obwohl ich gestehen muss, dass ich überrascht bin.«

Papa legte einen Arm um Mamas Schultern. »Geht mir genauso.

Und es tut mir leid, dass ich als Elternteil nicht aufmerksamer war. Vielleicht hättest du nicht erst das Land verlassen müssen, um zu dir selbst zu finden, wenn wir … keine Ahnung. Mats und du, ihr wart immer so eine geschlossene Einheit und ich mache mir Gedanken, ob wir euch vielleicht zu wenig Aufmerksamkeit geschenkt haben. Bei Niklas wussten Mama und ich vor seinem Outing, dass er Interesse an Männern hat.«

»Ich interessiere mich ausschließlich für Alexej«, warf mein kleiner Bruder wenig hilfreich ein.

Papa seufzte wegen seines Kommentars.

»Ihr habt nichts falsch gemacht, Papa. Mein ganzes Leben lang habe ich alles darangesetzt, zu verleugnen, dass ich auf Männer stehe.«

»Wieso?«, fragte nun Oma. »Du hast doch gesehen, dass wir Niklas nie anders behandelt haben. Dass sich nach seinem Outing nichts geändert hat. Du bist der gleiche Levi, mit dem ich Rezepte austausche und der mir schon als Kind beim Kochen über die Schulter geschaut hat.« Die positiven Reaktionen auf mein Outing taten so gut, doch ich hatte auch nichts anderes erwartet. Meine Familie war großartig.

»Danke, Oma.« Ich schob meine Pancakes von mir. Hunger hatte ich keinen mehr. »Es ist so, dass ich einfach …« Gott, war das schwierig. »Ich konnte es zuerst selbst nicht akzeptieren. Weil ich dachte, dass ich nicht schwul sein könnte, weil ja Mats auch hetero ist.«

»Das ist wirklich dumm«, sagte Felix. Bisher war er ziemlich leise gewesen. »Aber so typisch Levi, dass man dich deswegen nur noch lieber haben muss.« Das war wohl seine Art zu sagen, dass sich zwischen uns nichts ändern würde.

»Und dann«, fuhr ich einfach fort, ohne auf Felix' Zwischenkommentar einzugehen, »habe ich mich eine Ewigkeit an den Gedanken geklammert, bisexuell zu sein. War ich leider nur nie. Das habe ich erst jetzt gemerkt.« Ein bisschen dank Tim, denn durch ihn konnte ich erste Erfahrungen in einem sicheren Umfeld machen. Mich selbst kennenlernen. Aber vor allem dank Jannis.

Ich musste ihm irgendwann eine Dankeskarte schreiben.

»Was heißt schwul?«, krähte Mila und wir lachten alle los. Sie schaute schockiert und Alexej zog Mila von Niklas' Schoß direkt in eine feste Umarmung. Sofort hörten alle zu lachen auf.

»Das bedeutet, dass ein Mann sich in andere Männer verliebt.«

»Und Nini ... auch?«

»Ja, Niklas verliebt sich ebenfalls nur in Männer.«

Verstehend nickte die Kleine. »Gut. Denn du bist einer.« Dann kuschelte sie sich wieder an Alexej und streckte ihre Hand nach Niklas aus, der sie natürlich ergriff. Mehr musste sie wohl nicht wissen.

In dieser Sekunde nahm ich mir vor, in Zukunft ein bisschen mehr wie Mila zu sein. Weltoffen. Und glücklich.

Ich klappte den Laptop zu und lächelte. Konnte immer noch nicht glauben, dass ich es wirklich getan hatte.

Ich hatte mich geoutet!

Und ich wollte es irgendjemandem erzählen. Am liebsten allen in der WG, aber Ruby schlief bestimmt. Camila war unterwegs und Henry war an diesem Wochenende nicht hier. Blieb also nur Jannis. Hoffentlich war er nicht wieder bei seinen Eltern, um mir aus dem Weg zu gehen. Denn ich hatte ihn weder gestern Abend noch heute Nacht nach Hause kommen gehört.

Mit dem Laptop unter dem Arm lief ich zu seinem Zimmer. Ich klopfte, doch weil ich total hibbelig war, riss ich die Tür sofort auf.

»Jannis, ich ...« Mitten im Satz verstummte ich, denn ich war nicht darauf vorbereitet, was ich sah.

Da lag er.

Nackt.

»Levi?«, fragte er verschlafen.

Er lag an der Wandseite, hatte eine Hand auf der Mauer liegen, zog sie jedoch zurück, um nach seiner Decke zu greifen. Langsam drehte er sich zu mir.

Bis vor wenigen Sekunden hatte er genauso dagelegen wie ich heute Nacht. Mir zugewandt, mit der Wand zwischen uns. Ich war so eingeschlafen. Mit den Gedanken bei ihm und der Hoffnung, dass er ebenfalls an mich dachte.

Ein Blick auf den Kerl in Boxershorts, der neben ihm im Bett lag, reichte, um diesen Wunschtraum platzen zu lassen. Sämtliche Glückshormone, die ich bis eben gespürt hatte, verpufften mit einem Schlag.

Zack.

Einfach weg.

Ich konnte nicht einmal das Zimmer verlassen. Starrte auf das Bett. Genauer gesagt auf Jannis. Irgendwie fassungslos. Er hatte bei dem Fakt, dass er nicht für Beziehungen gemacht war, nicht gelogen.

Tränen sammelten sich in meinen Augen, aber ich würde nicht heulen. »Tut mir leid«, wisperte ich. »Ich wollte euch nicht stören, nur …« Ich schüttelte den Kopf. Wenn ich jetzt weitersprach, würde ich definitiv weinen. »Egal.«

Ich schaffte es nicht, zu gehen. Und er musste aufhören, mich so intensiv anzusehen. Das gaukelte mir eine Art von Intimität und Nähe zwischen uns vor, die es so nicht mehr geben durfte. Nicht, solange er mit anderen ins Bett ging.

Ich drehte mich um, verließ den Raum und schloss leise die Tür. Dann tapste ich in mein Zimmer, drückte die Tür zu und blieb mitten im Raum stehen. Den Laptop presste ich gegen meine Brust, als könnte mich diese Geste irgendwie zusammenhalten.

Es klopfte.

»Ja?« Ich drehte mich um und die Tür schwang auf.

Jannis hatte sich seinen Kimono übergeworfen und stand unsicher im Türrahmen. »Darf ich reinkommen?«

Ich wandte mich ab und legte den Laptop auf meinem Nachttisch ab. Zögerte die Antwort hinaus. »Was willst du?«, fragte ich. Ansehen wollte ich ihn nicht.

»Du hättest das nicht sehen sollen.«

»Glaub mir, wäre mir auch lieber gewesen«, sagte ich. »Es ist okay. Du hast mir nie etwas vorgemacht.«

Ich spürte eine vorsichtige Berührung an meiner Schulter. »Es tut mir leid.«

»Was genau?«, fragte ich und schüttelte Jannis' Hand ab. Es hatte sich zu gut angefühlt.

Darauf hatte er wohl keine Antwort. Denn er blieb eine ganze Weile stumm. »Alles.«

Ich schnaubte. »Schon okay. Du hast mir nie irgendwelche falschen Hoffnungen gemacht.« Nun liefen mir Tränen über die Wangen. »Ich war einfach dumm und hab mich in dich verliebt. Blödes Versehen. Kommt nicht wieder vor.«

Es blieb still.

Und ich machte den Fehler und drehte mich um, weil ich dachte, dass Jannis gegangen war und mir den Raum gab, den ich brauchte, um mit seiner Zurückweisung zurechtzukommen. Ich hatte mich geirrt.

Er stand immer noch in meinem viel zu kleinen Zimmer und als er meine Tränen sah, kam er zu mir und nahm mich in den Arm. Stocksteif blieb ich stehen, doch als er mir tröstend über den Rücken strich, brachen die Tränen erst richtig aus mir heraus. »Du solltest das hier nicht sehen«, flüsterte ich erstickt.

»Schhht.« Jannis drückte mich ein bisschen fester. »Lass dich einfach festhalten.« Und das tat ich. In den richtigen und falschen Armen zur gleichen Zeit.

Ich heulte. Und das so verdammt lange, dass es eigentlich schon peinlich war. Es dauerte eine Ewigkeit, bis die Tränen versiegten, und sobald ich mich beruhigt hatte, befreite ich mich aus Jannis' Armen.

Schon etwas gefasster schaute ich ihm in die Augen – und auch dort schimmerten Tränen.

»Besser?«, fragte er. Seine Stimme klang belegt.

»Nein, aber das wird es eine ganze Zeit nicht sein.«

»Wieso schreist du mich nicht an?«

»Willst du das?«

Unschlüssig zuckte er mit den Schultern.»Nein, eigentlich nicht.«

»Ich auch nicht.«

Und dann drehte Jannis sich um, ging zur Tür, hielt jedoch noch einmal inne.»Was wolltest du bei mir im Zimmer?«

Oh. Ach, das.»Heute … beim Sonntagsbrunch mit meiner Familie habe ich mich geoutet.« Ich brachte ein schwaches Lächeln zustande und die Tränen waren sofort wieder da.»Ich war so erleichtert und glücklich. Und ich wollte den Moment mit dir teilen.« Was ich sekündlich mehr bereute.

Jannis öffnete den Mund. Seine Lippen zitterten, dann presste er sie fest zusammen. Seine Augen waren glasig und er zwinkerte fast schon verzweifelt.»Levi …«, flüsterte er. In seiner Stimme lag keine Freude. Nur Schmerz.»Ich bin so stolz auf dich. Und es tut mir unglaublich leid, dass ich deinen großen Moment zerstört habe.«

Eine Träne lief aus Jannis' Augenwinkel und er drehte sich um. Rannte in sein Zimmer. Weg von mir und dem schlechten Gewissen, das er bei meinem jämmerlichen Anblick empfinden musste.

Ich würde mich wohl ewig an diesen Tag erinnern. Daran, wie gut ich mich gefühlt hatte, bis ich in Jannis' Zimmer geplatzt war. Mein Outing bei der Familie würde bestimmt immer der beste und zeitgleich traurigste Moment in meinem Leben bleiben.

Kapitel 38

Die Stimmung zwischen Jannis und mir hatte sich nach diesem Tag deutlich verändert. Zuerst hatten meine verletzten Gefühle im Vordergrund gestanden, doch jetzt war da auch eine Traurigkeit in Jannis' Blicken, die ich nicht deuten konnte. Vielleicht sogar eine Spur Bereuen. Vermutlich, weil er nun wusste, wie sehr mich seine Abweisung getroffen hatte.

Immer noch schlichen wir auf Zehenspitzen umeinander herum. Gingen überfreundlich und überhöflich miteinander um.

Trotzdem versuchten wir weiterzumachen, gingen unseren Leben nach. Ich arbeitete viel. Machte Überstunden. Nicht nur, weil es mich ablenkte, sondern auch, weil mein Chef mir immer mehr zu tun gab.

Es war fast mittags. Eigentlich Zeit, zu gehen, aber ich würde wohl heute länger bleiben und einen Covervorschlag fertigstellen.

»Levi?« Mein Chef tauchte neben mir auf.

»Ja?«

»Hast du kurz Zeit?« Er deutete mit dem Kopf zu seinem Büro.

»Natürlich.« Sofort sprang ich auf und lief hinter Isaac in Richtung seiner Glaskammer. Deutlich bemerkte ich, wie uns alle Blicke verfolgten.

Er zeigte auf den Stuhl, der vor seinem Schreibtisch stand. »Setz dich, Levi.«

»Danke.« Ich nahm Platz und knetete nervös die Hände. Ein bisschen fühlte ich mich, als hätte man mich zum Direktor gerufen.

Isaac ließ sich seufzend auf seinen Schreibtischstuhl fallen und lehnte sich entspannt zurück. Wenn man jemanden feuerte, saß man nicht so gechillt da, oder?«Also, Levi. Wie gefällt es dir bei uns in der Abteilung? In den letzten Wochen war eine Menge los. Urlaube. Praktikanten. Deshalb hatte ich nicht besonders viel Zeit, um mal mit dir zu reden.«

Okay. Das klang nicht, als würde er mich gleich rausschmeißen. Vielleicht eine Versetzung, weil er dachte, dass ich meinen Job nicht gut machte?»Ich muss gestehen, dass ich in der Vergangenheit nicht besonders viel mit Buchcovern zu tun hatte und überrascht war, dass es hier sogar eine ganze Abteilung gibt, die sich nur damit beschäftigt.«

Isaac lächelte.»Eine kleine Abteilung, aber ja! Das Tätigkeitsfeld wurde wie die ganze Firma in den letzten Jahren immer größer. Und es ist schön, zu sehen, dass bei uns jeder Angestellte seinen Platz finden kann. Darum interessiert es mich natürlich brennend, ob du dir auf Dauer vorstellen kannst, in meiner Abteilung zu bleiben.« Er ordnete ein paar Unterlagen auf dem Tisch neu.»Denn um das mal gleich vorwegzunehmen: Ich bin begeistert von deiner Arbeit.«

»Danke.« Ich fühlte mich mehr als geschmeichelt.»Und wenn ich ehrlich sein darf: Ich wusste lange Zeit nicht, was genau ich mit meinem Leben anfangen soll. Irgendwas Kreatives. Das war mir schon immer klar, nur hatte ich nie die richtige«, ich zeigte Anführungszeichen in der Luft,»Nische für mich gefunden. Jetzt habe ich das Gefühl, etwas entdeckt zu haben, was mir Spaß macht und das ich auch gut kann. Und die Kunden sind begeistert.« Klang das zu arrogant?»Ich meine, ich hatte das Gefühl, meine Cover kamen immer ganz gut an?«

Sofort nickte Isaac.»Nicht nur bei denen. Auch bei mir. Du willst also bei uns bleiben? In dieser Abteilung.«

»Auf jeden Fall«, sagte ich.»Es gibt da allerdings eine Sache ...« Jetzt hieß es alles oder nichts!»Ich wurde ja halbtags eingestellt, falls sich also irgendwann die Möglichkeit ergibt, Stunden aufzustocken, wäre ich wirklich sehr dankbar.« London ließ meine Ersparnisse täglich weiter schrumpfen, vor allem, da immer wieder Familienmitglieder zu Besuch kamen und das volle Sightseeing-Programm durchziehen wollten. Auswärts essen war bei mir schon nicht mehr

298

drin, genauso wenig wie am Wochenende ausgehen. Irgendwann würde zwangsläufig der Punkt kommen, an dem nichts mehr da war, ich mein Leben hier nicht länger finanzieren konnte und mit eingezogenem Kopf zurück in mein Kinderzimmer ziehen musste.

Belustigt schnaubte Isaac. »Du bist gerade schneller als ich. Wenn du bei mir in der Abteilung bleibst, dann kann ich dir folgendes Angebot machen: Siebenunddreißig Wochenstunden. Ein Tag davon gerne im Homeoffice. Vier Wochen Urlaub und du bekommst zusätzlich an acht Feiertagen frei. Fällt ein Feiertag aufs Wochenende, wird dieser am nächsten Werktag nachgeholt. Ich weiß, bei euch in Deutschland funktioniert das etwas anders.« Das wusste ich, hatte aber zur Sicherheit mit Papa meinen ersten Arbeitsvertrag besprochen. Isaac zog mich nicht über den Tisch, sondern machte mir im Rahmen seiner Möglichkeiten ein faires Angebot. »Dein Gehalt wird natürlich auf die entsprechende Stundenzahl angepasst. Außerdem bekommst du einmal im Monat Lunchgutscheine, du kannst das Mitarbeiter-Fitnessstudio besuchen und hast relativ flexible Arbeitszeiten.«

Ich nickte begeistert. »Dann haben wir einen Deal.«

»Sehr gut.« Isaac stand auf und reichte mir über seinen Tisch hinweg die Hand. »Das freut mich wirklich, Levi. Ich nehme an, dass sich noch jemand von der Personalabteilung bei dir wegen des neuen Arbeitsvertrags melden wird. Ansonsten freue ich mich, dass du bald ganztags bei VP bist.«

»Danke. Ich freu mich auch wirklich. Sehr.«

»Gut.« Isaac warf einen Blick auf die Uhr. »Dann lass dich von mir nicht weiter vom Arbeiten abhalten.«

Ich lachte und verließ das Büro. Natürlich ging ich brav zu meinem Schreibtisch. Zählte aber die Minuten, bis ich aufspringen und zu Cole und Henry laufen konnte.

Meine Kollegin Padme, deren Schreibtisch genau gegenüber von meinem lag, sah mir gespannt entgegen. »Was war los?«, fragte sie. »Was wollte Isaac?«

»Bald sehen wir uns den ganzen Tag.«

»Nein!« Erfreut klatschte sie in ihre Hände. »Levi, das ist ja großartig.«

Ich nickte wie ein Wackeldackel. »Ja, finde ich auch.«

Wir unterhielten uns kurz, dann versank ich wieder in meinem neuen Coverentwurf. Ich arbeitete sogar noch motivierter daran als vor dem Gespräch mit meinem Chef. Mein Smartphone vibrierte einige Male, doch ich ignorierte es, bis ich endlich fertig war und Isaac den Entwurf schicken konnte. So. Und jetzt nach Hause.

Es war bereits halb drei. Eigentlich arbeitete ich sonst immer nur bis dreizehn Uhr. Ich hatte nicht einmal aufgesehen, als alle Mittagspause gemacht hatten, so vertieft war ich gewesen.

Ich fuhr den PC runter, verabschiedete mich und ging in Richtung des Büros von Cole und Henry, als ich mich an die Nachrichten erinnerte, die auf meinem Smartphone eingegangen waren.

Schnell entsperrte ich es.

Jannis:
Wollen wir heute gemeinsam essen? Ich komme ungefähr um einundzwanzig Uhr aus dem Restaurant und könnte etwas mitbringen.

Vor kurzer Zeit hätte ich mich tierisch wegen so einer Einladung gefreut. Ich freute mich auch jetzt, aber natürlich war meine Euphorie ein bisschen getrübt.

Ich hatte mir das mit Jannis und mir einfach anders vorgestellt, doch ich wollte kein Arschloch sein. Er bemühte sich sichtlich um unsere Freundschaft und auch darum, dass es sich für keinen von uns in der WG komisch anfühlte. Mal abgesehen von meinem kleinen Ausbruch kürzlich, da es mich natürlich schon getroffen hatte, ihn mit einem anderen Kerl im Bett zu erwischen.

Außerdem: Noch arbeitete ich nicht in Vollzeit und zu einem Gratisessen würde ich niemals Nein sagen.

Levi:
Ja, gern. Es gibt auch etwas zu feiern.

Jannis:
Was denn?

Levi:
Mein Chef hat mir eine Vollzeitstelle angeboten. Ich muss mir also in naher Zukunft keine Gedanken mehr darüber machen, wie lange ich meine Miete noch bezahlen kann.

Immer wieder wechselte die Anzeige bei WhatsApp zwischen schreibt … und online. Doch nichts passierte.

Egal. Ich stand sowieso bereits vor Coles Arbeitsplatz. »Gute Neuigkeiten«, sagte ich und sah mich suchend um. »Wo ist Henry?« Er deutete auf die Tür, die zum Büro seines Vaters führte. »Da drin.« Er verdrehte die Augen. »Was für Neuigkeiten?«

»Bald können wir gemeinsam Mittagspause machen.«

»Was?« Meine Worte sickerten wohl erst nach und nach in Coles Gehirn. »Nein! Du arbeitest jetzt auch in Vollzeit?«

»Ja.« Vielleicht wippte ich aufgeregt auf und ab. Aber nur ein bisschen.

»Hey.« Sofort war Cole auf den Beinen, ging um den Tisch herum und umarmte mich. »Ich freue mich total. Endlich muss ich in den Mittagspausen nicht mehr allein herumsitzen.«

»Jetzt tu nicht so, als wärst du der totale Außenseiter.«

»Bin ich aber. Komplett isoliert. Niemand will mit dem Kerl essen, der seinem Dad alles weitererzählen könnte. Das ist so, als wäre ich der Sohn des Direktors.«

Ich lachte laut auf. »Ich war der Enkel des Direktors. Hat meiner Beliebtheit jetzt nicht wirklich geschadet.«

Cole schnaubte beleidigt. »War ja klar.«

»Kommt Henry in den nächsten Minuten aus dem Büro deines Dads?«

»Nee, denke nicht.«

»Dann erzähle ich ihm die Neuigkeiten zu Hause. Und du«, ich machte mit der Hand eine Reißverschluss-Geste vor meinem Mund, »behältst die guten News für dich.«

»Versprochen.«

Ich wandte mich zum Gehen um.

»Levi?«

»Ja?«

»Machen wir bald mal wieder 'nen Netflix-Abend?«

Ich winkte Cole zum Abschied. »Klar. Ich melde mich noch.«

Kapitel 39

»Wow, Levi«, sagte Henry, der neben mir am Küchentisch saß. »Langsam beneide ich dich.«

»Wieso?«

»So viele Benachrichtigungen bekomme ich sonst in einem Monat nicht.« Nachdem ich Henry erzählt hatte, dass ich bald einen Ganztagsjob haben würde, hatten wir mit einer Flasche Sekt angestoßen.

Tja, nun war die Blubberbrause leer und ich hatte sowohl Tinder als auch Grindr auf meinem Handy. Tinder war mir nicht neu und obwohl ich kein Fan des Hot-or-Not-Prinzips war, hatte mich Henry dazu überredet, mich erneut anzumelden. Allerdings unter neuen Voraussetzungen. Ich nutzte die App nicht mehr als Hetero-Mann, sondern als schwuler Mann. Henrys Tipp war, mich von den Kerlen mit den Bauchmuskel-Fotos fernzuhalten, außer ich wollte unverbindlichen Sex. Da ich mir nicht sicher war, was die Zukunft bringen würde, hatte ich einfach immer nach rechts gewischt, wenn jemand halbwegs sympathisch rübergekommen war. Es gab schon einige Matches, die Datingsache überforderte mich aber ein wenig. Ich wollte nicht mit gefühlt fünfzehn Kerlen gleichzeitig schreiben, sondern mit einem. Und Grindr war mir fast schon zu abgefahren. Ich hatte schon einige Anfragen bekommen. *Willst du ficken?*, war eine der höflichsten gewesen.

Ich zog mein Smartphone zu mir. »Schau mal, Henry. Da bist du!« Ich stieß ihn mit der Schulter an. »Wir könnten jetzt auch miteinander auf Grindr schreiben.« Die App funktionierte laut Henry nämlich standortbasiert und schon konnte das Chatten beginnen.

»Weißt du was? Jetzt ist der richtige Zeitpunkt, um einen Filter zu setzen.«

»Was soll das heißen?«, fragte ich verwirrt.

»Klick mal auf das Icon in der Mitte. Jetzt kannst du nach Alter, wonach du suchst oder danach, wer gerade online ist, filtern.«

Ich nickte wie ein Wackeldackel und probierte es aus. »Oh, das schränkt die Anzahl aber gleich erheblich ein.«

»Du kannst auch Benutzer in deine Favoriten aufnehmen«, erzählte Henry weiter. »Oder Leute blockieren, sollte jemand zu aufdringlich werden. Das kann ich dir auch noch zeigen, wenn du möchtest.«

»Ja, ist vielleicht nicht so schlecht.« In der nächsten Sekunde ging eine neue Nachricht ein. »Oh. Wie widerlich. Zeig mir das doch gleich bei dem Kerl.«

»Ist ganz einfach. Nur auf den durchgestrichenen Kreis klicken und schon bist du ihn los.«

Ich schüttelte den Kopf. »Ich weiß echt nicht, ob das was für mich ist. Und ich habe nicht das Gefühl, dass ich dadurch jemanden kennenlernen kann, der sich zum Beispiel in einem Café mit mir treffen möchte und nicht in seinem Schlafzimmer.«

Endlich tauchte Jannis in der Küche auf. Wie versprochen mit Essen aus dem Restaurant seiner Eltern.

»Hey.« Ich sprang erfreut auf und lief ihm entgegen. Ich riss ihm die Tüte quasi aus der Hand. »Ich hab schon auf dich gewartet.«

Henry stand ebenfalls auf und kam zu uns in die Küche. »Er hat die schwersten zwei Stunden seines Lebens hinter sich. Zuerst musste er mir dabei zusehen, wie ich einen Salat gegessen habe, während sein Magen lauter als jeder Wolf geknurrt hat, dann habe ich ihn mit Sekt abgefüllt und jetzt ist er auch noch der begehrteste Junggeselle Londons.« Er ging zum Kühlschrank und holte sich ein Wasser.

Verwirrt schaute Jannis zwischen Henry und mir hin und her. »Was habe ich verpasst?«

Ich hatte bereits Teller und Besteck in der Hand und ging damit zurück zum Tisch. »Von meinem Ganztagsjob weißt du ja schon. Auch wenn du mich danach ignoriert hast.«

»Ich wollte dir lieber persönlich gratulieren.« Lächelnd kam er zu mir und zog mich in eine feste Umarmung. »Das heißt, du bleibst?«, fragte er, nachdem er sich wieder von mir gelöst hatte.

»Ich hatte nie vor, zu gehen.«

»Na ja, du hattest nur einen Halbtagsjob, der bei weitem deine Lebenserhaltungskosten überstiegen hat. So sicher war ich mir nicht, ob du für immer bleibst.«

Verwirrt runzelte ich die Stirn. »Okaaay«, sagte ich lang gezogen. Denn es war mir neu, dass sich Jannis über meine Finanzen Gedanken machte. »Und ich hatte übrigens nicht vor, zu gehen.«

»Vergiss einfach, was ich gesagt habe.« Jannis hielt inne und schaute sich etwas verwundert um. »Wo ist Henry?«

»Keine Ahnung. Darüber will ich im Moment nicht nachdenken.«

»Warum nicht?«

»Weil ich lieber von dir wissen will, wie du das eben gemeint hast? Warum dachtest du, ich würde gehen?«

»Komm schon, das weißt du doch selbst«, sagte er abwehrend. »Du hast hier keine Familie und nur wenige Freunde. Es würde dir nicht schwerfallen, einfach wieder zusammenzupacken und nach Hause zurückzukehren. Dich würde hier nichts halten.«

Ich schnaubte. »Du hättest mich hier gehalten.« Keine Ahnung, warum ich das sagte.

»Komm schon, Levi. Das ist jetzt nicht fair.«

»Nein, ich will, dass du das hörst. Ich wäre nicht einfach verschwunden. Diesen Fehler habe ich einmal gemacht und ich werde ihn nicht wieder machen. Klar, ich hab meinen Weggang aus Deutschland und das Leben hier nicht wirklich durchgeplant. Hab vieles dem Zufall überlassen. Und selbst mir war klar, dass ich nicht ewig von meinen Ersparnissen leben kann, aber ich hatte immer die Hoffnung, dass ich es irgendwie schaffen kann. Und ich habe es auch geschafft. Vielleicht das erste Mal in meinem Leben ganz allein. Dadurch, dass ich mich bei der Arbeit richtig reingehängt habe und auch etwas gefunden habe, das mir wirklich liegt. Und anstatt dass du dich aufrichtig für mich freust, erzählst du mir, dass ich nicht fair bin.« Ich wurde von Wort zu Wort lauter. »Weißt du, was *ich* nicht fair finde? Dass du mich durch dein dummes Gefasel teilweise hast glauben lassen, dass das zwischen uns etwas Besonderes sein könnte. Hörst du, dass ich mich darüber beschwere? Nein, ich versuche, damit klarzukommen. Mich nicht zurückzuziehen, obwohl ich wegen deiner Abweisung verdammt verletzt bin.« Automatisch wanderte meine Hand auf meine Brust. Dort, wo mein Herz schlug. »Fuck, Jannis! Es tut jedes Mal weh, wenn ich dich ansehe. Weil ich dich will! Aber du mich nicht. Und trotzdem stimme ich einem gemeinsamen Abendessen zu, um es nicht noch komplizierter zwischen uns zu machen!« Ich keuchte, nachdem ich ihm alle Worte entgegengeschrien hatte, die mir auf der Zunge gelegen hatten.

Und Jannis starrte mich einfach an. Vermutlich wusste er nicht, was er zu meinem Ausbruch sagen sollte. Mein Smartphone gab den typischen Grindr-Ton von sich und er runzelte die Stirn. Er zog sein eigenes Telefon aus der Hosentasche. Ihm war wohl jede Ablenkung recht, um mir nicht antworten zu müssen. Allerdings wusste ich, dass nicht auf *ihn* ein neuer Chat wartete.

»Das war mein Handy«, sagte ich.

»Du nutzt Grindr?«

Ich nickte. »Ja, seit heute. Und ich sollte mich wohl nicht wundern, dass du es ebenfalls nutzt.«

»Vermutlich nicht. Nur zu dir passt das doch gar nicht.«

»Jannis.« Ich seufzte seinen Namen mehr, als ich ihn sagte. »Was soll ich deiner Meinung nach tun? Ich will nicht weiterhin jahrelang in meinem Zimmer sitzen und mich fragen: Was wäre wenn? Diesen Teil meines Lebens habe ich jetzt endgültig hinter mir gelassen. Ich möchte rausgehen. Zu mir stehen. Weißt du, dass ich meinen Social-Media-Konten jetzt einen Regenbogen in der Beschreibung hinzugefügt habe?«

»Nein, das wusste ich nicht.«

»Außerdem habe ich mir diese Kette hier geholt.« Ich griff an meinen Hals und zog die Silberkette aus dem Ausschnitt. Es hing ein sehr dezenter Anhänger in Regenbogenfarben daran. »Für den Fall, dass sich jemand fragt, ob er mich ansprechen kann.«

Jannis schüttelte ungläubig den Kopf. »Levi«, flüsterte er.

»Was?«

»Wie konnte ich nicht mitbekommen, wie sehr du dich verändert hast, seitdem du nach London gekommen bist?«

Ich zuckte mit den Schultern. »Keine Ahnung. Vielleicht wolltest du es nicht sehen.«

»Das kann sein«, gab Jannis zu und suchte meinen Blick. Diese Anziehung ... diese Verbundenheit. Sie würde wohl nie vergehen. Eine ganze Weile sahen wir uns an. Wurden nicht schlau auseinander, bis ich schließlich einknickte und den Blick abwendete. »Lass uns essen«, sagte ich. »Ich verhalte mich immer wie ein Arschloch, wenn ich Hunger habe.« Ich schnappte mir die Take-away-Boxen und stellte sie auf den Tisch.

»Ich offensichtlich auch.« Jannis kam hinter mir her und setzte sich.

Wir schwiegen das ganze Essen über, aber ich wurde das Gefühl nicht los, dass immer noch eine Menge unausgesprochener Worte zwischen uns lagen.

Kapitel 40

Ruby machte einen Schritt zurück, was im kleinen Badezimmer an eine Meisterleistung grenzte, und betrachtete ihr Werk. »Du siehst gut aus.«

Sie hatte mir bei meinen Haaren geholfen. Im Normalfall machte ich nicht viel mit dem Mopp auf meinem Kopf und da ich mit halbwegs gutem Aussehen und einer echt brauchbaren Haarstruktur gesegnet war, reichte das meistens aus.

Allerdings hatte ich heute mein erstes Tinder-Date. Mit einem Kerl, der mich nicht sofort nach meinen Vorlieben im Bett gefragt hatte. Was hätte ich auch antworten sollen? *Egal, Hauptsache, Jannis ist dabei?*

Aber ich wollte in Gedanken nicht zu meinem Mitbewohner abschweifen, sondern mich weiter auf das Date vorbereiten. »Findest du?«

»Dein Haar sah nie besser aus.« Sie schnappte sich ihr Smartphone vom Waschbecken. »Ich muss jetzt los. Wenn du jemanden brauchst, der dich retten soll, dann meldest du dich.«

»Du bist doch arbeiten. Bei der lauten Musik hörst du gar nicht, wenn ich anrufe.«

»Mein Smartphone kann eine abgefahrene Sache. Nennt sich Vibrationsmodus.«

»Haha. Mal ernsthaft, wenn ich dir eine SOS-Nachricht schicke und du anrufst, wie erkläre ich die laute Hintergrundmusik?«

»Du sagst einfach, deine allerbeste Freundin ist heute allein im Club und braucht Hilfe.«

»Beim Abschleppen von Kerlen?«, fragte ich.

Sie verdrehte die Augen. »Nein, beim Abwimmeln. Oder lass dir was einfallen.«

Ich holte tief Luft. »Okay. Ich schaffe das. Und vermutlich wird es sowieso nicht nötig sein, weil Ashok in seinen Nachrichten echt voll nett wirkt.« Und ungeoutet, da er Angst vor der Reaktion seiner Familie hatte. Sie waren offensichtlich nicht so tolerant wie meine. Ruby öffnete die Badezimmertür und ging in den Flur. Nach einem letzten Blick in den Spiegel folgte ich ihr. »Und sein Profilbild sieht echt nice aus«, sagte sie und ging in ihr Zimmer.

Jannis' Tür war weit geöffnet, was in letzter Zeit ziemlich oft der Fall war. Er versteckte sich nicht mehr dort drin, obwohl es mir manchmal lieber wäre.

Natürlich konnte ich nicht einfach an seinem Zimmer vorbeigehen, ohne einen Blick hineinzuwerfen. Er saß auf seinem Schreibtischstuhl und drehte sich zu uns um.

»Wer sieht gut aus?«, fragte er.

»Levis Date«, antwortete Ruby und verschwand aus meinem Sichtfeld. »Und er natürlich auch«, schrie sie.

»Du hast ein Date?«, fragte Jannis. Als hätte er es nicht eben deutlich gehört.

»Ja.«

»Tinder oder Grindr?«

Ich runzelte die Stirn. »Was ist das für eine Frage?« Ruby kam mit einer riesengroßen Handtasche in der Hand wieder aus ihrem Zimmer. »Er will wissen, ob es ein Sexdate oder *Date*-Date ist.« Sie winkte uns grinsend und lief den Flur entlang.

»Viel Spaß beim Arbeiten!«, rief ich ihr hinterher.

»Danke.«

Danach schaute ich zu Jannis. »Es ist eine ganz normale Verabredung. Essen und Kino«, sagte ich.

»Wie einfallslos.« Er hatte das gleiche Date mit Isla gehabt …

Die Eingangstür fiel ins Schloss. Ruby war weg, von ihr konnte ich keine Rettung erwarten. »Findest du? War nämlich meine Idee.«

Jannis' Augen weiteten sich leicht, aber sonst verzog er keine Miene. »Ich hätte dich für kreativer gehalten.«

»Was hätte ich denn deiner Meinung nach sonst vorschlagen sollen?«

»Zusammen kochen?«

Ich verschränkte die Arme vor der Brust. »Ich lade keinen Fremden zu mir ein. Vielleicht mag ich den Kerl nicht und dann weiß er, wo ich wohne. Ich bin doch nicht blöd.«

»War sowieso ein dämlicher Vorschlag von mir.«

»Wieso?«, fragte ich. Ehrlich verwirrt.

»Weil das unser Ding ist, gemeinsam zu kochen. Und danach irgendwas Kreatives zu machen.«

Mir würden da definitiv einige *kreative* Dinge einfallen, die Jannis und ich machen könnten. Vorzugsweise im Bett. »Tja, wir beide daten nicht.«

»Und was ist, wenn ich das möchte?« Er hatte die Worte so schnell ausgesprochen, dass ich ein paar Sekunden brauchte, um sie wirklich zu verstehen.

Und dann setzte mein Herz gefühlt einen Schlag aus. »Du möchtest dich mit mir verabreden?«, fragte ich nach, weil ich mir immer noch nicht sicher war, ob ich ihn richtig verstanden hatte.

»Ja.«

Verwirrt schüttelte ich den Kopf. »Jannis, ich weiß ehrlich gesagt nicht, was du dir von Dates erwarten würdest. Sprechen wir über Sexdates? Oder richtige Verabredungen?«

Jannis wurde tatsächlich etwas rot. »Ich würde dich gern ausführen.«

Er wollte was?

Vermutlich schaute ich extrem aufgewühlt aus. War ich nämlich auch. »Also, irgendwie verstehe ich das gerade nicht. Du hast doch erst gesagt, dass du nichts Ernsthaftes mit mir möchtest. Eigentlich hast du von Anfang an klargestellt, dass du generell keine Beziehung willst.« Was ich nach wie vor nicht verwerflich fand. Nicht jeder Mensch sehnte sich nach tiefgehenden Bindungen. »Und ich glaube nicht, dass ich etwas Lockeres mit dir will. Das wäre zu kompliziert.« Vor allem für mein Herz. »Wir sind Mitbewohner und wir sind auch … Freunde. Wir können keine Fuckbuddys sein oder

310

nach was dir der Sinn steht.« In diesem Moment war ich ziemlich stolz auf mich. Denn ich hatte Jannis gesagt, was ich wollte. Und was ich nicht wollte. Wir mussten endlich klar kommunizieren, denn die zweideutigen Signale verwirrten mich.

»Levi, ich … verdammt, ich war nicht ganz ehrlich zu dir.«

»In Bezug auf …?«

»Meine Gefühle«, flüsterte Jannis. »Meine Gefühle für dich.« Was hatte er da eben gesagt? »Du …?« Ich konnte den Satz nicht beenden.

»Fuck, Levi. Seit du hier angekommen bist, drehe ich völlig am Rad. Ich hab dich gesehen und ab der ersten Sekunde war da diese Verbindung zwischen uns. So etwas habe ich noch nie erlebt. Dass man einen Menschen trifft und es einfach Klick macht.«

Mit klopfendem Herzen stand ich da. Schaffte es weder mich zu bewegen noch etwas zu sagen.

»Zu Beginn war es leichter, dir aus dem Weg zu gehen, da ich dich nicht richtig kannte. Na ja, und auch weil ich dich für einen Arsch gehalten habe. Aber je besser wir uns kennengelernt haben, desto mehr mochte ich dich. Ich wollte dir unbedingt näherkommen. Fuck, was rede ich da? Ich musste es! Eine Zeit lang dachte ich, wenn wir es körperlich halten, würde es reichen, aber es hat eben nicht gereicht. Ich wollte immer mehr.«

An seiner Art, mir das zu zeigen, musste er definitiv noch arbeiten. »Was sollte dann deine Abfuhr im Park?« Ich würde Jannis nicht einfach so davonkommen lassen. Nicht, weil ich ein Arschloch war, sondern weil ich fand, dass ich mehr verdient hatte. Mindestens die schönste Liebesgeschichte Londons.

»Ich hatte Angst!« Ein Gefühl, das mir einigermaßen bekannt war. Offensichtlich.

»Und wovor?«

»Dass du gehst. Deine Familie lebt in Deutschland, du kennst hier kaum jemanden und außerdem hatte ich Panik, dass du eines Tages verschwindest«, flüsterte er. »Dich hat hier nichts gehalten. Du hattest einen Job, mit dem du auf Dauer deine Rechnungen nicht hättest bezahlen können. Und ich wollte mich nicht in dich verlieben, nur um irgendwann festzustellen, dass du doch wieder gehst. Das wäre den Ärger nicht wert gewesen.«

Er sagte es so, als wäre Liebe nicht die schönste Sache auf der Welt. Aber Jannis war kein Romantiker. Genauso wenig wie ich.

»Ich wäre wegen *dir* geblieben.«

»Vielleicht wusste ich das. Tief in mir drin, wollte es aber nicht wirklich wahrhaben.« Er kämmte sich mit den Fingern durchs Haar. »Bis ich dir begegnet bin, wollte ich keine Beziehung. Ich wollte keine Gefühle investieren und habe tausend Gründe gesucht, warum es zwischen uns nicht klappen kann. Aber irgendwann sind mir die Ausreden ausgegangen. Außerdem ist mir klar geworden, dass ich längst in dich verliebt bin und es mehr wehtut, nicht mit dir zusammen zu sein, als mich vor einer ungewissen Zukunft zu fürchten.«

Ich konnte nicht glauben, was er da sagte.

»Das ist genau das, was ich immer von dir hören wollte.« Leider konnte ich den Kerl in seinem Zimmer nicht einfach vergessen. Selbst wenn Jannis in mich verliebt war, hatte er trotzdem mit einem anderen geschlafen. Er hatte mich verletzt, um sein eigenes Herz zu schützen. Und obwohl ich das tatsächlich nachvollziehen konnte, fühlte ich das Happy End für uns beide in diesem Moment nicht.

»Aber …?« Er klang nicht nur unsicher, er sah auch so aus.

»Gerade bin ich auf dem Weg zu einem Date. Und ich werde Ashok jetzt nicht in letzter Sekunde absagen. Das hat er nicht verdient.«

Niedergeschlagen und mit hängenden Schultern stand Jannis vor mir. »Was heißt das jetzt für uns?«

Dass ich dich verdammt noch mal liebe.

Allerdings verließen die Worte meinen Mund nicht.

Denn ich wünschte mir, dass sich Jannis etwas ins Zeug legte. Er wollte mit mir zusammen sein? Dann sollte er mir das beweisen. Mich zu Dates abholen, mit mir in Kunstausstellungen gehen oder gemeinsam neue Rezepte ausprobieren.

Ich wollte ihn nicht absichtlich leiden lassen, bevor ich ihm aber mein Herz vor die Füße warf, musste ich sicher sein, dass er nicht sofort wieder einen Rückzieher machte. Es hatte zu viele Missverständnisse zwischen uns gegeben. Dieses Mal sollte es ganz ohne sie ablaufen.

Meine Hände streiften seine und ich verhakte unsere Finger miteinander. Eine kleine Geste, die ihm zeigen sollte, dass ich das mit uns wollte. Trotz der heutigen Verabredung. »Weißt du«, sagte ich. »Du wurdest mir heute auf Tinder vorgeschlagen. Du musst nur nach rechts swipen, dann könnten wir vielleicht bald gemeinsam auf ein Date gehen.«

Ich lehnte mich vor und hauchte ihm einen zärtlichen Kuss auf die Wange. Nun lag es an Jannis, ob unsere London Lovestory an dieser Stelle endete.

Oder eben nicht.

Danksagung

Die Geschichte einfach mit einem halben Happy End enden lassen … Hat sie nicht gemacht, oder?

Doch. Hat sie.

Okay. Hat sie nicht.

Für alle, die jetzt völlig fassungslos hier sitzen und sich denken: Das kann nicht das Ende gewesen sein, habe ich eine gute Nachricht. Ihr findet einen kurzen Epilog nach der Danksagung. Den habt ihr ganz allein meinen Testleserinnen zu verdanken, die mir aufgebrachte Text- und Sprachnachrichten geschickt haben, dass ein Ina-Buch nicht so enden darf.

Alle, die der Meinung sind, der Schluss gleicht einem epischen Meisterwerk: Ihr dürft nach der Danksagung gern mit dem Lesen aufhören.

Es interessiert mich natürlich, wie euch Levis Geschichte gefallen hat, denn sie ist auf Leserwunsch entstanden. Erzählt es mir in Form einer Rezension auf Amazon, schickt mir eine Nachricht auf Insta (ina_taus_autorin), folgt mir auf TikTok (ina_taus_autorin) oder schreibt mir eine Mail an ina.taus@gmx.at.

Aber kommen wir jetzt zum wichtigsten Teil. Der Danksagung. 2022 war echt nicht mein Jahr. Und deshalb möchte ich allen voran meinem Mann danken. Denn er unterstützt mich in allen Lebenslagen und ohne ihn könnte ich meinen Traum nicht leben.

Ein Buch schreibt sich bekanntlich nicht allein – und es gibt viele Leute, die einen großen Anteil haben.

Danke an Katharina Wolf, dass du meine Bücher nicht nur testliest, sondern auch gleichzeitig Bücher mit mir schreibst. Ich kann mir nicht vorstellen, dass wir das irgendwann mal nicht mehr machen.

Danke an Liam Erpenbach. Wir haben das erste Mal beruflich zusammengearbeitet, aber uns verbindet eine langjährige Freundschaft. Du bist nicht nur ein guter Freund, sondern auch ein ausgezeichneter Lektor und Korrektor.

(https://www.liamerpenbach.de/lektorat)

Ein großes Dankeschön an meine Testleserinnen, denn ihr habt jede Menge Zeit und Energie in das Projekt investiert, und ich weiß, ich kann euch niemals genug dafür danken. Andrea, Diana, Josi, Linda, Katharina und Smilla. Ihr seid die Besten!

Und natürlich wie immer ein großes Danke an alle, die mein Buch rezensieren, lesen oder auf Social Media zeigen.

Epilog

Hand in Hand gingen Jannis und ich die Straße entlang. Wir hatten ein ganz bestimmtes Ziel. Harrods. Denn das war zur Weihnachtszeit ein besonderer Anblick, behauptete mein Freund. Mit der Begeisterung eines kleinen Kindes führte er mich zunächst am Gebäude entlang. Er deutete auf das Cartier-Fenster, das weihnachtlich geschmückt war. »Ist das nicht der Hammer?«

Es sah aus, als würden goldene Felsen im Schaufenster schweben, auf denen Miniaturstädte standen. Dort wurden die überteuerten Produkte angepriesen, die Jannis und ich uns nicht einmal leisten könnten, wenn wir uns ein Zimmer teilen würden.

»Sieht wirklich schön aus.«

»Begeisterung klingt anders«, sagte er und machte auf mich den Eindruck, als wäre er ein kleines bisschen beleidigt.

Ich blieb stehen, zog Jannis an mich und legte meine Lippen zärtlich auf seine. »Danke, dass du mich hierher mitgenommen hast«, flüsterte ich. »Ich mag dieses Date.«

Es war nicht unser erstes. Und auch nicht unser letztes. Wir waren auf den Spuren von Sherlock Holmes durch London gewandert. Hatten das Oktoberfest in Camden besucht. Wir waren gefühlt in jedem Museum der Stadt gewesen.

Seit dem Sommer und unserem Match auf Tinder – ja, ich hatte darauf bestanden – hatten wir wirklich sehr viele Verabredungen miteinander gehabt. Und Jannis hatte sich bei jeder einzelnen richtig ins Zeug gelegt. Und ich hatte ihn zappeln lassen. Ein bisschen zumindest. Ende Oktober war ich jedoch eingeknickt. Genau an dem Tag, als Jannis uns Partnerlook-Halloweenkostüme besorgt hatte. Sherlock Holmes und Watson. Seit diesem Tag waren wir offiziell zusammen. Ohne Tinder und Grindr. Und ohne Angst, dass ich für Jannis nicht genug sein könnte. Er zeigte mir jeden Tag und mit jedem Date, dass es nicht so war.

»Ich kann immer noch nicht fassen, dass du mit jedem Kuss in der Öffentlichkeit lockerer wirst«, wisperte er.

Ich lächelte, drückte ihm einen dicken Schmatzer auf die Lippen und zog ihn in Richtung des Harrods-Eingangs. Natürlich nur, um nichts sagen zu müssen. Gott, und ich konnte selbst kaum glauben, dass ich überhaupt so weit gekommen war. Von einem Jungen, der sich nicht eingestehen konnte, was er wollte und sich selbst belogen hatte, zu einem Mann, der ein selbstständiges Leben führte, einen tollen Job hatte und dazu einen richtig heißen Freund.

»Du hast es ja plötzlich eilig«, murmelte Jannis, ließ sich jedoch von mir weiterziehen. Wir passierten den Eingang und nun war ich mir ziemlich sicher, dass wir uns nichts leisten konnten. Das Logo von Hermès erschlug mich beinah. Es roch sogar teuer!

»Jannis, du bist nicht zufällig Millionär, oder?«

»Sehe ich so aus?«, fragte er.

»Nein, eigentlich nicht, aber was tun wir hier? Ich will mich nicht mal umsehen, aus Angst, mir könnte etwas gefallen.« Außerdem war ich ein bisschen verwundert. Ich hatte irgendwie mit Einkaufszentrum-Flair gerechnet, man ging hier aber durch die verschiedensten Abteilungen und nicht einfach in verschiedene Läden.

Jannis lachte laut und zog mich dann näher zu sich. »Gehen wir zum Food-Corner? Vielleicht können wir uns ja eine Praline leisten.« Er legte den Arm um meine Hüften und führte mich weiter. Wir kamen in einen Raum, der wie eine ägyptische Kammer wirkte, und langsam verstand ich, warum man einmal in seinem Leben zu Harrods gehen sollte.

Staunend sah ich zur Decke, deshalb erwischte mich Jannis' »Hallo, Isla« völlig kalt.

Da stand sie. Wenige Meter von uns entfernt, regelrecht erstarrt und mit offenem Mund. Es war das erste Mal seit dem Sommer, dass ich sie wiedersah.

Ich hob die Hand und winkte ihr steif. »Hey.« Im nächsten Moment tauchte eine Schwarzhaarige neben Isla auf. Poppy. Im Gegensatz zu Isla grinste sie, als sie Jannis und mich in so vertrauter Pose nebeneinanderstehen sah.

»So ist das also«, sagte sie mit einem Schmunzeln im Gesicht. »Erklärt natürlich deine dumme Bemerkung Isla gegenüber.«

Welche? Da gab es bestimmt so einige. »Die in der Küche?«, fragte ich. Automatisch schaute ich zu Isla und sie nickte. »Ich fühle mich immer noch schlecht deswegen. Es tut mir wirklich leid.«

»Levi kann manchmal ein ziemlicher Arsch sein«, sagte Jannis und ich rempelte ihn für diese Frechheit an.

»Du auch«, wisperte Isla und schaute Jannis direkt an. Sie lächelte nicht. »Du warst also damals eifersüchtig?«, fragte sie an mich gewandt.

»Ja. Sehr.«

»Tja, jetzt ist es andersrum.« Mit diesen Worten drehte sie sich um und ging davon.

Poppy schaute ihrer Freundin hinterher. »Macht euch keine Gedanken. Langsam wird es besser.« Sie winkte uns. »Vielleicht spielen wir ja mal wieder Bierpong.«

»Lieber nicht«, sagte ich.

Sie umarmte Jannis. »Wir sehen uns auf dem Campus.« Danach drückte sie überraschenderweise auch mich kurz. »Bis irgendwann, Levi.«

Ich sah ihr hinterher, bis sie im nächsten Raum verschwand, dann drehte ich mich zum Jannis. »Triffst du Isla oft?«, fragte ich ihn.

»Zwangsläufig an der Uni.«

»Und sie wusste bis jetzt nicht, dass wir zusammen sind?«

»Offensichtlich nicht.«

»Du hast es ihr also nicht gesagt?« Ich wusste nicht, ob ich beleidigt sein sollte oder nicht.

»Na ja, ich hab nicht mehr zu ihr gesagt als Hallo und Bye.«

»Ach so.«

»Bist du eifersüchtig?«, fragte Jannis grinsend.

»Ein bisschen vielleicht.«

»Warum? Ich bin mit dir zusammen. Du kennst meine Familie und wir leben in einer WG.«

Ich verdrehte die Augen. »Das war nur ein glücklicher Zufall.«

»Der glücklichste überhaupt. Weißt du, warum?«

»Nein.«

»Weil ich sonst nie meine große Liebe getroffen hätte.« Jannis zog mich am Kragen meiner Jacke zu sich und drückte seine Lippen auf meine. »Ich liebe dich, Levi.«

Mein Herz machte einen aufgeregten Satz, wie jedes Mal, wenn er diese Worte zu mir sagte. Und sofort breitete sich wohlige Wärme in mir aus. Das war es. Die Liebe, nach der ich mich immer gesehnt hatte, aber von der ich nie geglaubt hätte, dass ich sie jemals erleben würde. Jannis hatte mein Leben zum Besseren verändert. Klar hatte es zunächst viele Missverständnisse gegeben. Mehr Tiefen als Höhen, schlussendlich hatten wir jedoch zueinandergefunden. Vielleicht hatten wir sogar ab der ersten Sekunde an gewusst, dass wir zusammengehörten, aber da waren zu viele Gründe gewesen, die uns zunächst davon abgehalten haben. Glücklicherweise hatten wir sie alle aus dem Weg geräumt.

»Ich liebe dich auch, Jannis.« Ich umarmte ihn ganz fest. »Willst du mich dieses Jahr zum Silvesterbrunch mit meiner Familie begleiten.«

»Online?«, fragte er.

»Nein. Offline.«

Jannis sprang mir regelrecht in die Arme. »Nichts lieber als das.«

Wir küssten uns mitten im bekanntesten Kaufhaus Londons. Und ich war der glücklichste Mensch im ganzen Universum. Vielleicht hin und wieder immer noch ein Arschloch. Aber eben ein glückliches.

Neugierig geworden auf die Geschichte von Tim?
Dann hol dir unbedingt
MORE THAN A FAKE-BOYFRIEND

*»Wir sind auf der Suche nach der großen
Liebe, scheitern aber auf dem Weg dorthin,
weil wir es zu sehr wollen.«*

Tims Schwärmereien enden immer in einem Desaster, dabei will er nur eins: endlich die große Liebe finden. Völlig unerwartet trifft er auf den absoluten Traummann. Und Paul scheint perfekt für Tim zu sein. Von ihm fühlt er sich das erste Mal in seinem Leben richtig verstanden. Doch mehr als Freundschaft ist zwischen den beiden nicht möglich, denn Paul ist vergeben. Und da Tim seiner letzten Fast-Beziehung hinterhertrauert, setzt er alles daran, keine Gefühle aufkommen zu lassen. Das wird jedoch mit der Zeit immer schwieriger, da Paul Tims Leben völlig durcheinanderwirbelt. Er überredet ihn, die Ferien gemeinsam als Betreuer in einem Feriencamp zu verbringen. In der flirrenden Sommerhitze kommen sich die beiden bei Wanderungen und langen Nachmittagen am See immer näher und schon bald sprühen nicht nur am Lagerfeuer die Funken, sondern auch zwischen Tim und Paul.

Trigger- und Contentwarnung

toxische Beziehungen, (internalisierte) Queerfreindlichkeit, Ablehnung, unerwiderte Gefühle, Erwähnung von Alkohol und expliziter Alkoholkonsum, Erwähnung von Drogen

**Diese Liste erhebt keinen Anspruch auf Vollständigkeit.
Bitte achte auf dich und deine Gefühle.**

Bitte wende dich bei psychischen Krisen an geschultes Fachpersonal. Im akuten Notfall ist es wichtig, schnell Hilfe zu finden.

**Deutschland: www.telefonseelsorge.de
Österreich: www.telefonseelsorge.at
Schweiz: www.143.ch**
